열린 생각 열린 책읽기

열린 생각 열린 책읽기 과학

지은이 ｜ 박홍양 외 57명
펴낸이 ｜ 손상목
펴낸곳 ｜ 도서출판 인디북
편 집 ｜ 김연순 신선균 조혜민
디자인 ｜ 디자인 텔
기 획 ｜ 안승철
마케팅 ｜ 최영태 박현수 정현철
웹 기획전략 ｜ 박연조
관 리 ｜ 김봉환 길은자

초판 1쇄 인쇄 ｜ 2004. 8. 25
초판 1쇄 발행 ｜ 2004. 8. 31

등록일자 ｜ 2000.6.22
등록번호 ｜ 제10-1993호
주 소 ｜ 서울시 마포구 현석동 105-56 3층
전 화 ｜ 02-3273-6895,6 팩 스 ｜ 02-3273-6897
홈페이지 ｜ www.indebook.com

ISBN 89-5856-025-8 04800
      89-5856-022-3 (세트)

열린 생각
열린 책읽기

과학

박홍양 외 57명 지음

사고력과 상상력을 키우는 가장 오래된 미디어 '책'과 '책읽기'

인디북

독서의 의미

머리말

독서의 중요성은 아무리 강조해도 부족함이 없다. 독서를 통해서 다양한 경험을 쌓고 폭넓은 지식을 얻을 뿐만 아니라 이러한 것을 계기로 해서 삶 그 자체를 풍요롭게 할 수 있기 때문이다. 독서는 여행과 비슷하다. 잘 알려져 있는 바와 같이 여행을 통해서도 우리는 낯선 고장에서 낯선 풍물을 만나고 낯선 사람들과 어울리는 동안 경험과 인식의 지평을 넓히고 삶과 존재에 새로운 의미를 부여하게 되는 것이다. 그러나 놀랍게도 독서는 비록 간접적인 경험을 통해서 일구어내는 성과임에도 불구하고 그 폭과 깊이에 있어서, 그리고 그 수준과 지속성에 있어서 여행을 훨씬 넘어선다는 점이 다르다. 여행은 주로 지각적 경험에 의존하지만 독서는 기본적으로 우리의 상상력에 호소하기 때문이다. 그렇다면 독서는 우리에게 무엇이며 또 무엇이어야 하는가?

우선 독서는 일종의 만남을 의미한다. 이미 언급한 바와 같이 독서를 통해서 우리는 여행에서처럼 낯선 고장의 낯선 풍습과 낯선 사람들을 만난다. 그리하여 그들의 이질적인 사고방식과 생활태도를 접하게 되고 그것을 이해하고 또 거기에 적응하려고 애쓴다.

우리는 에밀리 브론테의 『폭풍의 언덕』에서 '히스클리프'의 사랑과 출세와 몰락을 만나고, 셰익스피어의 '햄릿'이 지닌 고뇌에서 인간의 역설적인 상황을 배운다. 우리는 그들이 당면한 특수한 상황과 시대적인 배경, 문화적인 이질성을 함께 겪음으로써 오히려 그것을 극복하려는 노력을 기울이고 이러한 노력을 통해서 문화적 보편성과 인간성의 본질을 만나게 되는 것이다.

그러나 독서는 이러한 만남을 만남 그 자체로 머물러 있게 하지 않는다. 그러한 만남을 통해서 독서는 우리를 창조의 세계로 인도한다. 석가나 예수, 공자나 소크라테스와 같은 성현들이 남긴 지혜를 통해서 많은 것을 깨닫기도 하지만 동시에 그러한 것을 우리의 현실에 맞게 해석하고 적용함으로써 우리는 새로운 시대와 문화를 창조한다. 만약 독서의 방법이 아니라면 어떻게 우리가 그렇게 먼 옛날의 깊은 가르침을 만날 수 있으며, 그것을 근거로 해서 새롭게 의미 있는 삶을 설계할 수 있을 것인가. 이것은 여행이 호기심을 자극하여 또 하나의 여행을 계획하게 하듯이 독서가 인간의 내면적 세계를 끝없이 방황하게 하는 가장 큰 매력이기도 하다. 이와 같이 독서는 내면의 황무지를 끊임없이 개척하여 마침내 새로운 옥토를 창조하는 것이다.

그러나 이러한 창조가 동시에 인류문화의 진보를 의미하지 않으면 안 된다. 만약 우리가 창조한 것이 단순히 과거의 유산이나 다른 문화의 내용과 차별화되는 것에 그치고 좀 더 진전되는 것이 아니라면 구태여 독서의 중요성을 강조할 필요가 어디 있는가? 그러므로 가령 우리는 단군신화로부터 우리의 정체성을 확인할 뿐 아니라 분단의 시대에 어떠한 방식으로 새롭게 민족적 활로를 개척해야 하는지 가늠해야 하고 또한 우리의 민족과 조상에 자랑할 만한 조국을 실제로 보여 주어야 하는 것이다.

그렇게 하기 위해서는 독서의 의미를 좀 더 차분하게 음미하고 그것을 화초처럼 정성껏 가꿀 마음을 먹어야 한다. 독서는 어느 특정한 개인의 지적 작업이며, 그렇기 때문에 각자 자기에게 필요하고 유익한 서적을 선택해야 하고 그것에 접근하는 적합한 방법이 요구되는 것이다. 그렇게 할 때 독서는 비로소 하나의 만남일 뿐 아니라 창조이고 진보의 의미를 지니게 될 것이다.

이번 『열린 생각 열린 책읽기』의 출간은 이러한 독서의 의미를 확인하고 그것을 더욱 심도 있게 하는 계기가 될 것이다. 서평을 쓴다는 것은 프란시스 베이컨이 말했듯이 '씹는 자세로' 독서해야 가능한 것이며 그러한 비판 정신을 다시 읽는다는 것은 만남과 창조와 진보의 의미를 한층 심화하는 작업이 될 것이기 때문이다. 아무쪼록 이 출판물이 널리 읽히기를 바랄 뿐이다.

서평위원회 위원장
엄정식

차 례

진정한 과학은 의심하기와 무지를 멀리하기를 가르쳐 준다.

— 클로드 베르나

자연 · 인간 · 물고기 사랑

박홍양 건국대 축산학과 교수

『민물고기를 찾아서』
최기철 지음 / 1991 / 한길사

들어가는 말

우리나라 동물학계 특히 담수어(淡水魚)류의 생태 분류 부문에서 권위자인 최기철(崔基哲) 박사가 평생 동안 외길을 걸어온 필생의 산물인 『민물고기를 찾아서』를 대하였을 때 외경심이 앞서고, 그에 대한 서평을 의뢰받았을 때의 송구함을 장황하게 늘어놓을 수 없다는 것이 후배의 솔직한 심정이었다.

선생은 1910년 대전에서 출생하여 경성사범대학, 미국 피바디(Peabody)대학, 서울대학교에서 수학했고, 서울 사범대학 생물과 교수, 한국동물학회장, 문화재위원, 한국담수생물연구소장을 지냈으며 현재는 서울대 명예교수다. 주요 저서는 『일반 생물학』, 『기초 생물학』, 『한국의 자연 담수어 편』 전7권, 『한국의 민물고기』 등 수 편이나 된다.

전국의 산야와 4대강인 한강, 낙동강, 금강, 섬진강이 이미 대단히 심각한 중병을 앓고 있다. 최근의 물의를 빚고 있는 어느 대기업의 공해 유해물 무단 방류 사건은 21세기가 10년도 안 남은 지금, 경제적으로는 생활이 나아졌는지는 모르나 공기를 깨끗하게 하고 물을 맑게 유지하며, 토양이 오염되지 않도록 해야 한다는 국민 전체의 인간다운 삶에 대한 소망에 이루 말할 수 없는 분노와 실망을 안겨 주었다.

그러나 선생은 미수(米壽)의 고령에도 불구하고 자라는 세대, 후손에게 남겨 줄 자연과 생물, 그중에서도 물고기와 인간의 관계를 설명한 이 귀중한 책을 통하여, 자연보호의 중요성이 세계적인 과제가 되고 있는 이 시점에서 우리들이 해야 할 방향을 제시하여 주고 있다.

본론

제1부에서는 휴전선 이남에서 현재까지 발견된 149조의 민물고기(담수어류) 중 대표적인 80종에 가까운 어종에 대한 원색 사진을 실어 우리 하천의 민물고기를 잘 모르는 이들에게 좋은 안내 역할을 담당하고 있다. 이밖에도 생긴 모양, 크기, 분포 등을 간략하게 설명하

였고 그들이 무엇을 먹으며 그것을 어떻게 소화하고 얼마나 많은 용존산소가 필요한지 등의 어류 생리에 필요한 생물학 자료를 누구나 이해하기 쉽게 설명하고 있다.

특히 천연기념물로 지정된 열목어(熱目魚), 천지연의 무태자어, 황쏘가리에 대한 소개는 우리 고유의 것에 대한 저자의 애착을 말해 준다. 그 옛날 우리 선조들이 우리나라에 온 중국 사신들에게 선물하였다는 열목어는 큰 것의 길이가 1m나 되며, 연어과 특유의 기름지느러미가 있고, 아름다운 몸매에 특수한 식수 처리가 없이도 마실 수 있는 1급수에서만 자라는 천연기념물이다. 이는 10여 년 전부터 외국에서 들여와 강원도 평창, 정선 등과 전국의 관광 도로에 지하수로 길러 내는 무지개송어(Rainbow Trout)의 제반 특성과 유사한 점이 있으나 우리 고유의 유전자원(遺傳資源)으로 개발할 필요가 누누이 강조되고 있다. 현재 우리나라의 기술로 인공수정(人工受精)을 하더라도 아무런 어려움이 없으며 대량 생산에 필요한 사료도 이미 지난 10년간 여러 사료 회사들로부터 개발되었다. 아름다운 우리나라의 꿩이 세계 각지에 전파되었듯이 근육 단백질 중 지방의 함량이 3% 미만인 고급 열목어를 세계만방에 소개할 필요가 있음이 강조되고 있다.

제주도의 천지연에서 많은 수난을 겪고 있는 무태장어는 길이가 2m, 몸무게가 20kg을 넘는 것도 있다니 듣기만 해도 우리의 자원에 대한 자랑을 느낄 수 있으나 뱀장어의 생리, 번식(繁殖)에 대한 기전 (Mechanism)은 40년 이상을 연구에 몰두해 온 일본에서도 아직 걸음마 수준에 있으므로 꼭 집어 말하기는 어렵지만 선생의 제언대로 뱀장어를 축양하는 양만업자들이 하구언에서 실뱀장어를 채취할 때 식별이 쉬운 무태장어를 모아 별도로 연구 기관 등에서 보존하는 것이 좋은 보호 방법이라고 생각된다.

몸길이가 50cm에 가까운 황쏘가리는 황금색을 띤 아름다운 희귀종의 천연기념물로 청평 내수면 연구소에서도 많은 연구를 진행했으나 색소(色素, Pigment) 형성 과정에서도 멜라닌(Melanin) 결핍증(Albinism)의 기전, 특히 인공 번식, 인공 부화, 서로가 서로를 잡아먹는 공식현상(Carnivalism), 인공 사료에 순치(馴致) 등에 대한 연구가 더 많이 수행됨이 필요로 하는 귀중한 어종으로 제시되었다. 또한 1800년 초반에 이미 우리 물고기를 연구한 서유구(徐有榘) 선생에 대한 기록, 1870년대에 우리 것을 국제학계에 최초로 소개한 Herzerstein이 소개되었으며, 해방 이후 민물고기에 대한 연구사의 맥을 이어 준 정문기(鄭文基) 박사를 소개함으로써 조상들의 슬기와 지혜를 엿보게 해 주었다.

우리의 민물고기를 사투리로는 알면서 표준명을 모르는 독자를 위하여 전국 각지에서 통용되고 있는 방언을 모두 다 수록한 것은 각 지역의 민물고기에 대한 이해에 많은 도움이 된다.

제2부에서는 우리 젊은 연구자들이 신종(新種)을 발견, 발표한 업적이 소개되었는데 이들의 활동에 따라 휴전선 이남의 담수어 목록에 상당한 변화가 일어나고 있음을 여실하게 기술하고 있다. 신종과 미기록종을 합하여 이미 20종이 늘었고 또한 2종이 삭제되었다. 앞으로도 이러한 변동이 계속될 것인데 이처럼 새롭고 합리적인 방법

이 세계학회에 보고되어야 되기 때문에 양어 연구 관계자들은 반드시 관심을 가져야 될 대목이다.

지금까지는 우리나라 야생 민물고기의 분류에 형태, 생태 등 기초적인 것만으로 분류되었는데 후학들은 새로운 분류 방법 즉, 종(種) 고유의 염색체 수와 다형현상(多型現象) 분석, 어류 난소(卵巢)의 조직 형태학과 발생학(發生學)적 측면에서 종을 분석하는 작업, 혈청의 구성 성분, 효소 등 전기영동(電氣泳動) 방법을 우리 고유의 담수어류 종 분류 작업에 응용하여야 된다고 생각된다. 특히 최근에 보고된 미토콘드리아의 DNA 억제 효소에 의한 종 분류는 국가 차원의 지원으로 관계 기관이나 대학 등의 연구 기관에서 해야 할 당면 과제로 평가된다. 우리 후학들에게는 선배들의 노력으로 알려진 우리 고유의 담수어 중 경제성이 높은 어종의 개발이 중요한 임무로 주어지고 있는데, 그 이유는 다음과 같다.

1970년대 이후의 산업화에 의한 소득 수준의 향상으로 우리의 식성과 영양생리에 알맞은 담수어(열목어, 산천어, 잉어, 메기, 뱀장어, 동자개, 은어, 미꾸리, 붕어 등)의 수요량이 급증하고 있는 추세이지만 그 생산량은 수요에 훨씬 못 미치는 수준이며, 외식시 일반 대중이 소비하기에는 너무 고가로 판매되고 있다. 1960년대 이후 '잡는 어업에서 기르는 어업'으로의 전환은 어류의 생리, 생태, 양식, 유전육종, 사료 개발 기술의 제고를 요구하고 있으나 국내의 기술 인원이 많은 편은 못 된다.

한편, 쌀농사를 위주로 한 경종 농업의 결과로 정부미 재고가 1990

년 10월 현재 1,300만 섬으로 재고 관리 비용만 연간 4,400억 원 이상 소요되고 있는 실정이다. 이와 같은 문제점의 한 해결 방안으로 농업의 형태를 내수면(Inland) 양어 양식을 이용하는 유기농법(有機農法)으로 전환한다면 농촌의 생활 안정을 위한 소득 증대도 되고 논에서 미꾸리, 메기, 이어, 우렁이, 참게 등이 양식되는 자연 보존 차원의 농업 형태가 발달될 수 있을 것이다.

우리나라 내수면 총면적은 19만 7천여 정보로 전 국토 면적의 2%에 해당되는 면적이다. 그 구성은 댐, 호수, 강, 하천 등으로 구분되는데 이들은 모두 우리가 가꾸고 보호하며 후손에게 넘겨주어야 할 중요한 자연 자원임은 두말할 필요가 없다고 하겠다.

전국에 4백만 명 이상이나 되는 낚시 애호가들을 위하여 낚시어종(Gale Fish, Sports Fish)을 수입어종인 향어 말고 우리의 다른 어종으로 개발하여 전국의 강, 하천에서 자연도 즐기고 멋있는 낚시의 즐거움을 맛보도록 해야 하는 것은 우리들 전체의 과제라 하겠다.

제3부에는 우리의 고유한 민물고기를 관상어로 개발하자는 선생의 우리 자연 자원에 대한 사랑과 애착이 수록되어 있다. 우리 인간은 물고기들과 같은 생태계 속에 살고 있다. 모두가 다 같이 한 배를, 즉 지구라는 큰 배를 타고 있으므로 현대와 같은 자연 파괴가 결국은 우리를 파멸의 구렁으로 떨어뜨리게 될 것이다.

1970년대부터 시작된 비약적인 경제 성장은 1980년대에 접어들어 소득 향상으로 인한 국민주택 생활 형태에 변화를 일으켜 많은 아파트 단지를 생성시켰으며 아울러 다양한 수족관이 보급되었다. 생활은 편하게 되었지만 그 아파트 내에 수족관 등을 설치한다면 작은 공간 안에서도 '소자연(小自然)'의 일부를 즐길 수 있음은 두말할 나위가 없고, 어린이들이 직접 우리의 아름다운 물고기를 관상어로 기른다면 생명과 자연에 대한 이해가 함양될 것이고 창의성도 길러질 것이다. 대도시에서도 우리의 자라는 세대를 자연과 함께 더불어 생활하도록 한다면 현재와 같은 무질서, 각박함은 많이 해결될 것으로 생각된다. 결혼 계절이 되면 상대에게 잘 보이기 위해 물고기가 아름다워지고(결혼색), 그들이 결혼하여 많은 자식(새끼)을 낳고 기르며 때로는 자기의 자리를 위해 다른 물고기들과 영역 다툼도 하는 자연의 이치를 알게 된다면 우리의 어린이들에게 좋은 교육의 자료가 될 것이라는 선생의 의견은 평범하지만 우리 사회가 갖고 있는 많은 문제점을 해결할 수 있는 근본적인 정서 교육의 방법으로 제시되고 있다. 이러한 환경에서 자란 어린이들이야말로 바로 우리의 자연을 보호할 우리들의 후손이 된다 할 수 있겠다. 비싼 외화를 써 가며 외국에서 들여오는 관상어가 아니라 선생의 제언대로 각시붕어, 쉬리, 연준모치, 버들붕어, 열목어, 어름치, 황쏘가리 등을 관상어로 개발하는 것도 우리가 해야 할 일로 제시되었다.

맺는말

마지막으로 4부에서는 자연보호의 필요성이 '비무장지대를 국립

공원으로', '내일을 위해 뛰는 기업가들', '강을 죽이는 것은 인류가 자멸하는 길', '삼림 생태학자에게 보내는 글' 등에서 종합적으로 잘 피력되어 있다.

인류의 삶의 질을 높이기 위한 문명의 발달이 돌이킬 수 없는 자연 파괴로 인간에게 더 큰 불안, 불편, 공포를 안겨 주고 있는 요즈음의 현실을 볼 때 무척 안타깝기만 하다. 낙엽도 지지 못하는 가로수, 대낮에도 몇 십 미터 밖이 안 보이는 시커먼 하늘, 정상적인 농도보다 열 배나 넘는 산성비를 오게 하고 있는 대기 오염의 심각성은 화석연료로 인한 에너지 문제점의 대표적인 예라 하겠다.

대규모 골프장 건설, 대규모 축산 기업가들의 분뇨 처리 미비, 농약이나 비료의 과다 사용, 과다한 합성세제 남용 등 모두 하천 생태계를 파기시키고 오염시키는 일이다.

그러나 무엇보다도 시급한 일은 도시 생활 폐수, 공장 폐수의 종말 처리율이 3%(선진국 70~80%)도 안 되는 정부 행정당국의 무사 안일한 공해 방지책이다. 정부가 진정으로 폐수 방류, 도시 생활 폐수로 죽어 가는 하천과 계곡을 보호하려는 의지가 필요한 이때 선생의 『민물고기를 찾아서』는 정부 당국과 모든 국민이 합심하여 해야 할 일들을 가르쳐 주고 있다.

책 내용에서 이곳저곳 같은 이야기가 여러 번 반복되는 경우가 많으나 이는 80 평생 우리의 민물고기, 자연 생태에만 몰두해 온 선생의 자연사랑 철학을 강조한 것으로 생각된다.

과학사 연구의
새롭고 알찬 길잡이

오진곤 전북대 자연과학대 교수

『과학사』

김영식 외 지음 / 1992 / 전파과학사

1

우리나라 과학사 학계를 이끌어 나가는 김영식(서울대), 박성래(외대), 송상용(한림대)이 『과학사』를 저술하였다. 이 저자들이 서문에서 밝혔듯이, 이 책은 원래 2년 전 한국방송통신대학 『자연과학개론』으로 썼던 것인데, 그 대학 밖에서도 읽을 수 있도록 손질을 더 해서 전파과학사가 출간하였다.

이 책을 펼쳐 보기 전에, 우선 '과학사'가 어떤 성격을 띤 학문인가를 잠시 살펴보기로 한다. 과학사는 과학의 역사이므로 우선 과학이 무엇을 의미하는가에 따라서 그 의미를 달리 한다. 여기서는 과학을 자연과학으로 의미하는 것으로 한정한다. 그러므로 과학사는 자연에 관한 인식의 발전을 다루는 것으로서, 여러 실증적 사실을 객관적이고 통일적으로 설명하는 이론 체계의 발전 과정을 분석하고, 또한 이러한 과학의 발전에 기여한 사람들의 생애와 그들이 사용했던 지적 방법이나 물질적 수단을 밝히는 학문이라 말할 수 있다.

그러나 최근에는 이러한 과학이론의 학설사적 발전을 추구하는 과학의 '내부사(Internal History)'의 연구 이외에, 그러한 과학이론이 탄생된 사상적 배경이나 사회적 배경을 함께 다루는 과학의 '외부사(External History)'의 연구도 활발히 진행되고 있다.

지금도 과학이 인류의 귀중한 지적 유산인 것은 의심할 여지가 없다. 그러므로 인류의 미래는 이 과학을 여하히 다루는가에 달려 있다. 따라서 과학 그 자체의 발전 과정을 분석하는 학설사적 연구도 발전시켜 나가야 하겠지만, 동시에 이를 인간의 문화적·사상적 배경이나 사회적·제도적 맥락 하에서 연구하는 '과학의 사상사'나 '과학의 사회사'의 연구 또한 없어서는 안 된다. 그리고 '과학의 학설사', '과학의 사상사', '과학의 사회사'는 분명히 별개의 것이 아니며, 상호 관계가 있는 연결된 측면이 있다. 그러므로 과학의 학설 속에는 사상이나 사회가 포함되는 경우도 있지만, 반대로 과학 그 자체의 발전이 사회나 사상에 영향을 주는 경우도 있다. 이처럼 과학사 연구에 있어서 과학의 문화적·사회적 배경이 문제가 된다면, 한편 당연히 다른 여러 문화권에 있어서 과학의 모습의 차이가 문제시되어야 한다. 지금까지는 오로지 서구의 근대 과학만이 과학사의 연구 대상이 되었지만, 이 근대 과학을 중국, 인도, 이슬람 등 다른 전통 문화권에 비교하면서, 전 인류의 과학적 경험을 넓은 시야에서 새롭게 탐색하지 않으면 안 된다. 이러한 '비교 과학'의 연구도 오늘날 과학사의 새로운 과제다.

또한 과학사 연구에 있어서 최근 두드러지게 나타난 경향은 연구 대상 분야의 확대라 말할 수 있다. 종래 과학사 연구의 주된 대상은 고대 및 중세와 17세기의 과학이었다. 그러나 최근에는 연구 대상이 과학혁명기 이후인 현대 과학으로 바뀌고 있다.

2

이 책은 3부로 이루어져 있다. 제 I 부는 송상용, 제 II 부는 김영식, 제 III 부는 박성래가 각각 나누어 썼다.

제 I 부는 과학의 발생으로부터 과학혁명까지 서양 과학의 흐름을 개관하고 있다(17개장, 7~124쪽). 과학의 여명, 그리스 초기의 자연 철학, 고전 과학의 개화, 헬레니즘 · 로마 과학, 고대 의학과 천문학, 아랍 과학, 중세의 신학 · 과학 · 기술, 르네상스 과학, 과학혁명, 코페르니쿠스 혁명, 새 우주론, 갈릴레오 재판, 역학의 근대화, 근대의 과학혁명, 빛과 빛깔의 피, 근대의 과학 학회들, 뉴턴의 종합 등으로 짜여져 있다.

제Ⅱ부는 근대 및 현대의 과학으로, 과학혁명 이후 급속히 팽창한 과학의 내용과 사태에의 충격을 요약하고 있다(12개장, 125~246쪽). 과학혁명의 영향, 화학혁명, 과학의 전문 직업화, 다윈과 진화론, 열역학의 성립, 물리학 분야의 성립, 미국 과학의 발전, 과학과 산업기술, 생물학 분야의 발전, 현대 물리학의 출현, 원자탄, 현대 사회의 과학기술과 인간 등으로 이루어져 있다.

제Ⅲ부는 동양의 전통 과학으로, 한국을 중심으로 한 동양의 전통 과학을 소개하고 인도, 중국, 일본의 과학도 아울러 다루고 있다(12개장, 247~371쪽). 중국 고대 과학의 형성, 중국 고대 과학의 발전, 한 · 당시대의 전통 과학, 전통 과학기술의 완성, 과학기술과 근대 중국, 인도의 과학 전통, 일본의 과학과 기술, 우리나라 삼국시대의 과학기술, 고려시대의 과학기술, 조선 전기의 과학기술, 조선 후기의 근대적 과학기술, 개국 이후의 과학기술 등으로 되어 있다.

3

세 저자들은 이상과 같은 내용에 대하여 뛰어난 표현 감각을 바탕으로 매우 재치 있고, 흥미롭고, 이해하기 쉽게 서술하고 있다. 뿐만 아니라 과학사 연구의 방향을 분명히 제시해 주고 있다. 즉 과학의 개념, 법칙, 이론 등을 포함한 과학의 내용만이 아니라, 과학 방법과 변천 이외에 변천을 그 시대의 사상적 배경과 관계 지워 추적하는

'과학의 사상사'와, 그것을 사회적 배경과 관계를 지어 추적하는 '과학의 사회사'적 연구를 무성하게 싣고 있다. 그리고 과학의 사회사적 연구와 함께 '과학 사회학'적 연구도 얼마간 보여 주고 있다.

이를테면 제Ⅰ부에서(64쪽) 과학혁명이 어떻게 해서 일어날 수 있었던가 하는 문제와 함께 과학혁명에 관한 해석이다. 미국의 사회학자 머튼(R. K. Merton)은 『17세기 영국의 과학, 기술, 사회』(1938)에서 17세기 영국 과학의 발전은 퓨리터니즘의 가치관과 기술, 항해, 전쟁 등 당시의 사회적 요구에 말미암은 것이라고 주장한다. 소련의 게슨(Boris Gessen)은 뉴턴의 『프린키피아』가 당시의 항해술에 제기한 문제들을 해결하기 위하여 지었다는 충격적인 주장을 한다. 갈릴레오가 대포의 탄도 문제를 해결하려고 투신체 운동을 연구했다든지, 토리첼리가 산골의 물의 흐름을 조정하기 위해서 수력학에 손을 댔다고 주장한다. 한편 내적 접근은 소르본느의 철학 교수 코이레(Alexandre Koyré)에 의해서 시작되는 바, 그는 획기적인 저서 『갈릴레오 연구』(1939)에서 과학혁명은 외적인 조건과는 무관하게 근대학자들의 지적 태도의 결과로부터 일어난 것이라고 단정한다.

제Ⅱ부에서는 과학의 사회사와 연결되는 과학 사회학적 측면을 강하게 비춰 주고 있다. 한 예로 1941~1944년에 걸친 미국의 맨하튼 계획이다. 원자탄의 개발은 과학과 과학자들의 '힘'을 가장 극단적으로 드러낸 사건이다. 원자탄 개발을 통해서 과학과 과학자는 전쟁과 깊은 관련을 맺기 시작한다. 그리고 그동안 이루어진 과학과 정보와의 관계도 훨씬 더 밀접해진다. 동시에 원자탄은 과학과 윤리에 대한, 그리고 과학자들의 사회적 책임에 대한 새로운 문제로 발생한다. 또 12장(236쪽)에서는 과학 사회학 및 과학의 제도적 측면을 잘 보여 준다. 현대 사회의 과학은 전문화되어 가고 있으며, 과학은 현대 사회에서 제도적으로 확고한 위치를 점유하고 있다. 그리고 현대 사회에서 과학은 큰 힘과 효용을 지니고 있으므로 과학은 현대 사회의 가장 중요한 요소가 되고 있으며, 인간 생활의 여러 면에 커다란 영향을 미치고 있으므로 사회에도 여러 변화를 일으키고 있다. 그리고 과학기술이 인간의 생활에 미치는 영향은 양면성이 있으므로 인간 생활을 침해·속박하고, 인간이 취해야 할 태도를 지적한다.

끝으로 이 책을 더욱 이채롭고 뜻있게 한 것은 대개의 과학사에 관한 책들이 서구 과학에 큰 비중을 두고 서술하고 있는 반면, 이 책은 동양의 전통 과학을 무성하게 싣고 있다는 점이다. 이는 매우 새롭고 의미가 있다고 본다. 왜냐하면 서구의 사회 구조를 탈피하는 여러 문화권에 있어서 과학의 특질이나 모습을 관찰하고, 그것들을 서구 과학의 모습과 비교하는 비교 과학사적 연구를 시도할 수 있도록 장을 마련해 주었기 때문이다.

우리나라에서 나온 첫 과학사 책은 홍이섭의 『조선과학사』(정음사, 1946)다. 그리고 서양사 책의 효시는 1959년 박익수의 『신과학사 개론』(신광사)이다. 이후 적지 않은 개설서가 나왔다. 지금까지 어림잡아 약 10종류의 저서와 약 8종류의 번역서가 출간되었다. 물론 각기 나름대로의 특색이 있다. 그러나 이번에 출판된 『과학사』는 현대 과학사 연구의 흐름을 가장 두드러지게 반영하고 있는 점으로 보아,

과학사 연구 지망생이나 과학사에 관심이 있는 사람들에게 가장 좋은 길잡이요, 벗이 될 것으로 생각한다. 우리나라에서 과학사 연구의 불길이 일기 시작한 요즈음, 매우 값있는 저서로 평가된다.

이미 준비되어 있는 것으로 알고 있는 참고 문헌은 다음 기회에 소개해 줄 것으로 믿는다. 더욱 욕심을 부린다면, 이 책을 한 차원 더 높고, 두툼한 과학사 연구의 '길잡이'로 발전시켜 주기 바란다.

'생명체인 지구'로 향한 예지의 망원경

안중국 소설가

『가이아의 시대』
제임스 러브록 지음 / 홍욱희 옮김 / 1992 / 범양사

판(板)구조론이 상식이 된 지는 이미 오래다. 고온의 용융 상태인 지구 내부가 순환하는 데 따라 대륙이 조금씩 움직이고 있다는 이 지구물리학 이론에서 생물은 아무 힘도 없는 표류물에 불과한 것처럼 느껴진다.

그런데 영국의 생물학자 제임스 러브록은 이 대륙의 이동이 실은 생물계에 의한, 그리고 생물계 자신을 위한 것이란 희한한(?) 주장을 하고 있다. 그뿐 아니다. 이 지구라는 행성이 실은 생물계가 포함된 어떤 고도의 조직 체계에 의해 조절되고 있다고 그는 말한다. 말하자면 '지구는 살아 있다'는 것이다. 이 전(全) 지구적 조절 시스템을

그는 그리스 신화에 나오는 대지의 여신 이름을 빌려 와 가이아(GAIA)라고 불렀으며, 『가이아의 시대』는 그 가이아의 존재를 증명코자 한 저술이다.

그는 이미 1970년대 말 이 가이아이론을 하나의 학설로 세웠고, 1979년에 가이아에 대한 첫 저술인 『가이아』를 썼다. 이어 1989년에 한걸음 더 발전시킨 『가이아의 시대(The Age of Gaia)』를 펴냈다. 13년 전의 저술인 『가이아』가 범양사에 의해 국내에 번역 · 출간된 것이 고작 2년 전인 1990년의 일이니, 한국 사회에 '가이아' 란 말부터가 아직 생소한 것은 당연한 일이다. 하지만 환경 문제에 관심을 가져온 사람에게는 생소함의 정도를 넘어선 신선한 충격이 『가이아』와 『가이아의 시대』에서는 전해질 것이다.

'과연 지구는 살아 있는가. 그리고 살아 있다면 그것이 뜻하는 바는 무엇인가.'『가이아의 시대』는 결국 이 물음에 대한 탐구의 과정과 결론을 밝힌 것이다. 우선 그 이론의 옳고 그름을 떠나, 조금만 정성을 들인다면 추리 소설을 읽는 듯한 흥미를 느낄 수도 있으리라.

'가이아가 있건 없건 무슨 관계인가' 하는 생각을 가진 사람이 실은 대부분일 것이다. 사실 나날의 생존에 급박한 이들에게 이런 유의 학설은 결론이 어떠하건 '불모(不毛)의 진리' 에 불과하다고 생각될지 모른다. 그러나 실은 환경의 문제는 이제 누구에게나 발등에 떨어진 불이다. 사랑하는 후손들의 생존 문제가 일촉즉발의 위기 앞에 서 있는지도 모르는 일이다. 그런데 『가이아의 시대』에서 저자는 "사실이 그렇다"고 말한다.

저자는 "먼젓번 저술인 『가이아』는 하나의 스케치였으며, 『가이아의 시대』는 거기에 세세히 가필한 그림에 비유할 수 있다"고 말하고 있다. 그에게 이 그림의 완성이 가능했던 것은 아마도 여러 가지 변수를 적용한 수학적 계산을 단숨에 가능하게 한 컴퓨터의 발전에 힘입은 바가 클 것이다. 아무튼 『가이아의 시대』를 읽는 것만으로 가이아이론을 이해하는 데는 아무 무리가 없다고 할 것이다.

저자는 화성 탐사에 참여하며 '생물계와 광물계 전체를 포함한 생명체로서 자기 조절작용을 가진 행성 지구'를 생각하게 되었다고 한다. 그는 우선 책의 앞부분에서 '데이지 세계(Daisy-world)'라는 독특한 모델을 통해 가이아 모델을 구상해 낸다. 이 데이지 모델은 태양 주변에 데이지만이 번식한 행성을 가상한 것인데, 짙은 색과 옅은 색을 갖는 데이지들이 서로 경쟁적으로 성장함으로써 그 행성이 기온을 강력하게 통제할 수 있다는 사실을 그는 발견했다는 것이다.

이 서너 가지 데이지의 모델에서 발전시킨, 수많은 생물 종을 포함하는 가이아 모델은 다음과 같은 특징을 갖는다. '생물 작용은 범지구적 규모의 현상이다', '지구에 많은 생물이 존재한다는 것은 그들이 환경의 조절을 위해 필요하기 때문이다', '환경에 적응을 잘 하는 생물이 더 많은 자손을 남기며(진화론), 생물의 생장은 주위의 물리 화학적 환경에 영향을 미치는 한편 생물 종의 진화와 암석의 진화는 밀접하게 연관되어 있다', '종의 다양성을 증진시키면 시스템에 대한 통제가 더 강력하고 쉬워진다.'

이런 가이아 모델을 통해 5억 년 전 빅뱅(Big bang)에 의해 탄생한 지구가 35억 년 전 생물체를 갖게 된 뒤 거쳐 온 변화에 대해 검증하는 과정을 거치며 저자는 가이아의 실재를 증명하고자 한다. 이 검증 과정의 증거물들은 물론 그간 과학의 각 분야에서 이루어진 조사 연구의 결과들이다.

러브록은 바닷물의 염분 농도 조절을 가이아 시스템에서 가장 흥미로운 주제로 꼽고 있다. 대부분의 생물은 0.16몰(물에 무게비로 약 1%의 소금 농도)에서 가장 잘 생존하며 활력이 최대로 된다. 0.8몰이 넘으면 거의 모든 생물 세포는 삼투 작용으로 완전히 파괴된다. 그런데 바닷물은 줄곧 0.6몰 정도로 유지되어 왔음이 밝혀져 있다.

그런데 태양은 질량이 대기의 몇 만 배이므로 생물권이 이를 조절하기는 매우 어려웠을 것이다. 여기서 러브록은 가이아가 바다에서 염분을 제거할 수 있는 가장 효과적이고도 유일한 방법으로 바닷물 일부를 한곳에 가두어서 태양열에 의해 수분을 증발시킨 뒤 그 소금이 말라붙은 지역을 육지에 포함시켜 버리는 방법을 사용해 왔음이 확실하다고 주장하면서, 그 증거로 '바닷가 연못(Lagoon)'을 든다. 가이아는 대규모의 석회석 환초나 판구조의 이동에 의한 지각 융기를 이용해 이 바닷가 연못을 만들었다고 주장하는 것이다. 또한 이는 생물과 암석의 밀접한 결합 진화의 한 부분이며, 해안선의 길이가 점차 늘어난 이유이기도 하다는 것이다.

석회석 환초의 형성 작용은 현재도 해안 지방 곳곳에서 발견되고 있거니와, 석회암을 생성하는 특질을 가진 바다의 생물체에 의해 대규모의 석회암 침전(생물 광물화 작용)이 지금도 이어지고 있다는 여러 학자들의 연구 조사 결과를 판구조의 존재 증거로 러브록은 제시하고 있다. 이러한 모든 과정들은 생물들이 자신의 환경을 생존에 맞게 개선시키려는 하나의 노력으로 간주될 수 있다는 것이다.

이를 지구 생리학적 필연이 아니라 우연의 소산으로 돌리는 일부 학자들의 반론에 대해서 러브록은 "가이아 시스템이 존재하지 않는다고 가정했을 때는 이러한 현상이 일어나지 않게 된다"는 실험적 사실을 들어 반박하고 있다.

러브록은 이밖에도 여러 가지 지구 과학적 현상들, 이산화탄소의 농도 문제, 대기온도 문제 등에 가이아 학설을 조명해 봄으로써 그 실재를 증명하고 있다. 원생대 기간 동안 지구에는 인체에 비할 때 60% 정도의 심한 화상과 다름없는 대재난을 초래하는 소행성의 충돌이 적어도 열 번은 있었다고 학자들은 말한다. 그럼에도 지구에서 생물이 멸망하지 않은 것 또한 지구에 강력한 항상성 시스템이 있다는 좋은 증거라는 그의 주장이다.

과학적 이론은 그것이 예측하는 바의 정확성이 가장 중요하다는 점은 두말할 나위가 없다. 러브록의 가이아이론은 그런 정확성이 지금까지의 지구에 대한 어떤 이론보다 뛰어나다는 점에서 세계적인 주목을 받고 있다.

사실 러브록이 가이아의 실재를 증명키 위해 동원한 여러 가지 과학적 이론이나 현상의 진실성과 타당성 문제를 일일이 짚고 넘어가는 일은 전문 과학도라도 그리 쉽지 않으리라. 그는 물리와 화학, 생물학 등 거의 모든 자연과학 분야의 연구 성과들을 차용하고 있기 때문이다. 하지만 그가 화성의 생물 존재 여부 탐사에까지 초빙된 믿을 만한 과학자이고, 또한 모든 과학자들이 자신의 전문 분야에 관한 논술에 대해서만큼은 일일이 짚고 넘어갈 것이 분명하리란 점에서 그의 이론적 적용에 거짓은 없을 것이란 가정은 별 무리가 아닐 듯싶다.

그렇다면 이 가이아 시스템이 인류에게 시사하는 바는 무엇인가. 만약 그의 가이아이론이 진실이며, 그래서 진정 가이아가 존재한다면 인류는 그간 지구상에서 저질러 온 여러 가지 심각한 오류를 바로잡을 수 있을 것이다. 적어도 인류 전체가 지향해야 할 행동 양식 같은 것을 설정할 수는 있게 될 것이다. 이 책의 제7장 '가이아와 현대 환경' 이후에서 러브록은 바로 그러한 것들을 제시한다.

그는 현재 인류가 가이아에 대해 저지르고 있는 심각한 위해를 몇 가지로 나누어 설명한다. 첫째는 이산화탄소 축적에 의한 고열의 발생을 문제 삼는다.

가이아는 과거 오래도록 이산화탄소의 농도를 지속적으로 감소시킬 필요가 분명히 있었다고 그는 말한다. 수백만 년 동안 빙하기와 간빙기의 기후가 교대로 찾아왔는데, 현재 우리가 살고 있는 시점은 이산화탄소 농도가 이 기간 중 가장 낮은 수준의 간빙기라는 점이 바로 그 증거가 된다.

그런데 지난 마지막 빙하기가 끝날 무렵에는 불과 100년도 못 되는 기간 동안 대기 중의 이산화탄소 농도가 180ppm에서 300ppm으로 급상승했으며, 이런 급속한 이산화탄소의 농도 증가는 그것을 흡수하는 메커니즘에 문제가 생겼을 때만 가능하다는 것이다. 즉, 지난 얼마간(가이아의 입장에서는 아주 짧은 시간대에) 인간이 화석연료를 연소시켜 이산화탄소의 방출량을 늘렸던 것은 가이아에게는 심한 충격이 될 것이다. 그러므로 가이아는 어떻게든 이산화탄소의 감축을 추진하려 할 것인데, 이는 아마도 인간에게는 매우 충격적일 것이란 러브록의 경고다. 예를 들어, 하루아침에 무더운 여름 기후에서 혹독한 겨울 추위로 바뀐다든가 하는 식의. 따라서 화석연료의 사용량을 획기적으로 감축시키는 것이 급선무임을 지적한다.

산성 물질에 의한 '가이아의 소화 불량 증세'도 가이아에 대한 위협으로 러브록은 꼽고 있다. 산성비로 대표되는, 산성 물질에 의한 생태계의 비정상적인 궤멸 현상 역시 근본 원인은 석유 등의 화석연료 소비가 주범이다. 여기서 러브록은 "인류는 원자력 그것과 더불어 살아가는 지혜를 터득해야 한다"는 주목할 만한 주장을 펴고 있다.

러브록이 주장하는 '가장 중대한 질병'은 역시 이산화탄소 농도를 줄이는 데 절대적 역할을 하는 삼림의 훼손이다. 이런 삼림들을 더욱 번성시켜(즉, 광합성 작용으로 이산화탄소를 줄이게 하여) 기후 변화를 억제시켜야 하는 것이 최대의 급선무인데 오히려 인류는 자살로 향하고 있다는 것이다.

인간과 가이아 모두를 위해 열대 지방의 삼림 파괴를 막을 수 있는 시간은 이제 얼마 남지 않았다. 그렇지 않으면 인류는 신이 내리신 기간만큼도 생존할 수 없을 것이다.

이것이 실은 가이아 학설을 통해 러브록이 전하고자 하는 최대의 메시지다.

저자는 일부의 장(章)에서, "일반 독자는 어려우면 그냥 넘어가도 전반적인 이해에는 별 어려움이 없을 것"이라고 말하고 있기도 하다. 이렇듯 지루함을 최소로 줄여서 가이아이론을 일반에게도 열심히 알리고자 한 저자의 기술 태도와 사뭇 정성스런 번역이 조화를 이루어서, 『가이아의 시대』는 과학에 정통하지 못한 일반인들도 고등학교의 물리나 생물 정도의 실력이면 이해가 별로 어렵지 않은, 과학서로서는 드문 결실을 보인 책이라고 칭송받을 만하다.

연원 깊고 풍성한
중국 물질문명의 전통

김기협 역사학자

『그림으로 보는 중국의 과학과 문명』

로버트 템플 지음 / 과학세대 옮김 / 1993 / 까치

이 책의 서평은 세 부분으로 나눠서 하려 한다. 각 부분은 이 책
이 우리나라의 독자들에게 이르기까지 각 단계를 다룰 것이다. 첫 부
분에서는 이 책의 배경이 된 니덤의 『중국의 과학과 문명』을, 둘째
부분에서 템플의 책 자체를 설명한 다음, 마지막 부분에서 한글 번역
본에 관한 이야기를 하겠다.

니덤의 필생의 사업

조지프 니덤(1900~?)은 중국 과학사의 세계적이고 세기적인 권위자이며 케임브리지의 생화학 교수로 있으면서 중국에서 온 유학생들을 통해 중국 문명에 관심을 가지기 시작했다. 이 가운데 작달막한 여학생이던 루 궤이전(魯桂珍)은 그후 니덤이 『중국의 과학과 문명』 프로젝트를 시작한 이래 평생 동안 가장 중요한 협조자 역할을 했다. 89년이었던가, 니덤의 부인 도로시가 죽자 조셉은 루 박사와 결혼했으나(이때 루 박사가 83세) 2년이 안 되어 루 박사가 먼저 죽었다.

42년 영국 정부가 국민당 정부를 지원하기 위해 1급 과학자를 과학 협력관으로 중국에 보낼 계획을 세웠을 때 니덤이 이 직책을 자청한 것은 중국 문명에 대한 그의 관심이 무르익었기 때문이었다. 그로부터 4년 동안 그는 자신의 관심을 이해해 주는 많은 중국 학자들과 친교를 맺으며 중국의 과학 문명에 관한 상당량의 자료를 모았다.

46년 유럽에 돌아간 니덤은 『중국의 과학과 문명』 프로젝트에 착수했다. 서론에 해당하는 제1권과 제2권이 54년과 56년에, 그리고 기초 분야를 다룬 제3권이 59년에 나올 때까지만 해도 니덤은 전체 시리즈의 1/3 이상이 완성되었고, 60년대 말까지는 프로젝트가 완성될 것이라 생각하고 있었다. 제1권에 실은 예정 목차는 시리즈 전체를 7권 50장으로 설정하였는데, 그 가운데 25장이 제3권까지에 실려 나왔다.

그러나 제4권에 들어가면서부터 프로젝트의 규모는 예상을 벗어나기 시작했다. 물리학 분야들을 다룬 제4권의 네 장은 두툼한 세 책으로 71년에 완성되었다. 화학 관련 분야들을 다루는 제5권은 74년부터 나오기 시작, 89년까지 여덟 책이 나오고도 여섯 책이 더 계획되어 있었다. 이 가운데 연금술을 다룬 장은 장 하나가 네 책으로 되어 나왔다. 생물학 관련 분야들을 다루는 제6권은 열 책으로 계획되었는데, 89년까지 아직 한 책도 완성되었다는 소식을 듣지 못했다.

니덤은 프로젝트를 시작한 이래 왕 링(王鈴), 루 궤이전 등 협력자들의 도움을 받으면서도 집필은 손수 해 왔으나, 69년부터는 일부 집필을 협력자들에게 맡기기 시작했다. 84년대 나온 『농업』편(F. 브레이), 85년에 나온 『제지 및 인쇄술』편(T. H. 치엔), 89년에 나온 『제사(製絲)』편(D. 쿤) 등이 그런 예다. 그러나 편찬 방침은 한결같이 니덤 자신이 지켜 왔다. 제7권의 서술 방향을 놓고 다소의 혼선이 있다는 소식도 있었지만, 적어도 지금까지 편찬된 내용은 일관되게 니덤의 책임 하에 이루어진 것이라 할 수 있다.

니덤이 이 프로젝트에 착수한 목적은 오늘날의 과학 문명을 제대로 해명하기 위해 그 중요한 원천의 하나인 중국의 전통이 인류가 공유하고 있는 과학기술에 공헌해 온 바를 밝혀낸다는 것이었다. 19세기 후반 이래 서양 우월주의 풍조 속에서 인류 문명의 흐름 가운데 가장 연원이 깊고 양적으로도 풍성했던 중국의 전통이 무시당해 온 데 대한 반발이었다고도 할 수 있다.

제1권의 도입부에서 니덤은 "인쇄술, 화약, 자석의 세 가지 발견은 문예와 전쟁, 항해의 세 분야를 바꿔 놓았으며, 이로부터 파생된 수없이 많은 변화는 세계의 모습을 바꿔 놓았다"고 한 프랜시스 베이컨의 말을 인용하면서 "이 책을 끝까지 읽는 이들은 기원후의 14세기 동안 얼마나 많고 다양한 기술이 중국으로부터 유럽으로 전해졌는지 깨닫고 놀랄 것"이라고 했다(18~19쪽). 현대까지 축적된 인류의 과학 문명에 중국의 전통이 어떤 기여를 하였는지 밝히는 것이 그의 중국 과학사 서술에 일차적인 기준으로 작용한 것이다.

템플의 책에 대해

지금의 계획대로 1999년까지 『중국의 과학과 문명』 시리즈가 완간 된다면, 그 분량은 빽빽한 국배판으로 34책에 27,000쪽가량이 될 것 이다. 지금까지 발간된 18책 15,000쪽 가운데 중국 과학사를 공부해 왔다는 내가 읽은 분량이 3,000쪽쯤 될까? 그래도 전 세계에서 이 시리즈를 제일 많이 읽은 일천 명 가운데는 끼일 것으로 자부한다.

니덤의 글은 훌륭하다. 평이하면서도 맛있는, 읽기에 쉽고도 즐거운 문장이다. 손수 집필하지 않는 부분에 대해서도 글의 질을 엄격히 관리해 왔다. 그러나 분량이 너무 많다. 예컨대 중국의 천문 역법에 주로 관심을 가진 내 입장에서는 연단술에 관해서도 좀 알 필요가 있지만, 네이던 시빈의 4·6판 삼백여 쪽짜리 책이면 됐지, 니덤의 국배판 책으로 삼천여 쪽을 읽을 엄두는 나지 않는다.

소위 전공자가 이러할진대 일반인들이야 말할 나위가 있겠는가. 어디서 이 책이 책장에 죽 꽂혀 있는 것을 보아도 아, 이게 그 대단하다는 책이구나! 하고 신기해하는 것이 고작이 아니겠는가.《월간 중앙》 8월호의 '역사산책'에서 니덤과 그의 작업에 대해 "위대한 시대 착오"라는 표현을 썼지만, 이 책들은 그 속에 담겨 있는 가치를 제대로 나타내는 형태를 취하지 못했다는 것이 내 생각이다.

일반인들이 접하기 어려운 이 약점을 보완하기 위해 니덤은 시리즈의 내용을 활용한 조그만 책들을 만들어 왔지만, 규모가 계속 커져 온 프로젝트 자체에 쫓기느라 여력이 많을 수가 없었다. 그래서 대중성 있는 책을 만들도록 뜻있는 다른 사람들을 격려해 왔는데, 그 결과 얻어진 대표적인 성과가 C. 로넌의 『중국의 과학과 문명 간편』과 템플의 이 책이다.

로넌의 책은 86년까지 세 권이 나왔고 계속해서 나올 예정으로 있었는데, 약간의 학술적 관심을 가진 사람들을 위해 원래의 책을 큰 주제에 따라 줄여서 개편하는 방향을 잡았다. 한편 템플의 이 책은 일반 독자가 부담 없이 읽을 수 있도록 원래 책의 단편적인 내용을 발췌, 흥미 위주로 구성한 것이다.

R. 템플이 84년부터 니덤의 도움을 받으며 준비, 86년에 낸 『China, Land of Discovery and Invention』은 중국인들이 고대에서 중세를 거쳐 근세 초기에 이르기까지 인류 과학 문명의 발전에 유럽인들보다 더 큰 공헌을 해 왔다고 하는 니덤의 관점을 100가지 사례에 풍부한 도판을 붙여 간명하게 제시한 책이다.

이 사례들은 열한 개의 영역으로 구분되어 있는데, 이 영역들이 과학 문명의 전체를 체계적으로 구분하는 것도 아니고 각 영역을 구성하는 사례들이 그 영역을 제대로 포괄하는 것도 아니다. 그러므로 이 사례들을 가지고 중국 과학 문명의 전반적인 우월성을 말할 수는 없는 것이지만, 상당히 강렬한 인상을 받을 수 있도록 효과적으로 구성되어 있어서 중국 문명의 규모와 특질에 읽는 사람들의 관심을 끌어들이는 힘을 가지고 있다.

학술적인 면에서 이 책이 니덤의 오류를 그대로 답습한 것은 당연한 일이다. 제8장 중의 '운동의 제1법칙' 같은 경우, 묵자(墨子)의 『경설 하(經說 下)』편의 한 구절을 인용하여 근거를 삼았는데, 니덤의 원저에는 그 언저리의 여러 대목을 모아서 운동 법칙 비슷한 것을 어렴풋이 그려 놓았지만 템플이 뽑아서 옮겨 놓은 대목은 그중에서 특히 해석이 잘못된 곳이다. 니덤 자신이 고전의 해석에는 한계를 보인 곳이 많은데, 템플에게 넘어가면서 그 문제가 더 심각해진 것을 볼 수 있다.

니덤의 업적은 그 규모가 방대한 만큼 그 내용도 복합적이다. 템플의 책은 그 가운데 한 측면만을 부각시키는 데 목적을 두었고, 그 목적을 매우 효과적으로 수행하였다. 그 측면이란 중국의 물질문명이 근세 이전까지 서양보다 풍성하고 역동적인 발전의 원리를 가지고 있었다는 사실을 밝힌 것이다.

니덤이 이 측면을 제기하기 시작한 무렵에는 이 사실이 동양인에게나 서양인에게나 무척 놀라운 것이었다. 오늘날에는 그런 경이로움이 많이 줄어들었다. 한편으로는 이 지역 국가들의 경제 발전이 전통에 대한 자긍심을 높여 준 까닭도 있지만, 바로 니덤 같은 학자들의 노력에 의해 지난 세기 이래의 무분별한 서양 우월주의가 정리된 것도 인식의 변화에 큰 공헌을 해 왔다.

템플의 책은 바로 이 측면을 아주 생생하게 독자들에게 보여 준다. 그리고 무척 재미있게 쓰여진 책이다. 동양의 전통에 대해 새로운 관점, 재미있는 관점을 더듬어 볼 흥미를 가진 사람들에게 이만한 만족을 줄 한 권의 책을 따로 찾기 어려우리라고 믿는다. 그러나 이 책만으로 균형 있는 관점은 얻기 어려울 것이다.

한글 번역본에 대해

이 책의 서평에서 그 번역에 얼마간 비중을 두어야겠다고 생각한 까닭은 두 가지다. 첫째로 이 책에는 자연과학과 산업기술의 여러 분야에 걸친 전문지식이 상당히 많이 나오는데, 이런 전문성을 소화시키는 것이 우리나라 번역계의 당면한 과제라고 생각한 것이다. 둘째로 이 책의 내용은 동양의 전통을 다룬 것인데, 영문으로 쓰여진 책을 동양 말로 옮기면서 원래의 동양 개념들을 어떻게 살려 내는지가 흥미 있는 문제였다.

책을 받아 보고 번역자가 '과학세대'라는 이름의 과학 출판 연구 모임이라는 설명을 보고는 전문성의 소화라는 면에서 상당한 기대를 가졌다. 이 책처럼 다양한 분야를 다룬 경우, 한 사람의 작업으로는 모든 분야의 전문성을 포괄하기 어렵기 때문에 협동 작업의 효과가 특히 긴요했으리라고 생각한 것이다.

그러나 책을 아무렇게나 펼쳐서 나온 32~33쪽에 마침 내가 F. 브레이의 원저에서 검토해 보았던 쟁기에 관한 내용을 보았을 때, 우선 실망을 금할 수 없었다. "보습과 발토판을 쇠로 만듦으로써 생긴 중량의 증가는 경작할 때의 <u>저항력을 극적으로 줄임으로써 상쇄할 수 있다</u>……"에서 밑줄 친 부분은 "저항력이 크게 줄어들기 때문에 상쇄된다"의 오역임을, "쟁기의 중량은 <u>상식과는 달리 그다지 중요하지 않은 것 같다</u>"고 한 것은 "통상 생각되는 것과는 달리 별문제를 일으키지 않는 것 같다"의 오역임을 원문 대조 없이도 알아볼 수 있었다. 바로 이어서 "유럽에서는 중세 말기까지도 발토판을 전혀 알지 못했으며, 유럽인은 그 시대에도 매우 유치한 형태의 발토판을 이용하였다" 한 것은 그 자체로도 말이 되지 않지만 어떻게 이런 내용이 나오게 되었는지 이해할 수 없다. 원저자 브레이 박사는 "유럽에서는 로마 말기가 아니면 적어도 중세 초기부터 발토판이 쓰이기 시작했지만 18세기 이전의 발토판은 보통 나무로 만든 똑바른 모양의 것이었다"고 하였는데, (SCC Ⅵ-2, 178) 템플이 이와 전혀 다른 이야기를 한 것인가?

그래서 템플의 원문을 대조해 보고 싶은 생각이 들어 출판사의 편집 담당자에게 연락, 원문의 일부라도 복사해 보여 줄 것을 부탁했으나 찾지 못하겠다는 대답이었다. 저작권 협정 시대의 번역 풍토 개선을 위해 출판사 측의 태도에도 변화가 있어야겠다는 생각이 들었다. 귀한 외화를 지불하고 출판권을 수입할 경우, 그 책을 독점 출판할

권리만이 아니라 그 책을 잘 번역하고 잘 만들어서 독자들에게 제공할 책임도 함께 따라온다는 사실을 인식해야 할 것이다.

책을 다 읽어 본 뒤에는 공교롭게 처음 펼친 곳이 제일 번역이 잘못된 부분의 하나가 아니었나 하는 생각이 들 만큼 번역에 대한 전체적인 평가는 호전되었다. 그러나 협동 작업의 효과에 대해서는 여전히 아쉬움을 느낀다. 책 하나를 번역하는 데 여러 사람이 협동하려면 그 작업이 수직으로 조직되어야지 횡적으로 구분되어서는 안 된다. 조사 작업, 역문 작업, 검토 작업 등 단계별로 일을 나누는 것은 좋지만 역문 작업을 이 사람 저 사람이 쪼개 맡아서는 번역의 질이 고르지 못하게 되어 전체 가치를 크게 떨어뜨리고 책 전체의 흐름도 흐려지기 쉽다.

이 책의 번역을 살핀 두 번째 관점, 동양 말 속에서 동양의 개념들을 어떻게 되살려 내는지에 대해서는 완전한 실망이다. 동양의 개념들을 동양 말로 도로 바꿀 때는 원저에서 서양 말로 다룰 때 어쩔 수 없이 겪었던 여러 가지 제약을 풀어 줄 수 있고, 풀어 주어야 한다. 이런 책은 번역서가 원저보다 더 훌륭한 책이 될 수 있는 것이다. 박성래 교수의 감수를 통해 이 문제가 얼마간은 완화되었다는 것을 들어서 알고 있지만, 이런 성격의 책을 옮길 때는 작업의 초기 단계부터 동양사나 동양 철학의 전문가를 참여시켜서 번역의 효과를 엄청나게 높일 수 있었을 것이다. 번역자들의 노고에 비해 성과면에서 크게 아쉬운 점이다.

미시입자에서 거시적 우주까지

조성호 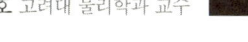 고려대 물리학과 교수

『겨우 존재하는 것들』

김제완 지음 / 1993 / 민음사

서울대학교 물리학과 김제완 교수의 『겨우 존재하는 것들』은 하루가 다르게 발전하는 첨단 물리학에서도 가장 앞서 나가는 분야의 하나인 우주론에 관한 현재까지의 이야기를 전문가가 아닌 사람들도 이해할 수 있도록 집필한 책이다. 원래 물리학은 가장 완벽한 논리 체계라고 알려진 수학을 제일 많이 사용함으로써 다른 학문보다 더 빨리 발전되어 왔다고도 할 수 있는데, 이 책에서는 그러한 수식을 하나도 쓰지 않고 그 어렵고도 복잡한 내용을 알기 쉽게 비유적으로 설명하였다는 점이 돋보인다. 따라서 이 책은 중, 고등학교 및 대학생이거나 이미 대학을 졸업한 사회인, 또는 주부 등에 이르기까지 폭넓은 일

반 대중이 읽어서 충분히 이해할 수 있도록 쓰여진 것이지만, 물리학을 전공하는 학부 및 대학원생 그리고 교수들에게도 감히 일독을 권할 만큼 필자는 큰 감동과 감화를 받았기에, 같은 물리학을 전공하지만 분야가 전혀 다른 필자가 감히 서평을 쓸 생각을 한 것이다.

흔히 사람들에게 이 세상에서 제일 큰 새가 무엇이냐고 물으면 '하늘과 땅 새' 라는 답이 나오는 재치 문답이 있다. 이 책은 이 하늘과 땅 새보다 더 큰 우주 전체의 이야기를 여러 제목으로 나누어 하나하나 간략하면서도 재미있게 소개함으로써 전철이나 버스 안에서 잠깐씩 얻게 되는 자투리 시간에도 충분히 읽을 수 있게 되어 있다. 이 광활한 우주가 어떻게 태어났으며 티끌보다 작은 원자나 그 원자 속의 세상과 어떻게 연관되어 있는지 그 신기한 일들을 소개함으로써 우리에게 흥미를 유발함은 물론이거니와, 그 신기한 일들이 어떻게 해서 일어나는가 하는 이유에 대해서도 상당히 설득력 있게 설명해 주고 있다. 따라서 이 책을 읽기 시작한 사람이라면 끝까지 읽지 않을 수 없을 것이고, 더 계속되지 못하는 아쉬움을 느끼게 될 정도이다.

이 책의 제목인 『겨우 존재하는 것들』이 어떻게 붙여졌는지를 저자는 밝히고 있지 않으나, 그것은 제1부의 넷째 소제목이기도 하다. 그 내용에 의하면 중성미자(Neutrino)라고 하는, 전기적으로 중성이며 전자보다도 훨씬 질량이 적어서 거의 감지하기 어려운 유령 같은 입자를 1988년도 노벨 물리학상을 수상한 미국의 레온 레더만(L. Lederman) 교수는 다음과 같이 표현한 적이 있다고 한다

우리들이 모든 수단을 동원해도 관측할 수 없으면 존재하는 것이 아니다. 그런데 중성미자는 겨우 존재하는 실체인 것이다.

아마도 이 책의 제목이 이 레더만 교수의 중성미자에 대한 표현에서 비롯된 것이 아닌가 여겨진다.

이 책은 크게 두 부분으로 나뉘어져 있다. 제1부는 '소립자에서 우주까지'이고, 제2부는 '왜 세상은 물질로 되어 있을까'이다. 제1부는 다시 '우주의 나이는 150억 살'이라는 소제목으로 시작되어 '왜 미래를 기억할 수 없을까'까지 모두 스무 가지의 소제목에 관하여 평균 세 페이지 정도의 길이로 다루고 있다. 제2부는 '질문은 많고 대답은 없다'라는 소제목으로 시작되어 '신은 주사위 놀이를 좋아한다'로 끝나는 모두 14개 제목에 대하여 제1부와는 달리, 한 제목에 평균 일곱 페이지 정도를 할애하여 좀 더 심도 있는 설명을 피력한다. 저자가 서문에서 밝혔듯이 '물리 이야기'라는 제목으로 20회에 걸쳐《동아일보》에 집필한 원고를 줄거리로 하였으므로 이야기 중에는 앞의 것이 뒤에 다시 되풀이되는 대목도 없지 않으나 혹시 의미를 기억하지 못하는 독자를 위해서는 기억을 새롭게 하는 구실도 하겠고, 뜻을 아는 사람에게도 크게 거부감 없이 읽어 나아갈 수 있게 되어 있다.

이 책에는 물질을 구성하는 최소 입자의 이야기가 있는가 하면 이 세상천지 만물을 포함하는 대우주의 이야기도 함께 포함된다. 더구나 이 우주가 어떻게 생겨나서 어떤 과정을 거쳐 오늘과 같은 많은 별들로 이루어졌으며, 또 앞으로는 지금 보이는 별들이 어떻게 성장하며 쇠퇴하고 다시 태어나는지도 들려준다. 지구에 있는 생명체의 진화를 화석으로 알아보듯 150억 년의 우주 역사를 빛으로 찾아낸다면 그 과정이 쉽지는 않더라도 분명히 우리의 호기심을 자극하기에는 충분하리라.

우리 우주가 150억 년 전 소위 '대폭발'에 의하여 탄생되었다는 이야기는 듣는 사람에 따라 무슨 잠꼬대 같은 소리냐고 반론을 제기할 수도 있겠다. 그러나 이것이 막연한 추측이나 오차가 많이 포함되는 계산의 결과가 아니고 여러 가지 측정 사실에 근거한다는 것을 저자는 차근차근 설명하고 있다. 지금도 '허블 우주망원경'이 인공위성에 장착되어 그 창세기 때의 빛을 찾아 우주의 여러 곳을 들여다보고 있다.

자연의 삼라만상은 매우 다양하고 복잡하게 보이지만 그들을 구성하는 물질 사이에 작용하는 힘은 매우 단순하여 중력, 전자기력, 핵력과 약력의 네 가지로 알려져 있다. 이중 전자기력이 전달되는 매개체로 '빛'이 있음은 오래전부터 알고 있었으나 약력을 전달하는 매개체인 Z^0를 처음 발견한 이는 1984년 노벨 물리학상을 받았다. 이렇게 물리학자들은 자연의 신비를 하나하나 벗겨 가고 있다.

우리는 물질의 최소 단위가 분자로 되어 있고, 분자는 다시 원자로, 원자는 다시 원자핵과 전자로 이루어져 있으며, 원자핵은 다시 양성자와 중성자로 구성된다고 알고 있다. 그러면 "양성자와 중성자를 구성하는 더 기본적인 입자는 없는가?"라고 질문하면 쿼크로 되어 있다고 주장한다. 이 쿼크의 실제를 찾아내려고 미국 텍사스 주에

총둘레가 90km나 되는 초대형 가속기가 건조 중임을 알기 쉽게 소개하고 있다(최근 외신에 의하면 그 건조 비용이 워낙 많아서 미국 하원에서 그 지원을 중단하였다 함).

또 이 책에는 유명한 물리학자에 대한 이야기가 아주 재미있게 설명되어 있다. 특히 우주론과 소립자 분야에서(Lederman(1988), Rubia(1984), Penzias와 Wilson(1978), Gellmaun(1969), Pauli(1954), Rabi(1944), Fermi(1938), Dirac(1933) 등등) 노벨상 수상자를 많이 소개하며 그들의 업적이 현재 우리가 알고 있는 커다란 이론 체계에 어떠한 기여를 했는가를 잘 보여 준다.

지난 1987년은 물리학 분야의 일대 혁명적인 해로 기억될 것이다. 그것은 400년 만에 초신성(우리나라에서는 객성이라 불렸음)이 새로 나타났기 때문이다. 이 초신성은 마치 성냥개비가 다 불타고 꺼지기 직전에 한 번 환하게 빛났다가 꺼지는 것처럼 별의 임종기에 갑자기 밝게 빛나서 우리 눈으로 볼 수 있는 별이다. 400년 전 『조선왕조실록』 178권(선조 편)에 이 사실이 기록되어 있음을 읽은 독자들은 우리나라의 기록이 얼마나 정확하며 가치 있는 것인가를 새삼 느끼게 될 것이다.

20세기 물리학의 두 큰 기둥은 상대성이론과 양자론이다. 이 각각의 이론이 무엇인지는 이 책을 읽으면 다 알 수 있다고 보는데, 이것은 매우 복잡한 수학적인 내용임에도 불구하고 저자는 수식을 전혀 사용하지 않고 설명하였다. 더구나 이 상대성이론과 양자론을 합친 상대론적 양자역학의 이론과, 그 이론에서 결과되는 반물질(反物質)

의 개념을 소개한 것은 매우 인상적이다. 이것은 아마도 저자가 소화하고 있는 물리학의 깊이를 보여 주는 한 단면이라고 생각하면서 같은 물리학을 공부하는 필자는 저자의 학문적 깊이와 그 명료한 설명에 찬사를 보내고 싶다.

장애자이면서 멀리 영국에서 우리나라를 방문한 스티븐 호킹 교수를 기억하는 사람은 적지 않을 것이다. 그는 뉴턴과 아인슈타인 그리고 호킹으로 이어지는 새로운 시공 개념을 제창하였다. 우리 태양은 약 50억 살 정도 먹었는데 이것이 더 지나면 지금보다 더 커다란 '적색거성'이 되었다가, 다시 크기는 매우 작으나 훨씬 밝은 '백색왜성'이 되고 그것이 더 지나면 중성자별이 되었다가 종말에는 블랙홀이 된다는 것이다. 블랙홀은 워낙 밀도가 커서 중력이 매우 강해 빛까지도 빠져나오지 못한다고 한다. 그런데 호킹은 블랙홀에 에너지를 잃는다는 호킹 박사 이론과 시간에도 '상상 시간(Imaginary Time)'의 개념을 주장하였다는 것을 읽고는 다시 얼떨떨해지는 기분이다. 이 상상 시간은 문학에서 취급하는 심리적 혹은 주관적 시간이 아니고 수학에서 나오는 허수 시간의 뜻인 것 같다.

옥에도 티가 있다는 말이 있다. 맨 마지막 소제목 '시는 주사위 놀이를 좋아한다'는 내용 중 고체의 에너지띠를 설명하는 데서 전도띠(Conduction Band)와 '가전자띠(Valence Band)'를 전도띠와 '평형띠(Balance Band)'로 잘못 표기한 부분은 다음 판에서 바로잡아 주기를 바란다.

카오스이론
─자연을 보는 새로운 시각

국형태 경원대 물리학과 교수

『카오스』

제임스 글리크 지음 / 박배식 · 성하운 옮김 / 1993 / 동문사

최근 과학계에 새로운 변혁이 일어나고 있다. 이는 상대성이론과 양자이론에 이어 20세기 현대 과학의 세 번째 중요한 업적으로까지 간주되고 있는 카오스이론에 의한 것이다. 사실 지난 20여 년간 카오스에 관한 연구는 미국, 일본, 유럽 등 전 세계적으로 매우 활발히 진행되어 왔다. 그리고 다소 늦기는 했으나 우리나라에서도 최근 카오스이론의 전문가 및 연구자의 수가 빠른 속도로 증가하고 있는 추세이다.

카오스이론은 몇몇 특정 과학 분야에만, 혹은 몇 가지 특수한 현상들의 연구에만 국한되는 이론이 아니라 범분야적인 과학이론

(Interdisciplinary Science)이다. 그러나 여러 분야의 다양한 문제들에 적용시킬 수 있는 하나의 뚜렷한 보편적 체계를 갖추지 못하고 있기에 여전히 그 이론의 태동 단계에 있다고 할 수 있다. 그럼에도 불구하고 비전문가나 일반인에게는 카오스이론이 충분히 난해하게 보일 수 있는데, 이는 카오스의 연구가 특히 물리학, 수학 등의 분야를 중심으로 이미 매우 심오한 부분에까지 이르고 있기 때문이다. 그래서 이 책의 저자 글리크는 후기에서 자신의 책이 카오스이론과 일반인과의 거리를 좁혀 주는 이차적 저작이기를 희망한다고 밝히고 있다. 사실 그간 많은 관심에도 불구하고 일반인을 위한 카오스이론의 이차적 소개서는 거의 없었다. 간혹 잡지와 신문 등에 간단히 소개하는 글들이 있었지만 거의가 피상적이고 구호적인 내용들이어서 그 실체를 파악하기 위해서는 전문적인 서적을 봐야 하는 실정이었다. 따라서 글리크의 『카오스』와 그 우리말 번역판은, 다소 출현이 늦은 감이 있기는 하나, 일반인은 물론 카오스를 이해하고자 하는 과학자들에게도 가장 적절한 소개서가 될 수 있을 것으로 생각한다.

카오스란 무엇인가

카오스이론은 복잡성을 다루는 과학이다. 카오스(Chaos)는 원래 무질서, 복잡함 등을 의미하는 고대 그리스어였지만 현대 과학에서는 질서가 내재된 무질서라는 의미로 원래의 것과 다르게 사용되고 있다. 즉 카오스란 외견상으로는 무작위한 무질서로 보이지만 그 배후에 그것의 형태를 지배하는 결정론적 규칙이 있다. 그래서 카오스에는 어떤 형태의 질서와 규칙성이 내재되어 있다. 또한 카오스는 결정론적 운동이지만 매우 불안정한 상태여서 조그만 변화에도 민감하게 반응하여 크게 다른 형태를 보일 수 있다. 이 점은 운동의 예측 불가능성과 밀접한 관계가 있다. 여러 가지 관점에서 카오스를 정의할 수 있는데, 그중 하나는 '결정론적인 비선형계에 나타나는 불규칙적이고 예측 불가능한 행태'라고 하는 것이다. 카오스의 우리말 번역은 '혼돈' 혹은 '혼란' 등인데, 이 단어들이 임의성을 함축하고 있다는 데서 번역판의 펴낸이도 지적하고 있듯이 단어의 사용에 논란이 있을 수 있다. 이 점은 매릴랜드대학의 제임스 요크가 카오스라는 단어를 처음 도입하였을 때 있었던 논란과 마찬가지의 것이다.

카오스는 계의 비선형성에서 유래하는 현상이다. 비선형성을 내재하고 있는 대부분의 현상들은 그간 전통적인 과학이 간과하거나 회피해 오던 문제였다. 그 이유로는, 그동안 비선형성을 다룰 수 있는 도구가 없었다는 것과, 선형 과학에 너무 익숙해진 나머지 이해하지 못하고 있던 것들까지도 모두 선형적일 것이라고 잘못 생각해 온 점 등을 들 수 있다. 전통적 과학은 크게 두 가지의 관심을 갖고 있다고 얘기할 수 있는데, 원인의 작은 변화는 결과의 작은 변화를 야기한다는 것과 부분을 개별적, 독립적으로 이해하여 전체를 이해할 수 있다는 환원주의적 관점이 그것이다. 카오스는 이러한 전통적 과학의 영역 밖에 있는 현상이고, 이것이 카오스가 최근에 와서야 이해되고 있는 한 이유가 된다.

비전문적 언어로 전달될 수 있는 과학 지식

이 책은 카오스이론의 발견 과정과 현황, 그리고 카오스이론의 소개를 주로 다루고 있다. 시기적으로 1960년대 중반 로렌츠가 스트 랜즈 어트랙터를 발견하게 된 것부터 소개를 하고 있다. 실제로 카오스이론은 카오스라고 명명되지는 않았지만, 18세기 말엽 푸앵카 레 등 유럽과 소련의 소수 수학자들에 의해서 이미 시작되었다고 할 수 있다. 저자는 이 책에서 이 부분을 거의 소개하지 않고 있는데, 이는 당시의 연구가 거의 수학에만 국한되어 다른 학문에 파급되지 못했다는 점과 당시 수학자들이 현존하고 있지 않다는 점에서 제외 된 것이 아닌가 한다. 오히려 저자는 주로 현존하는 과학자와의 면 담에 의거한 기술을 함으로써 — 저자는 후기에서 이 책을 쓰는 데 가장 중요한 자료는 2년 8개월에 걸친 수많은 과학자와의 면담이었 음을 밝히고 있다 — 독자들이 보다 생생한 현장감을 갖도록 도움을 주고 있다.

대부분의 경우 어떤 과학이론에 대해 기술하고자 할 때 전문 용어 의 사용은 불가피하다. 이것은 엄격하게 정의된 용어를 사용함으로 써 기술의 모호성을 가능한 피할 수 있기 때문이다. 그러나 일반적으 로 과학이론을 소개하는 이차적 저작은 비전문적인 용어를 사용함으로써 생기는 애매모호성 때문에 전문가는 물론 일반 독자에게도 불만족한 글이 되기 쉽다. 이런 문제에 있어서, 저자는 이 책에서 전문 용어의 사용을 용어 자체를 소개할 경우를 제외하고는 가급적 피하고 있다. 그럼에도 불구하고 내용이 모호해진 경우는 없는 것 같다. 오히려 상식적인 개념과 단어들을 사용함으로써 본질적인 것들을 쉽게 이해할 수 있도록 해 준다. 카오스이론을 다루는 수학이 이미 꽤 어렵고, 또 카오스이론을 기술할 때 자주 수학을 사용하고 있지만 이 책에는 수학이 거의 사용되지 않고 있다. 약간의 수학이 사용되지만 고등학교 수준 정도의 것이고, 경우에 따라서는—예를 들어 복소수의 덧셈 경우처럼—충분한 설명도 주어지고 있다. 저자는 매우 복잡한 현상이나 전문 용어로 기술될 시험 장치들까지도 상식적인 수준에서 이해시키고자 한다. 따라서 이 책에서는 '마치 ~인 것처럼', '~인 것과 마찬가지다' 등의 비유적 표현을 자주 볼 수 있다. 물론 이런 유형의 기술에서는 더 자세한 부분, 어려운 부분 등은 삭제될 수밖에 없지만, 대부분의 경우 어떤 현상의 본질과 이론적 접근 방법의 본질 등을 설명하는 데는 오히려 더 효과적인 방법으로 보인다. 그 예로는 로렌츠의 끌개에 대한 설명을 들 수 있다. 로렌츠 끌개는 복잡하고도 규칙적인 카오스의 본성을 보여 주는 전형적인 스트랜즈 어트랙터의 예로, 로렌츠에 의해 발견된 후 아직까지도 그 중요성이 시들지 않고 있는 것으로서, 로렌츠의 방정식으로 명명된 세 개의 연립방정식의 특수한 해라고 할 수 있다. 이 책에서는 로렌츠의 끌개를 그림과 함께 여러 곳에서 상술하고 있다. 하지만 어느 곳에서도 그 방정식은 보이지 않는다. 전문가가 아닌 독자들이 그 방정식 자체에서 어떤 의미를 찾는다는 것은 어렵기 때문이다. 대신에 저자는 그 방정식이 비선형항을 갖고 있다는 것을 지적하고, 그 비선형항의 역할을 보다 직관적인 수차의 예를 들어 성공적으로 설명하고 있다.

어떤 과학적 지식을 전달하는 데 있어서 비전문적 용어를 사용하거나 비유적 표현을 쓰는 것은 독자의 이해를 오도할 위험이 있다. 하지만 저자는 이들을 적절히 구사함으로써, 전문 용어 자체의 난해성 혹은 추상성을 피하고, 현상과 이를 설명하려는 이론적 접근 방법의 본질을 오히려 더욱 투명하게 보이는 데 성공하고 있다.

재미있게 접근할 수 있는 카오스이론

이 책의 목적은 물론 카오스이론이라는 과학적 지식을 전달하는 데 있다. 하지만 이 책을 읽어 가다 보면 소설을 읽고 있는 것처럼 느낄 때가 자주 있다. 예를 들어 서두를 보자.

> 1974년, 미국 뉴멕시코 주의 로스앨라모스라는 작은 도시에서 경찰들은 매일 어둠 속을 배회하는 한 사나이 때문에 바짝 긴장했다…….

이미 독자는 강한 호기심을 갖게 될 것이다. 혹자는 실수하여 옆에 있던 추리 소설책을 집어 들었나 하고 생각하게 될지도 모른다.

이 수상한 사나이는 곧 파이겐바움이라는 과학자로 밝혀지고, 또한 그의 연구가 카오스이론의 발생에 중대한 몫을 해낸 데 관해 소개된다. 이런 구절들은 과학사적인 기술도 아니고 더군다나 과학적 지식을 얘기하고 있는 것도 아니다. 실제로 파이겐바움의 연구는 상당한 수준의 수학을 알아야 이해할 수 있다. 만약 처음부터 그의 연구 결과를 소개하려 했다면 많은 수의 독자들이 몇 장 못 가서 책을 덮어버렸을 것이다. 물론 위에서 인용한 것과 같은 상황이 사실인지 확인할 수도 없겠지만, 독자가 책을 계속 읽어 가는 동안 그런 것은 이미 중요하지 않을 것이다. 이와 같은 긴장감과 생생한 현장감은 책이 끝날 때까지 계속된다. 로렌츠가 구식 계산기를 사용하여 극적으로 그 유명한 끌개를 발견했을 때라든지, 혹은 주위의 냉대 속에서도 자유롭게 카오스에 대한 연구를 계속해 갔던 싼타크루즈의 돌연변이 물리학자들 등 그러한 기술은 이 책의 기본 골격을 이루고 있다. 그래서 이 책은 우선 읽기에 재미있다.

이 책을 재미있게 읽을 수 있는 또 하나의 이유는, 카오스이론이 인간의 일상적인 경험이나 현실 세계의 실상을 포함한 매우 다양한 분야의 현상들에 적용되고 있음을 많은 실례를 통하여 쉽게 보여 주기 때문이다. 사람들은 흔히 현대 과학은 인간으로부터 점점 멀어지고 있다는 말을 자주한다. 저자도 지적하고 있듯이 현대의 소립자물리학은 점점 더 작은 규모, 더 짧은 시간, 더 큰 에너지의 영역에서의 물리로 필연적으로 치달아 가고 있다. 하지만 그런 영역은 인간이 일상적으로 경험할 수 있는 세계가 아니다. 또한 현대 과학은 수백 년 동안 진화되어 오면서 전문화된 많은 분야들로 가속적으로 세분되어 왔는데, 다른 분야간의 괴리감도 또한 같은 속도로 심화되고 있는 것 같다. 어떤 분야의 연구 결과는 그 분야의 학회에서만 발표된다. 다른 분야의 강연은 거의 이해하기가 힘들기 때문에 다른 분야의 학회에 가는 일이 드물고, 대개 어느 분야에 소속되어 그곳을 벗어나는 일이 드물다. 종종 같은 분야로 세분된 경우에도 다른 전문가의 연구에는 문외한이 되기가 쉽다.

카오스는 모든 분야의 과학에 적용된다. 이 책에서는 이러한 분야들을 다양하게 소개하고 있다. 심장 박동의 불규칙한 리듬, 뇌파의 유형, 정신분열증 환자의 안구 운동, 기상 예측, 거시적 국민 경제, 주식가의 변동, 교통 체증의 문제, 생태학적 개체수의 변동, 수도꼭지로부터 떨어지는 물방울의 리듬, 목성의 붉은 반점, 그네의 운동, 해안선의 복잡함, 눈송이의 결정 모양, 공중으로 피어오르는 담배 연기의 행태 등 책에서 열거하고 있는 것들 외에도 그 예는 무한히 많다. 이런 문제들은 그간 서로 다른 분야에 국한된 문제였거나 어느 분야에서도 도외시되던 문제들이었다. 이제 이 모든 문제들은 카오스이론, 혹은 비선형 과학이라고 부를 하나의 과학에서 다루는 문제들이 되었다. 카오스는 새로이 발견한 자연의 모습이기 때문에 인간이 일상적으로 경험하는 다양한 현상들이 카오스이론의 대상이 된다.

번역에 대하여

이미 위에서 언급한 것처럼 과학이론의 이차적 저작 과정에는 비전문적인 언어로 전문적인 내용을 기술해야 하는 어려움이 존재한다. 저자 글리크의 경우처럼 설령 원저의 저작이 이런 기술 과정에서 성공적이었다고 할지라도 번역의 어려움은 여전히 그대로 남아 있게 마련이다. 왜냐하면 원저가 지닌 기술의 유연성을 계속 유지해 주어야 하기 때문이다. 그러나 무엇보다도 이런 새로운 과학이론 서적의 번역에 있어서 가장 큰 어려움은 바로 전문 용어들의 적절한 번역에 있을 것이다. 이는 용어들이 의미하는 바를 번역된 용어 자체에서 어느 정도 직관적으로 읽을 수 있도록 해야 하기 때문이다. 이런 점에서 이 책의 공동 번역자인 《동아일보》사의 성하운 기자와 수원대학교의 박배식 교수는, 아직까지 대부분 번역된 용어가 없거나 혹 있더라도 일관된 사용으로 정착되지 못한 상태인 카오스이론을 다룬 이 책을 성실히 번역해 냈다고 본다. 다만 몇몇 용어에 대해서는 원어를 그대로 사용하기도 했는데 개척자적인 과감한 번역을 제시했으면 하는 아쉬움이 남는다.

서일성 씨의
『한국야생조류』를 보고

윤무부 경희대 생물학과 교수

『한국야생조류』
서일성 지음 / 1993 / 평화

우리나라는 400여 종의 새들이 산과 들, 바다에서 서식한다고 기록하고 있다. 그중에서 조류학자인 우리가 새의 서식처를 찾아 쫓아다녀 보아도 실지로 일년에 볼 수 있는 새는 아마 200여 종밖에 되지 않는다.

400여 종은 1940년도 이후부터 집계된 것으로 여기에는 텃새를 비롯하여 여름철새, 겨울철새, 나그네새 이외에 태풍 등의 자연현상에 의해 길을 잃은 새들인 미조(迷鳥)까지 포함되어 있다.

이상과 같이 새의 종류는 기록에 의하면 400여 종임에도 서일성 씨의 『한국야생조류』에는 95종에 한하여 촬영, 수록되었다고 한다면 실망하지 않을까 염려되지만, 실지로 야외에 다니면서 조사 관찰과 조류 촬영 탐사를 해 보면 아마 우리나라를 지구상에서 가장 새가 없는 나라로 표현해도 좋을 것이다.

우리나라는 옛날부터 금수강산으로 자연의 조화를 잘 이루고 있었으나 그간 자연환경이 많이 변화해 온 것이 사실이다. 또한 우리나라 경제력이 선진국 대열에 진입한다고 야단들이다. 그러나 국민들의 독서량이나 출판물의 질에 따라 그 나라 경제력을 알 수 있다고 한다. 그러나 해방된 지 50년이 되었건만 자연에 관한 종합조류도감들이 없는 것이 안타깝다.

최근에 우리나라 산과 들에는 고유의 텃새인 황새가 1972년 4월 마지막 번식을 끝냈고 동요로 널리 알려진 따오기가 1976년 휴전선에서 마지막으로 관찰되고 지금까지 보이지 않고 있다. 어디 그뿐인가, 조상 때부터 정력에 좋다는 뜸북새(뜸부기)도 독한 농약으로 인해 마을 앞 논에서 사라진 지 오래이다.

1960년 이후부터 좁은 국토는 경제 개발이나 수출이 아니면 살길이 없다며 논과 야산에 수출 공단을 짓고 그곳에서 내뿜는 독한 매연은 금수강산을 오염시켰고 공장 폐수는 산과 계곡의 개울물로 흘러들어 가 물새들이 좋아하는 송사리, 잠자리 유충 등이 죽다 보니 개울가 저수지에서 서식하던 새파란 예쁜 물총새는 사라지고 있는 실정이다.

때 이른 조류도감 출판

우리나라에는 다른 나라에 비해 야생 조류가 많이 서식하지 않는 것은 사실이다. 우리나라를 제외한 일본이나 태국, 필리핀, 중국 등지에서는 대략 700종 이상의 새가 서식하고 있다. 그렇기 때문에 조류에 관한 서적 즉, 조류생태도감이 많이 출판되어 있어 그 나라 국민들은 자연 속의 새를 정서 생활에 잘 이용하고 있을 뿐만 아니라 자연보호에도 크게 이바지하고 있으며 학생들의 자연 교육에 많은 시간을 할애하고 있다. 그러나 우리나라의 출판업계에서 야생 조류 사진을 몇 장 찍었다고 비싼 색 분해비를 들여 가며 조류도감을 출판한다는 것은 좀 낭비가 되지 않을까 생각한다.

우리나라 야생에서 서식하는 새 200여 종 정도를 촬영하고, 또 지금까지 어떤 유사한 조류도감이 출판되었는가에 대해서도 사전 조사를 해서 심사숙고한 후 출판에 임해야 한다. 출판사 측에서 지금까지 한국 원색조류도감이 7권이나 출판되었다는 사실을 잘 알고 계신지 궁금할 따름이다. 새로 출판되어 나온 도감들은 지금까지의 조류도감보다 나은 것이어야 할 것이다. 왜냐하면 원색도감이라는 것은 막대한 제작비가 들기 때문에 책값도 따라서 비싸다. 무엇보다도 이러한 도감은 학교 교육과정에서도 가르칠 수 없는 우리 새를 보여 주기 때문이다.

그뿐인가, 국민들의 정서를 위해서도 자연의 아름다운 새를 80% 이상 보여 주어야 할 것이다. 그래서 우리나라의 출판업계도 조류도감 출판을 꺼리고 있는 것은 사실이다. 다른 식물도감같이 땅에 고착된 피사체를 찍기는 쉬우나 조류같이 날개가 있어 하늘을 날아다니는 새를 뛰어다니며 촬영한다는 것은 무척이나 어렵다는 것은 다 알고 있는 사실이다.

그뿐인가, 야생 식물을 촬영하는 기구인 카메라도 105mm 마이크로렌즈면 어느 식물이라도 어떤 장소에서도 멋진 식물의 사진 촬영이 가능하다. 또 곤충 촬영에도 105mm 이상의 렌즈를 가지고 다닐 필요가 없다. 그러나 날아다니는 조류를 촬영하려면 노동력은 고사하고 우선 고가의 카메라 장비가 필수적이다. 즉 우리나라 산과 들에 사는 새 60% 이상이 15cm 내외 크기의 새이기 때문에 최소한 600mm 이상의 초망원렌즈가 있어야 카메라 촬영이 가능하다. 이것은 요즈음 400만~500만 원 이상 주어야 구입할 수 있다.

그뿐인가, 야생 조류들은 조류 촬영자에게 포즈를 취해 주지 않고 계속 움직이기 때문에 1롤을 찍어도 허탕 치는 수가 많다. 그래서 외국에서는 조류를 찍은 슬라이드 필름을 매우 비싸게 대여하고 있다.

또 우리나라 새들은 일년 내내 사는 텃새 56종을 빼고는 모두가 철새들이기 때문에 금년에 촬영 못한 새는 다음해에 가서야 촬영할 수 있다. 그렇기 때문에 사진가나 조류학자들은 몇 마리의 새를 야외에서 촬영해서 출판하고 싶은 것이 최대의 희망이고 또한 출판사 측에서도 사진으로 보아 욕심이 안 날 수가 없다.

그렇다 보니 책 표지는 거창하게 한라에서 백두까지 한국의 야생 조류가 모두 수록되어 있는 줄 알고 구입해 보면 약간의 실망을 가져오기 때문에 저자나 출판사 측도 심사숙고하여 지금까지 출판된 조류 사진 서적들을 참고해야 한다.

즉, 도감이라는 것은 아름다운 자연을 그대로 표현해야 하기 때문이다. 또 '한국'이라는 글씨가 들어가면 될 수 있는 한 한국에서 사는 모든 새를 책에 수록해야 한다. 그러나 서일성 씨의 『한국야생조류』는 93종만 수록되어 있어 4~5년 더 열심히 노력, 고생하여 190종 이상 정도 되었을 때 출판되었으면 더 좋은 작품집이 되지 않았나 하는 마음이다.

저어새 번식 생태는 최고의 작품

사진작가인 서일성 씨의 사진 촬영기술은 수십 년 이상 사진기자 경험의 축적으로 인해 우리나라 어느 누구도 따라갈 수 없는 독보적인 사진 마술이다. 이러한 경험은 사진 촬영에 있어서 가장 중요한 위치를 차지한다.

특히 사진 구도는 보는 이로 하여금 흥망성쇠를 느끼게 하기 때문에 도감의 사진 표현은 생명력이나 마찬가지다. 책 내용 중에서 희귀한 천연기념물인 62두루미, 61재두루미, 60흑두루미 등은 어려운 휴전선에서, 또 35삼광조, 22동박새는 외딴섬에 가서 하루 이틀이 아닌 여러 날을 지내고 버틴 사진작가의 인내가 아니면 촬영할 수 없는 뛰어난 사진들이다.

다음으로 극찬하고 싶은 사진은 36붉은 배새매, 37꾀꼬리, 56개개비의 알, 새끼, 둥지, 어미의 사진은 하나의 새에 대한 생활을 그대로 보여 주는 것이다. 이러한 사진은 세계 어디에 내놓아도 손색이 없을 것이다. 좀 아쉬운 것은 조류의 사진 도감이라는 것은 자연에서의 있는 그대로를 거짓 없이 보여 주어야 한다. 간혹 본의 아니게 병든 새를 모델로 삼아 촬영한다거나, 건강한 새의 다리를 끈으로 묶어 촬영한다거나, 또 동물원 등지에서 사육하는 것을 교묘하게 촬영해서는 안 된다. 심지어는 최근 『한국산 조류』라는 사진 책에는 소련에서 얻어 온 사진과 일본 등지에서 얻어 온 사진 그리고 우리나라 두루미 촬영시 휴전선 출입이 어려워 북해도의 '쿠시로' 두루미 사육장에 가서 사진 촬영을 하여 우리나라 휴전선 두루미인 양 출판하는 경우가 왕왕 있었다.

이러한 조류도감 출판에는 굳이 한국이라는 말을 넣어서는 안 된다. 또 출판업자도 전문가들의 자문을 받아서 출판해야 하고, 감수자도 감수료만 받고 좋아할 것이 아니라 철저히 감수하여 좋은 양심적인 책이 나와야 떳떳한 것이다.

『한국야생조류』에도 39팔색조는 개나리 숲에 앉지 않는다. 상록수림에만 서식하는 새이다. 즉 새와 환경이 맞지 않는다. 그 다음 4수리부엉이는 야행성 조류이기 때문에 어두운 숲이나 보호색의 바위 위에만 앉는 새이고, 자세가 너무 부자연스럽다.

65혹고니도 야생에서는 콧등의 검은 큰 혹이 번식기인 6~7월에 번식지에서만 생기는 것이다. 눈이 있는 겨울철의 콧등의 혹은 동물원에서만 생기는 것이다. 66큰소쩍새도 자연 상태로는 너무 어색한 표정 사진이다. 자연에서 이러한 표현들은 죽음 직전의 상태가 대부분이다.

이상의 사진들은 사진작가 서일성 씨의 『한국야생조류』 생태 사진집에는 넣어서는 안 될 사진들이다.

이밖에 이 책에 대해서 부연하고 싶은 것은 식물 상태 사진도감 중에 '한라에서 백두까지'라는 문구를 표지에 씀으로써 책이 많이 팔린다고 해서 30잣까마귀만 백두산에서 촬영된 것뿐임에도 책 표지 글씨를 함부로 쓴다는 것은 옳지 않다는 생각이 든다. 자연은 있는 그대로 또 자연은 거짓이 없기 때문에 진정한 사진으로 솔직한 자연을 소개해야 한다. 이상들을 참고하여 더욱 좋은 책이 많이 출판되어야 학교 교육에서 조류에 관해서 많이 알고, 아름다운 조류 생태 등을 공부함으로써 조류를 연구하고, 조류를 사랑하고, 국민들에게 조류에 관한 많은 정서를 가지게 되어 조류와 가까워질 수 있는 좋은 기회를 제공한다는 것을 알아야 한다.

질타와 고생의 노력은 더욱 세계적인 한국의 조류 사진, 생태 사진 출판이 되는 기초이기 때문이며 세계적인 한국 조류사진도감으로 발전할 수 있기를 바란다.

아름다운 곤충들

우건석 서울대 농생물학과 교수

『나비』

이원규 지음 / 1993 / 현암사

곤충 세계는 한없이 신비하기도 하지만 자연의 아름다움을 갖고 숨쉬고 있다. '수많은 곤충 중에서 어떤 것들이 가장 아름다움을 많이 지녔는가?' 란 물음에 대부분의 사람들은 '나비들' 이라 답한다.

이원규 씨의 '나비 – 자연의 친구들1' 을 평하기에 앞서 왜 나비인가를 알아보려 한다. 어원을 캐면 나불나불 날아다니므로 오늘날 나비라 일컫게 되었다 한다. 고전 『두시언해』(1481)에 '나뵈' 와 '나비' 로 『훈몽자회』(1527)에는 '나뵈' 로 기록되더니 숙종 때(1675~1720년경)의 『시몽언해물명』에는 '남이' 로 불려왔다 한다. 또 지금은 지방에서는 '나부' 나 '나베이' 로 부르는데, 이 모두가 아름다운 이름들이라 더욱 좋다.

고생물학적으로 보면 적어도 3,000만 년 전의 점신세 때의 이판암 석층에서 나비 화석이 발견되었으므로 오늘날의 종자식물(꽃을 피게 하는 식물 무리)과 공진화해 온 관계가 알려졌으니 나비는 곧 꽃이라 해도 틀리지 않다고 본다. 그러나 화석 이전 세상에 나비들이 있었으므로 나비의 역사는 1억 5천만 년에서 2억 년 전으로 봄이 옳다고 믿으며 아마 포유동물이 출현한 때와 같았을 것이다.

세계에는 약 2만여 종의 나비가 있고 우리나라에는 8과 251종이 있는데 대부분이 중국 · 소련 · 구라파 지역을 포함하는 구북구계에 속한다고 알려져 있다. 이중 북한에만 분포하는 것은 49종, 우리나라는 202종이다.

저자인 이원규 씨는 나비의 미적인 마력에 빠져든 중견 사진작가로 알고 있다.

오늘 '자연의 친구들' 시리즈 중 첫 번째로 나비를 세상에 선보였다. 색상의 선명한 점과 섬세하게 작은 부분의 구석을 더욱 크게 돋보이게 하려는 노력에 먼저 찬사를 보내고 싶다.

작가는 어려서부터 자연을 사랑하며 시골에서 성장하고 많은 사람들이 자연의 아름다움과 신비로움을 느낄 수 있도록 사진에 담아 남기고 싶다는 충동을 느끼게 된다. 그럼 왜 유독 나비에 대한 애착을 갖게 되었는가를 다음 글 내용에서 알게 된다.

하루는 학교에서 돌아오다가 나비를 보았다고 어머니께 여쭈었더니 "붉은 나비냐, 흰나비냐?" 하고 물으셨다.

"흰나비를 보았습니다" 했더니 "아! 이제는 정말로 봄이구나" 하시던 어머니 말씀이 흰나비를 볼 때마다 생각이 난다고 기술하고 있다.

예부터 우리 선조들은 봄소식을 전하는 나비를 보고 농사일을 시작하는 슬기로움도 지니고 있었다.

이렇게 나비에 대해 관심을 갖기 시작하여 십 년이 넘는 세월을 사진기를 들쳐 메고 전국의 이곳저곳을 다니며 현란한 자연의 색깔을 몸에 지닌 갖가지 나비의 모습을 담아내고, 그러다 보니 나비의 한해살이 연구에까지 이른 것 같다.

이 책에는 모두 232컷의 생생한 나비 사진과 62컷의 배추흰나비의 생활사와 성장 과정을 한눈으로 이해할 수 있는 생태 사진이 같이 실려 있어서 나비의 신비와 숨결을 곁에서 느끼게 해 준다. 내용은 나비의 생활, 나비의 생김새, 나비의 한살이(생활사) 그리고 촬영기 등 네 부분으로 되었다.

먼저 나비의 생활에서는 꽃을 찾는 나비, 이슬을 먹고사는 나비, 숲 속에서 지내는 나비, 여름잠과 겨울잠을 자는 나비들로 다시 세분하여 독자를 나비 가까이 끌어당기는 데 성공하였다. 잠자는 나비도 있는가? 책을 펼쳐 본 사람이면 "참 신기하네" 하고 외칠 것이다. 은줄표범나비와 흰줄표범나비 등 7월 중순부터 9월까지 시원한 곳에서 성충은 여름잠에 깊이 빠진다. 그런가 하면 큰멋쟁이, 뿔나비, 네발나비 등 10여 종은 성충으로, 흑백알락나비는 애벌레로 용케도 겨울을 잠 속에서 보낼 수 있다니 이것 또한 자연의 신비가 아닌가! 생활사의 특성을 바탕으로 우리나라에 분포하는 나비를 분류하려는 시도도 좋았다.

두 번째, 나비의 생김새는 날개와 머리를 주로 사진에 담았다. 날개 표면의 색깔 나는 인편은 표면의 털이 변한 것인데 긴꼬리제비나비의 주홍색 무늬는 아낙네 한복의 색상에 뒤지지 않고, 산제비나비의 뒷날개 무늬는 여느 불꽃놀이 때의 색 퍼짐보다 더욱 아름답다. 그것은 자연의 산물이니까 나비의 날개 무늬와 색상은 애벌레가 먹고 자란 식물의 종류가 영향을 주게 된다. 책에서 예를 든 산호랑나비, 석물결나비, 긴꼬리제비나비와 산제비나비에서 보듯 산호랑나비는 황색과 주홍색이 어우러진 고전적 색상이라면, 긴꼬리제비나비는 진한 주홍색에 흰색과 검은색이 가미된 인상파의 아름다움이 담겼다 하겠다. 석물결나비의 날개 뒤쪽의 뱀눈 무늬는 언뜻 보면 노랑 테에 검은색인 듯하나 테 한가운데의 청색은 색조의 기이함을 느끼기에 충분하다.

머리에는 곁눈, 더듬이와 입틀로 이루어진 부속기가 있다. 눈은 많은 수의 낱눈이 모여 우리는 볼 수 없는 자외선 색도 구별해 낸다. 또 냄새 맡는 기관이 발달하여 먹이를 찾는 능력이 뛰어난데 이를 더듬이가 해낸다. 호랑나비의 머리 모습은 노랑바탕색이, 옥색산누에나방에서는 녹색과 흰색이 어우러진 비단옷 입은 모양이 대조적이다.

세 번째, 나비의 한살이는 배추흰나비를 주로 엮었다. 총 62컷의 사진에 알·애벌레·번데기·성충에 이르기까지의 생생하게 벗겨진 발육 과정을 한눈에 볼 수 있게 하였다. 이러다간 자연의 신비가 소멸되지 않을까 걱정이 날 만큼 정성을 들였다. 배추흰나비는 대개 3

월 말부터 10월 초순까지 한 해에 다섯 번이나 대를 이을 수 있다든지, 번데기로 겨울을 나고 애벌레가 배추, 무, 유채, 갓, 양배추 등 십자화과 채소의 잎을 먹고 자라므로 해충이라는 점도 지적하였다. 81페이지의 그림 16컷에서 세상에 태어나는 흰나비의 후배자발생 과정을 연속 촬영기법으로 순간순간의 변화를 들여다보게 하였던 점은 이원규 씨의 생태 사진작가의 면모를 선보인다 하겠다.

알에서 깨어난 애벌레는 맨 처음 무엇을 먹는가? 궁금한 일이다. 태어날 때 머리가 먼저일까 아니면 다리나 꼬리 부분일까? 이런 궁금한 대목이 모두 이 부분에 담겨 있다.

번데기가 될 만큼 자란 애벌레는 몸에 띠 매기가 시작된다. 몸 안에 남아 있는 배설물을 쏟아 낸 뒤 24시간은 조용히 준비하며 기다린다. 몸에 변태호르몬이 쌓이면 비로소 탈바꿈하다 번데기가 되면 말랑말랑하던 표피는 딱딱하게 굳어지며 색깔도 주위 환경에 맞는 보호색을 띤다. 그 다음은 긴 겨울을 지나 새로운 탄생을 기다리는 긴 잠에 빠진다. 5월경 번데기는 8일이 지나면 몸 안에 있던 날개 조직이 밖으로 비치기 시작한다. 86페이지의 번데기에서 성충이 태어나는 변화 과정은 애벌레와는 전혀 다른 모습의 변태를 실감나게 전하고 있다.

네 번째, 촬영기에서 저자는 짙은 황갈색 바탕에 희미한 남색 띠와 검은 점 무늬의 들신선나비가 번데기에 매달려 날개를 말리는 모습을 어렵사리 사진에 담아낸 이야기를 쓰고 있다. 문장력도 자연 그대로이다.

자연 속에서 살아가는 어떤 생물체도 결코 단순히 보아 넘겨서는 안 된다는 생각을 갖게 되길 바라고 이 책을 펴낸다고 말하고 있다.

이원규 씨는 마냥 나비만 볼 수 없는 아침이 안타깝다고 했다. 그만큼 저자의 뜻이 어디까지 달려가고 있는지를 엿보게 한 글이다.

우리들은 봄부터 늦가을까지 시골 어딜 가도 나비만은 만날 수가 있어 좋다. 친구와 같은 친숙함으로 우리 곁을 맴돌기도 하고, 크고 색상이 아름다운 것들은 다소 깊은 산간 계곡에서 자태를 뽐내며 날아다닌다. 그래서 나비는 자연의 소식을 전해 주는 나비 우체부일 수도 있다. 봄소식을 나래에 싣고 우리 동네에 찾아온 나비를 이 책을 통해 독자들은 깨우치게 되리라 믿는다.

우리나라에는 호랑나비과 등 8개의 과가 있다고 한다. 여기 '나비 –자연의 친구들' 1집에서는 배추흰나비의 한살이가 다루어졌는데 다음에는 더 아름답고 신기한 나비 무리의 생태조사가 이룩되길 기원해 본다.

끝으로 '밤잠을 자고 난 배추흰나비의 아침'은 우리들에게 삶을 이어 가는 태고의 질서를 깨우쳐 준다고 느끼고 싶다.

아인슈타인, 물리학, 우주

김진의 서울대 물리학과 교수

『아인슈타인의 세계』(1~5)
NHK 아인슈타인팀 지음 / 현문식 옮김 / 1993 / 고려원미디어

최근 고려원에서 출간한 『아인슈타인의 세계』는 일본 NHK 아인슈타인팀이 제작한 NHK 특집 프로그램에 근거한 일본판 아인슈타인 로망의 번역서로서 일반 대중을 상대로 한 훌륭한 계몽서이다. NHK 텔레비전의 특집 프로그램이었으므로 누구나 쉽게 이해할 수 있도록 쓰였다는 특색도 갖추고 있다. NHK 제작팀이 이스라엘의 헤브라이대학, 독일, 스위스, 미국 등지의 아인슈타인 연고지를 방문하여 직접 취재한 이야기를 곁들여서 이야기책같이 쓰여 있고 많은 삽화가 실려 있어 읽기에 편하다.

전5권으로 출판된 『아인슈타인의 세계』는, 각 권의 부제가 천재

과학자의 초상(제1권), 상대성이론(제2권), 빛의 수수께끼(제3권), 우주 창조의 비밀(제4권), 숨겨진 설계도 E＝mc²(제5권)로 붙여져 있다. 여기서 누구나 이해할 수 있는 가장 재미있는 부분은 아인슈타인의 간략한 전기적 성격을 띤 제1권이라 볼 수 있다. 과학적 전개에 관심이 있거나 우주의 기원을 과학적으로 이해하려는 사람에게는 제2, 3, 4권이 도움이 될 것이다. 그리고 원자폭탄 투하와 관련된 이야기는 제5권에 쓰여 있다. 전질 5권 중 제1, 2, 4권이 잘 쓰여 있다고 볼 수 있고, 제3권을 읽어서는 NHK 제작팀이 의도한 양자역학의 법칙을 이해하기는 힘들다고 본다. 그리고 제5권에서 취급한 원폭 투하의 이야기에 대해서는 일본 사람들의 시각과 한국 사람들의 시각이 다를 수 있음을 밝혀 둔다.

『아인슈타인의 세계』에서 다룬 아인슈타인의 전기적 부분은 물리학자들에게나 일반 대중에게 공감이 가도록 훌륭히 쓰여 있다. 특히 고교생이나 대학생들은 이 책을 읽고 무엇인가 나도 꿈을 가질 수 있다고 느낄 것이다. 1895년, 특수 상대성이론을 발표하기 10년 전 아라우 주립학교 시절, 아인슈타인의 백일몽 이야기는 이상하게 들리기는 하지만, 이렇게 해서 위대한 발견의 씨앗이 싹튼다는 것을 시사해 주고, 젊은이들에게는 더할 수 없는 좋은 간접 경험을 선사해 줄 것이다. 그 백일몽은 빛을 따라가면서 빛을 본다면 어떻게 빛이 보일까라는, 실현하기 힘들며 지금은 중고생들도 해답을 아는 단순한 질문에 관한 꿈이었다. 하지만 이 질문의 답을 얻는 데 젊은 아인슈타인이 10년을 보냈다는 것을 젊은이들이 느껴 본다면, 분명 그들의 장래 사고양식이 달라질 수도 있을 것이다. 그리고 NHK 텔레비전 제작팀에 의한 문헌 조사뿐만 아니라 아인슈타인과 관계가 있었던 많은 인사들을 직접 인터뷰한 내용을 담고 있어, 이 책은 다른 아인슈타인의 전기와 달리 읽어 나가는 데 쉬운 면이 있다.

전기적 부분을 다룬 제1권 외에도 제2권 및 제4권은 잘 쓰여 있다. 일반 대중이 이해할 수 있도록 상대성이론을 설명한다는 것은 대단히 어려운 일이다. 물론 NHK 텔레비전 제작팀도 상대성이론을 이해하지 못한 상태에서 이 프로그램을 시작했으나, 그들은 많은 물리학자들과 인터뷰하면서 그들 나름대로 상대성이론을 이해하고 그들이 이해한 대로 일반 대중을 이해시키려는 텔레비전 특유의 특집 프로그램 제작 구도에 따라서 집필했다. 그렇다 하더라도, 나는 상대성이론 부분(제2권)을 읽어 보면서 이 부분이 아주 잘 쓰였다는 인상을 받았다. 어려운 공식은 주석에 붙인 로렌츠 변환식뿐이다. 물리학을 깊이 이해하려는 생각이라면, 상대성이론에 관한 이 책의 내용이 불충분한 것은 사실이다. 우선 텔레비전 기자들이 난해한 이론을 설명하고 있다는 데 큰 신빙성이 가지 않을 것이다. 그 이유는, 많은 부분이 내가 학문을 함으로써 몸속 깊이 터득한 진리를 다른 사람들에게 이야기하는 것이 아니라 전문가로부터 들은 사실을 독자들에게 전하는 방법을 택하고 있기 때문이다. 이러한 방법의 집필에 꼭 필요한 두 가지 원칙이 있는 바, 첫째는 피인터뷰 학자들은 그 분야를 옳게 이해하고 있는 사람들로 짜여져야 하며, 둘째는 인터뷰 내용을 독자들에게 전할 때 그 내용에 왜곡됨이 없어야 한다는 것이다. 나는 상대성이론 부분을 읽으면서, 이 정도면 일반 대중에게 설명하는 데는 훌륭하다고 생각했다. 인류 과학 문명의 황금기를 살아가는 현대인들은 이 정도의 이론을 상식으로서도 갖추어야 하며, 이런 면에서 이 부분은 읽기를 권하고 싶은 것이다.

빛의 수수께끼(제3권)에서는 20세기의 물리학 양자역학을 이야기하고 있다. 양자역학은 주로 일억 분의 1cm 영역에서 현저히 그 진수가 나타나는 학문이므로 우리의 일상 경험과 일치하지 않는 부분이 많이 있다. 특수 상대성이론보다도 더 심오한 부분이 많은 게 사실이다. 이러한 양자역학을 NHK 텔레비전 제작팀이 설명하기 위하여 고안해 낸 것이 광자 자동차이다. 나는 이 광자 자동차로써 양자역학을 설명하는 것이 무언가 격에 맞지 않는 느낌을 받았다. 가장 내 직감에 맞지 않았던 이유가 바로 양자역학의 현상이 현저한 영역은 일억 분의 1cm 정도인데 거시적인 광자 자동차를 도입했기 때문이다. 일반 대중을 이해시키기 위해 광자 자동차를 도입하여 이야기하려는 것이 양자역학의 중요한 기초인 확률적 설명을 우리에게 친근한 구체적 물체(자동차)로써 설명하기 위한 점은 이해할 수 있으나, 문제를 오히려 복잡하게 만들고 독자들을 혼돈에 빠지게 할 수도 있다. 예를 들면, 빛의 속도를 낼 수 있는 질량이 있는 물체는 없다. 이 점은 제2권에 설명이 되어 있다. 광자 자동차는 그 말 자체가 빛의 속도로 달리는 자동차이므로 단어 자체가 모순을 내포하고 있고, 자동차같이 큰 거시적 물체는 뉴턴의 고전역학으로 거의 완전히 기술할 수 있기 때문에, NHK 텔레비전 제작팀이 의도한 확률적 설명을 적용할 기회가 사실상 나타나지 않는다. 그렇다 하더라도, 20세기의 물리학인 양자역학에서는 고전역학과 근본적으로 어떤 면에서 다른지 설명하려는 노력이 보이며, 벨의 부등식 등 비교적 최근의 연구 결과 등도 거론하고 있다. 전반적으로 제3권은 일반 대중이 이해하기 힘들게 쓰여 있다. 그러나 일반 대중이 쉽게 이해할 수 있는 양자역학을 설명한 도서가 없다는 점을 감안한다면 『아인슈타인의 세계』 제3권이 그래도 양자역학에 관한 가장 쉬운 책이 아닌가 생각된다.

우주 창조의 비밀(제4권)은 누구나 알고 싶은 주제이다. 그러나 아무도 NHK 텔레비전 제작팀이 속 시원한 해답을 줄 수 있을 것이라고 기대하지 않는다. 따라서 제4권은 재미로 읽어 볼 만한 책이다. 그러나 제4권은 전형적인 텔레비전의 자극적인 취재에 따른 오류도 내포하고 있다. 이 책이 아인슈타인의 세계에 관한 책인 이상, 우주 창조 이야기에서는 아인슈타인의 우주관 내지 생존해 있는 믿을 만한 과학자들의 견해를 중심으로 이 문제를 다루었어야 한다고 본다. 그리고 상당 부분 이러한 내용이 실려 있다. 그러나 미신에 가까운 이야기를 과학적인 이야기와 섞은 것은 잘못 기획된 것이다. 노스트라다무스란 단어를 사용한 점, 신화와 과학이 닮았다고 쓴 점, 도곤족과 결부시킨 아인슈타인 이야기 등은 아인슈타인과는 상관없는 이야기들이다. 예를 들어, 신화와 과학이 닮았다는 이야기에서는 "신화도 과학도 현상의 시도로써 예언을 하는데 그 예언이 반드시 옳다는 믿음을 그 신봉자들에게 준다"고 쓰고 있다. 종교적 믿음은 과학적 사실에 기초하지 않는, 과학자들이 보기에 맹목적인 믿음이다. 과학적인 믿음, 즉 과학적 진리는 누가 언제 어디서 같은 조건하에서 실험하면 같은 결과를 얻는 보편타당성에 근거하고 있다. 따라서 신화와 과학이 닮았다는 주장에서는 이처럼 심각한 오류를 범하고 있다. 한 문장에서 다른 모든 말을 빼고 자기 분야를 믿는다는 구절만 택해서 닮았다고 이야기한 점에서 텔레비전 프로그램의 무책임한 주장을 엿볼 수 있다. 이러한 엉뚱한 이야기는 쉽게 독자들이 구별해 낼 수 있을 것으로 본다(참고로 서평과 관계는 없지만 우리 사회에서 잘 못된 관행인 점을 지적하면, 과학자들이 텔레파시 문제나 창조학회 등에서 과학의 이름으로 이들에 신빙성을 주려는 노력들이 있다. 이들은 재현 가능한 실험에 기초하지 않는 한 과학하는 방법에 어긋난다고 보며, 신화의 신봉자로서 주장한다 해도 일반 대중에게 미치는 잘못된 영향력이 있기 때문에 이러한 주장을 삼가야 한다고 본다). 그러나 기타 물리학자들과 인터뷰하여 기술한 우주 창조의 비밀은 현대 우주론자들의 관점을 반영하고 있다. 이러한 부분에서, 과학자들이 우주의 기원을 어떻게 보고 있는지 짐작은 할 수 있다.

　제5권은 주로 원자폭탄 제조 및 투하와 관련된 이야기로서, 아인슈타인이 여기에 얼마나 관련되어 있는지 다루려 하고 있다. 이 부분도 일본에서 방영된 텔레비전의 특수성 때문에 아인슈타인을 관련시키려는 것처럼 다루었지만, 잘 읽어 보면 1939년 여름 루스벨트에게 쓴 편지가 전부라는 것을 알 수 있을 것이다.

　전체적으로, 아인슈타인의 이야기를 잘 엮었으며, 몇 군데 텔레비전 방영을 위한 기자들의 성숙되지 못한 판단을 빼면, 일반 대중이 쉽게, 20세기 물리학, 철학 및 우주의 이해에 지대한 영향을 끼친, 아인슈타인의 세계에 접할 수 있는 책으로 본다.

한국인의 보람 느끼게 하는 과학사

송상용 한림대 사학과 교수

『**한국인의 과학정신**』
박성래 지음 / 1993 / 평민사

　『**한**국인의 과학정신』은 『컬럼으로 쓴 과학』(1985), 『민족과학의 뿌리를 찾아서』(1991)에 이은 박성래 교수의 세 번째 글 모음이다. 앞의 두 책이 과학에 관한 다른 글도 섞었다면 이번 책은 한국 과학사만으로 되어 있는 것이 다르다. 제목은 딱딱해도 큰 부담 없이 읽을 수 있는 에세이들을 모았다.

　지은이는 이 나라에서 손꼽는 한국과학 사학자로서, 그리고 빼어난 과학사 해설가로서 널리 알려진 분이다. 그는 이 책의 머리말에서 과학사 계몽에 대한 굳은 의지를 명백히 하고 있다. "내 공부는 일종의 운동이며 과학사를 공부하고 거기서 새로 찾아낸 내용과 뜻을 더욱 널리 알리는 데 내 삶의 뜻이 있다고 믿는다"는 말에서 그의 투철한 사명감을 읽을 수 있다.

『한국인의 과학정신』은 네 부분으로 나누어져 있다. 1장과 2장은 한국인의 과학정신을 보여 주는 과학자와 과학 유산으로서 책의 3분의 2 이상을 차지한다. 3장 동양과학 전통의 재평가와 4장 과학에 얽힌 이야기는 1, 2장에 들어갈 수 없는 글들을 모은 것이어서 앞서보다는 응집력이 좀 약한 느낌을 준다.

1장에는 조선 초부터 1950년에 걸치는 과학자 19명이 소개된다. 그 반 이상이 두 번째 책에 나왔던 과학자들이지만 내용이 같지는 않고 최근에 고쳐 쓴 것들이다. 3분의 1은 유순도, 이지함, 박안기 등 새로 발굴한 과학자들이어서 주목을 끈다.

유순도는 잘 알려지지 않은 세종 때의 과학자이다. 그는 예부터 전해 오는 갈오격수지법을 써서 물을 끌어올려 가뭄에 대처하려 했다. 이 시도는 실패했지만 지금의 사이폰과 같은 원리였다는 점에서 중요하다. 같은 시대의 이순지는 천문, 역법의 책임자로 중국과 아랍의 역법을 우리나라에 맞게 수정한 『칠정산』 내편과 외편을 완성했다. 『토정비결』을 만든 이지함은 지금은 과학과 거리가 먼 사람으로 보겠지만 수학적 질서를 찾아내려는 집념을 가진 상수학의 대가였다. 그는 스승 서경덕을 이은 자연철학자로 중요하다.

17세기의 천문학자 박안기는 지은이의 가장 큰 발견이다. 나산이란 조선 학자가 일본에 가 역법을 가르쳤는데 이를 기초로 해서 만든 일본 최초의 역법 정향력이 1684년 채택되었다. 박 교수는 일본 책들에 나오는 나산이 1643년 조선통신사의 일원으로 일본에 간 박안기임을 확인하고 그의 발자취를 밝혀냈다.

실학기의 과학자로는 『성호사설』을 써서 서양 과학을 소개한 이익, 중국이나 일본에 없는 지전설을 주장해 독창성을 보인 홍대용, 서양 과학기술의 도입을 주장하는 대담성을 과시한 박제가가 소개된다. 끝으로 정약용은 우두를 도입하고 기중기를 썼으며 이용감을 설치해 과학기술을 보급할 것을 역설했다. 이익의 영향을 받은 그는 천주교에 기울었으며 오행설, 점성술, 풍수지리를 대담하게 반대했다.

19세기 중반 '한국 실학의 3대 수수께끼'라는 이규경, 최한기, 김정호가 차례로 다루어진다. 이규경은 과학기술에 관한 방대한 정보를 모은 『오주연문장전산고』를 남겼다. 최한기는 120권의 저서가 전하는데 서양의 근대물리학 지식을 소개하면서 전통적인 동양의 기 사상 해석과 접목시켰다. 김정호는 '청구도', '대동여지도', '대동지지' 등 놀라운 업적을 냈으나 그 생애는 베일에 가려 있다.

19세기 말에는 미국의 근대 농업기술을 도입한 최경식이 눈에 띈다. 그는 1883년 보빙사를 따라 미국을 다녀온 뒤 농무목축시험장을 만들어 서양 작물을 재배하는 데 성공했다. 이제마는 세계에 유례가 없는 독창적인 사상의학을 발전시켰다. 상운은 1881년 중국에 유학한 영선사행의 일원으로 첫 번째 전기 기술자가 되었다.

20세기에 들어와서는 과학 대중화의 선구자 김용관의 생애가 인상 깊다. 그는 일제 하에 발명학회, 과학 지식 보급회를 만들었고, 1933년 《과학조선》을 창간해 거국적인 과학 보급운동을 폈다. 일본에서 태어나 해방된 조국에서 마지막 봉사를 한 육종학자 우장춘의 기구한 생애, 나비 연구로 세계에 이름을 떨쳤으나 한국 전쟁의 와중에서 변사한 석주명의 활약이 끝을 장식한다.

2장에는 한국의 대표적인 과학 유산 15가지가 선을 보인다. 모두 잘 알려진 것들이지만 지은이의 애착과 메시지는 각별하다. 천문대냐 아니냐를 둘러싼 격한 논쟁을 일으켰던 첨성대에 대한 지은이의 결론은 넓은 뜻의 천문대였다는 절충적인 것이다. 고려청자에 대해서는 12세기 중국에서 나온 높은 평가가 강조된다.

화약은 중국의 발명이나 최무선의 자체 개발이라는 사실이 중요하다. 화약이 중세 서양의 기사시대를 끝내게 한 것처럼 이성계의 건국에 도움을 주었다는 해석이 재미있다. 앙부일구는 한국의 고유한 발명임을 중국이 인정했다는 것을 강조한다.

『칠정산』은 동서양 최고의 천문학을 수용해 한국에 맞는 천문 계산법을 만든 것이다. 15세기 중반 일월식을 예측할 수 있었던 세계의 세 나라 가운데 한국이 끼였다는 사실을 아는 한국인이 몇이나 될까? 측우기는 세계에서 처음으로 한국이 만들었는데 중국의 과학사 책에는 중국의 발명으로 되어 있다. 이러다가는 한국의 모든 발명이 중국에서 온 것이 되리라는 지은이의 개탄은 호소력이 있다.

거북선의 철갑 여부에 대해서는 문일평과 신채호, 김재근과 박혜일의 대립된 견해를 소개하면서 어느 편을 들지는 않는다. 허준의 『동의보감』은 고려 말에서 비롯한 향약운동의 결과라고 하며 가장 한국적인 것이 가장 세계적이라는 것을 보여 준다고 한다. 혼천시계는 동서 시계기술의 조화에서 나온 걸작으로서 루퍼스와 니덤이 앞장서 연구한 바 있다. '천상열차분야지도'로 남아 있는 '석각천문도'는 중국의 '순무천문도'가 가장 오래된 것으로 알려져 있으나 지은이는 한국인이 처음일 것이라는 제안을 했다.

3장은 피타고라스의 정리가 우리의 조상들이 쓴 구고정리로 불려야 한다는 지은이의 해묵은 주장으로 시작된다. 또한 음력과 간지가 과학적이라는 주장도 낯설지 않다. 여기서 지은이는 해박한 지식을 과시하는데 매우 흥미롭게 읽을 수 있는 부분이다.

요즘 폭발적인 인기를 끌고 있는 풍수지리가 한국의 전통 과학에서 중요한 자리를 차지한다는 의견에도 이의를 달기는 어렵다. 우리 민족의 정서에 맞는 난방법, 온돌 얘기며 카메라의 원리를 이용한 세종의 동표는 새로운 발굴이다. 조선이 일본에 서양식 시계를 전했다는 일본 기록, 그리고 니덤이 일찍이 소개한 세계 최초의 접는 부채가 한국에서 나왔다는 사실은 모두 전통 과학을 다시 생각하게 하는 보기들이다.

4장에는 전통 과학과 관련된 가벼운 글들이 모여 있다. 최근 부쩍 많이 논의되는 '신토불이'에서 '민족 과학'이 또 들추어진다. 나는 지은이의 기본적인 생각에는 동의하지만 '민족 의학', '민족 과학'이 적절한 말이 아니라는 의견을 다른 데서 얘기한 바 있다.

지은이는 자신의 운동 결과 설날이 복권되고, 몇 가지 문화재가 재평가되고 천문학 유물의 복원 계획이 진행되고 있는 것에 보람을 느끼면서도 과학의 날이 1930년대의 4월 19일로 돌아가지 못하는 현실을 안타까워한다. 또한 우리말 객성이 있는데도 불구하고 서양에서 온 신성, 초신성을 그대로 쓰고 있는 데 대해서도 유감을 표시한다.

이 책을 통독하고 나면 우리의 전통 과학에 대한 뿌듯한 자긍을 갖게 되며, 그것을 올바로 평가하고 살리기 위해 해야 할 일이 많다는 것을 절감하게 된다. 그런 뜻에서 『한국인의 과학정신』은 큰일을 했다고 할 수 있다. 그러나 남병길 형제 등 앞으로 연구할 과제가 너무 많다. 대중에 호소하는 것도 필요하지만 연구해서 학계에 발표하는 것이 더욱 중요하다는 점에서 박성래 교수에게 기대를 걸고자 한다.

끝으로 작은 문제점을 지적해야겠다. 박 교수는 길전(요시다), 강호(에도)처럼 일본 고유 명사를 한국 음으로 표기하기 시작했는데, 뒤로 가면 스나가(수영) 등 일본 음으로 나와 있어 일관성을 잃고 있다. 틀린 한자도 보인다. 利(李)瀷(70쪽), 刊(肝)(114쪽), 氣象事(史)(191쪽), 향약(鄕藥) 〈향가(鄕歌)〉(272쪽) 등 266쪽의 처음 '세권'은 '두 권'이다. 화란은 현재 통용되는 네덜란드로 바꾸어야 한다. 후트공사(99쪽)도 Foote인데 f를 ㅎ으로 표기하는 것은 현행 표기법과 어긋난다.

세계해석의 과학기술사

박성래 한국외대 교수 · 과학사

『과학의 지혜』

핸버리 브라운 지음 / 황설중 옮김 / 1994 / 이화여자대학교 출판부

『과학의 지혜』라는 이 책의 제목은 우리에게 무엇을 연상시켜 주는가? 과학의 발달이 가져온 지식의 놀라운 증가로 인간이 얼마나 지혜로워졌는가를 생각할 사람도 있을 것이다. 이 책의 전반은 대체로 이런 주제를 다루고 있는 셈이다. 1. '과학-세계를 변화시키다' 와 2. '과학학-세계를 해석하다' 는 바로 이를 보여 준다. 1장이 실제로는 기술의 발달을 개관하고 있고, 2장은 과학 발달로 인한 세계관의 변화 등을 다루고 있다. 1장은 기술사의 대강이고, 2장은 과학사의 줄거리인 셈이다.

그러나 이 책을 쓴 저자의 궁극적 목적은 3. '과학의 문학적 차원'

과 4. '과학의 종교적 차원'에 있고, 특히 제일 짧지만 마지막 제4장이 지은이의 주장을 담은 핵심 부분이 아닐까 생각된다. 과학과 종교는 오늘날 극도로 대립하는 듯이 보이지만 모두가 세계의 본질을 해석하려는 시도라는 점에서 마찬가지이다. 그런데 문제는 과학은 너무나 고지식하게 세계를 기계론적으로 해석하여 지나치게 비인간화하고 있다는 비판을 받는다. 또 종교는 지나치게 경전을 문자 그대로 해석하는 데 집착할 뿐 아니라 신을 지나치게 인간과 비슷한 존재로 묘사함으로써 신을 인간화한다는 비판을 받는다(230쪽). 그가 말하는 종교란 물론 서양의 기독교를 가리킨다.

그런데 종교와 과학의 이해의 대상인 자연 또는 세계는 인간이 만들어 놓은 것이 아니다. 또 그것은 인간에 의해 완전히 이해될 수도 없다는 점을 우리는 무시하고 있다(233쪽). 대체로 올바른 지적이다. 인간은 자연을 완벽하게 이해할 수 있으리라 생각하며 근대 과학을 발전시켜 왔지만, 특히 20세기 물리학의 발달은 우리 인간의 이성으로는 현상 세계를 완전하게 이해할 수는 없다는 것을 심각하게 느낄 수가 있다. 지은이가 주장하는 것처럼 현대 과학의 발전은 종교의 입지를 좁혀 주는 것이 아니라 여전히 종교의 자리를 확보해 주는 듯하다. 지은이는 기독교의 경우 이미 확립된 교리를 지지하기 위해 현대 과학의 일부를 원용하려는 데에만 집착할 뿐이지, 이를 현대 과학 지식에 비추어 수술할 생각을 하지 못하고 있다고 지적한다.

많은 경우 지금까지 그대로 이어져 내려온 교리들은 지지할 만한 가치가 없는 것이다. 그 교리들은 현대 과학의 조명 아래 교정되거나 혹은 어떤 경우에는 폐기되어야만 하는 것이다.(227쪽)

현대 천문학자인 핸버리 브라운은 이 책에서 기독교의 대폭적인 수정을 주장하고 나선다.

'믿음의 본질적 요소들'을 현대 과학의 개념들과 연결시킴으로써 기독교는 지속적인 사회적 역할을 할 수 있다고 지은이는 주장한다. 오늘날 서구 사회에서 기독교는 교양인들로부터 외면당하고 있지만, 종교의 역할은 앞으로의 사회에서도 여전히 중요하다고 그는 생각한다. 그러나 그가 말하는 '믿음의 본질적 요소들'이 무엇인지는 자세하게 설명되어 있지 않은 것 같다. 또 그렇게 과학 지식에 의해 지혜로워질 기독교가 정말로 종교로서 큰 역할을 담당할 수 있다는 것인지도 나는 알 수가 없다. 개인적으로는 그렇지 못할 것 같다는 느낌을 받을 뿐이다.

지은이의 그런 뜻에서 소위 '창조 과학'이 기독교 성서의 표현에 지나치게 집착하는 점을 비판한다. 또 모든 종교의 경우가 그렇지만, 기독교의 경우도 근본주의자들의 성서에 대한 지나친 집착은 바람직하지 못하다고 지적한다. 나는 이런 지적에는 대체로 동감이다. 하지만 여전히 나의 의문은 남는다……. 그렇다면 이런 모든 도그마성의 교리를 포기하고도 종교가 살아남을 수 있을 것이냐 하는 문제이다.

이 책의 주제 의식은 대체로 뚜렷한 것으로 보인다. 그러나 솔직히 나는 이 주제에 대해서는 그리 관심이 없고, 또 옳다고도 생각하지 않는다. 또 이 책의 대부분을 차지하고 있는 내용은 종교와는 상관이 적은 과학기술사로 되어 있다. 그런데 바로 이 부분에서 지은이의 재능은 상당히 좋은 것으로 보인다. 단편적인 여러 가지 과학사 기술사의 주제들을 흥미 있게 설명하고 있기 때문이다. 그러나 참고 문헌을 훑어볼 때 지은이는 과학기술사의 전문 학자가 아님을 쉽게 짐작할 수가 있다. 그리고 이 번역된 한국어판에서의 한 가지 약점은 바로 원저자의 약력이 소개되고 있지 않다는 점에 있다. 핸버리 브라운은 오스트레일리아에서 한때 천문학 연구소를 책임 맡은 적이 있는 천문학자이다. 아마 영국인인 것으로 보이는데 확실하지는 않다.

과학기술사의 줄거리와 그것이 가지고 있는 종교에 대한 메시지를 찾아보려는 독자들에게는 일단 읽어 볼 가치가 충분한 책이라 생각된다. 또 종교적 관련성을 그만두고라도 과학기술사 일반 교양서로도 어느 정도 가치 있는 저술이라 할 수 있다. 그러나 나는 이 책을 읽으면서 우리 교양 과학서 출판에 많은 문제가 있음을 발견하고 놀랐다. 옮긴이는 철학을 강의하고 있는 대학 강사로 밝혀져 있는데, 대체로 번역은 잘 한 것 같지만, 과학사의 용어를 주의 깊게 다루지 않고 있음을 발견하게 된다. 이미 서점에 나와 있는 과학사 책들을 참고해서 되도록 용어를 통일했더라면, 이미 조금은 과학사에 익숙한 청소년 독자들이 읽을 때 혼란이 덜했을 것이란 아쉬움이 남는다.

예를 들면 아직 알맞은 용어를 발견하지 못해 우리나라 과학사 책에 '임페투스(Impetus)'라고 표현하고 있는 중세의 역학 개념을 이 책에서는 대담하게 '관성(慣性)'이라 옮겨 놓고 있다. 영어 사전적으로만 따진다면 틀린 표현은 아니지만, 관성은 뉴턴에 의해 정립된 개념이고, 그 훨씬 전의 임페투스는 관성 개념과는 상당히 거리가 멀다. 또 제2장 첫머리에 단테의 우주관을 설명하는 대목에 나오는 원동천(原動天)이란 용어 역시 국내 과학사 책에서는 사용되지 않는 말이다. 일본 학자들이 번역한 '제1운동자'라는 표현도 있지만, 17세기 이후 우리 실학자들도 알고 있던 표현대로 '종동천(宗動天)'이란 말로 쓰는 것이 옳다. 이렇게 옮긴이마다 다른 용어를 만들어 쓴다면 앞으로 우리 문화는 어떻게 될 것인가 걱정이 아닐 수 없다.

양성자(陽性子)를 '양자'란 옛날식으로 표현했고, 그것은 결국 몇 페이지를 사이에 두고 두 가지의 서로 다른 양자(陽子, 量子)란 말이 나오게 만들었다. 물론 한자로 썼을 경우라면 혼란이 없겠지만, 이 책에는 괄호 속에 한자를 쓴 경우조차 거의 없으니 양자와 양성자는 구별했어야 옳았다. 그밖에도 부적당해 보이는 용어가 상당히 눈에 띈다. 왕립교수, 왕립천문학자, 이쾐트, 우주학자, 아(亞)원자, 달학회, 린케이 학원 등등은 어떤 원문이었는지 나는 짐작하고 또 이렇게 번역한 이유도 알지만, 역시 다른 과학사 책을 참고해서 이미 사용되고 있는 용어를 존중했어야 옳았다는 생각이다.

특히 갈릴레오, 뉴턴, 라봐지에 같은 과학사의 영웅들의 주저(主著)를 보통과 다르게 영어로부터 직역해 놓은 것은 몹시 거슬린다. 갈릴레오의 책은 『2대 세계체계』로 되어 있는데, 보통은 『두 가지 세계상에 관한 대화』 또는 『천문대화』라 알려져 있다. 라봐지에의 책은 『화학교과서』라 되어 있는데, 대개 『화학의 원리』쯤으로 옮겨 있다. 뉴턴의 만유인력을 주장한 대표작은 『수리철학의 원리』(17쪽)에서 『원리』(28쪽)로 바뀌고, 다음에는 『자연철학의 수학적 원리』(64쪽)로 변했다. 같은 책에서 세 가지 제목이 같은 책을 가리키고 있는 셈이다.

모처럼 한 권의 책을 단숨에 다 읽을 수 있어서 좋았다. 그러나 '스노의 『두 문화』'(79쪽)란 표현이 눈에 띄면 괴롭다. 이 책은 이미 국내에 번역되어 널리 읽히는 책인데 찰스 스노우(Snow)의 『두 문화와 과학문명』으로 나와 있다. 역시 국내에서 최근 번역된 존 자이먼(John Ziman)의 『과학과 사회를 잇는 교육』(오진곤·박충웅 옮김, 전파과학사, 1994)은 162쪽에 인용되고 있는데, 책 이름은 영어로 아래 나와 있고, 지은이 이름은 '존 지맨'이라 표기되어 있다. 역시 이미 국내에 번역된 과학 사회학자 라베츠가 여기서는 래비츠(Ravetz)로 되어 있다. 그런가 하면 유명한 독일 과학자 슐라이덴(Schleiden)과 프라운호퍼(Fraunhofer)는 쉴리덴과 프라운회퍼라 잘못 되어 있는데, 알파벳 원문도 틀려 있다. 혹시 원저가 잘못인지도 모르겠다.

어쩌면 이런 실수는 옮긴이 혼자만의 잘못은 아닐 것이다. 사실 우리나라에는 아직 과학사의 기본 용어집이 준비되어 있지 않다. 이제 세상이 바뀌어 많은 교양 과학서가 번역 출판되고 있고 그 내용은 많은 과학사의 용어와 과학자들의 이름을 담고 있다. 이런 책을 옮길 때 번역자가 참고할 만한 기본적인 과학사 사전이 하나쯤 나올 때가 되었다는 생각이 들었다. 이 책에는 뒤에 찾아보기를 붙여 놓고 있는데, 이런 과학사 책들이 모두 서로 다른 용어를 만들어 번역을 하고 있다면, 그런 찾아보기가 얼마나 도움이 될까도 의심스런 일이 아닌가?

서평은 웬만하면 거절하는 편이었는데, 어쩌다가 잘못 대답하여 이번 서평을 맡기로 하고, 이 책을 읽으면서 나는 여러 가지 문제를 발견하고 놀라 버렸다. 과학기술사의 용어를 정리하고 표준화하는 작업이 대단히 중요하다는 생각이 그것이다. 또 좀 발음상 불편하거나 불합리하더라도 외국 인명, 지명은 표기 방식을 통일하는 노력이 대단히 중요하다. 아울러 한자를 다시 조금씩 사용하는 편이 과학의 보급을 위해서도 절대 필요하다는 점을 재확인했다. 책 내용에서도 재미있는 부분이 많아서 즐거웠지만, 여러 가지 문제점을 발견하여 생각할 수 있는 기회를 얻은 것이 나로서는 모처럼의 소득이었다.

자연친화적인 첫 발걸음

김태욱 서울대 산림자원학과 교수

『우리가 정말 알아야 할 우리 나무 백 가지』
이유미 글, 사진 / 1995 / 현암사

우리가 꼭 알아 두어야 하면서도 정작 알지 못하고 살아가는 것들이 우리 주변에는 많이 있다. 나무 역시 그 가운데 하나이다. 우리는 우리 주변에 많든 적든 여러 나무들과 함께 살아가고 있음에도 불구하고 이 다양한 나무들에 대해 얼마나 모르는지, 그리고 알고 있는 작은 지식마저도 너무나 그릇된 것인지를 깨닫는다면 아마 많이 놀랄 것이다. 이유미 박사가 펴낸 『우리가 정말 알아야 할 우리 나무 백 가지』는 이러한 상황에 매우 적절하게 출판된 좋은 책이라 할 수 있다.

더욱이 우리의 주변 환경은 나날이 삭막해져 간다. 회색의 도시

속에서 각종 소음과 매연에 시달리고 온갖 범죄와 사건에 시달리는 현대인은 본능적으로 자연에의 회귀를 갈망한다. 그러나 막상 탈도시를 시도해도 부딪히는 것은 교통지옥, 쓰레기 더미이며 더구나 자연에 대한 무지 때문에 자연을 찾았으되, 나무를 바라보았으되 무엇을 어떻게 느껴야 하는지를 알지 못한 채 스쳐 지나오게 마련인 것이 우리의 현실이다.

사람들끼리도 친구가 되려면 서로 이름부터 알고 그 다음에 그 사람이 가지는 여러 장단점들을 알고 마음으로 새기면서 정을 쌓아 가듯, 나무들과도 소소한 이름과 사연에 궁금증을 가지기 시작하여 자세히 바라보며 봄이면 파릇이 솟아나는 새순의 싱그러움과 활짝 핀 꽃의 꽃냄새, 가을의 은은한 단풍색 혹은 두터운 수피의 깊이를 마음으로 느껴 가며 또 그 나무들이 가지는 가지각색의 특징과 사연을 우리의 생활과 연결해 보고, 선조들의 지혜를 엿보기도 하다 보면 어느새 나무와의 애정을 키워 갈 수 있을 것이며 그것이 바로 자연 사랑, 환경 보호와 이어지지 않겠느냐는 지은이의 말대로 이 책은 나무를 소상하게 소개하는 백과사전적인 지침서이면서도 자연 사랑을 간절하게 호소하는 책이기도 하다.

지은이는 이 책을 통하여 비비면 생강 냄새가 나는 생강나무의 이름을 기억하게 해 주고 그 나무의 특징과 재미나는 사연, 꼭 알아 두어 식물학적인 경우에 따라서는 사회적인 문제가 되는 지식들을 편안하고 따뜻한 문체로 풀어 가고 있다. 한 일간지에서 표현한 대로 한 젊은 여성 식물학자가 자연은 알면 알수록 더욱 사랑하게 된다는 믿음을 담고 우리 나무들을 위해 쓴 백 편의 연서처럼 읽힌다.

이러한 지은이의 의도는 이 책의 구성에서부터 잘 나타나 있다. 흔히 나무를 소개하는 책에서처럼 계절별, 혹은 식물학적인 분류 체계를 따르지 않고 일반인들이 가까이 하기 쉽도록 모양새가 아름다워 가꾸고 싶은 나무, 도시에서 만날 수 있는 나무, 산과 들에서 자주 만나는 나무, 쓰임새가 요긴한 나무, 우리나라를 대표하거나 사라질 위기에 처한 나무 등 다섯 가지로 구분하여 구성하고 있으며 각 소제목마다 의미를 가지는 나무들을 선정하여 전체적으로 100가지의 나무를 소개하고 있지만, 내용으로 들어가면 그 100가지 나무들과 유사한 나무들과의 구별법과 각기 알아 두어야 할 내용을 부연하고 있으므로 이 책을 다 읽고 나면 단지 100가지뿐이 아닌 훨씬 다양한 우리의 나무들과 만나 애정을 키워가게 된다.

또한 각 나무마다 다양한 명칭과 유래, 전해져 내려오는 전설, 약용, 식용 혹은 다양한 용도로 오랫동안 혹은 현대에 와서 개발된 쓰임새까지 종합하여 수록하고 있으며 여기에 필요한 식물학적인 지식과 재배상의 특징까지 기술하고 있다. 또한 사회적으로 논란이 있었던 문제들에 대한 전반적인 설명과 함께 지은이의 견해를 피력하고 있으며 잘못 알려진 나무에 대한 상식 등도 세세히 설명하고 있다. 마지막 부분에는 나무에 대한 기초적인 내용이 요약되어 있고, 분포를 나타내는 지도에는 자연적인 분포 지도와 함께 식재가 가능한 지역까지 별도로 표시하고 있어 나무를 기르는 데도 도움이 되도록 책을 보는 이들을 배려하고 있다.

이 책의 중요한 특징 중의 하나는 각 구분마다 함께 수록되어 있는 나무들의 사진이다. 지은이는 전문가에 버금가는 사진 기술로 아름다우면서도 식물의 특징을 잘 알 수 있는 사진들을 식물의 각 기관별 또는 유사한 나무들과 함께 수록하고 있어 글로써만 나무를 접하는 것이 아니라 생동감 있는 사진을 통하여 좀 더 가깝게 나무들을 만날 수 있도록 되어 있다.

그러나 정작 이 책의 가장 큰 장점은 지은이의 이야기를 풀어 가는 솜씨에 있다. 기존의 식물에 관련된 서적들은 자칫 딱딱한 문체와 지나치게 전문적인 사실만을 기술하여 일반인들이 접하기에 거부감을 주고 있으며 그래서 모처럼 큰마음을 먹고 책을 샀다가도 금세 흥미를 잃는 경우가 대부분이었다. 그러나 이 책의 경우 전문적인 내용까지도 마치 에세이나 이야기책을 읽는 듯 풀어 나가 이러한 문제점을 극복하고 있으며 또한 나무를 대상으로 한 다른 책들과 비교하여 볼 때 지은이는 가장 정통적으로 나무를 공부하여 박사 학위를 받고 연구에 정진하고 있는 소장학자의 한 사람으로 전문가가 쓰지 않은 다른 부드러운 책의 맹점도 커버하고 있다.

따라서 『우리가 정말 알아야 할 우리 나무 백 가지』는 일반인들의 교양을 넓히고 정서를 순화시켜 줄 수 있는 교양서임과 동시에 이 부분을 공부하는 사람들에게도 많은 도움이 될 수 있다. 대학에서 산림자원학, 식물학, 조경학, 원예학 등 관련학을 공부하는 학생들은 물론 이러한 나무를 대상으로 하는 업에 종사하는 이들도 나무에 대한 제대로 된 이해와 응용에 많은 도움이 되리라고 생각되며 자연에 관심이 있는 청소년들에게 적극적으로 권하고 싶다.

다만 우려되는 것은 지은이가 서문에서도 밝혔듯이 약용으로써의 용도와 같은 일부 부분에서 직접적인 경험을 거치지 않고 문헌과 채록에 의존한 부분이 활자화되었다는 점인데, 이러한 문제는 전공의 세분화에 따라 어느 책에서든 야기될 수 있는 문제점이기도 하다. 따라서 이 부분은 지은이가 서문에 당부한 대로 독자들의 선별이 필요하다. 또한 전나무를 젓나무로, 아까시아를 아까시나무로 기술한 것처럼 일반적인 한글맞춤법 통일안에 따르지 않고 지은이가 공부한 대학의 학풍과 그 학풍에 따른 개인의 견해에 따라 다르게 명기하고 있으나 그 사유를 본문 중에 삽입하였으니 이에 대한 참고가 요망된다.

또 우리 나무 백 가지에서 100가지 나무를 선정한 기준에도 다소 논란이 있을 수 있다. 더욱이 이 백 가지 나무에는 우리나라에서 자생하지 않는 수종도 포함되어 있다. 이 문제에 대해 지은이는 100가지 나무는 전적으로 십 년 이상을 나무와 더불어 공부해 온 지은이의 개인적인 주관에 의해 선정된 것이며, 우리 나무라고 하는 것은 비록 우리나라에서 자라지 않더라도 오래전부터 우리나라에 들어와 문화를 같이 엮어 가면서 그 정서가 이미 우리화된, 넓은 의미의 '우리 나무'라는 말을 하고 있다. 사실 자생하는 나무로 따지자면 우리 나무의 범주에 나라꽃인 무궁화조차도 포함되지 않는 것이 우리의 현실이므로 이는 지은이의 선택이 옳다고 생각된다.

이 책은 책의 첫머리에서부터 나타나는 우리 나무에 대한 절절한 애정과 방대한 자료의 모음, 식물을 대상으로 공부하여 박사 학위를 가진 학자로서의 식견, 지은이의 문학적인 장점 등이 복합되어 나무 이름의 유래, 생태, 용도, 분포지 등 나무와 관련된 정확한 정보들을 빠뜨리지 않으면서도 읽는 재미를 듬뿍 느낄 수 있도록 문학적으로 쓰여져 우리나라에서 보기 드문 식물학 교양서라는 세간의 찬사가 부끄럽지 않은 좋은 책이다. 더욱이 나무에 담긴 우리 민족의 정서를 함께 느낄 수 있는 것도 이 책이 가진 큰 미덕이다.

사회적 과학사의 고전

송상용 한림대 사학과 교수

『**과학의 역사**』(1~3)
J. D. 버날 지음 / 김상민 옮김 / 1995 / 한울

통사를 쓴다는 것은 쉬운 일이 아니다. 여럿이 쓸 때는 일관성을 유지하기 어렵고 혼자서 쓰려면 엄청난 노력이 드는 까닭이다. 과학사에도 통사는 많지 않고 그나마 쓸 만한 것은 극히 드물다. 우리나라에도 번역 소개된 바 있는 메이슨(Stephen Mason)의 『과학의 역사 (A History of Sciences)』(박성래 옮김, 까치, 1987)는 가장 성공한 통사이다.

버날(John Desmond Bernal, 1901~1971)의 『과학의 역사(Science in History)』는 1954년 출간 이래 주목을 끌어 왔다. 그것은 과학사학자가 아닌 과학자가 썼고 마르크스주의라는 특별한 시각으로 일관했

기 때문이다. 이 책은 1954년, 1965년에 두 차례 개정되었고, 1969년에는 그림을 넣어 전면 개정한 새 판이 나왔다. 그러나 과학사 연구의 주류에서는 차가운 대접을 받았으며 사회주의권에서만 높이 평가되었을 뿐이다. 한울출판사는 80년대에『과학의 역사』를 일부 옮겨낸 바 있는데 이번에 새로 펴낸 책은 3권까지이고 4권은 뒤에 낼 모양이다.

지은이 버날은 아일랜드에서 태어나 케임브리지에서 공부했다. 그는 영국이 나은 세계적인 결정학자로서 오랫동안 런던대학 벅벡 칼리지(Birkbeck College)의 물리학 교수로 있었고『생명의 기원(The Origin of Life)』등 많은 저서로 유명해졌다. 과학사 분야에서는 이 책 말고도『19세기의 과학과 산업(Science and Industry in the Nineteenth Century)』과『인간의 연장(The Extension of Man)』이 있다. 그는 골수 마르크스주의자로서 1930년대의 과학자 운동을 주도했다. 과학 노동자협회장, 세계과학 노동자연합 부회장, 세계평화회의 의장을 지냈고, 1953년에는 레닌상을 받았다. 그는 프라하의 소련군 침공에도 동요하지 않았고 끝까지 충실한 공산 당원이었다.

버날은 1939년『과학의 사회적 기능(The Social Function of Science)』이라는 기념비적인 저작을 내놓았다. 이 책은 과학이 사회 · 경제적 발전과 어떻게 관련되는가를 치밀하게 분석함으로써 과학사회학의 고전이 되었다. 그것이 나온 1930년대는 사회적 과학사의 바람이 학계를 강타한 때였다. 과학을 사회적 현상으로 본 선구자는 마르크스지만, 1931년 런던에서 열린 국제과학기술사 회의에서 〈뉴턴의 프린키피아의 사회·경제적 근원(The Social and Economic Roots of Newton's 'Principia')〉이란 논문을 발표해 과학사학계에 충격을 준 것은 소련 물리학자 게슨(Boris Gessen)이었다. 그러나 사회적 과학사의 돌풍은 곧 사라졌고 1940년대 이후 개념적 분석을 도구로 한 내적 과학사(지성사적 과학사)가 학계에 자리 잡았다. 사회적 관심이 고조된 1970년대에 이르러서야 다시 외적 과학사(사회적 과학사)의 붐이 일어났다.

오늘날 사회적 과학사는 전보다 훨씬 세련된 모습으로 다양하게 전개되고 있으나 버날의 『과학의 역사』는 아직도 고전으로서의 가치를 지니고 있다. 『과학의 역사』는 과학의 발생에서 시작해 고대 세계의 과학, 신앙시대의 과학, 근대 과학, 과학과 산업, 20세기 과학, 사회과학으로 진행해 과학과 역사를 연결시키고 있다. 한 시대의 과학은 사회·경제적 변화와 대응한다는 전제에서 마르크스주의의 도식으로 과학의 발전을 더듬어 간다. 그리스 과학은 노예를 가진 철기시대와 일치하며, 근대 과학은 자본주의와 함께 태어난다. 19세기 과학은 진보적 자본주의의 승리, 20세기 과학은 자본주의의 실패와 이를 대체하려는 사회주의의 투쟁과 관련된다.

제1부 제1장은 과학의 본질, 방법 그리고 사회에서의 위치를 논하고 있다. 2부는 그리스 사람들의 기술과 사회 관습에서 과학이 발생하는 것을 다룬다. 3부는 이슬람과 그리스도교 세계에서 과학기술이 회복해 서서히 발전하면서 중세 말에 이르는 결과가 소개된다.

4부는 르네상스 혁명기의 근대 과학의 탄생을 다룬다. 그것은 17세기에 끝나며 과학은 젊고 독단적인 자본주의와 결부된다. 5부는 체제 과학의 전파와 자본주의가 지배하는 시대의 산업의 변형에서 차지하는 몫을 기록한다. 이것은 19세기 말 어지러운 황금시대까지 계속된다.

6부는 20세기 과학과 정치에 할애된다. 여기서부터는 연대순이 아니라 주제로 나누어진다. 10장은 물리과학을 다루는데 전기, 화학 공업의 발전에서 수소폭탄 개발까지가 포함된다. 11장은 생물과학의 농업, 의학, 군사에 대한 그 충격을 다룬다. 12, 13장은 논란의 여지가 큰 사회과학을 담고 있는데 연속성을 위해 이전 세기로 올라가기도 한다. 마지막 7부는 요약과 결론으로서 온 역사에서 미래를 전망한다.

과학사에 사회과학까지 포함시킨 것은 이 책의 특징이다. 독일이나 러시아와는 달리 영미권에서는 과학하면 자연과학을 뜻한다. 영국 사람 버날이 과학을 넓게 정의한 것은 그가 마르크스주의자라는 점에서 납득된다. 버날에 따르면 사회과학은 자연과학의 모형 위에, 그 영향 아래 실현되었다. 사회에 관한 지식은 물질세계에 관한 지식보다 얻기 어려우며, 따라서 사회과학은 최초의 가장 불완전한 과학이다. 더욱이 사회의 기초에 관한 토론을 왜곡하는 지배 집단의 압력 때문에 사회과학은 후진을 면치 못하고 있다. 버날은 『공산당선언』이 나온 1848년을 분기점으로 보고 자본주의와 사회주의로 나뉜 사회과학의 두 경쟁 체계를 비교한다.

결론에서 버날은 과학과 사회의 상호작용을 총정리한다. 특히 과학의 군사화와 비밀, 그리고 정부에서의 위치가 분석된다. 그는 과학의 발전에 유리한 조건으로써 지원과 내부 소통을 문제 삼는다. 이것은 과학에서의 철학의 위치와 자유와 조직 사이의 갈등의 문제로 이어진다.

버날은 이 책의 마지막 수정판을 내면서 우리가 과학기술 혁명의 절정에 있음을 강조한다. 그는 과학기술의 진보에 따라 선진국과 저개발국의 간극이 넓어지며 인류가 전쟁과 기아로 절멸할 가능성이 있음을 경고한다. 과학의 위대한 모험은 파괴에 사용되어 왔으며 과학은 그 발전도 가져온 자본주의, 제국주의와 손잡고 빗나가고 있다는 것이 그의 진단이다.

버날은 제3세계에 대한 각별한 관심을 보이면서 미국 자본주의의 횡포와 사회주의 세계의 책임에 주의를 환기한다. 끝으로 그는 원자력, 우주여행, 컴퓨터, 유전공학이 끝이 아니라 시작이라고 보며 이 새 지식이 인류의 복지를 위해 쓰이기를 바라는 염원을 남긴다. 이 책이 또 다른 과학사가 아님을 강조한 버날의 의도가 짐작되고도 남음이 있다.

정통 과학사에서 보면 이 책은 숱한 문제점을 안고 있다. 『과학의 사회적 기능』에서 버날이 처음 쓴 '과학혁명'이란 용어는 이 책에서 근대의 과학혁명과 20세기 과학혁명(제2의 과학혁명)으로 나누어진다. 지금 학계에서는 과학혁명을 16, 17세기에 일어난 사건으로 보아 서양사의 한 장으로 추가했다. 그런데 이 책에서는 르네상스 과학을 과학혁명에 포함시키고 있다.

시대 구분도 문제 삼을 수 있다. 버날은 근대 과학을 르네상스

(1440~1540), 부르좌혁명(1540~1650), 과학의 성숙(1650~1690)의 3기로 나누고 있다. 이 구분은 사회 경제적 배경으로는 그럴듯하지만, 과학에서 보면 각각 코페르니쿠스, 갈릴레오, 뉴턴이 활동한 시기로 이런 방식으로 나눠질 만한 특징을 찾아볼 수 없다. 따라서 이런 시대 구분은 과학사에서는 별 의미가 없는 것이다.

버날의 편협한 마르크스주의 시각은 어쩔 수 없이 이 책을 한계 짓는다. 그러나 내적 과학사에서는 볼 수 없는 사회 경제적 요인의 분석은 신선한 충격을 준다. 이 책만 읽으면 과학사에 대해 편견을 가질 염려가 있다. 따라서 주류 과학사를 함께 읽음으로써 균형을 잡아야 한다. 이런 뜻에서 좌익이면서도 과학사학계의 연구 성과를 고르게 정리한 메이슨의 『과학의 역사』를 먼저 읽는 것이 바람직하다.

끝으로, 이 책이 80년대 판을 고치지 않고 그대로 나온 것은 유감이다. 옮긴이가 전문 과학사학자가 아니기 때문에 표기와 용어에 문제가 많은데 이것은 급히 바로잡아야 한다. 몇 가지만 열거하면 다음과 같다. 괄호 안이 옳은 것이다. 샤댕(테이야르 드 샤르댕), 히포크라트(히포크라테스), 로이시푸스(레우키포스), 프톨레미(프톨레마이오스), 최종인(목적인), 영국학술원(왕립학회), 정력학(정역학), 연소(플로기스톤), 지동설(태양중심설), 자연신론(이신론), 생명론(생기론), 번역도 문제가 없지 않다. 전문학자의 감수를 받아 전면적으로 다듬고 4권까지 완전한 모습의 책으로 다시 냈으면 좋겠다.

천애고아인 인간,
그 본질을 밝힌다

박시룡 한국교원대 생물교육과 교수

『잃어버린 조상의 그림자』
칼 세이건 · 앤 드루얀 지음 / 김동광 · 과학세대 옮김 / 1995 / 고려원미디어

10년이면 강산도 변한다는 말이 있다. 이 말이 시대에 뒤떨어지는 구식이 되어 버릴 정도로 바쁘게 돌아가는 세상이다. 우리를 둘러싼 모든 것들이 시시각각 바뀐다. 유동적인 변화를 꾀해 온 인간의 긴 역사 동안 끊임없이 되물어져 온 질문이 하나 있다. 인간이란 어떤 존재인가가 바로 그 의문이다. 인간은 모든 생물종 가운데 가장 짧은 역사를 지녔다. 그러면서도 독보적이고 독특한 위치를 차지하고 있어 인간이란 종에 대한 관심은 시대를 거듭하면서 더욱 짙어지고 있다. "우리는 누구이며, 어디서 온 것이며, 왜 이런 모습을 하고 있는가?", "인간이란 어떤 의미를 지니는가?"라는 오랜 질문에 해결

의 열쇠를 던져 주고 있는 책 『읽어버린 조상의 그림자』는 세이건과 앤 드루얀이 현대인이 인간의 본질을 이해하는 데 도움을 주고자 내놓은 책이다.

생물이 더듬어 헤아릴 수 없을 만큼 긴 시간이 흐르는 동안 환경의 변화라는 압력이 우리 조상의 이력을 조금씩 지워 갔다. 로마 황제 마르쿠스 아우렐리우스의 말처럼 지구의 나이에 비해 인간은 '어제의 한 방울의 정액, 내일의 한 줌의 재'로 표현될 정도로 눈 깜짝할 사이에 존재의 흔적을 감춘다. 저자는 책 서두에 이런 짧은 생을 영위해 온 인간을 천애고아라 규정짓는다. 또한 저자는 인간이 자신의 기원을 이해하고자 하는 시도를 날카로운 통찰력과 용기에 의한 뛰어난 승리라며 칭찬을 아끼지 않고 있다.

천애고아인 인간이 어버이를 찾으려는 노력은 다름 아닌 인간을 포함한 모든 생물을 연결하는 거대한 고리, 공통의 조상을 밝히는 시도에서 출발한다. 총 21장으로 구성된 『잃어버린 조상의 그림자』는 지구 생성에서부터 RNA, DNA의 탄생까지를 여덟 장에 걸쳐 서술하고 있다. 현재 살아 있는 모든 생명체들을 미세하게 파고들어 가다 보면 결국 DNA에서 RNA, 단백질로 이어지는 메커니즘에 도달한다. 현존하는 생물의 대부분이 DNA에 유전 정보를 저장하고 있다가 RNA를 통해 정확히 단백질을 생성하는 것이 보편적이다. 지구상의 다양한 생물들은 DNA의 암호 배열 ACGT의 배열로 귀착된다. 또한 진화의 역사도 DNA 암호 서열의 변화에 귀착된다. 두 생물 사이에서 공통되는 유전자 배열이 많을수록 생물의 유연관계가 가깝다. 우연적이고 임의적인 돌연변이에 의해 유전자 배열이 달라지는 것이 오늘날 다양한 생명을 길러 낸 결정적인 힘이다.

돌연변이는 다윈의 자연선택으로 푼다. 다윈의 자연선택을 거대한 '체'로 설명한다. 압도적인 다수 가운데 선두에 서는 극소수만이 그 체를 통과해서 그 유전적인 형질을 다음 세대에 남길 수 있는 영광을 획득한다. 요즘 현대인들이 아전인수 격으로 자연선택을 여기저기 끌어다 붙이는 것을 볼 수 있다. 자연선택은 남을 짓밟아 올라서는 약육강식의 비정한 인간 사회나 인간의 자연에 대한 수탈들을 변명하는 좋은 구실이 되어 왔지만, 칼 세이건은 자연선택은 단지 변화 그 자체일 뿐이지 적자를 선택하기 위해 방향성과 목적이 의도된 것은 아니라고 명백히 밝히고 있다.

원시 지구에서 만들어진 자기복제 능력과 촉매 능력을 갖춘 RNA가 자신의 임무 중 일부를 DNA에 넘겨주었다. 이제 DNA는 RNA의 자기복제 능력을 떠맡았다. 구조적으로 RNA보다 안정된 두 가닥의 DNA시대가 펼쳐진다. DNA(유전정보)를 안전하게 둘러싼 핵막, 세포내기관, 세포막들이 조화롭게 위치하면서 단세포가 출현한다. 단세포들은 나〔我〕와 너〔他〕를 구별하기 시작하고 성(性)이 탄생한다.

9장부터 18장까지에서는 인간의 조상이라 불리워져 수많은 파란을 일으켰던 원숭이가 점점 인간에게 다가간다. 칼 세이건과 앤 드루얀의 폭넓은 인식을 통한 명료함을 가장 잘 볼 수 있는 부분이다.

고대에서부터 이어 온 서양 사상사의 원류는 인간은 본질적으로 다른 모든 것들과 다르다는 생각에서 출발한다. 인간은 '이성, 지성'

의 대명사다. 다윈시대 그의 『종의 기원』이 신랄하게 비판받은 이유 중의 한 가지는 창조주의 탁월한 능력을 그린 『창세기』와 공존할 수 없는 까닭도 있었지만 만물의 영장인 인간의 조상이 원숭이라는 데서 오는 치욕을 감당할 수 없었기 때문이다.

어떤 기준으로 인간을 다른 생물종들과 구별할 것인가. 19장과 21장에서는 그동안 인간을 독특하게 구별해 온 보편적 기준을 예로 든다. 수많은 학자들이 인간의 고유한 특징이라고 구분한 자아 인식, 언어, 사고와 그 결합, 이성, 사랑과 이타심, 분업, 미술, 음악, 정치, 특히 도구의 사용, 도구의 제작 등이 유인원에서 흔하게 보여짐을 하나하나 보여 준다. 저자는 다른 종들과 특별히 구별하고 싶어하는 인간을 벼락부자로 치부한다. 성적·사회적 특징만으로 인간을 정의하기에 적절치 않아졌다.

인간이 취하는 행동은 자연계 내의 다른 종들에게서도 찾아볼 수 있으며 그와 어긋날 경우 대부분 교육에 의해 조절된 것들이 대다수다. 그렇다면 학습되고 일정한 집단 내에서 세대를 거듭하면서 전해지는 지식과 행동 유형, 다시 말해 문화로 인간을 정의할 수 있는가. 칼 세이건의 주장은 뇌의 구조, 인간의 행동, 개인적인 자기반성, 역사의 기록, 화석, DNA 염기 서열, 우리의 가장 가까운 친척들(유연관계가 가까운 다른 종들)의 행동에서 인간의 특징을 찾자는 것이다. 그는 '인간이란 무엇인가'라는 진정한 해답을 얻기 위해 인간 중심적 사고방식에서 벗어나야 함을 주장하고 있다. 이것은 인간이 원시 인류로부터 진화해 오면서 그 발자국에 대해 잘 알고 있을 때 가능해질 수 있다. 즉 인간의 본질에 대해 좀 더 폭넓게 이해할 수 있으려면 인류의 과거에 대한 연구와 거친 자연과 대항하여 끊임없이 투쟁해 온 가운데 습득된 행동 또 의사소통을 통해 전달 내지는 계승되어 온 모든 행동에 대한 연구가 있어야 할 것이다. 오랜 선사시대에는 학습이 인간의 본질에 결정적 영향을 끼쳤음에 틀림없다.

대략 200만 년 동안 인류의 원시 기간이 지속되는 과정에서 인류는 복잡한 갈등 상황과 심리학적으로 원시인에 대한 독특한 특징을 지녔을 것이다. 대략 석기시대의 인류를 60,000세대로 보았을 때 이들은 오늘날의 인류에게 무의식적으로 전해 준 정신적 내지는 심리적 유전자를 가지고 있었을 것이다. 200세대 정도인 후석기시대의 모든 문화적 노력은 석기시대의 유전자를 완전히 감당할 능력을 가지고 있지 않았다. 왜냐하면 후석기시대는 인류 공통의 잠재의식을, 석기시대의 사고의 소산물에서 모두 취하기에는 너무 짧은 기간이었기 때문이다.

과연 얼마나 많은 그 시대의 사고들이 현대의 인류에게 유전되어 왔을까? 오늘날의 인류를 석기시대의 행동의 고고학적 박물관으로 볼 수 있다면 행동으로부터 우리 조상의 발달 과정으로 한번 되돌아가 볼 수 있다. 그렇지만, 여기서는 석기시대의 인간들이 정말 어떻게 생각하고 있었으며, 느끼고, 행동하고 또 시달려 왔는가를 증명하기에는 어려움이 있다. 그래서 칼 세이건은 잃어버린 우리의 조상을 찾아서 먼 여정을 떠날 수밖에 없었다. 오늘날 인간에게 판을 치고 있는 자기민족 중심주의, 외국인 혐오증, 동성애 혐오증, 인종주의,

성차별 그리고 지역주의를 우리의 조상들에게 찾아내고 있다.

침팬지의 사회적 순위 질서에서 순위는 수시로 바뀌고, 친구나 친척이 있느냐에 따라 큰 영향을 미치고 있다. 때문에 누구나 이 사회에서는 그의 자리가 새롭게 강화되어야 하며 그래서 이 집단 내에서는 늘 다툼이 있게 된다. 그렇지만 거기에는 실제 싸움이 있는 것이 아니고 털을 바짝 세우고 위협의 자세를 보여 줌으로써 과시를 하는 것이다. 이 과시는 잃어버린 조상의 특성이자 오늘날 우리의 행동 특성도 된다. 우리의 조상들은 각 세대들의 강함, 교활함 그리고 난폭함을 통해서만 투쟁에서 이길 수가 있었을 것이다. 그리고 같은 친척들 내에서도 육체적인 힘과 정신적인 능력을 통해 가능한 높은 서열을 획득하려고 했었다. 이런 행동들은 후세까지 내려오는 동안 인간들에게 각인되었을 것이다. 만일 이러한 가혹한 시련이 없었던들 예술, 종교, 윤리 그리고 인간성이 존재하지 않았을 것이다. 천애의 고아인 인간의 족보를 찾아가는 방대한 양의 동물들의 행동에서 재미를 더해 준다. 그들을 고리로 연결해 가는 그의 독특한 논리 전개 과정에서 인간의 본질이 무엇인가라는 해답을 찾게 된다.

세이건은 천문학자다. 천문학자인 그가 생물학, 윤리학, 모든 인문사회과학의 실타래를 이처럼 매끈하게 풀어 가는 것에 경탄을 금치 못한다. 저자는 자연과학 현상을 설명하기 위해 어설프게 다른 분야의 학문을 끌어들이지 않았다. 책 전반에서 넓게 소화되어진, 학문 사이의 물꼬를 과감히 튼 해박한 내용과 풍부한 표현을 독자는 만날 수 있다.

현대 우주관으로의 초대

홍승수 서울대 천문학과 교수

『**인간과 우주**』
박창범 지음 / 1995 / 가람기획

많은 이들이 별이나 은하의 세계는 너무 멀어서 자신과는 아무 관계도 없는 별개의 세상이라고 생각하기 일쑤이다. 점성술적 수준에서나 별이 인간의 운명을 지배한다고 막연하게 생각할 뿐, 별 같은 것은 현대를 살아가는 생활인이 마음 쓸 대상이 못 되는 것쯤으로 치부한다. 인간과 우주의 관계가 과연 이러하다면 이 책의 제목은 어디엔가 엉뚱한 데가 있다.

인간과 우주의 관계는 사실상 이보다 훨씬 더 심오하다. 원자적 수준에서 볼 때 우리의 육신이 별의 내부에서 만들어진 것이라고 한다면 놀라는 사람이 많을 것이다. 그러나 우주 생성 초기에 한때 우

열린 생각 열린 책읽기—과학 [117]

주에는 가장 간단한 원소인 수소와 헬륨만이 있었다. 이보다 더 복잡한 원소는 그후에 별의 내부에서 핵융합 반응으로 합성된 것이다. 단백질을 구성하는 탄소, 질소, 산소라든가, 손톱을 이루는 칼슘, 피 속을 흐르는 헤모글로빈의 철 원자 하나하나가 모두 별의 중심부에서 만들어진 것이다. 그러므로 "인류는 별의 자손"이라는 표현은 결코 시인의 허사가 아니라 현실인 것이다. 우리나라 지식인들 중에서 이 과학적 사실을 알고 있는 이가 과연 몇이나 될까? 원자적 수준에서 우리의 몸이 우주와 하나될 수 있음을 인식한다면, 자신을 둘러싸고 있는 모든 자연환경이 전혀 다른 감각으로 다가올 것이다.

현재 시판되고 있는 천문학 관련 서적은 거의 전부가 번역서이다. 이 번역서들은 일반인에게 현대 천문학이 이룩해 놓은 우주의 모습을 전달할 목적으로 쓰였다기보다, 대학 교양 과목의 교과서적 성격을 짙게 띠고 있다. 우리의 이러한 현실에서 박창범 교수의 『인간과 우주』는 그 출판의 의의가 매우 크다고 하겠다. 이 책에서 저자는 우주의 생성에서 그 종말까지의 참모습을 독자에게 보여 주고 이를 통해 우주에서의 인간의 올바른 자리 매김을 시도하고 있다.

이 책은 크게 세 부분으로 나누어진다. 독자들은 이 책의 도입부에서 현대 관측천문학이 밝혀 준 우주의 생생한 모습을 둘러보고, 그 다음 부분에서 우주를 이루는 다양한 천체들의 생성과 진화의 과정을 엿보게 된다. 이 책의 마지막 부분에는 고대와 현대에서의 인간의 우주 탐사 노력이 잘 정리되어 있다.

우주적 현상에는 지상에서 흔히 사용되는 g, cm, 초(秒)는 터무니

없이 미흡한 단위 체계이다. 저자는 우주의 '조감도'라는 장(章)에서 독자를 소립자적 미시 세계에서 장성(長城)과 빈터로 대표되는 우주의 거대 구조로 데려가며, 천상의 현상들이 얼마나 넓은 범위에 걸쳐 변하고 있는가를 먼저 알려 준다.

이렇게 마련된 시공을 배경으로 '우주의 모습' 장에서 저자는 우주의 기본 구성단위라 할 은하를 자세히 소개하고 이들의 공간 분포에서 드러난 우주의 3차원적 모습과 팽창 운동을 실감나게 보여 주며, 지난 10여 년 사이에 비로소 알게 된 우주 거대 구조에 많은 지면을 할애하고 있다. 1965년에 있었던 2.7K 우주 배경 복사의 발견으로 우리의 심증이 굳혀진 대폭발 우주론과 최근 COBE 위성이 밝혀낸 우주 나이 겨우 50만 년이던 때의 물질과 빛의 거시적 분포 등을 해당 연구자들의 이야기와 함께 박진감 있게 들려준다.

이제 우리 은하를 우주 구성단위의 대표로 삼고 그 내부의 모습을 들여다볼 차례이다. 나선팔을 중심으로 넓게 분포하는 성간 물질의 다양한 모습과 신생 별의 탄생 현장 등을 사진과 함께 빠른 필치로 전하고, 별들과 이들의 집합체인 성단의 천체 물리학적 특성을 알려 준다. 그 다음 가장 평범한 별이라 할 수 있는 우리 태양을 놓고 그 내부 구조와 흑점을 중심으로 태양 표면에서 일어나는 여러 현상들과 코로나의 활동 모습을 보여 준다. 태양계는 현재까지 확인된 유일한 행성계이며, 아홉 개의 행성 중에서 지구에서만 생명 현상을 볼 수 있다. 이 장의 끝 부분에서 저자는 최근 우주 탐사선의 근접 촬영 사진을 중심으로 행성, 소행성, 위성, 혜성 등의 모습을 적나라하게 보여 준다.

제2부는 앞에서 돌아본 천체들을 그들의 생성과 진화라는 관점에서 다루고 있다. '우주의 진화'라는 장이 이 책의 핵심 내용을 담고 있다. 우주가 무엇으로부터, 어떻게, 그리고 왜 창성하였으며, 오늘날까지 어떻게 진화해 왔고 앞으로 어떻게 진화해 갈 것인가? 저자는 우주의 기원과 진화에 관한 이 궁극의 질문에 현대 우주론이 마련한 답을 담담한 필치로 전해 준다.

이 장의 첫머리에서 우주론의 역사를 간략히 섭렵한 다음, 우주론과 관련된 문제를 이해하려면 시간과 공간에 대한 올바른 인식이 필요하므로, 저자는 먼저 시간과 공간의 상대성을 독자에게 일깨워 준다. 일반 상대성이론에 근거한 프리드먼의 대폭발 우주 모형은 우주의 실상으로 닫힌 우주, 열린 우주, 평탄한 우주의 세 가지 가능성을 제시한다. 대폭발 우주에서는 폭발의 순간에 우주의 부피가 0이 되고 밀도가 무한대로 되는 상황을 피할 길이 없다. 이 특이점의 상황은 일반 상대성이론의 범주를 벗어난다. 각각 별개의 힘으로 알려졌던 전자기력, 약한 핵력, 강한 핵력, 그리고 중력의 4대 기본 힘들이 하나로 통합된 일반적인 힘의 이론이 필요하기 때문이다. 그러므로 우주 기원의 문제는 물리학의 힘이, 통합이론이 그 열쇠를 쥐고 있는 셈이다.

대폭발이 있은 지 10^{11}초 이후의 우주의 상황은 1980년대에 이룩된 전자기력과 약한 핵력의 통합이론으로 비교적 확실하게 알려져 있다. 우주의 나이가 10^{35}초가 되던 때로 거슬러 가려면 전자기력과 약한 핵력에 강한 핵력마저 통합된 대통일이론이 필요하다. 여러 가지 대통일이론 중 과연 어느 것이 우주를 지배했는지는 아직 알려지지 않았다. 우주 나이 10^{-43}초의 순간에는 중력마저 통합되어야 하는데, 이러한 이론은 현재 확립되지 않았다. 저자는 대폭발 10^{-43}초의 순간까지 거슬러 올라가면서 우주 진화의 대드라마를 우리에게 들려준다.

여러 민족의 신화와 종교에 드러난 우주 기원의 원시적 발상들을 우주 창생설과 우주 영원설로 나누어 설명하고, 저자는 현대 우주론이 밝힌 우주 기원에 관한 답을 "우주는 무(無)에서 저절로 그리고 필연적으로 생겨났다"라는 한마디로 요약한다. 그리고 이러한 현대적 설명이 그 본질에 있어서 신화적 우주 기원설과 크게 다를 바 없다는 결론에 독자의 주의를 환기시킨다. 이 장의 끝 부분은 대폭발 우주론, 정상 우주론, 준정상 우주론, 혼돈 급팽창의 번식 우주론 등에서 주장하는 우주의 종말과 영원성 여부를 논의하고 있다.

'별의 진화'라는 장은 별의 생성에서 사멸에 이르는 과정을 다루고 있다. 성간운이 중력 수축하여 별이 만들어지고, 주계열 단계를 지나 적색 거성으로 변해 가는 상황이 그림과 함께 간략히 설명되어 있다. 그리고 별의 사멸을 행성상 성운, 신성, 초신성 등으로 나누어 다루고, 진화의 최종 산물로 남게 되는 백색 왜성, 중성자 별, 검은 구멍 등의 정체를 알려 준다. 태양계의 기원도 별의 생성의 한 과정으로 다루고 있다.

독자들은 이 책의 마지막 단원에서 우리 민족에 대한 뿌듯한 긍지를 느낄 것이다. 고구려, 백제, 신라의 일식 기록을 천체역학 계산으로 분석하여, 그 일식들을 가장 잘 볼 수 있었던 최적의 관측지를 추정하였다. 최적 관측 위치는 역사에 기록된 각국의 위치와 다르게 나타났다. 그러나 북만주, 발해만, 양자강 유역 등지에 위도상으로 서로 매우 다른 위치에 있다는 사실에서, 저자는 이 기록들이 독자적 관측의 결과임을 강조하고 있다. 또한 삼국에서 고려와 조선으로 이어지는 시대에 걸쳐 우리 조상들이 만든 성도, 시계, 천문 관측 기기 등의 우수성과 선조들의 일월식 예보술과 역서 편찬 능력도 드러내 보이고 있다. 이 단원의 마지막 장은 스푸트니크 1호에서 허블망원경에 이르는 인류의 우주 탐사 여정을 간략히 담고 있다.

이 책은 몇 가지 특색을 지니고 있다. 천문학 관련 서적들이 통상 태양계에서 시작하여 우주로 끝나는 흐름의 방식을 택하는데, 이 책은 우주로 시작하여 인간의 우주 탐사 노력으로 끝을 맺고 있다. 이러한 서술 방식은 기원을 따지기 좋아하는 우리 민족의 사고방식에 잘 들어맞는다. 한 면에 천연색 화보를 평균 하나 이상씩 실어 천체 현상의 극적 다양성과 그 적나라한 모습을 실감나도록 꾸몄다. 이 부류에 속하는 기존의 국내 서적들이 외서의 단순 번역이거나 외국 자료의 재편집의 수준에 머무는 경우가 허다한데, 이 책은 그 수준을 크게 벗어났다. 특히 이 책의 핵심인 우주의 진화 부분과 마지막 단원의 고대 한국의 천문학은 이러한 관점에서 높게 평가받아야 한다.

저자는 초대의 글에서 "천문학이 우리를 둘러싼 거시적 자연에 대한 깊은 인식 체계라면, 이 학문은 철학과 종교와 긴밀한 관련성을 지녀야 한다"라고 얘기하고 있다. 독자들도 『인간과 우주』라는 이 책의 이름에서 바로 이 점을 크게 기대했을 것이다. 그러나 저자는 이 책이 독자의 이러한 기대를 충족시키지 못하고 있음을 스스로 인정하면서, 다음 기회를 우리에게 약속했다. 그러므로 박창범 교수의 다음 저술에 거는 기대가 지대한 것은 서평자만의 욕심은 아닐 것이다.

빅뱅에서 우주의 종말까지

윤홍식 서울대 천문학과 교수

『우주의 역사』
클린 로넌 지음 / 최승언 옮김 / 1995 / 동아

누구나 한번쯤 밤하늘을 빽빽하게 채운 별을 보면서 자신과 우주와의 관계를 생각해 본 경험이 있을 것이다. 저 멀리 반짝이는 무수한 별들은 어떻게 생겨났을까? 그들을 품고 있는 우주는 얼마나 클까? 우주는 어떻게 시작되었고 앞으로 어떻게 될 것인가? 우주는 어떤 모양을 하고 있을까? 지구상의 생명체는 어떻게 태어났을까? 우주에서 지성을 가진 존재는 인간뿐일까? 만약 그렇지 않다면 지성을 가진 외계 문명과의 의사소통을 할 수 있지 않을까? 이 방대한 우주 속에 나는 무엇이며 어디서 와서 어디로 가는 것일까? 우리의 의문은 꼬리에 꼬리를 문다. 최승언 교수가 번역한 로넌 박사의 『우주의 역사』는 바로 이러한 질문에 대한 실마리를 풀어 주고 있다. 이 책은 시간·공간과 별·은하 등의 온갖 천체들이 어떻게, 그리고 왜 생겨나서 오늘날까지 어떻게 진화해 왔으며, 또 앞으로 어떻게 변해 갈 것인지에 대한 과학자들의 다양한 생각들을 알기 쉽고 간결하게, 각종 천연색 관련 관측 사진과 도형을 활용하여 엮어 놓은 천문학 입문서이다.

『우주의 역사』는 크게 1. 우주의 탄생 2. 거대한 구도 3. 살아 있는 우주의 세 부분으로 꾸며져 있다. '우주의 탄생'의 첫머리에서는 소립자 규모의 미시의 세계로부터 우주의 빈터로 대표되는 거시 구조에 이르기까지 우주 내에 존재하는 물질과 천체를 크기순으로, 눈금 하나가 올라갈 때마다 그 크기가 10배씩 증가하는 척도 위에 늘어놓고 그들의 크기를 비교하고 있다. 우주의 거대한 폭발로 창생된 우주가 탄생 직후 10^{-35}초경에 소위 초팽창(Hflation)이라는 급격한 변화를 겪음으로써 전개되는 소립자 규모의 초기 우주로부터 약 20억 년 후 우주의 최초 천체인 원시은하가 탄생될 때까지 과학자들이 발견한 초기 우주진화의 대드라마를 우리에게 보여 준다. 우주가 탄생하는 순간 모든 물질과 에너지는 상상할 수 없을 정도의 초고밀도를 지닌 작은 공간(원자핵 크기의 10^{-20}배)에 압축되어 있었으므로 저자는 먼저 시간과 공간의 상대성과 그가 갖는 의미를 기술하고 있다. 또한 10^7K 라는 엄청난 고온에서 초팽창이 일어나는 찰나, 생겨났다가 사라져 가는 수많은 소립자들과 그후 지속되는 우주의 팽창에서 등장하는 우주의 기본 입자들의 생성 과정을 간략하게 기술하고 있다. 우주의 기본 입자들은 전자기력, 약작용, 강작용 그리고 중력의 4대 기본 힘들에 의해서 생성된다. 특히 우주 초기의 극한 상황에서는 각각 별개의 힘으로 알려졌던 4개의 기본 힘들이 하나로 통합된 통일된 힘의 이론이 요구되므로 우주 초기의 역사는 바로 힘의 통합이론에 의해서 이루어진다.

두 번째 '거대한 구도'에서는 현재 관측되는 초은하단에서부터 미소한 행성간 물질에 이르기까지 광범위하고 다양한 천체를, 현재까지 알려진 첨단 지식을 바탕으로 그들의 정체를 간결하게 요약 · 기술함으로써 우주의 구조를 상세히 보여 주고 있다. 천문학자들은 우주의 진화 과정에서 가장 큰 구조, 즉 원시은하들이 가장 먼저 만들어졌고 그들이 수축하면서 오늘날 관측되는 은하들이 만들어졌다고 생각하고 있기 때문에, 저자 자신도 초은하단과 은하단 연구의 중요성을 강조하고 있다. 최근 과학과 기술의 발전으로 대형 광학 및 전파망원경이 건설되고, 과학 위성을 이용한 대기권 밖에서의 천체 관측이 가능해짐에 따라 우주의 빈터, 초은하단, 은하단, 충돌하는 은하들 그리고 퀘이사, 펄서, 중성자성, 블랙홀 등과 같이 진기한 천체들의 정체가 많이 밝혀졌다. 저자는 이 책의 반 이상의 지면을 활용하여 이들 천체들의 특성, 별의 생성에서 죽음에 이르기까지의 진화 과정, 우리에게 빛과 열을 주어 모든 생물이 살기에 알맞은 환경을 만들어 주는 태양과 태양계의 기원, 바이킹과 보이저 우주 탐색선이 촬영한 행성들의 근접 사진으로 우리의 관심을 모았던 태양계 가족들의 생생한 모습 등을 흥미진진하게 기술하고 있다. 이처럼 다양한 천체들의 특성을 기술하는 데 있어서 저자는 그들의 생성과 진화라는 관점에 역점을 두고 있으며, 그들을 다루는 순서에 있어서도 우주의 역사에서 가장 먼저 출현한 천체들로부터 시작하여 그 다음에 나타나는 천체들을 순서대로 엮어 가고 있다. 따라서 첫 번째 주자는 무수히 많은 은하들로 구성된 초은하단과 은하단이 되며, 그 다음은 은하, 별가스 구름과 우주 먼지, 행성과 위성의 순으로 소개되어 있다.

마지막으로 '살아 있는 우주'에서는 생명체의 존재와 그의 우주론적 의의를 논한 다음 현재의 물리 지식으로 예측되는 우주 종말의 몇 가지 가능성을 제시하고 있는데, 일반 상대성이론에 근거한 프리드먼의 대폭발 우주 모형에서는 '닫힌 우주', '열린 우주', '평탄한 우주'의 세 가지 가능성이 있다. 우주에서 지구 이외의 다른 천체에 생명체가 존재할 수 있는지, 만일 지성을 가진 생명체가 존재한다면 그들과의 의사소통이 가능할 것인지에 관해서 저자는 외계 문명과 의사소통의 가능성을 인정하면서도 현실적으로 당장 외계 문명과 대화를 나누기에는 극복하기 어려운 문제들이 많다고 결론을 내리고 있다. 여기서 우리는 아무리 고도로 발달된 현대 과학장비를 동원한다고 하더라도 우리의 능력은 우주의 깊숙한 곳까지 미치지 못하고 있음을 실감하게 된다. '살아 있는 우주' 말미에서는 우주를 이해하기 위한 인간의 노력이 다각적으로 펼쳐지고 있다. 우리를 에워싼 거시적 자연으로부터 관측된 다양한 현상들을 정리하고 그 이면의 실상을 파악, 천문학이 정립·발전하는 과정이 책 전반에 걸쳐 곳곳이 기술되어 있으며 특히 우주를 이해하기 위한 인간의 끈질긴 노력이 구체화되고 있다. 비록 우리의 사고력은 극히 빈약하지만 미지의 세계를 동경하고 그 신비를 파헤쳐 보려는 인간의 끈질긴 의지력과 탐험심이 지난 수천 년 동안 우주와 지구에 대하여 예기치 않았던 놀라운 발견과 업적을 이룩하였음을 일깨워 준다.

『우주의 역사』에 대하여 한 가지 언급하고 싶은 것은 기존 천문학 교양서적들과 비교할 때 『우주의 역사』는 책의 내용 전개와 구성 그리고 그 깊이에 있어서 좀 색다르다는 것이다. 저자는 우주의 역사에서 가장 먼저 출현한 천체들을 먼저 제시함으로써 우주의 거시적 이미지를 부각시키고, 한 계급씩 작은 규모의 천체들을 전체와의 연결선상에서 이해시키고자 시도하였다. 또한 대부분의 천문학 교양서들은 태양계에서 시작하여 우주로 끝나는 방식을 취하고 있으며, 그 내용의 1/4~1/3 이상을 행성계에 치우치어 외부은하와 우주론 분야의 내용은 상대적으로 매우 빈약한 데 반하여, 이 책은 이러한 점에서 서술 방식과 내용의 비중을 크게 달리 하고 있다. 또한 저자는 풍부한 관련 천연색 관측 사진, 그림 및 도형을 평균 하나 이상씩 지면에 할애함으로써, 일반인들에게 난해한 현대 우주론의 핵심적 이론과 개념뿐만 아니라, 광범위한 계급의 다양한 천체에서 일어나고 있는 전체 물리학적 현상들을 쉽게 이해하고 파악할 수 있도록 꾸며 놓았다는 것이다. 따라서 책의 내용을 자세히 읽어 나갈 여유가 없는 독자라도 관측 사진이나 그림, 도형 그리고 그들에 실은 설명만으로도 즐거움을 누릴 수 있게 되어 있다.

과학 서적은 전문적이어서 일반 독자들이 실제로 이해하려면 글이 평이하고 잘 읽혀서 그 내용이 쉽게 전달되어야 한다. 특히 번역 과학 서적의 경우는 번역 과정에서 표현이 왜곡되거나 어색해지거나 용어 선정이 잘못 되어 전달하고자 하는 내용을 파악하기 어려운 경우가 흔히 있는데, 『우주의 역사』에서는 조금도 그러한 점을 찾을 수 없다. 이러한 점에서 『우주의 역사』는 쉽게 읽힐 수 있고 친근감을 느낄 수 있는 책이다.

　결국 『우주의 역사』는 현재 우주가 어떻게 짜여져 있으며 인간의 위치가 어떠한지 깨닫게 해 준다. 또 여기서 써 내려간 우주의 역사를 한눈에 훑어봄으로써 독자들은 수많은 천체를 담고 있는, 이 거대한 우주를 움직이는 자연의 질서를 진정 느껴 알 수 있는 계기를 발견하게 될 것이다. 로넌의 『우주의 역사』는 우주의 신비감을 단순히 불러일으키는 데에 그치지 않고 독자들에게 우주의 존재와 현상을 진정 이해시키고자 노력했다는 점에서 천문학에 관심을 갖고 있는 고등학생이나 대학생 그리고 관심이 있는 일반인들에게 좋은 교양도서가 될 것이다.

자격루 복원을 위한 현대공학의 성과

이태진 서울대 국사학과 교수

『한국의 물시계』

남문현 지음 / 1995 / 건국대출판부

한국인으로 세종대왕을 모르는 이 없으며, 대왕의 중요 업적을 들라면 대개가 훈민정음 창제와 과학기술의 창달을 든다. 그의 시대에는 간의, 혼의 등 많은 천문기구와 자격루, 앙부일구 등 각종 시계들이 제작되었다. 거기에 세계 최초의 측우기 발명을 더했으니 과히 과학기술 발달의 시대라고 할 만하다. 남문현 교수의 『한국의 물시계』는 그중 자격루를 집중적으로 다룬 연구서이다. 우리나라 과학기술사 연구 서적도 해를 거듭하면서 적지 않게 쌓였지만, 이 책처럼 하나의 과학기술 기재를 집중적으로 다룬 연구서는 그리 흔치 않다. '자격루와 제어계측 공학의 역사'라는 이 책의 부제 또한 호기심을 돈운다. 지금으로부터 561년 전인 1434년 7월 1일에 만들어진 물시계를 현대 제어계측 공학의 차원으로 파악하는 것으로 명시하였으니 흥미가 당기지 않을 수 없다.

남 교수는 본래 전기공학, 제어공학에 많은 저서를 남긴 공학자이다. 그런 그는 십수 년 전부터 어떤 사연으로 자격루에 대해 특별한 관심을 가지고 이의 복원을 목표로 자격루 연구회를 발족시켜 그 동량 역할을 해 왔다. 이제 복원을 위한 공학적 작업 착수를 눈앞에 둔 시점에서 그간에 이루어진 자신의 연구 성과를 별도로 정리해 세상에 내놓은 것이다(복원을 위한 연구 보고서는 따로 있다). 자격루에 관한 한 이 책은 현재 최고 최대 수준의 지식과 정보를 제공해 주는 것이다.

자격루(自擊漏)란 무엇인가? 옛날에는 물시계를 누기(漏器), 누각(漏刻)이라고 했다. 자격루란 저절로 물이 떨어져 치는 다시 말하면 모든 것이 자동화되어 있는 물시계란 뜻이다. 이 책에 의하면 정확한 명칭은 자격궁루(自擊宮漏)라고 한다. 물시계가 궁 안에 설치되어 있었기 때문에 궁 자를 붙였는데 보통은 이를 줄여 자격루라고 부르게 되었다고 한다. 궁 안에 설치된 시계라면 궁중 사람들을 위한 것이었던가. 그렇지 않다. 자격루의 가장 중요한 용도는 운종가(현 종로)에 세워진 종루(鐘樓)의 대종(大鐘)에 정확한 시각을 제공하는 것이었다. 종루 대종은 새벽의 파루와 저녁의 인정에 두 번 울려 도성 사람들의 하루일의 시작과 끝의 시점을 알려 주었다. 세종 대에는 현 보신각 서쪽 길 건너편으로 5층 5간의 종루가 높이 솟아 있었으며 거기에 보신각종보다도 훨씬 큰 대종이 달려 있었다. 남 교수는 조선 왕조 때 서울 사람들 생활의 처음과 끝을 알린 이 타종 시스템에 매료되어, 공학도로서 그 시각을 제공한 자격루의 자동 시보장치에 깊은 관심을 가지고 그 원리를 파악하면서 복원을 꿈꾸고 있는 것이다. 세종 대의 자격궁루는 중국 것 가운데 최고 수준으로 평가받은 원나라 순제 자격궁루보다 더 우수했다고 하니, 현대 공학도로서도 그 신비(?)를 파헤쳐 볼 만하다.

자격루라고 하면 우리는 세종대왕과 장영실을 연상한다. 세종 대 시계 제작에는 장영실의 공이 단연 컸던 것이 사실이다. 세종은 장영실의 재능을 십분 활용하여 우수한 시계들을 남길 수 있었다. 장영실은 조선 표준시계가 된 자격루를 만든 다음, 임금께서 자신의 출신이 비천한데도 재능을 십분 활용해 준 데 대해 무한한 감사를 표하여 왕루(王漏)란 자동화 시계를 하나 더 만들어 바쳤다. 옥루는 전의 자격루보다 시보장치의 형상화를 더 다양하게 처리하는 한편, 해와 달, 사계의 변화, 그 속에 생장하는 사람, 금수, 초목 등을 형상화한 그림과 조각을 붙여 당대의 시계 제작의 철학을 함께 담았다. 세종은 이를 자신의 집무실이던 천추전 바로 옆 마당에 설치해 두고 매일 접했다.

세종을 비롯해 조선의 국왕들이 시계 제작에 그토록 깊은 관심을 표명했던 이유는 무엇인가? 인류 역사상 여러 문명권에서 각기의 종교, 신앙, 사상과 결부되어 각종의 많은 시계들이 만들어졌다. 유교문화권에서는 천도(天道) 실현이란 독특한 왕도정치 사상 아래 시계가 만들어졌다. 유교는 왕정의 근원을 천도 실현에서 찾고 일월성신

(日月星辰)의 천문 변화를 관찰하는 것 자체를 천도 실현의 첫걸음으로 간주하였다. 삼라만상의 생장 자체를 곧 생명이 있는 것을 살게 하는 하늘의 큰 덕(生生之德)에 의한 것이라고 보고 하늘로부터 천명을 받은 군주도 이 대덕(大德)을 본받아 백성을 다스리는 것이 도리라고 인식하였다. 유교 정치가 농정(農政)을 왕정(王政)의 대본으로 삼는 까닭이 바로 이것이었다. 이런 정치사상 아래서는 자연히 시(時)의 측정이 왕의 중요 임무가 되지 않을 수 없다. 하늘의 뜻을 헤아리는 차원에서나, 백성들이 농사를 잘 짓도록 독려하는 차원에서 왕에게 시간의 측정은 중요한 일이지 않을 수 없었다. 그래서 요 임금, 순 임금이 천문 기구를 만들어 시간을 측정하여 백성들에게 시를 내린 것(授時)은 유교 정치를 추구하는 조선의 왕들에게는 금과옥조였다. 조선 초기의 왕들은 유교로 입국하여 출범하는 마당에서 바로 이런 정치사상에 입각해 시계 제작과 그 전달 시설에 대해 지대한 관심을 가지게 되었던 것이다.

국왕 세종은 새로 만든 천문 기구들을 경회루 북쪽에 간의대를 쌓고 그 위 또는 옆에 설치해 두고 사용했다. 경회루 남쪽에는 보루각을 지어 그 안에 자격루를 설치했다. 보루각 자격루는 시(時), 경(更), 점(點) 때마다 인형이 나와 종, 북, 징 등을 두드렸고, 이 소리를 받아 종루까지 전달하는 체계가 세종 19년에 확립되었다. 보루각과 종루 근처 의금부 사이에 4개 지점 즉 광화문 위, 명조 장문(墻門, 현 세종문화회관 근처), 월차소(月差所) 행랑(현 광화문 교차로 근처), 수진방동구(광화문 우체국 건너편) 등지에 북과 징을 설치해 놓고, 보루각 자격루에서 자동 시보장치가 울리면 이것을 받아 순차로 전달해 의금부(구 신신백화점 근처)에 이르도록 하였다. 의금부에는 종루의 대종을 담당하는 직책들이 상주해 있었다. 왕이 측정하여 대종으로 알리는 시간은 이처럼 새벽과 밤, 각 한차례였다. 그러므로 해시계는 이에 활용될 수가 없었다. 표준시계가 물시계로 시종한 까닭은 바로 여기에 있었다.

남 교수의 저서에는 고대, 고려시대의 천문학과 시계 제작에 대해서도 현재로써 알 수 있는 최대의 정보를 제공해 주고 있다. 특히 눈을 끄는 것은 고려시대 불교 사회에서 시간 측정이 주로 불교 사찰에서 이루어지고 있었다는 것에 대한 증거를 들고 있는 점이다. 예불을 비롯한 규칙 생활을 지켜야 했던 승려들에게 시간 측정이 필요했다는 것은 쉬이 상정할 수 있는 일이다. 그러나 그 방법이 무엇이었는지는 잘 알려진 것이 없었는데 남 교수는 향을 피우는 방식이 주로 쓰였다는 증거를 잡고 있다. 해인사의 응향각(凝香閣), 전등사의 향로전(香爐殿) 등을 구체적으로 거론하였다. 해시계류가 사찰에서 많이 발견되고 있는 사실도 주목하였다. 고려는 불교 사회였으므로 읍 근처나 산간 촌락 근처에도 사찰이 있었다. 그래서 거기에서 울려 나오는 종소리가 일반인들의 시간 생활에 연계되었을 것은 쉬이 짐작할 수 있다. 이런 상황에 비추면, 조선왕조에 들어와 왕이 시간 측정과 전달을 일원적으로 관리하였다는 것은 대단히 중요한 의미를 가지는 변화라고 하지 않을 수 없다. 유불(儒佛) 교체의 변동은 식자들의 사상 논쟁보다도 이런 데서 더 실감할 수 있다. 그러나 한편 이러한 새로운 시대를 지향하는 변화가 일방통행으로 이루어지고 있지 않았다는 사실도 유념할 필요가 있다. 종루 대종으로 울려 퍼지는 두 번의 타종 중 새벽의 파루가 불교 신앙과 연관지어지고 있었다는 것이 바로 그 증거이다.

인정(人定, 인경이라고도 했다)은 사람들이 하루의 일을 끝내고 잠자리에 들 준비를 하라는 신호로서 28번 울렸다. 이 타종 숫자는 유교적 천문학의 28수(宿)를 따른 것이다. 중국 고래의 천문학은 별을 관측하기 위해 밤하늘을 28수의 구역으로 나누었다. 28수 별자리의 밤하늘의 세계에 만백성의 밤의 평안을 맡긴다는 뜻으로 스물여덟 번을 두드렸다. 인정은 이처럼 중국에서 유래한 것이었지만, 새벽에 서른세 번 치는 파루는 중국에 전혀 예가 없는 것이라고 남 교수는 밝히고 있다. 33번의 숫자는 제석천(帝釋天)이 이끄는 33천(天)에 고하여 그날 하루의 국태민안(國泰民安)을 기원한다는 뜻을 담았다. 조선 초기의 정치와 사회는 유교로 이끌어졌지만, 일반 백성들의 정신세계는 아직도 전래적인 불교 신앙에 젖어 있었다. 절의 종소리를 듣고 하루를 시작하던 습관이 그대로 남아 있었다고 표현해도 좋다. 치자들은 정치를 유교로 이끌었지만 한편으로 일반 백성들의 이러한 정신 세계를 굳이 부정하려 들지 않았다. 불교 사상에 연원하는 이 파루 제도는 세조 다음 예종 때 정해진 것이라고 이 책은 밝히고 있다. 이 책은 거의 비슷한 제도가 지방 고을에서도 있었다는 것을 입증하기 위해 그림 및 문헌 자료를 찾아 제시하고 있다.

남 교수의 역저는 제1편 한국의 시간 측정사, 제2편 세종 자격루,

제3편 자격루의 후예, 제4편 척도 재현 등으로 구성되어 있다. 서평자가 지금까지 나눈 얘기는 주로 제1편, 제2편에서 다루어지고 있는 내용들이다. 물론 이밖에도 중요한 얘기들이 많이 있지만 제한된 지면에 일일이 소개할 수가 없다. 남 교수는 본래 공학도이기 때문에 역사학적인 풀이보다 관련 자료들을 폭넓게 한자리에 모으면서 전후관계가 이렇지 않느냐는 집필 자세를 지키고 있다. 역사학자들은 이런 정보 제공을 고마워해야 할 형편이다. 우리 한국사도 이제는 생활사를 중요시해야 하는 단계에 이르고 있다. 그런 시점에서 과학기술사 측으로부터 제공되는 이같은 정보와 연구 성과는 참으로 귀중한 것이다. 제3편 자격루의 후예에서는 1534년(중종 29년)에 자격루가 새로 하나 더 만들어져 창덕궁에 설치된 사실, 서양 자명종이 들어온 뒤 이에 대한 조선 과학기술계와 국왕들의 반응에 관한 사실들을 정리하고 있다. 1536년의 신보루각 자격루는 마치 세종 대의 위업을 100주년으로 기념하는 듯이 제작되었다. 현재 국보 229호로 지정되어 덕수궁 광명문 안에 보관되어 있는 것이 바로 이때 만든 것이라고 한다.

1631년(인조 9년) 정두원이 중국에서 처음으로 자명종을 들여온 사실은 오래전 교과서들에서도 읽을 수 있었다. 그러나 이에 대한 우리의 반응이 어떠했는가는 대중적으로 알려진 것이 없다. 과학사가들은 1669년(현종 10년) 조선왕조가 자명종의 원리를 채택하여 제작한 시계를 주목해 왔다. 혼천시계라고 불리는 이 시계는 당시의 천문교수(天文敎授) 송이영(宋以穎)이 왕명을 받들어 만든 것으로, 동력

장치를 수격식(水激式) 대신에 추가 낙하하여 동력을 발생시키는 추동식(錘動式)을 채택한 것이다. 추가 오르내리는 힘으로 톱니바퀴가 돌면서 시각을 나타내는 방식이 있다. 시각은 원반형 톱니바퀴에 붙은 수직 축의 바퀴에 12시패(時牌)를 달아 시각마다 창문이 열리면서 이것이 나타나게 만들었다. 일종의 디지털 방식이다. 현재 국보 230호로 지정되어 고려대학교 박물관이 소장하고 있는 이 시계는 영국의 동양 과학사가들이 동서양 과학의 만남의 대표적 사례로 극찬하던 것이기도 하다. 남 교수의 저서는 이에 대한 소개와 함께 숙종, 영조 등 국왕들이 자명종에 대해 보인 반응의 시문(詩文) 자료들을 함께 소개하고 있다.

제4편 척도 재현에 관한 것은 남 교수가 추진하고 있는 자격루 복원 사업을 위한 필수적인 예비 연구 성과의 한 부분이라고 할 수 있다. 시, 경, 점 등의 순간에 인형이 나와서 북, 종, 징 등을 치는 정밀한 자동제어 시보장치를 가진 자격루의 원리를 파악하여 이를 복원하자면 당시에 사용된 척도(尺度)에 관한 정밀한 연구가 필수적이다. 그는 한국 표준과학 연구원의 도움을 받아 주척(周尺)과 영조척(營造尺)의 길이를 정확하게 측정한 결과를 제시하면서 이를 조선조(朝鮮朝) 추정 표준 대표 값으로 삼을 것과 이를 계기로 한 한국도량형사 정립의 길을 제안하고 있다.

남문현 교수의 자격루 연구는 우리 한국사 연구가 공학도에 의해 이루어질 때도 의외의 귀중한 소득을 올릴 수 있다는 것을 보여 주었다. 역사는 모든 생활의 총합으로 남는 것이기 때문에 인문학, 사회과학으로 풀 수 없는 것들이 있기 마련이다. 자연과학, 공학 분야도 연구에 참여권이 있으며, 더 많은 분야의 참여가 있을수록 한국사의 내용은 더 풍부해지고 윤택해질 것이다. 남 교수의 꿈인 자격루의 복원이 성공적으로 이루어져 우리 한국민의 전통에 대한 자부심이 높여지는 기회가 되기를 기원해 마지않는다.

21세기 교양 과학의 새로운 추세

임경순 포항공대 교수 · 과학사

『21세기 과학의 포커스』

서울대 자연과학대 교수 20인 지음 / 1996 / 사계절

날마다 새롭게 발전하고 있는 자연과학의 내용을 이 분야의 전공자들이 비전공자들에게 쉽게 소개한다는 것은 무척 힘든 작업 가운데 하나일 것이다. 이런 유형의 작업은 이미 1970년대에 대학에서 인문사회 계열의 학생들에게 자연과학을 개괄적으로 소개하기 위해 마련했던 '자연과학 개론'이라는 과목에서 추구되어 온 것이었다. 최근에 들어서서 중등 교과 과정 및 대학 입시제도가 개혁됨에 따라 이런 작업의 대상이 인문사회 계열 대학생에서 중·고등학교 학생들로 옮겨 가고 있다. 이번에 서울대학교 자연과학대학 교수 20인이 공동 집필한 『21세기 과학의 포커스』라는 책은 바로 이런 시대적 요구

에 맞게 기획 · 편집된 책이라고 할 수 있다.

사계절 출판사는 이미 지난번에도 『21세기와 자연과학』이라는 책을 서울대학교 자연과학대학 교수 31명이 공동 집필하게 했던 경험을 가지고 있다. 따라서 이번에 나온 책도 바로 과거의 이 책의 연장선에서 집필되었다고 할 수 있다. 이번에 나온 책의 전체적인 특징을 살펴보면, 우선 이 책은 중 · 고등학생들이 자연과학의 여러 분야에 대한 최신의 기본적인 내용을 파악하게 도와준 뒤, 몇몇 핵심적인 문제에 대해서 스스로 생각해 보고 토론을 유도하는 방식으로 꾸며졌다는 것이다. 물론 이런 문제에는 확실한 해답이 있기가 어렵고 독자에 따라서 다양한 설명이 가능한 것이다. '생각해 볼 문제' 외에 이런 문제를 좀 더 알고 싶은 사람들을 위해서 쉽게 구할 수 있고 읽기쉬운 내용의 참고 도서를 두서너 권씩 각 장별로 제시했다. 이것 역시 스스로 책을 구해서 읽는 능력을 기르게 하기 위해 선처한 것으로 여겨진다.

책의 내용은 일단 천문학, 생물학, 전산학, 물리학, 통계학, 지구과학 등 광범위한 분야를 포괄하고 있다. 특이한 것은 지구과학 교수들을 대부분 '과학은 환경 문제를 해결할 수 있는가'라는 단원에 투입했다는 것이다. 따라서 겉으로 보기에는 지구과학 분야가 빠져 있는 것처럼 보이기까지 한다. 물론 해양 생태학에 많은 관심을 가지고 있는 해양학과의 고철환 교수가 전면에 나서서 집필했기 때문에 그리 어색하지는 않았다. 하지만 그 다음 장에 나오는 '예측 과학의 프론티어'는 내용상 기상학의 수치예보에 관한 것으로 환경 문제와 직접적인 연관은 없어 보였다. 반면에 광물학을 전공하고 있는 김수진 교수는 자신의 전공을 환경 문제와 연결시켜서 큰 주제에 걸맞게 광물에 관한 논의를 전개하고 있다.

천문학 분야의 집필은 주로 우주와 태양에 관한 내용이 주종을 이루고 있는데, 이 부분은 다소 교과서적인 내용으로 되어 있다. 교양 과학 도서를 집필하는 경우 대개는 우주론과 아울러 원소의 형성을 다루고 있는데, 이 책에서는 이 부분이 생략되어 있다. 우주론과 연결되어 있는 소립자 물리학이 책에서 빠져 있는 것은 기획진들의 의도에 의해서 비롯된 것인지 아니면 필자 선정의 문제 때문이었는지는 불확실하지만, 아무튼 이 책은 기존의 자연과학개론 교과서의 유형에서 크게 벗어나고 있는 새로운 형태로 집필되었다. 즉 쿼크나 중성미자를 비롯한 소립자에 관한 내용은 책 전체를 통해서 너무 빈약하다. 서울대 물리학과 교수들의 상당수가 이 분야의 전문가들임에도 불구하고 이 부분의 내용이 생략되어 있는 것은 다소 의아스럽다.

물리학 분야에서는 통계물리학 전공인 이구철 교수가 전산물리에 대해서 소개했고, 제원호 교수가 레이저 트랩에 대해서, 그리고 방형찬 교수가 가속기 질량 분석법과 이를 이용한 연대측정법에 대해서 집필했다. 소립자 물리학이 빠진 것과 아울러 물리학 분야에서 충분히 다루지 않은 분야는 초전도 물리학과 반도체 물리학을 위시한 물성과학 분야이다. 물론 물리학 분야는 너무 광범위해서 이 모든 분야를 한 권의 책에 소개하기란 불가능했을 것이라는 현실적인 입장은 충분히 이해가 된다.

화학 분야는 그야말로 완전 분해되어 다른 분야의 주제에 흡수되어서 전면에는 나타나고 있지 않다. 양철학 교수가 쓴 효소와 단백질에 관한 내용은 생물공학 분야로 모아졌고, 장두전 교수가 쓴 극초고속 레이저 분광학에 관한 내용은 물리학과의 제원호 교수의 레이저에 관한 글과 함께 '레이저는 원자와 분자의 세계를 정복할 것이다' 하는 단원으로 흡수되었다.

이 책은 생명과학과 생물공학에 아주 많은 부분을 할애함으로써 생명과학이 21세기 과학의 핵심이 될 것이라는 것을 암묵적으로 제시하고 있다. 이 책의 대표 집필자인 생물학과의 이인규 교수는 진화론을 다루었고, 분류학이 전공인 분자생물학과의 김원 교수는 환경 문제와 생물종 다양성 그리고 계통분류학과 분자진화학에 관한 내용을 소개했다. 생물공학에 관한 부분은 미생물학과의 이계준 교수가 미생물을 이용한 생물공학의 가능성에 대해서 조망했으며, 화학과의 양철학 교수는 효소공학의 가능성을, 그리고 생물학과의 권영명 교수는 광합성에 대한 이해를 바탕으로 한 식량 문제의 해결 가능성에 대해서 조망했다. 이외에도 미생물학과의 노정혜 교수는 유전학을 소개했으며, 생물학과의 최재천 교수는 1960년대 이후에 발전한 새로운 학문 분야인 동물행동학에 대해서 개괄적으로 소개했다. 동물행동학과 유전학에 관한 내용을 좀 더 발전시켜서 지능에 관한 일반적 논의와 더 나아가서는 인공지능, 인공생명, 신경망이론 등 최근에 컴퓨터 과학에서 주목받고 있는 논의와 연결시켰으면 좋았을 것을 하는 아쉬움이 남는다.

21세기에도 계속 커다란 영향력을 행사할 컴퓨터와 이를 바탕으로 하는 정보화 사회의 모습에 대해서는 전산과학과, 물리학과, 계산통계학과 교수들이 집필했다. 전산과학과의 고건 교수가 집필한 초고속 정보통신망과 멀티미디어에 관한 글은 미래의 정보화 사회에서 필요한 최소한의 상식적인 내용을 간략하게 소개하고 있다. 사실 이 부분은 좀 더 자세히 다루었으면 더 유익했을 것이다. 물론 이 부분을 만약 공대 교수들로 구성되는 새로운 책을 구상하고 있다면, 공과대학의 전산공학 분야에서 확실하고 좀 더 심도 있게 다룰 수 있을 것이다. 미래의 정보화 사회에 관한 개괄적인 내용이 선행되었더라면 계산통계학과의 이영조 교수와 박성현 교수가 소개한 통계학에 대한 이야기는 더욱 빛이 났을 것이다. 하지만 이 책에는 21세기에 통계학이 나아갈 방향에 대해 간략하게 소개하면서 논의를 마치고 있다.

수학과의 지동표 교수가 집필한 혼돈과 질서와 연관된 동역학적 계에 관한 논의가 없었더라면 수학 분야가 완전히 빠질 뻔했다. '물리학과 수학과의 만남'이라는 주제에 많은 관심이 있는 지동표 교수는 자신의 흥미와 일치하는 최근에 발전한 카오스이론에 대해서 수학적인 입장에서 접근하고 있다. 이 책에는 카오스이론과 복합체계(Complex System)에 관한 내용이 체계적으로 소개되고 있지는 못하다. 그 이유는 아마도 서울대학교 자연과학대학 교수들 가운데 이 새로운 분야의 전공자가 아직은 없기 때문일 것이다. 하지만 카오스이론에 대한 간단한 소개는 여러 집필자의 글에서 나타나고 있다. 지동표 교수의 글은 말할 것도 없고, 대기과학과의 이동규 교수는 컴퓨터를 이용한 수치예보에 대해서 소개하면서 비선형 동역학과 로렌츠의 이론에 대해서 언급하고 있다. 1900년 8월 8일 힐베르트는 국제 수학회에서, 다가올 20세기에 해결해야 할 23가지의 문제를 제기하여 20세기 수학의 방향에 커다란 영향을 미쳤다. 힐베르트의 이런 순수 수학적 작업을 이을 만한, 21세기를 대변할 순수 수학이 이 책에서 소개되지 않은 것에 이 글을 쓰는 평자는 100년 전과 달라진 수학계의 모습에서 심한 격세지감을 느낀다.

전반적으로 보아 이 책은 비록 자연과학의 전체 분야를 총망라하고 있지는 않았다 하더라도, 현재 잘 나아가고 있고 21세기에도 계속 발전할 가능성이 있는 다양한 분야들의 내용을 개괄적으로 잘 소개하고 있으며, 특히 중·고등학생도 읽을 수 있도록 많은 배려를 한 책이라고 생각된다.

식물도 동물처럼 행동한다

이용수 동아일보 편집위원

『**식물의 사생활**』
데이비드 애튼보로 지음 / 과학세대 옮김 / 1995 / 까치

길가에서 자라고 있는 하잘것없는 풀 한 포기에 정을 느끼고 그 속에도 나름대로의 아름다운 삶이 있을 것이라고 생각하는 사람이 있을까. 그리고 모든 생명의 근원이 바로 이 녹색식물이라는 데까지 생각이 미쳐 이를 감싸 안으려는 사람이 몇이나 될까.

영국의 세계적인 다큐멘터리 제작자인 데이비드 애튼보로가 쓴 『식물의 사생활』(원제 : The Private Life of Plants)은 흔히 보잘것없는 것으로 보아 온 식물의 놀랍고도 환상적인 세계를 한 편의 감동적인 드라마로 펼쳐 보여 준다.

이 작품은 영국에서 출판되자마자 논픽션 부분에서 베스트셀러가

되는 등 화제를 모았으며 출판에 앞서 BBC방송이 기록 영화로 세계 각국에 방영해 자연 다큐멘터리의 걸작이란 찬사를 받기도 했다. 실제로 저자는 영국 BBC 텔레비전 시리즈에서 전 지구를 돌아다니며 식물들의 삶이 빚어낸 위대한 시도들을 하나씩 실험한 사실을 영상과 책 속에 담았다. 이 책이 바로 『식물의 사생활』이다.

지금까지 우리 인간들이 식물들의 극적인 생활과 능력 그리고 예민한 감각을 제대로 인식하지 못하는 것은 식물들이 인간과 다른 시간 단위에 따라 살고 있다는 데서 비롯된다. 우리가 맨눈으로 보아서는 뚜렷하게 드러나지 않지만 식물들도 끊임없이 살아 움직이고 있다. 자라고 싸우고 적과 이웃을 피하거나 이용하고 있다. 그리고 먹이를 얻기 위해서, 자신의 세력권을 확장하기 위해서, 번식하기 위해서, 햇빛을 찾고 지키기 위해서 투쟁하고 있다. 식물들은 볼 수 있고 시간을 잴 수 있으며 수를 셀 수 있는 능력도 갖고 있다. 우리는 그러한 식물의 능력과 행동을 그대로 쉽게 볼 수 없었다.

그러나 현재의 사진술은 이러한 제약을 극복했다. 식물 성장을 시간적으로 볼 수 있는 계기가 마련된 것이다. 한 시간 혹은 하루가 걸려 찍은 사진을 정상적인 영상 속도인 1초에 25커트씩 돌림으로써 식물의 행동 속도를 빠르게 해서 관찰하는 것이 가능해졌기 때문이다. 또한 밤에 움직이는 식물의 행동도 밤에 움직이는 동물의 행동처럼 볼 수 있게 됐다. 이 책의 배경 속에는 이러한 현대 과학기술의 숨은 공로가 담겨져 있다.

'식물이 떠나는 여행', '식물의 먹이와 성장 과정', '꽃과 사랑의

밀사', '식물사회에서의 투쟁', '식물과 공생하는 생물들', '극한 상황에서의 생존 기술' 등 6장으로 구성되어 있는 이 책은 동물처럼 행동하는 얘기들을 철저한 식물의 시각에서 접근하고 있다. 적들과 싸워야 하고 살아가는 장소이자 먹이를 수집하는 장소로써 필요한 공간을 차지하기 위해서 이웃 식물들과 투쟁을 벌인다. 식물들은 다른 유기물질을 붙잡아 자신의 목적을 실현하려고 이용한다. 식물은 배우자를 놓고 다른 개체들과 경쟁을 벌인다. 마치 의식을 가지고 생의 행로에서 우리 인간을 포함한 동물들이 맞부딪치는 것과 매우 흡사한 문제들이 펼쳐진다. 특히 실물처럼 생생한 원색사진 2백 70여 장은 이 드라마가 엄연하게 실재하고 있는 이야기임을 웅변한다.

이 책에서 소개된 다음의 예들은 식물의 사회학이 소개하는 몇 가지 예에 지나지 않는다. 영국 BBC에서 자연사 관련 다큐멘터리 작품을 만드느라 전 세계를 누빈 데이비드 애튼보로가 현장에서 촬영하고 전문가의 자문을 받아 정리한 이 책은 단지 흥밋거리로 지나치기 쉬운 식물들의 처절한 생존 투쟁을 생생히 묘사하고 있다.

줄기를 뻗어 영토를 넓히는 금작화는 마른 깍지 씨주머니를 폭발시켜 씨를 32m 밖으로 날려 보낸다. 물푸레나무는 장력을 이용해 130여 미터 높이에 물을 양수한다. 멧돼지는 사과를 무심코 먹어 치우지만 사과 쪽에서 보면 그것은 씨앗을 퍼뜨리기 위해 과육을 끼워하는 거래 행위다. 다행히 씨앗을 삼켜 땅 위에 배설해 준다면 사과나무는 싹이 틀 때 필요한 비료 한 무더기와 함께 새로운 터전으로 이동한 이득을 보게 된다. 덜 익은 사과가 맛이 없는 것은 이런 거래가 아직 준비돼 있지 않다는 뜻이다. 다람쥐나 청설모가 부지런히 주워 모아 땅속에 저장해 둔 도토리도 비슷한 거래다. 다람쥐의 지능은 숨겨 놓은 도토리의 상당수를 잊어버리는 수준이어서 땅속에 감춰진 도토리 씨앗은 그곳에서 새로운 싹을 틔울 수 있다.

또 상당수 난은 성적인 기만을 이용해 꽃가루받이를 한다. 암컷과 비슷한 형태와 색깔을 가진 꽃에다 교미기 암벌이 분비하는 물질과 비슷한 냄새까지 풍기는 이 난의 꽃에 돌진한 수벌들이 꽃가루를 옮긴다. 오스트레일리아 서부 황무지에 사는 크리스마스트리는 다른 식물이 시드는 건조한 여름에 꽃을 피운다. 우리나라에서도 흔히 볼 수 있는 기생식물인 겨우살이는 먹음직한 열매로 새들을 유혹한다. 그러나 이 열매의 과육은 유달리 끈끈해 새의 부리에 들러붙어 좀처럼 떨어지지 않는다. 새들이 열매를 떼려고 나뭇가지에 부리를 비비는 과정에서 씨앗은 나무 틈새에 자리를 잡는다.

물론 저자는 모든 식물들이 고등동물들이 가진 것과 같은 종류의 의식을 가지고 있다는 견해를 제시하지 않고 있다. 마찬가지로 이 책 어느 곳에서도 그 반대의 견해를 내세우고 있지도 않다. 다만 사실대로 현상을 기록하려고 노력했을 뿐이다. 그러면서도 저자는 과학적인 정확성을 잃지 않으려고 노력하면서도 학술적인 전문 용어를 피하려고 해 일반인들을 위한 책으로 꾸몄다. 전문적인 어휘는 식물학을 잘 모르는 문외한들에게는 어려울 뿐만 아니라 잘못 이해하게 만들지 모르기 때문에 학명이 아닌 일반 명칭으로 하였다. 물론 식물명을 알고자 하는 사람들을 위해서는 색인을 따로 붙이는 것을 잊지 않았다.

저자는 인간의 시각이 아니라 철저하게 식물의 시각을 통해서 식물들의 삶의 현상에 접근했다. 사실을 있는 그대로 보여 준 자연의 세계와 그 메커니즘에는 몇몇 뛰어난 작가나 영상제작자만이 경쟁할 수 있는 명징함과 감동적인 열정이 담겨 있다. 결국 이 작품은 20세기 후반의 가장 성공한 교사의 한 사람으로서 그의 작업의 중심이자 지금까지 그가 천착해 온 모든 연구들의 결정체이다.

식물은 어떤 동물도 살 수 없는 곳에서도 살아남았고 지금도 살아가고 있다. 그러나 식물이 살 수 없는 곳이 꼭 한 군데 있다. 그곳은 바로 인간이 고의적으로 생태계를 파괴하는 곳이다. 애튼보로는 식물들의 삶을 위한 투쟁을 과장 없이 보여 주면서 식물이 사라진 땅에서 과연 인류가 살 수 있을지를 묻고 있다. 그것은 지구상에서 삶을 부지하기를 바라는 모든 사람에게 던지는 질문이다.

뿌리째 뽑고 베어 쓰러뜨리고 불태우고 독을 뿌리는 방법으로 식물을 유린함으로써 인간은 자기 스스로를 위험에 빠뜨리고 있다. 위대한 녹색의 유산인 식물이 없어지면 인류도 필연적으로 멸망한다.

곤충은 오묘한 자연의
신비의 대변자

김학렬 고려대 생물학과 교수

『토박이 곤충에 관한 37가지 이야기』
김정환 지음 / 1996 / 지성사

곤충은 오늘날 지구상에 살고 있는 동물의 4/5를 차지하고 있는 가장 접하기 쉬운 동물로서 수에 있어서 다른 육서동물을 단연 능가할 뿐만 아니라 실제 지구상 어느 곳에서도 살고 있다. 이런 상이한 생활환경에 대한 다양한 구조적 생리적 적응력은 곤충만이 가지고 있는 특징인데, 많은 곤충들이 우리에게 매우 유익한 작용을 하고 있어서 우리 인간 사회는 곤충이 없다면 현재와 같은 상태로 존재할 수가 없었을 것이다. 한 예로 수분작용(Pollinating Activity)을 통해서 그들은 많은 농작물의 생산을 가능하게 해 주는데 대부분의 과일, 크로바, 채소, 실크 및 담배 등을 예로 들 수 있겠다. 이들은 또한 우리들에게 꿀, 비즈왁스, 실크 및 많은 상업적으로 가치 있는 물질들을 제공하고 있으며 또한 많은 새, 물고기 및 다른 유용한 동물의 먹이를 제공하고 있다. 그들은 또한 청소꾼으로 작용하기도 하고 때로는 해로운 동물이나 식물의 증식을 억제하기도 한다. 그들은 또한 의약품이나 생명의 신비를 연구하는 재료로써도 광범위하게 이용되고 있다. 그러나 일부 곤충은 해로운 작용을 하고 있어서 매년 농산물이나 저장 곡물 및 인간과 다른 동물의 건강에 막대한 해를 끼치고 있기도 한다.

곤충은 지구상에 3억 년 동안 살아옴으로써 백만 년도 못 되게 살아온 인간과 비교할 때 그들은 이러한 기나긴 시간 동안 여러 방향에서 진화하여 모든 서식 환경에서 살 수 있도록 적응되었다. 인간은 지구상에 비교적 늦게 출현한 동물로서 어떤 면에서는 곤충처럼 잘 적응하지 못한 것 같다. 곤충은 인간이 아직도 힘겹게 싸우고 있는 식량공급 문제, 적으로부터의 보호, 특정한 환경조건에 대한 적응력 및 사회조직 등에 관련된 여러 문제들을 여러 가지 방법으로 해결하여 왔다.

우리 인간과 비교할 때 곤충은 특이한 구조를 하고 있는 동물이라고 하겠다. 이들의 골격은 바깥쪽으로 위치해 있기 때문에 우리의 내골격과 반대적인 위치에 있으며 또한 이들의 신경계는 배 쪽에 위치해 있으므로 등 쪽에 있는 우리의 중추신경계와 반대이다. 또한 곤충은 폐를 가지고 있지 않지만 몸 표면의 많은 작은 구멍을 통하여 숨을 쉬고 있다. 그러므로 곤충에서 심장이나 혈액은 산소를 조직에 운반하는 데 별로 중요하지가 않다.

몸의 표면에 딱딱한 골격이 둘러싸여 있음으로 해서 곤충은 결과적으로 작아질 수밖에 없는데 이러한 작은 크기가 곤충으로 하여금 큰 동물이 사용할 수 없는 곳에서도 살도록 해 주고 있다.

또한 곤충은 날개를 가지고 있는 유일한 무척추동물로서 이러한 날개는 척추동물의 날개와 상이한 진화 경로를 가지고 있다. 새나 박쥐같이 날아다니는 척추동물의 날개는 쌍으로 된 부속지가 변형된 것인데 곤충의 날개는 가슴의 옆쪽이 팽대되어 만들어진 것이다. 곤충은 이처럼 날개를 가지고 있기 때문에 그들이 처해 있는 곳이 부적합할 경우 그 장소를 쉽게 떠날 수가 있다. 예를 들어 수서곤충은 성충이 될 때 날개를 가지고 있어서 그곳이 마르게 되면 쉽게 떠날 수가 있으나 물고기나 다른 수서동물은 이러한 악조건 하에서 대개 절멸할 수밖에 없다.

최근 지성사에서 『토박이 곤충에 관한 37가지 이야기』란 제목으로 흥미진진한 곤충들의 생태 에세이란 책이 출판되었다. 고려곤충연구소 소장인 김정환 씨가 그동안 야외에서 직접 보고 관찰한 곤충의 행동 습성, 생활사 등을 그의 풍부한 문학적 소양을 바탕으로 재미있게 엮어 놓았다. 김정환 씨는 청주고등학교 후배로서 몇 번 만나 본 적이 있는데, 곤충의 생태에 대한 연구 열의가 왕성하여 실제 곤충이 야외에서 생활하고 있는 모습을 생생하게 기술하고 있어 일반 독자는 물론 곤충학자들에게도 많은 도움을 주리라고 기대한다. 저자는 서문에서 밝혔듯이 지금까지 대부분의 곤충 서적들은 그들의 모양만을 설명하는 데 그쳐 왔다. 그래서 그들의 역동적인 삶을 보여 주지 못하고 지루하고 딱딱하고 어려웠으며 마치 박제된 곤충처럼 생동감이 없었다. 그런 의미에서 이 책은 단순한 사실의 나열이나 기존의 모방이 아니라 곤충들의 세계에 대한 호기심을 충족시키고 자연계의 오묘한 질서를 느끼게 해 주는 살아 있는 안내서가 될 수 있으리라 생각한다. 그는 이 책에서 특히 우리나라에서 흔하게 볼 수 있는 토박이 곤충들의 생활상을 에세이 형식으로 이야기하고 있는데 그중에서도 남방춤파리의 춤추는 장면은 매우 흥미롭다.

산길 주변 3~4m 주변에서 붕붕 소리가 들려왔고, 떼로 몰려 있으며 새파란 하늘 위에서 둥실둥실 떠내려가는 그 곤충들은 하나같이 다리에 풍선처럼 생긴 흰 보따리를 들고 있었다. 해는 이미 들판 위로 높이 떠올라 있었기 때문에 그 흰 보따리와 날개는 황금같이 눈부시게 빛나고 있었다. 그들은 삼삼오오 짝을 지어 편대 비행을 하듯 춤을 추며 공터 위를 선회하듯 날아다녔다.

이 이상한 파리가 바로 그 유명한 남방춤파리였다. 또 다른 재미있는 곤충 이야기는 부성애가 강한 물자라나 물장군인데 이들은 아비가 직접 새끼를 기르는 것으로 유명하다. 물자라는 암컷이 수컷의 등 위에 알을 줄지어 낳아 놓고, 물장군은 물 속에서 빠져나온 나무 줄기나 풀줄기에 알을 낳는다. 이 두 종류가 공통된 것은 산란 전에 암수가 짝을 지어 교미를 몇 번이고 반복하는 것이다. 물자라는 물 속에서 약 30~50분간에 걸쳐 교미를 하고 난 뒤 암컷은 10여 개의 알을 수컷의 등에 낳아 놓는다. 그리고 다시 교미를 하고 산란을 반복한다. 물자라에 비해 물장군은 물 밖으로 삐쭉 솟아 나온 식물 등에 알(70~80개)을 낳아 붙여 놓기 때문에 산소 부족이 되는 경우는 없으나 외부의 수분 공급이 필요하다. 그래서 수컷은 주로 밤중에 물 밖으로 들락거리며 자신의 몸에 붙은 물방울로 알에 수분을 공급하며 보호한다. 그런데 수컷은 암컷이 가까이 오면 물 속에서 올라와서 몸 전체로 알을 감싸 안듯이 보호하고는 큰 앞발로 위협 자세를 취한다. 몸집이 큰 암컷은 수컷을 밀어붙이고는 알 덩어리를 떼어 내거나 먹기도 하며 철저히 파괴해 버린다. 파괴한 후에 암컷은 그 수컷과 장소를 옮겨 교미하고는 자기자신의 알을 산란하여 식물에 낳아 붙인다. 또 다른 재미있는 곤충이야기는 애남가뢰인데, 이 애남가뢰는 땅속에서 성충이나 알로 겨울을 나는데 봄에 알을 깨고 땅속으로부터 기어 나온 애벌레(1령)는 곧장 가까이에 있는 엉겅퀴의 풀줄기를 타고 올라간다. 그 꼭대기 분홍빛 꽃술이 바람에 휘날리고 있는 꽃잎 위에서 꿀과 꽃가루를 찾아 날아오는 뒤영벌을 조용히 기다리고 있다. 이때부터 애남가뢰 애벌레의 길고 험난한 여정, 즉 요행을 바라는 모험적 생활사는 이렇게 시작되는 것이다. 뒤영벌이 날아와 꿀을 빠는 동안 재빨리 다리에 돋아난 털을 꽉 잡고 그녀의 집까지 운반되어 간다. 그래서 1령 애벌레의 생김새는 몸이 납작한 방추형으로 재미있게 생겼고 뒤영벌의 다리털을 꽉 잡을 수 있도록 날카롭게 휘어진 거대한 턱을 가지고 있다. 또한 애벌레의 다리 끝에도 주걱 모양으로 생긴 까실까실한 털이 달린 예리한 세 개의 발톱이 달려 있는 특별한 신체 구조를 갖추고 있다. 뒤영벌이란 기차가 그가 기다리고 있는 꽃에 오느냐 안 오느냐에 1령 애벌레의 그때의 운명이 달려 있다. 기차가 급행열차라 그냥 역(꽃)을 통과하면 그 자리에서 그대로 죽는 것이고 다행히 완행열차라 역(꽃)에 서 주면 살게 되는 것이다. 드디어 무사히 떨어지지 않고 뒤영벌의 다리털에 매달려 그녀가 새끼를 기르는 방에 도착한 1령 애벌레는 우선 뒤영벌의 알을 먹는데, 이 알을 먹지 못하면 2령으로 성장하지 못하고 또 죽게 된다. 그러니 꼭 알을 먹어야만 2령으로 탈피할 수 있다. 그 이후 4령까지는 뒤영벌이 제 새끼를 키우기 위해 저장해 둔 꿀경단(화분단자)을 훔쳐 먹으며 기생 생활을 한다. 이렇게 자라나 5령이 된 애벌레는 그때부터 식성을 바꾸어 뒤영벌의 새끼인 애벌레를 잡아먹기도 한다. 6령 애벌레가 되면 피부가 딱딱해지고 입과 발 등이 퇴화되며 이동 능력이 없어지고 일시적으로 휴면 상태가 된다. 이 상태로 남가래속은 월동을 하고 먹가래속은 여름을 난다. 그 다음 6령 애벌레인 의용은 재차 탈피하여 7령 애벌레가 되고, 그 다음 진짜 번데기로 변한 다음 완전 탈바꿈을 하며 애남가뢰의 성충이 된다. 마지막 장에서 저자는 곤충이 사는 아름다운 세상 점봉산에서 곤충이 어우러지는 자연의 신비를 만끽하면서 끝을 맺고 있다.

우주, 물질, 생명에 관한 최신 과학이론

이필렬 방송대 교양과정부 교수 · 화학, 과학사

『밝혀지는 자연의 신비』
로버트 매슈스 지음 / 구현모 · 이호연 옮김 / 1996 / 범양사

일반인을 위한 과학 서적은 우선 독자들의 흥미를 끌어야만 한다. 흥미를 끌기 위해서는 여러 가지 수단이 동원되는데, 흔히 사용되는 것이 과학적인 발견의 이면에서 무슨 일이 일어났는가 하는 뒷이야기들이다. 그러나 이러한 뒷이야기들은 처음에는 단지 흥미를 끌기 위해 등장한 것이지만 그것은 종종 책의 처음 목표를 뒤바꾸는 결과를 가져오기도 한다. 과학 문외한인 일반인들에게 과학 지식을 알린다는 목표를 충족시키기보다는 단순한 흥미 위주의 과학발견 이면사 정도로 전락해 버리는 것이다. 또 한 가지 일반인의 흥미를 끌 수 있는 방법은 독자가 가장 흥미를 가진 주제를 정면으로 다루는 것

이다. 그렇다면 그들의 흥미를 가장 많이 끌 수 있는 주제는 무엇인가? 오래전 인간이 세상에 등장해서 자기자신의 삶이나 자신의 운명에 관해서 생각하기 시작했을 때부터 인간이 가장 궁금하게 생각했던 것은 우주와 생명과 물질이었을 것이다. 고대 이집트인, 바빌로니아인, 중국인, 인도인, 그리스인, 아메리카의 아스텍이나 잉카인 모두 그들의 삶의 기반인 지구의 작동 원리, 그들을 둘러싼 우주 그리고 삶과 죽음의 문제에 대해서 사색했던 것이다. 그래서 고대 이집트인들, 바빌로니아인들, 중국인들은 지구는 원판형이고 물 위에 둥둥 떠 있다거나 원판형이지만 어떤 신이 떠받치고 있고 그 주위를 태양이나 형성물이 돌고 있다는 등의 우주관을 내놓았던 것이다. 이들은 또한 생명이 어디에서 왔고 어디로 가는가에 관해서 사색했는데, 그 결과 생명은 축축한 것으로부터 생성되었다거나 창조되었다거나 순환한다는 등 생명에 관한 다양한 해석들이 나타났다. 지구의 궁극적인 구성 성분에 대한 설명도 우주나 생명에 관한 사변만큼이나 다양했다. 그리스의 4원소설, 음양설, 3원리설 등 다양한 이론들이 나왔던 것이다.

고대 이래 인간의 끊임없는 관심사였던 우주와 생명과 물질은 아직까지도 여전히 우리 인간의 궁극적인 관심의 하나로 존재하고 있다. 많은 과학자들이 그 비밀을 파헤치기 위해 연구에 몰입하고 있고, 과학자가 아니더라도 철학자나 종교인, 역술가들이 나름대로 수많은 이론을 내놓고 있는 것이다. 『밝혀지는 자연의 신비』는 바로 이러한 인간의 호기심 — 더 정확하게 말하면 약점이라고 해야 할 것이다. 왜냐하면 이에 대한 끊임없는 의문이 해소되지 않을 경우 인간은 자기 정체에 대해 뚜렷한 상을 가질 수 없게 되고 그 결과 그의 삶은 정처 없고 공포로 가득 찬 것이 되기 때문이다—을 이용하여 흥미를 끌고자 하는 시도를 한다. 이 책은 우주, 물질, 생명에 관한 최신 과학이론을 조금도 우회하지 않고 정면으로 소개함으로써 독자의 흥미를 유발하려 한다. 책 원제목 자체가 '신의 마음을 풀어 낸다(Unravelling the Mind of God)' 는 것에서 알 수 있듯이 이 책은 인간이 신의 창조의 비밀 중에서 가장 알고 싶은 우주의 생성 원인과 작동 원리, 물질의 근원, 생명의 본질에 대해서 이야기하고 있는 것이다. 이 책은 이 점에서 독자의 흥미를 끄는 데는 일단 성공하고 있는 듯하다. 책의 저자 매슈스(Robert Matthews)는 옥스퍼드대학에서 물리학을 공부하고 오랜 기간 과학 기자로 활동하면서 여러 부문의 첨단 이론을 섭렵할 수 있었던 덕택에—이 점에서 그는 우리나라의 과학 기자들과는 본질적으로 다르다. 우리나라의 과학 기자들 중 상당수는 과학을 공부하지 않은 사람들이고, 설사 과학을 공부했다고 해도 최신 과학이론들을 제대로 소화할 수 있는 능력을 지닌 경우는 드물다—현대 과학의 가장 어려운 분야라 할 수 있는 것들을 별 어려움 없이 전달하고 있는 것처럼 보인다.

이 책에서 저자는 우주, 물질, 생명에 관한 거의 모든 최신 이론에 대해서 소개한다. 그는 두 개의 축을 설정해서 주제에 관해 갖가지 이야기를 하는데, 두 축 중 하나는 고대부터 현재까지의 시간의 축이고 또 하나는 깊은 지구 밑바닥에서 먼 우주 공간까지의 거리의 축이다. 이 두 축을 따라 그는 중층 구조의 과학 이야기 '백화점'을 세워 나가고 있다. 시간 축의 백화점에는 저 먼 옛날 우주의 창조 이야기, 지구의 생성과 변화, 지구상의 생명 출현과 진화, 생명체들의 갑작스러운 소멸 이야기들이 진열되어 있다. 공간 축의 백화점에는 또 다른 재미있는 이야기들을 잔뜩 발견할 수 있는데, 여기에는 지구 밑바닥에 존재하는 액체의 바다, 그 속에서 일어나는 지구 자기장의 변화, 지각의 자기장에 관한 기록, 대기의 변화, 지구온난화, 오존층 그리고 저 먼 우주 공간에서 일어나는 일들에 관한 이야기들이 등장한다. 물질의 근원에 관한 이야기는 두 백화점의 진열장에 끼어들기가 조금 어렵게 되어 있기에 책 중간에 '창조의 구성 물질'이라는 제목으로 상당한 분량을 차지하고 있다.

매슈스의 백화점은 온갖 재미있는 이야기들을 잔뜩 진열할 수 있었다는 점에서도 성공했다고 할 수 있다. 과학에 흥미가 없는 사람이나 과학을 조금도 모르는 사람은 아무것도 얻지 못하겠지만 현대 과학이 우주, 물질, 생명에 관해서 무슨 이야기를 하는지 조금이라도 알려는 사람은 이 백화점 속에서 상당한 것을 얻어 낼 수 있기 때문이다. 생명의 본질이 DNA에 있다든지 우리 몸속에서 유전자가 어떻게 작용하는지, 6500만 년 전에 왜 갑자기 공룡이 사라져 버렸는지, 물질의 근원에 대한 탐구가 원자, 양성자, 중성자, 전자에서 시작되어 쿼크, 대칭, 초끈, 초대칭까지 어떻게 전개되었는지, 그리고 우주의 폭발이 어떻게 일어날 수 있는지, 우주에서 에너지와 물질의 관계는 어떤 것인지, 우주의 중력은 에너지 측면에서 고찰할 때 어떤 성질의 것인지 등등 많은 과학 이야기를 들을 수 있는 것이다. 이러한 내용들은 현대 과학에서도 가장 앞서 가는 사람들이 연구하는 것이기 때문에 일반인들이 이해하기가 쉽지 않지만 조금만 노력하면 이해할 수 있도록 서술해 놓았다는 점도 이 책의 장점 가운데 하나이다. 가령 우주가 처음의 폭발로 무로부터 생성되었다는 것을 설명하면서 무는 에너지가 0인 상태이고, 그렇기 때문에 우주의 총에너지는 중력을 마이너스 에너지, 물질을 플러스 에너지로 볼 수 있기 때문에 이 둘이 서로 상쇄되어 지금도 여전히 0이라는 설명을 한다.

근원 물질들에 대해서도 수식을 조금도 사용하지 않고 우리가 이해하기 어려운 입자 물리학의 내용을 대강이나마 알 수 있게 소개하고 있다.

이 책의 저자는 책에 여러 가지 장점을 부여하는 데 성공하기는 했지만 두드러진 결함을 제거하는 일에는 실패한 것처럼 보인다. 우선 저자가 너무 욕심을 부리지 않았나 하는 생각이 든다. 그는 400쪽 가까운 책 속에서 우주, 물질, 생명에 관한 비밀을 모두 다 서술하려 했다. 그가 과학 지식을 재미있게 서술하는 능력은 매우 뛰어나다. 그러나 자신의 능력을 너무 과신한 나머지 한 책 속에서 모든 이야기를 다 할 수 있다고 생각한 듯하다. 그럼으로써 이야깃거리는 풍부한데 읽고 나서 한 가지 내용을 제대로 알았다는 생각이 들 정도로 잘 설명한 것은 발견하기 어려운 것이다. 저자는 중층 백화점을 건축해서 온갖 것을 다 맛볼 수 있게 한다고 했지만 백화점식 나열의 단점을 없애지는 못했던 것이다. 또 한 가지 결함은 최신 과학 지식만을 나열했지 그에 관해서 우리가 어떻게 보아야 할 것인가에 대해서는 거의 언급하지 않는다는 것이다. 저자는 물질의 근원을 파헤치기 위한 과학자들의 노력이 정말 가치 있는 것인지, 그들의 연구에 들어가는 돈이 천문학적인 숫자이고 그렇다고 해서 그 연구 결과들이 인류의 삶을 풍요롭게 해 줄 수 있고, 또 정말 물질의 근원을 밝혀 줄 수 있는 것인지에 대해서는 조금도 이야기하지 않는다. 생명 문제에 대해서도 마찬가지다. 게놈 기획의 여러 가지 유용성에 대해서만 주로 이야기하지 그것이 가져올 굉장한 위험에 대해서는 아주 조금만 이야기하고 넘어가는 것이다. 그럼으로써 일반 독자들에게는 이 모든 연구들이 흥미 있고, 유용한 것이라는 인상을 심어 준다.

현대 과학은 자연의 신비를 파헤치고, 그 속에서 '신의 마음'을 풀어내는 일을 매우 성공적으로 수행한 듯이 보인다. 그러나 자연의 신비를 파헤치면 파헤칠수록 그로 인한 파괴 작용도 더욱 커져간 것이 사실이다. 따라서 이제 과학 서적이 좋은 책이 되려면 과학 지식뿐만 아니라 그 의미, 파괴 작용, 일반인이 과학을 어떻게 보아야 할 것인가에 대해서도 반드시 이야기해야만 할 것이다. 이 책의 저자 매슈스는 이 점을 놓치고 있다.

과학, 그 뿌리를 찾아서
─철학과의 자연스런 만남

『그리스 과학사상사』

G. E. R. 로이드 지음 / 이광래 옮김 / 1966 / 지성의 샘

고대 희랍의 사상과 문화는 서양의 지적 전통을 형성하는 데에 아주 중요했다. 당연히 자신들의 지적, 사상적 뿌리를 밝혀 보려는 서구인의 노력은 오래되었다. 치밀하고 끈질겼다. 그러나 과학을 중심으로 한 논의는 고전 연구에서도 꽤 늦게 주목받았다. 사실 서양에서 과학이 일찍 발달했을지는 모르겠으나, 서양에서마저도 과학 자체에 대한 학자들의 지속적인 관심은 아주 더디게 나타났다. 이런 마당에 희랍 과학을 중심으로 한 논의가 느지막하게 고전 학자들을 자극했다는 것이 하나도 이상할 게 없기는 하다.

『그리스 과학사상사–탈레스에서 아리스토텔레스까지』(1970년에

나온 이 책의 원제목은 'Early Greek Science: Thales to Aristotle' 이다). 이 책은 '고대 문화와 사회'에 관한 기획물의 하나로 출판되었다. 이 책을 쓴 로이드의 연구는 당연히 희랍의 사상과 문화를 이해하는 데 아주 중요했다. 구체적으로 로이드는 고대 희랍의 과학에 대한 연구와 그런 지적 풍토에서 철학과 과학의 관계를 밝히고자 했다. 사실 로이드는 약 40여 년 가까이 고대 희랍의 과학을 중심으로 서양의 고전학을 연구한 학자이다. 여기 소개하는 이 책 말고도, 이 주제에 관해서 7~8권의 전문 서적이 있는 걸 보면, 우리는 그를 이 분야의 최고의 전문가로 꼽을 수 있을 것이다. 그는 영국 케임브리지대학의 다윈칼리지에서 고대 철학과 과학을 함께 담당하고 있다. 우리의 속좁은 생각처럼 그가 고대 과학만을 담당한다거나, 아니면 고대 철학만을 담당하는 것이 아니다. 사실 이 시기는 과학이 철학이고 철학이 과학인 때였으니 그게 자연스러워 보일 수도 있지 않겠는가? 우리가 서양과 관계를 맺고 서양의 문물을 접한 게 그리 짧지는 않다. 그래서인지 우리의 삶도 문화도 서구화된 게 하나둘이 아니다. 서양의 문물은 우리 주변 속속들이 깊게 파고들었다. 그만큼 서양의 영향은 양(洋)이 다른 데에 사는 우리에게도 엄청났다. 이런 상황은 다른 어떤 것보다도 과학에 의해서 그럴 수 있다고들 한다. 요즘 우리는 과학에 대해 아무런 거리낌 없이 말한다. 그만큼 과학은 우리에게 아주 가까이에 있다. 과연 이런 과학이 언제 시작됐겠는가? 참으로 가늠하기 어려운 물음이다. 서양의 경우, 보통 고대 그리스(희랍)를 꼬집어 말한다. 물론 더 거슬러 올라가 말할 수 있기도 하다. 그렇지만 대체로 그럴

수 있으리라는 데에 특별히 토를 달지는 않는다. 거기서 우리가 오늘날과 유사한 과학을 생각하기에는 당연히 어렵다. 그러나 우리는 적어도 오늘날의 과학이 나오게 된 어떤 깊은 뿌리를 고대 그리스에서 캐 볼 수는 있다. 어찌 과학뿐이겠는가? 서양의 모든 학문은 대략 기원전 6~5세기 무렵의 고대 희랍에 그 뿌리를 둔다고 한다. 그렇게 말들 한다. '그리스 과학 사상', 여기서 우리는 서양 과학의 뿌리를 생각할 수 있다. 아마도 '고대 그리스 철학(사상)', 이 표현을 우리는 주변에서 어색함 없이 들을 수 있다. 그렇지만 '그리스 과학 사상'이라는 표현은 꽤 귀에 낯선 그런 말이다. 그래서 『그리스 과학사상사』라는 우리말로 옮겨진 로이드의 책을 대했을 때, 이 책은 우리에게 아주 생소한 느낌이 들도록 만들 수도 있다.

　그동안의 많은 논의를 되새겨 보면, 어떤 경우든지 논의의 뿌리를 캐 본다는 게 그리 쉬운 일은 아니다. 더군다나 서양 학문에 대한 길지 않은 연구의 역사를 가진 우리에게야 두말할 나위도 없다. 특히 특정한 한 분야를 따로 떼어 낸 연구로, 관련된 전체를 유추해 내거나 대표하는 듯이 말한다는 것은 지나쳐 보인다. 비유해 말하자면, 이런 방식의 논의는 서양 고전에 대한 연구에서 자칫 장님 코끼리 만지기 식으로 비추어질 우려가 많다. 이는 무엇보다도 고대 그리스의 지적 상황 때문이다. 그 당시는 '과학'과 '철학'을 따로 나누어 다룰 수 있던 때가 아니었다. 또 서양의 인문학에 대한 깊은 전통 때문에 과학은 다른 주제들보다 상대적으로 소홀히 다루어질 수밖에 없었다. 그렇지만 '그리스 과학'을 중심으로 한 서양 고전에 대한 연구는 느지막이 강조되고 있다. 서양에서조차도 그럴진대, 우리의 경우는 더욱 어려운 상황이다. 그만큼 고대의 과학(사상)에 관한 논의는 우리에게도 여전히 미개척의 분야이다. 그래서 그 논의는 우리의 서양 고전에 대한 연구에서도 여전히 어정쩡하다. 그렇다고 해서 그동안 우리가 이 주제를 무시했다거나 이 주제의 중요성을 제대로 깨닫지 못했다는 것을 말하지는 않는다. 여건상 그만큼 소홀했을 뿐이다.

어쨌든 우리에게 그럴지는 몰라도 이제 느지막이 떠오른 고대 과학에 대한 연구에서도 특정 주제에 대한 연구는 그래도 웬만큼 다양해졌고 깊이가 있어졌다. 늦은 만큼 집중적으로 다루어진 셈이다. 그러나 짜임새 있게 고대 희랍의 과학을 역사적으로 다룬 책이 그리 흔한 것은 아니다. 물론 분야사(수학사, 천문학사, 의학사 등)나, 아니면 고대 과학에서도 어떤 특정 시기를 다룬 작업은 그래도 이것저것 꽤 된다. 그렇지만 고전 전문가가 아닌 일반 과학사가가 쓴 (서양) 과학사에 끼어 있는 고대 부분을 포함해서, 희랍 과학의 역사를 심도 있게 다룬 책은 쉽게 눈에 띄지 않는다. 그 이유는 아마도 고대 희랍의 지적 특성 때문일 것이다. 특히 고전 연구가에 의한 체계적인 희랍 과학의 역사서는 많지 않다. 희귀하다고 해도 지나치지 않을 정도이다.

이 책은 희랍 과학사를 다룬 여러 성격의 책들 가운데에서도 몇 손가락 안에 꼽힐 만큼 좋은 평가를 받고 있다. 더군다나 책을 잡은 이에게 부담 주지 않을 만한 분량이다. 그렇다고 얼렁뚱땅, 사람 이름이나 핵심 단어만을 나열한 것만도 아니다. 이는 로이드가 처음부터 오랫동안 흐트러짐 없이 고대 희랍에 대해 관심을 갖고, 집중적으로 고대 희랍의 과학과 철학을 깊이 있게 연구해 왔기 때문이다. 한마디로 이 책은 적은 분량으로 알차다는 표현이 쏙 들어맞을 것이다. 단순히 이 상황만으로도 고대 과학에 대한 비전문가가 이 책을 말한다는 게 계면쩍기도 하다. 그렇더라도 이 책의 내용 모두가 만족스럽다는 것은 아니다. 세세한 것까지는 제쳐 두고라도, '변화의 문제'를 다룬 제4장이나 '히포크라테스 전집의 저자들'을 말하는 제5장에서 철학적 문제와 과학(의학을 포함해서)의 관계가 상대적으로 소홀히 다루어졌다. 앞서도 말했듯이 과학이 철학이고 철학이 과학인 때이니 만큼 그렇다. 또 수학과 과학(특히 천문학)의 관계에 대한 소홀함이 아쉬운 점이다. 우리는 과학사에서 근대 과학의 형성을 위한 고대의 영향으로 (아주 중요한 것으로) 이른바 '피타고라스-플라톤 전통'을 든다. 바로 이것 때문에라도 수학과 과학에 대한 좀 더 친절한 논의가 필요할 것이다. 속편에 해당할 그 이후의 희랍 과학을 다룬 그의 책 때문에, 우리는 위와 관련된 계속된 논의를 보류하고 있는 듯이 생각할 수도 있다. 그러나 이 책의 분량을 생각한다면, 굳이 이를 꼬집어 말할 일만은 아니다. 무엇보다도 우리 고전학의 척박한 현실에서 이 책에 대한, 또 이 번역서에 대한 비판적 논의보다는 고대 과학의 중요함을 먼저 말해야 한다고 믿는다. 여전히 고대 과학에 대한 논의가 거의 이루어지지 않는 게 우리의 상황이기 때문이다. 또 고대 희랍 과학에 대한 본격적인 소개서가 처음 나온 데에 대한 반가움 때문이기도 하다.

　　대체로 철학의 경우 아리스토텔레스까지를 고대 희랍 철학으로 말한다. 그리고 이어서 나온 철학은 헬레니즘 철학이라고 따로 구분해서 말한다. 그러나 우리가 고대 희랍의 과학을 말할 때는 철학의 경우와는 다르다. 고대 희랍 과학에는 고대 희랍 철학의 과학에 대한 논의와 아리스토텔레스 이후 헬레니즘 철학의 과학에 대한 논의까지를 포함하는 것이 일반적이다. 로이드도 『그리스 과학사상사─탈레스에서 아리스토텔레스까지』에 이어서, 3년이 지난 1973년, 『아리스토텔레스 다음의 희랍 과학(Greek Science After Aristotle)』을 출간했다. 아마도 앞의 책을 우리말로 옮긴이가 굳이 '그리스 과학사상사'로 책 이름을 단 게, 어쩌면 로이드의 속편을 염두에 둔 듯도 싶다. 그래야 비로소 로이드의 『그리스 과학사상사』는 제대로 마무리될 수 있을 것이다.

우리말로 옮겨진 로이드의 책을 보자. 이 책은 원래 아홉 장으로 이루어져 있다. 여기에다 옮긴이는 야노 겐타로(矢野健太郎)라는 일본 학자가 쓴 『수학이야기(數學物語)』의 일부분을 '부록'으로 보태고 있다. '부록 : 그리스 수학이야기'는 탈레스와 피타고라스와 관련된 논의이다. 그러나 그 내용은 많은 부분 유클리드의 '기하학'을 통해서 상세히 알려진 것들이다. 사실 부록의 내용은 이 책의 속편에 해당되는 책의 제4장 '헬레니즘의 수학'에서 말하는 내용과 겹치기도 한다. 짐작컨대 우리말로 된 로이드의 『그리스 과학사상사』 속편이 아직 우리말로 옮겨지지 않은 상황에서, 부록은 이 책의 모자라 보이는 논의를 메울 수 있으리라는 옮긴이의 친절로 짐작된다.

철학은 호기심에서 시작했다고 한다. 어디 철학뿐이겠는가? 모든 것은 호기심에서 시작한다. 이 책은 고대 과학에 대해 관심 갖는 이들의 호기심을 채울 수 있을 것이다. 그러나 그 호기심을 제대로 채우려면, 『그리스 과학사상사』의 나머지 부분이 필요하다. 이 얄팍한 책을 통해서 우리는 서양의 학문에 대한 논의 또한 폭넓고 깊이 있게 다루어질 조짐을 본다. 그 속편을 기대한다. 아마도 그때는 작은 제목이 없어도 될 것이다. 『그리스 과학사상사』, 이것으로 족하리라.

과학고전 번역의 새로운 장

김동원 한국과학기술원 교양과정부 교수

『새로운 두 과학』
갈릴레오 갈릴레이 지음 / 이무현 옮김 / 1996 / 민음사

갈릴레오의 『새로운 두 과학 : 고체의 강도와 낙하법칙에 관한 대화』(1638)는 과학사에 있어서 매우 중요한 책이다. 이는 코페르니쿠스의 『천체의 회전에 관하여』(1543), 갈릴레오의 『두 주요 우주구조에 관한 대화』(1632), 그리고 뉴턴의 『프린키피아』(1687)와 더불어 과학혁명을 대표하는 저서 중의 하나로, 특히 근대 역학의 발전에 있어서 『프린키피아』와 함께 결정적인 역할을 했다. 오늘날 중학교에서 배우는 역학이 대부분 이 책의 내용이라는 점을 상기하면 그 중요성을 실감할 수 있을 것이다.

흔히 근대 과학의 아버지라고 불리는 갈릴레오 갈릴레이는 이탈

리아 피사 출신으로 천문학, 수학, 역학 등 여러 분야에서 괄목할 만한 업적을 남겼다. 그는 오랫동안 서구 지성계를 지배해 왔던 아리스토텔레스식의 천문학과 역학이 틀렸음을 명백하게 보였을 뿐 아니라 그 대안이 되는 체계를 제시함으로써 16세기 초부터 시작된 과학혁명을 가속화시켰다. 특히 1609년 자신이 만든 망원경을 사용하여 목성의 위성, 금성의 위상 변화, 태양흑점 등을 발견했고, 달의 표면이 불규칙하다는 사실을 밝힘으로써 아리스토텔레스-프톨레마이오스의 천체 구조가 틀렸음을 밝혔다. 1632년 출판된 『두 주요 우주구조에 관한 대화』는 이러한 그의 입장을 잘 보여 주는 저서로서 코페르니쿠스의 지동설이 옳다는 점을 명백히 했다. 하지만 이로 인해서 육십이 넘은 나이에 종교재판을 받는 등 시련을 겪어야만 했다.

『새로운 두 과학』은 갈릴레오가 종교재판을 받고 가택 연금 상태에서 저술한 책으로 젊었을 때부터 열심이었던 역학에 관한 연구를 모아 놓은 것이다. 역학은 아리스토텔레스에 의해서 처음 체계가 잡힌 이후 이슬람 문화권과 중세 유럽에서 많은 학자들의 관심을 끌었던 분야이다. 이미 중세 대학의 학자들은 아리스토텔레스의 역학 체계가 불완전하다는 것을 알고 있었으며, 이를 수정·보완하기 위해서 많은 노력을 기울였다. 하지만 이러한 노력은 어디까지나 보완에 그쳤을 따름이고, 어느 누구도 감히 이를 폐기하고 새로운 역학 체계를 세우려고 시도하지는 않았다. 1564년에 태어나 1580년대에 피사대학에서 공부했던 갈릴레오만이 그렇게 용감할 수 있었다. 갈릴레오는 학창 시절뿐 아니라 1589년 피사대학 수학 교수로 취임한 이후에도, 그리고 파두아대학으로 옮긴 후에도, 낙하 운동을 비롯한 역학 문제에 깊은 관심을 가지고 연구하면서, 아리스토텔레스 체계를 고수하는 보수적인 학자들과 논쟁을 벌였다. 피사의 사탑에서 행했다는 유명한 낙하 실험(대부분의 과학사학자들은 사실이 아닐 것이라고 믿고 있지만)도 이러한 논쟁의 결과라 할 수 있다.

　이 책은 고체의 강도에 대한 이론과 물체의 낙하 법칙이라는 두 개의 주제를, 갈릴레오의 대변인인 살비아티, 그의 친구 사그레도, 그리고 아리스토텔레스 이론의 대변인인 심플리치오 세 사람이 토론하는 대화체 형태로 되어 있다. 첫 번째 주제는 첫째 날과 둘째 날에서 다루어지고 있는데, 물체의 강도, 비중, 화음, 무한수-유한수, 지렛대 등의 내용을 담고 있다. 두 번째 주제는 낙하 운동을 포함한 운동에 관한 이론으로서 셋째 날과 넷째 날에 다루어지고 있다. 여기서 갈릴레오는 많은 실험과 복잡한 기하학적 증명을 통해서 등가속도 운동에 관한 올바른 관계를 유도해 내고 있다. 예를 들어 무게가 100인 물체와 무게가 1인 물체를 동시에 떨어뜨릴 경우 아리스토텔레스의 이론처럼 무거운 물체가 100배 빨리 떨어지는 것이 아니라 약간 먼저 떨어진다는 것이다. 그 이유는 물체의 낙하 속도가 각 물체의 크기, 비중, 공기의 저항 등과 관련이 있기 때문이다. 또 자유낙하하는 물체의 떨어진 거리는 시간의 제곱에 비례한다는 사실이나 공중으로 던진 물체가 포물선을 그린다는 점도 자세히 증명했다. 이러한 운동 법칙들은 대부분 갈릴레오가 1610년 이전에 이미 확립해 놓은 이론으로, 셋째 날과 넷째 날에는 세 사람이 별다른 토론 없이 갈릴레오의 분신인 살비아티가 가져온 노트를 읽는 형태를 취하고 있다.

책에서 특히 흥미로운 점은 실험에 관한 것이다. 갈릴레오는 이전 또는 당시의 학자들과는 달리 많은 구체적인 예들과 실험을 책에 삽입하여 내용의 현실감을 높였다. 예를 들면 그는 여러 가지 낙하 운동에 관한 실험을 통해서 자신의 운동 법칙이 옳다고 주장했다. 게다가 그의 실험은 현대 물리 교과서에서 그대로 인용할 정도로 매우 교묘하고, 또 정확했다. 예를 들어 넷째 날 포물선 운동에 관한 실험 수치는 그 정확도가 너무 높아서 얼마 전까지만 해도 그 진위가 의심스러웠다. 즉 많은 과학사학자들이 실험 결과가 아니라 계산 결과일 것이라고 생각했다. 하지만 최근 연구와 새로 발견된 갈릴레오의 원고에 의해서 실제 실험 결과임이 밝혀졌다. 길릴레오는 진정 위대한 과학자였던 것이다.

필자는 처음 이무현 교수가 번역한 갈릴레오의 『새로운 두 과학』을 받아 보았을 때 기쁨과 의구심을 동시에 품었음을 고백하지 않을 수 없다. 기쁨은 이렇게 중요한 책이 완역되었다는 사실을 알게 되었기 때문이었고, 의구심은 과학사를 전공하지 않은 학자가 과연 이를 제대로 소화했을까 하는 데에서 기인했다. 하지만 책을 읽은 후에 의구심은 거의 다 사라져 버렸고, 오히려 이러한 중요한 책의 제대로 된 번역이 과학사학자가 아닌 수학자에 의해서 이루어졌다는 점에 부끄러움을 느끼게 되었다.

이 책이 수학자에 의해서 번역되었다는 점은 분명히 약점이 아닌 강점으로 작용했다. 왜냐하면 과학혁명기에 출판된 물리학과 관계된 중요한 다른 저서들과 마찬가지로 갈릴레오의 책도 대수학이 아닌 기하학이라는 언어로 쓰여졌기 때문에, 물리학자를 포함해서 현대 독자가 읽기에는 매우 어렵다. 오늘날 역학을 비롯한 대부분 물리학의 내용이 대수적이거나 해석기하학적 용어와 기법을 사용하고 있는데 비해서 과학혁명기에는 유클리드의 『원론』에 바탕한 기하학으로 모든 것을 서술했다. 갈릴레오가 "자연은 수학이라는 언어로 쓰여졌다"라고 말했을 때, 수학이란 곧 기하학을 의미했고, 심지어 뉴턴의 『프린키피아』도 순전히 기하학만을 사용해서 서술되어 있다. 따라서 번역자가 물리학자나 과학사학자가 아니라 수학자라는 사실이 오히려 더 정확한 번역을 보증한다고 할 수 있다.

　마지막으로 몇 가지 아쉬운 점을 지적하고자 한다. 첫째, 영어 번역본에 표시되어 있는 원본의 페이지 번호를 그대로 옮기지 않은 것은 번역에 있어서 큰 실수라 할 수 있다. 이는 옛 서적을 번역할 때 반드시 따라야 하는 일종의 규칙을 어긴 셈이다. 둘째, 아리스토텔레스식의 역할을 대변하는 심플리치오가 다른 두 주인공인 살비아티와 사그레도에게 존댓말을 쓰는 것으로 번역한 것은 옳지 않다. 비록 심플리치오의 역할이 잘못된 내용을 주장하거나 바보 같은 질문을 하는 것으로 되어 있기는 하지만, 어디까지나 그도 당당하게 주인공의 한 사람인만큼 다른 두 사람과 동등한 대접을 해야 했다. 이는 아마도 심플리치오의 역할이 다른 두 사람보다 작다는 것을 강조하기 위해서 번역자가 의도적으로 한 일종의 서비스인 것 같다. 셋째, 앞에서도 지적했듯이 이 책은 순전히 기하학적 언어로만 쓰여졌기 때문에 현대의 독자가 따라 읽기가 매우 어렵다. 따라서 주를 달아서 도형과 비율로 복잡하게 설명하고 있는 내용을 대수적인 수식으로 바꾸어 주었다면 독자들의 이해에 큰 도움이 되었을 것이다.

우리나라는 과학 고전 번역에 있어서 아주 후진국이다. 박성래 교수가 지적했듯이 중국과 일본은 이미 20세기에 들어서기 전에 유클리드의 『원론』을 비롯하여 중요한 과학 서적들을 자국어로 번역했던 반면, 우리나라는 21세기를 바로 코앞에 둔 오늘까지도 『원론』은 물론이고 『프린키피아』 등 중요한 과학 고전의 번역본을 갖고 있지 않다. 현재 시중에 나와 있는 몇몇 번역본의 경우도 원본이나 원본을 제대로 번역한 영역본 등을 번역한 것이 아니라, 일본어로 번역된 것을 중역한 것이 많아서 오류가 대단히 많고 완역본이 아닌 경우가 태반이다. 『새로운 두 과학』은 이 점에 있어서 매우 뜻있는 작업의 결과라고 할 수 있다.

물리를 중심으로 한
과학의 전반적인 조명

김동희 경북대 물리학과 교수

『물리학이 즐겁다』

곽영직 지음 / 1996 / 민음사

글을 쓰는 필자의 관점에서 과학에 대한 지식이 그리 많지 않은 일반 독자들을 대상으로 추상적이고, 때로는 복잡하게 느껴지기도 하는 과학에 대해 포괄적이고 재미있고 조리 있게, 또는 쉽게 설명한다는 것은 참으로 어렵다. 특히 과학의 한 분야인 물리학은 더욱 그러한 성향이 강하여 독자들로 하여금 사물에 대한 근본적인 이해에 도달하도록 유도하지 못하면 그 글은 무의미한 나열에 불과하다.

저자는 과학을 주제로 한 많은 저작 활동을 통하여 이러한 어려움을 누구보다 잘 간파하고 있는 듯하며, 그의 많은 저서들과 마찬가지로『물리학이 즐겁다』에서도 이러한 어려움을 극복하기 위한 저자의 노력을 곳곳에서 발견할 수 있다. 우선 연대기적인 서술 방식을 택한 것이 그렇고, 복잡한 수식의 사용을 극도로 절제하고, 우리의 실생활과 연관된 많은 현상들을 예로 들어 설명함으로써 물리적 의미의 전달에 힘쓴 것 또한 그러한 노력의 하나라 할 수 있다.

저자는 이 책을 통하여 물리학의 많은 부분을 알기 쉽게 설명하였는데 이야기는 인간이 출현한 것으로 여겨지는 수백만 년 전으로부터 시작된다. 초기의 인간은 자연을 적극적으로 지배하기보다는 자연에 순응하고 생존을 위한 수단으로써 도구를 개발하기 시작했다. 그 이후 고대 사회에서는 운동학과 천동설을 기반으로 하는 자연현상에 대한 기본적 해석 방법이 소개되었는데 그것은 추상적인 단계를 벗어나지 못했고, 자연을 냉철하게 관찰하기보다는 그들의 사상과 종교적 신념을 정당화하는 방편으로써 이용되었기 때문에 효과적으로 자연현상을 설명할 수 없었다.

그후 시간이 지남에 따라 이를 바탕으로 약간의 수정과 변화, 첨가가 있었을 뿐 인간의 삶에 큰 영향을 미칠 혁명과 같은 변화는 없었다. 그러던 것이 갈릴레이와 뉴턴에 의해 지동설과 만유인력의 법칙이 소개됨으로써 그들의 업적을 바탕으로 근대 물리가 형성되었고, 이때에 비로소 사람들은 자연이 신의 의지가 아닌 질서 정연한 자연법칙에 의해 운행되고 있다는 확신을 가지게 된다.

근대의 과학자들은 자연의 성질만을 논하는 추상적인 과학에서 벗어나 수식과 수량을 이용하여 정량적으로 자연을 기술하기 시작했다. 근대 물리는 오랜 시간을 지나면서 점차로 밝혀지게 된 빛의 물리적 성질—빛의 속도는 누구에게나 상수 값으로 측정된다—때문에 특수상대론과 양자론이라는 새로운 물리로 바뀌게 된다.

저자는 이러한 변화 과정과 이를 바탕으로 설명되어질 수 있는 여러 재미있는 물리 현상들을 이 책을 통하여 소개한다. 물론 이러한 과학에서의 변화가 인간의 윤리, 도덕, 자연관 및 종교를 비롯한 생활 전반에 커다란 영향을 미쳤음을 두말할 필요가 없다. 저자는 단순히 중요한 물리 현상의 알기 쉬운 설명에만 국한하지 않고 많은 사람들이 공유하고 있는 의문, 즉 우주인의 존재 여부 및 우주를 향한 인간의 발돋움과 과학과 인간, 자연 및 신과의 관계 등의 형이상학적인 면에서의 언급을 첨가함으로써 실생활과 관련된 독자들의 흥미를 유발시키는 것 또한 잊지 않고 있다.

저자는 지면의 많은 부분을 빌어 과학자로서의 자세에 대해 언급하고 있는데, 한순간도 과학의 혜택과 분리된 인류의 삶을 상상할 수 없는 현실에서 이는 곧 삶을 살아가는 태도이며 인간을 대하는 태도가 아니겠는가? 저자는 무엇보다도 어떤 사물이나 현상에 대한 고정관념을 경계하도록 권하고 있는데, 이는 때때로 고정관념이 발달과 진보를 위한 변화를 오랫동안 지연시킬 수 있기 때문일 것이다. 사물과 현상에 대한 편견이 없는 열린 마음을 가지고 있어야만 객관적인 입장에서의 이성적인 판단이 가능하고, 또한 우리의 이해에 그릇된 것이 있다면 과감하게 그것을 극복할 수 있어야 비록 그것이 잘못된 결과라 할지라도 발전의 기초가 될 수 있다. 아마도 과학의 역사는 이러한 오류와 수정의 반복이라 할 수 있을 것이다.

많은 사람들이 현대를 과학 시대라 일컫는다. 말 그대로 우리 인간은 과학의 발달로부터 얻게 된 생활의 편리와 혜택 없이는 하루도 살아갈 수 없는 그러한 상태에 이르게 되었다. 우리는 이러한 현상을 현상 자체로 받아들이기 이전에 그 이면에 어떠한 함축적 의미를 내포하고 있는지 한번쯤 생각해 볼 필요가 있다. 우리는 오랫동안 우리의 생활 터전으로서의 자연에 대한 소중함을 소홀히 한 채 근시안적인 이익에만 집착해 왔다. 물론 우리의 행동이 자연에 미칠 결과를 한 번도 생각하지 않은 것은 아니었지만, 매번 각박한 삶의 현실에 쫓겨 근시안적인 이익을 먼저 고려하였고, 그 결과 뒤늦게 환경의 오염과 생태계의 파괴라는 인류에게 처한 걷잡을 수 없는 위기를 깨닫게 되었다. 이러한 종류의 오류가 우리가 깨닫지도 못하는 사이에 또 발생할 수 있다는 가능성에 대해 생각해 본 적이 있는가? 인간은 좀처럼 만족할 줄 모르고, 쉽사리 포기할 줄도 모른다. 그러한 끝없는 욕망과 노력은 이제 우리가 원하기만 한다면 복제 인간을 만들어 낼 수도 있는 수준으로 과학을 이끌었다. 또한 많은 국가들이 외세의 침략으로부터 자신을 보호하기 위하여, 아니면 타 국가로부터 이익을 취하고 때로는 그들을 침략하기 위해서 핵무기의 개발에 전력을 기울이고 있다. 그렇다면 이러한 끝없는 인간의 욕구와 과학의 발달이 우리 전 인류의 행복을 위하는 긍정적인 방향으로만 진행될 것이라고는 말할 수 없을 것이다. 과학의 발달과 함께 그와 병행할 수 있는 건전한 사고와 세계관이 형성되지 않는다면 언젠가 인류는 그들이 그들 자신을 위하여 만들어 놓은 과학이란 피조물에 의해 처절한 최후를 맞이할지도 모른다. 이제 과학에 대해서도 앞으로만 전진할 것을 시도할 것이 아니라 우리가 무엇을 하고 있으며, 과학의 사회적 의미와 가치가 무엇이며, 어디로 향하고 있는가, 즉 앞으로 어떤 방향으로 발전되어야 하는가를 심각하게 따져 볼 필요가 있다. 이제 인류는 그러한 문제를 더 이상 외면해서는 안 될 그러한 시점에 이르렀으며, 저자는 이 책의 집필을 통하여 이러한 문제 의식을 독자들에게 새롭게 환기시키고 있다.

인간은 우주에 대하여, 만물을 이루는 근본 물질에 대하여, 그리고 신과 자기자신, 즉 인간에 대해 알려고 끊임없이 노력하고 있다. 이러한 노력과 지적인 호기심이 이 넓은 우주의 조그만 티끌에 지나지 않으며, 우주의 역사에 비해 짧디짧은 역사를 지닌 인간이란 존재를 더욱더 위대하게 만드는지 모른다. 필자는 과학을 인간의 이성으로 진리를 추구해 가는 가장 합리적인 방법이라고 말한다. 따라서 그 결과가 상당히 신뢰할 만한 것은 사실이지만 과학의 주체 또한 인간이므로 인간의 한계를 벗어날 수는 없을 것이라 한다. 그리고 보면 결국 과학은 인간의 창조물이며, 과학을 올바르게 이해한다는 것은 과학이 가지고 있는 한계도 이해한다는 것이 될 것이며, 과학이 우리 인류의 삶을 행복으로 이끄느냐 불행으로 이끄느냐는 결국 우리 인간에게 남겨지는 숙제일 것이다. 나는 이 책을 통하여 저자가 주장하는 것처럼 독자들이 다시 한번 과학의 실체에 대해 생각해 볼 기회를 가지기를, 어떤 사물과 현상이 가지는 양면을 보듯 과학의 합리성과 한계를 동시에 되짚어 보기를 희망한다.

인간 기원의 신비와 대폭발

민영기 경희대 우주과학과 교수

『지구 대폭발』

필립 M. 도버 · 리처드 A. 멀러 지음 / 황도근 옮김 / 1997 / 자작나무

인간은 어디에서 왔는가? 인간의 뿌리를 밝히려는 노력은 과학의 탄생과 함께 시작되었고 지금도 계속되고 있다. 우주 속에서는 비록 작고 보잘것없지만 지구라는 작은 천체가 있기에, 그리고 그곳에는 물질이 있기에, 또 하늘에는 광활하게 펼쳐진 우주가 있기에 인간이 이 세상에 존재할 수 있게 된 것이다. 그래서 인간의 근원을 찾으려면 시간과 공간을 거슬러 올라가서 먼 옛날에 일어난 우주의 탄생에서부터 현재에 이르는 우주의 진화와 역사를 알아야 한다. 즉 우리는 45억 년 지구의 역사를 조명할 수 있어야 하고, 지구를 형성한 물질의 기원을 찾아야 하고, 그보다 더 오래전 태초에 일어난 우주의

창조 과정을 파헤쳐야 한다. 결국 인간의 궁극적인 기원은 우주의 신비를 벗기려는 학문인 천문학에서 찾을 수 있게 된다.

넓고 큰 우주에 비해서 인간의 능력은 너무나 미력하다. 육안으로 볼 수 있는 우주는 망망대해에 떠 있는 작은 섬보다도 작다. 그러나 인간의 두뇌는 과학을 낳았고 과학은 인간의 능력을, 우주를 가리고 있는 장막을 걷고 우주의 지평선 너머를 바라볼 수 있도록 만들어 주었다.

최근에는 구경이 10m에 이르는 대형 광학망원경과 우주에서 들어오는 미약한 전파를 모든 파장으로 관측할 수 있는 전파망원경이 건설되었고, 지구 대기에 의한 흡수로 지상에서는 관측이 불가능한 천체의 X선을 비롯한 여러 종류의 전자파(電磁波)를 관측하는 각종의 우주망원경이 지구 궤도를 돌고 있다. 허블 우주망원경이 찍은 새로운 천체의 사진이 종종 언론 매체에 소개되어 일반인도 우주의 신비에 매료되게 만들고 있다. 행성과 혜성을 비롯한 태양계의 천체들에는 각종의 탐사 장비를 실은 우주선이 보내져서 직접 탐사도 이루어지고 있다. 우주에는 우리와 비슷한 생명체도 많을 것이라는 믿음이 지배적이다.

이러한 인간의 노력 앞에 우주는 그 실상을 속속 드러내 놓고 있다. 먼 옛날 우주의 탄생 과정에서 은하와 별의 형성과 인간이 등장할 수 있는 여건을 만들어 준 지구의 변화까지 이제 인간의 뿌리가 밝혀지기 시작한 셈이다.

『지구 대폭발』이라 붙여진 이 책의 제목을 언뜻 보아서는 이 책이 지구에서 일어난 대폭발들을 다룬 것으로 착각하기 쉬우나 실은 우주에서의 대폭발을 담은 일종의 천문학 책이다. 우주에서 일어나는 여러 가지 사건들 중에서 이 책은 앞에서 언급된 바와 같은 인간의 기원과 관계되는 내용만을 골라서 이를 일반인도 쉽게 이해할 수 있도록 이야기식으로 풀어 나갔다. 원제 '세 개의 대폭발(The Three Big Bangs)'이 시사하는 바와 같이 저자들은 인간의 물리적 기원을 아주 중요하고도 격렬했던 우주에서 일어난 세 개의 대폭발에서 찾고 있다.

우주에서는 여러 가지 사건들이 계속해서 일어나고 있다. 우주의 첫 번째 격렬한 사건은 빅뱅, 즉 우주의 대폭발로서 이로 인해 우주가 탄생하게 되었다. 두 번째의 사건은 일생을 마무리하는 별의 격렬한 대폭발이다. 인간의 몸과 모든 천체를 구성하는 화학원소들이 생성된 것은 바로 이러한 별들의 폭발을 통해서이다. 세 번째의 사건은 혜성이나 소행성이 지구와 충돌한 것이다. 이러한 충돌에 의해서 일부 생물들은 지구에서 영원히 사라져 버린 반면, 어떤 것들은 오히려 번성하게 되었다. 그 영향으로 지구에는 인간과 같은 높은 지능을 가진 생명체가 진화하기에 이르렀다.

저자들은 이 책에서 이러한 인간의 기원과 관련된 세 가지 대폭발을 시간의 역순으로 설명해 나가고 있다. 목성과 지구에 혜성이 충돌한 사건으로부터 시작해서 우주를 창조한 빅뱅으로 이야기를 마무리 짓고 있다. 이 책의 앞부분은 생명체들이 경험하는 삶과 죽음의 드라마를 다루고 있는 반면, 뒷부분은 붕괴하는 별의 중심부나 별들이 형성되기도 전 초기 우주에서 일어났던 격렬한 사건들을 다루고 있다.

저자들의 말대로 이 책은 일반 독자들을 염두에 두고 마치 추리소설을 쓰듯이 수수께끼가 더욱 미궁으로 빠져 버리는 것 같은 느낌을 전달하려고 애쓴 흔적이 보인다.

우주와 천체에 관한 이론이나 지식은 검증되지 않은 가설에 근거를 둔 것들이 많다. 저자들은 이 책에서 어디까지나 확증된 사실에만 근거를 두고 이야기를 전개해 나가고 있다.

저자들 중 한 사람인 필립 M. 도버는 미국 캘리포니아주 버클리의 로렌스 버클리 연구소 소속으로 시간 역전과 반물질에 대해서 연구했으며 단편 영화 〈우주에서〉로 아카데미영화상 후보에도 지명된 바 있는 다재다능한 물리학자이다. 공저자인 리처드 A. 멀러는 버클리에 있는 캘리포니아대학 물리학과 교수이다. 저서로는 『네메시스 : 죽음의 별』이 있다. 그는 이 책에서 2,600만 년을 주기로 태양의 주위를 도는 조그만 동반성이 있다는 주장을 했다. 이 태양의 동반성이 2,600만 년마다 한 번씩 태양계 안쪽에 접근한다면 그 영향으로 수많은 소행성들이 정상 궤도에서 벗어나 지구와 충돌할 수도 있다는 가설을 그는 제시하고 있다.

이 책은 첫 번째의 사건인 6,500만 년 전 외계의 소천체가 지구를 강타한 대폭발로 시작된다. 이와 비슷한 가장 최근의 사건으로 1994년 7월 슈메이커-레비 9호 혜성과 목성의 충돌을 들고 있다. 지름 3~4km의 혜성 파편이 충돌할 때의 불덩어리는 지구만큼 크고 충돌에너지는 6조 톤의 TNT와 맞먹는다. 이는 현존하는 핵무기를 모두

한꺼번에 폭발시켰을 때의 위력의 수천 배나 되는 것이다.

지구는 여러 번 혜성과 소행성들의 공격을 받았으며 이로 인해서 자연사(自然史)의 진행 방향이 크게 바뀌었다. 태양계 안에는 현재 수십 억 개의 혜성들이 존재한다. 그들 중 어느 하나가 지구와 충돌하여 종말을 가져올 가능성은 언제나 있다. 지금까지 지구의 궤도를 가로질러 지나간 소행성도 수천 개나 된다. 지구에는 이렇게 거대한 충돌로 생긴 구덩이도 수천 개이다. 1908년에는 시베리아의 통구스카에서 거대한 폭발이 일어나서 반지름 수km 내의 수목을 쓰러뜨린 일이 있다. 이것도 외계 물체와의 충돌로 일어난 것이다. 우리는 거대한 사격장 안에 살고 있으며 사격의 목표는 우리 인간이다.

6,500만 년 전 공룡이 멸망한 것도 이러한 충돌 때문으로 저자들은 결론짓고 있다. 어떤 과정을 통해서 이러한 주장이 유도되었으며 그 증거가 무엇인가를 설명하고 있다. 다른 천체들에서도 이러한 구덩이는 수없이 발견되고 있다. 일부 지질학자들과 많은 고생물학자들은 아직도 이 이론을 반박하고 있기는 하지만 이제 대부분의 과학자들은 이 멸종의 원인이 소행성이나 혜성의 충돌이라는 주장을 받아들이고 있다. 저자들은 충돌 후에 지구에서 일어난 사건들을 마치 소설의 스토리를 엮듯 흥미롭게 전개해 나가고 있다.

그동안 지구는 여러 번 외계 천체와의 충돌 위협을 받아 왔다. 최근의 사건들로는 1936년에 아도니스와 1937년에는 헤르메스 소행성이, 그리고 1981년과 1991년에는 혜성들이 지구를 스쳐 지나갔다. 지구 교차 소행성의 수는 150개가 넘고 그들 중 이카루스라는 소행성은 항상 위협적인 존재가 되고 있다. 지금까지 알려진 많은 집단 멸종 사건들 중 큰 것들은 다섯 번이나 된다.

만약 외계의 물체가 지구를 향해서 날아온다면 우리는 이를 보고만 있어야 하는가? 이러한 위험에 대처해서 미 항공우주국(NASA)이 세워 놓은 계획에 대해서도 이 책은 상세히 설명하고 있다. 이 계획에 따르면 조기 발견 후 핵폭탄을 실은 우주선을 발사해서 우주 물체의 방향을 바꾸거나 아예 폭발시켜 버린다는 것이다.

제2장에서는 초신성 폭발을 다루고 있다. 수명을 다한 무거운 별은 초신성으로 대폭발을 일으키면서 생을 마감하게 된다. 초신성은 그동안 여러 개가 관측되었다. 대표적인 것으로는 1054년에 폭발한 게성운이다. 동양에서 관측된 이 초신성은 폭발한 자리에 게성운이 지금 남아 있고 그 중심부에는 맥동하는 전파원(電波源)인 펄사(Pulsar) 또는 중성자별이 있다. 가장 최근의 것으로는 우리 은하계와 가장 가까운 은하인 대마젤란성운에서 1987년에 발견된 초신성 1987A이다.

초신성은 물질을 만들어 내는 공장의 역할을 하고 있다. 자연계에는 90여 종의 원소가 존재한다. 우리 몸의 99%는 수소, 탄소, 질소, 산소, 인, 유황의 6가지 화학원소로 되어 있다. 그렇다면 이러한 원소들은 어디에서 어떻게 만들어졌을까? 우주 탄생 때 만들어진 수소와 일부의 헬륨을 제외하고는 모든 원소가 별에서 만들어진다. 철보다 가벼운 원소들은 별의 중심부에서 수소 폭탄의 원리와 같은 핵융합 반응에 의해서 만들어졌고, 그보다 무거운 원소들은 초신성 폭발

때 만들어진 것이다. 별이 폭발하면서 이 물질들이 우주 공간으로 흩어졌고 이 물질들은 다시 모여 태양과 같은 별과 지구와 같은 행성 그리고 인간의 몸을 구성하게 된다.

이 책의 제3장에서는 태초에 일어난 우주 대폭발을 다루고 있다. 우주는 약 150억 년 전 원시불덩이(Primeval Fireball)의 폭발로 시작됐다. 폭발의 원인이 무엇인지, 또는 폭발 이전의 상태는 어떠했는지 등은 알 수 없으나 폭발 이후의 변화를 설명하는 이론이 자세히 소개되고 있다. 우주는 어떻게 진화해 왔을까, 우주는 유한할까 무한할까, 우주의 나이는 얼마일까 등 우주에 얽힌 의문을 이 장에서 풀어 준다. 우주 팽창의 발견에 얽힌 이야기들, 우주배경복사의 발견으로 빅뱅이론이 굳혀지게 된 과정, 반물질의 존재, 우주의 미래 등 우주론에 있어 중요하다고 생각되는 토픽들이 다루어지고 있다. 이들을 설명하기 위해서 필요한 상대성이론 등의 물리학적 지식도 예를 들어 가면서 쉽게 설명하고 있다.

과학책은 통상 어렵고 재미가 없는 것으로 치부되어 왔다. 그러나 이 책에서 저자들은 이러한 통념을 깨고 내용을 쉽고 흥미롭게 이끌고 있다. 또한 독자가 의식하기도 전에 과학 지식의 요점도 익힐 수 있도록 하고 있다. 번역도 비교적 매끄러운 편이나 고유명사 표기와 용어에서 생소한 것들이 종종 보인다.

흥미진진하게 엮은 과학의 발견사

김제완 서울대 물리학과 교수

『세상을 바꾼 다섯 개의 방정식』

마이클 길렌 지음 / 서윤호 · 허민 옮김 / 1997 / 경문사

방정식이란 말 자체가 주는 느낌은 딱딱하고 융통성 없는 그런 것이다. 그러나 좀 더 깊이 가깝게 보면 자연의 법칙을 나타내는 방정식만큼 융통성 있고 포괄적이면서 정확한 표현도 없다. 『세상을 바꾼 다섯 개의 방정식』 가운데 패러데이의 법칙을 예로 들어 보자. 이 법칙은 전압은 자속(磁束)의 시간적인 변화율에 비례한다는 것을 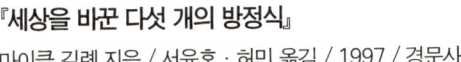 $\triangledown \times E = -\frac{\partial B}{\partial t}$ 방정식으로 나타내고 있다. 아마 많은 독자들께서는 수식 자체도 낯설겠지만 말로 풀이한 부분 역시 어려운 단어의 나열로밖에 인정하지 않을 수 없으리라는 생각이 든다. 좀 더 군더더기를 빼고 말하면 패러데이의 법칙은 바로 발전기의 원리인 것이다. 수력

발전이든 원자력발전이든 물이나 원자력에너지인 $E=mc^2$에서 얻은 에너지를 이용하여 터빈을 돌린다. 터빈의 회전을 전달받은 회로가 자장 내에서 돌면 자속의 변화가 생기고 이 변화 때문에 회로에는 전압차가 생기게 된다. 이 원리를 이용하여 모든 발전기가 제구실을 하고 우리들은 전기라는 문명의 특혜를 누리고 있는 것이다.

『세상을 바꾼 다섯 개의 방정식』은 그 서술 형태가 특이하다. 저자인 마이클 길렌 교수는 하버드대학 교수이지만 연구 업적이 그렇게 알려진 사람은 아니다. 그러나 그의 대중화를 위한 활약은 널리 알려져 있고 인접 과학과의 연관성을 다루는 과학의 과학(Science of Science)에서는 조예가 깊은 분으로 알고 있다. 그는 세상을 바꾼 다섯 개의 방정식으로서 뉴턴의 만유인력, 베르누이의 유체압력에 관한 법칙, 패러데이의 전자기 유도의 법칙, 이 세상의 질서에 관한 엔트로피의 법칙 그리고 학생들의 집중력을 돕는 엠씨 스퀘어라는 상품 광고에서도 사용되는 아인슈타인의 $E=mc^2$를 택했다. 왜 길렌 교수가 이 방정식만을 선택하고 반도체, 레이저 등을 유도한 기본 방정식인 슈레딩거 방정식을 포함시키지 않았는지는 그 나름대로의 계산이 있겠지만 서술의 형태는 모든 경우 짧은 소개에서 시작되어 '왔노라, 보았노라, 이겼노라' 그리고 '뒷일' 이라는 고정된 형태를 따르고 있다.

그 유명한 시저의 말을 인용한 저자의 발상 자체가 제목에서 느끼는 딱딱한 방정식이란 용어를 좀 더 친밀하게 만든다.

첫 번째 방정식인 만유인력의 법칙은 아마 $E=mc^2$과 더불어 가장 대중들과 친밀한 방정식의 하나라 믿어진다. 뉴턴의 어린 시절 이야기부터 인간 중심의 파노라마를 펼치면서 중력의 법칙을 이끌어 내는 논리적인 사고방식이 잘 그려져 있다. 미국의 케네디 대통령이 1960년대의 스푸트니크 충격을 벗어나서 미국인에 꿈을 심어 주려고 "10년 이내 달나라에 사람을 보낸다"는 폭탄선언을 한 것도 따지고 보면 뉴턴의 개척자적 업적의 결실이라는 점을 이 책은 지적하고 있다. 베트남 전쟁과 히피 그리고 반전 운동의 폭력을 잠재우는 마력을 지닌 이 꿈같은 선언이 미국인의 자존심을 되살리고 어지러운 정치를 바로잡은 것은 오늘날 우리의 현실과 비춰 볼 때 많은 것을 생각하게 한다.

둘째 주제인 베르누이의 유체압력의 법칙은 아마 많은 독자들에게 생소한 화제일 것이다. 그러나 이 주제를 설명하면서 에너지의 개념이 어떻게 발달했는지를 재미있게 묘사하고 있으며, 에너지 보전 법칙을 액체에 이용한 '베르누이의 정리'로 알려진 이 법칙을 문외한들에게 설명하려는 점이 돋보인다. 특히 '뒷이야기'에서 베르누이의 법칙이 오늘날 우리들의 편리한 교통수단인 비행기의 운행을 가능하게 했다는 설명은 매우 적절한 지적이라고 생각된다.

셋째 주제로서 저자는 패러데이의 법칙을 들고 나왔다. 현대 전기 문명의 아버지라고 평가되는 패러데이가 그의 유명한 법칙을 가시화하기 위하여 발전기를 만들어 영국 의회에서 시범을 보였던 사건은 너무나 유명한 사건 중의 하나이다. 그 당시 영국 국회의장(수상이 겸직한 것으로 알고 있다)이 패러데이의 시범을 보고 했던 유명한 말과 그 대답이 있다. 의장이 묻기를 "패러데이 씨! 당신의 발견이 퍽 중요하고 위대해 보이기는 하지만 도대체 그 물건이 우리들 생활과 무슨 관계가 있다는 거요? 그것이 어떻게 쓰여질지 한번 설명해 주시오"라고 했다 한다. 이에 대하여 패러데이는 다음과 같이 대답했다고 전해진다.

수상 각하, 어린아이가 막 세상에 태어났을 때 각하께서는 그 아이가 장차 어떤 인물이 될지 알 수가 있습니까? 그러나 어린아이의 장래는 크게 열려 있으며 무엇이든, 어떤 일이든 그 아이를 가로막고 있는 불가능은 없습니다. 아이에게는 무한한 장래가 펼쳐져 있습니다. 나의 발견 역시 이와 같은 것입니다.

그때는 상상조차 못 하였지만 20세기는 온통 전기문명시대가 되었다. 모든 통신이 그렇고 우리들 가정을 밝혀 주는 불빛 그리고 텔레비전 등 그 무엇 하나 패러데이의 방정식의 지배를 벗어날 수 없다. 패러데이의 그 때문지 않게 보이는 방정식이야말로 20세기를 살아가는 우리들을 지배하는 그런 방정식이다.

넷째 주제인 엔트로피의 법칙은 물리학의 다른 법칙과는 달리 방향에 관한 법칙이다. 엔트로피라는 말 자체도 무엇인지 모르지만 법칙 자체 그 개념의 이해가 쉽지 않은 법칙 중의 하나이다. 시간은 흘러만 가지 되돌아오지 않는다는 개념과 상통하며 이 세상은 질서가 있고, 이용할 수 있는 에너지 상태에서 무질서하고 이용할 수 있는 에너지가 고갈되는 쪽으로 흘러간다는 법칙이다. 길렌 교수가 택한 다섯 개의 방정식 가운데 유일하게 등호(=)가 아닌 부등호(〉)로 표시된 방정식이기도 하다.

끝으로 아인슈타인의 저 유명한 $E=mc^2$이 있다. 우선 이 책은 아인슈타인의 사람됨을 잘 나타내는 그런 점이 돋보인다. 잘 알려진 것처럼 아인슈타인은 우리의 시간과 공간에 대한 개념을 '시간'은 따로 '공간'은 또 따로 존재하는 시간과 공간에서 이들이 함께 숨 쉬고 연결되어 있는 '시공(時空)'으로 인식한 최초의 인간이다. 이러한 개념의 연장으로 에너지 E와 물질의 질량 m이 서로 연결된 공통된 대상이라는 생각이 뒤따르게 되고 이것이 저 유명한 $E=mc^2$을 탄생하게 한 것이다.

그의 이론은 특수 상대성이론에 머물지 않고 일반 상대성이론으로 전개되며 시간과 공간을 하나의 대상으로 기하학화(Geometrize)하는 20세기 최고의 아름다운 이론을 전개하기에 이른다. 이러한 흐름을 저자인 길렌 교수는 잘 설명하고 있다. 아인슈타인에 의하여 시공의 모습으로 소개된 소위 4차원 세계는 과학의 한계를 넘는 예술과 문학에도 그 영향을 미치고 있음은 우리 모두가 알고 있는 사실이다.

이 책 전체의 흐름에서 방정식의 내용을 부드럽게 그리고 그 주인의 인생살이와 연결시켜 매끄럽게 처리하고 있다. 사실상, 과학이란 말만 나와도 딱딱하고 골치 아픈 대상이라고 외면하면서도 온 국민이 과학기술만이 우리가 21세기의 무한 경쟁시대를 헤쳐 갈 수 있는 단 하나의 희망이라고들 하고 있다. 내 주위에 있는 친구들만 하더라도 신문을 볼 때 정치면, 사회면 그리고 주가를 포함한 경제면은 열심히 보지만 과학면이 나오면 아예 넘겨 버린다. 보아 주지조차 안하는 것이다. TV만 해도 그렇다. 〈과학 2001〉이란 프로가 이름이 바뀌어서 〈2001 신세대〉로 일요일 7시 20분에 TV에서 방영되다가 지금은 아예 없어진 것 같다. 시청률이 낮으니 나쁜 시간대로 밀려나고 아예 중단되는 것이다. 경영상의 애로도 이해가 가지만 그래도 국민의 공영방송인데 이렇게까지 해야 하나 원망스럽기도 하다.

이처럼 과학의 대중화가 어려운 것은 일반 대중이 외면하는 무관심도 큰 이유이다. 그러나 이에 못지않게 과학의 상큼한 맛을 대중이 접근할 수 있도록 잘 포장하여 시청자가 즐겨 보는 노래와 연속극을 과학 프로그램과 잘 연결시키면서 일반 대중을 끌 수 있는 과학 프로그램이 아쉽다.

이런 뜻에서 『세상을 바꾼 다섯 개의 방정식』은 서술 형식이 한껏 부드러워서 과학의 대중화에 큰 몫을 하리라 기대된다. 더 많은 우리나라의 과학자들이 과학을 자기네들의 소유로만 즐기지 말고 일반 대중이 알아들을 수 있는 말로 포장하는 작업에 나서야 한다. 우리나라의 많은 정치적 모순과 사회를 뒤흔드는 안전 문제도 합리적인 과학적 논리와 생활태도가 너무 정착되지 않는 까닭이다. 정원을 초과하여 위도 앞바다에 그 많은 생명을 앗아간 '위도 사고'도 없었을 것이고, "설마 그런 일이 있을라고……" 하는 비과학적 생각 대신에 "만일에 그런 일이 생길 수도 있으니……" 하는 과학적인 대비와 마인드가 있었다면 엄청난 '삼풍' 사고도 없었을 것이다.

　『세상을 바꾼 다섯 개의 방정식』이 이런 면에서 선도적인 역할을
할 수 있으리라는 기대도 해 본다.

과학자에 의해 쓰여진
새로운 차원의 역사 읽기

홍욱희 전력연구원 책임연구원

『카오스 가이아 에로스』

랠프 에이브러햄 지음 / 김중순 옮김 / 1997 / 두산동아

전혀 새로운 차원의 역사 읽기

세월의 흐름에 어떤 경계선이 있는 것은 분명 아닐진대 세기말이 다가오면 사람들은 과거의 역사를 새로이 조명해 보고 또 앞으로의 역사 전개에 대해서 나름대로의 전망을 내리고 싶어하는 강력한 욕구에 사로잡히는 듯하다. 더욱이 앞으로 몇 년 후면 맞게 되는 서기 2000년은 단순한 한 세기의 시작이 아니라 소위 밀레니엄(Millennium)이라고 하는 새로운 1000년이 시작하는 시발점이 아니던가. 최근에 신문의 서평란에서 자주 역사 관련 서적을 접하게 되는 것은 바로 이

런 이유 때문일 것이다.

그래서 지금 서점에는 20세기를 회고하는 책, 21세기를 전망하는 책, 과거 1000년의 역사를 더듬어 보는 책, 그리고 아예 수천 년에 걸친 인류 역사를 모두 다루는 책 등 그야말로 많은 역사 관련 서적들이 널려 있다. 랠프 에이브러햄(Ralph Abraham)의 『카오스 가이아 에로스』도 바로 이런 범주에 속하는 책임에는 틀림이 없지만, 이 책은 또한 다른 모든 역사 관련 서적들과 구별되는 아주 특별한 의미의 책이라 할 수 있다. 따라서 먼저 이 책만이 지니는 특별한 의미를 간단히 살펴보기로 하자.

첫째, 이 책은 과학자에 의해 쓰여진 역사책이다. 요즈음에 이르러 자연과학과 인문과학은 마치 물과 기름 사이처럼 서로의 영역을 침범하지 않는 것이 관례인데, 이 책의 저자인 에이브러햄은 1960년대부터 카오스이론을 연구했던 저명한 수학자로서 과감히 자기의 역사관을 책으로 펴내는 모험을 감행했던 것이다(그리고 그는 이 책을 통해서 명성을 얻었다).

둘째, 이 책은 신화시대(구석기시대)에서 시작해서 최근에 이르기까지 인류 역사의 전 과정을 다룬다. 만약 이 긴 역사의 시간을 모두 다루는 역사책이라면 설령 역사의 어느 한 부분만을 다룬다고 해도 — 예컨대 왕조사라든지 풍속사라든지 또는 복식사라고 해도 — 수백 쪽이 넘는 두툼한 두께의 책이 될 수밖에 없을 것이다. 그렇지만 『카오스 가이아 에로스』는 여느 책들과 다름없는, 400쪽이 채 못 되는 평범한 책에 불과하다. 따라서 이 책에는 다른 책들에서 쉽게 발견할 수 있는 내용들은 어디에도 포함되어 있지 않다. 그 대신 그 적은 지면 속에 이제까지 우리가 한 번도 접해 보지 못했던 전혀 새로운 내용들을 담고 있다.

셋째, 이 책은 보통의 다른 책들처럼 일반적인 서술 형식을 취하고 있지 않다. 저자는 서문에서 만약 이 책을 다른 책들과 같은 방식으로 서술해야 한다면 필경 토인비의 역사서처럼 방대해져야 할 것이지만, 그런 방법을 피하고 가능한 한 요약해서 정리했다고 설명하고 있다. 필자의 견해로도 이 책은 이제까지 필자가 접했던 서구의 책들 중에서 그 내용을 가장 요약된 형태로 담고 있는 책이라 할 수 있다. 따라서 이 책을 읽는 독자들은 이 책의 서술 형식이 마치 우리나라 고등학교 참고서와 비슷하다고 느낄 수 있을 것이다.

오르페우스이론의 역사 구분

이 책에서 저자는 이제까지의 인류 역사를 크게 가이아(Gaia)의 시대와 에로스(Eros)의 시대로 구분한다. 그리고 극히 최근에 이르러 새로운 카오스(Chaos)의 시대가 열리고 있음을 지적한다. 저자는 이런 역사 구분법을 자신의 독특한 이론에 근거를 두었는데, 그 이론을 오르페우스이론(Orphic Theory)이라고 이름 붙였다.

그리스 신화에서 오르페우스란 세 명의 신들 사이에서 태어난 기구한 운명의 소유자였다. 종교다운 종교가 없었던 그리스시대의 종교를 오르피즘(Orphism)이라고 부르기도 하는데, 이 책의 저자에게 있어서 중요했던 점은 오르페우스가 삼위일체의 개념을 포함하고 있다는 것이다. 저자는 일찍이 헤시오도스가 『신통기(Theogony)』에서 이 삼위일체를 카오스, 가이아, 에로스로 지적했다는 사실을 알게 되었다. 그리고 오늘날 과학계에서 불고 있는 혁신적인 운동이 바로 수천 년 전에 제시되었던 삼위일체의 개념과 유사함을 깨닫고 크게 놀랐다고 한다. 현대 과학계에서 카오스, 가이아, 에로스 개념의 발전은 다음과 같다.

> 카오스 혁명은 1975년 수학의 한 분야에 붙여진 이름으로, 이것은 내재하는 자연의 비규칙적 움직임을 설명하고자 하는 연구 사조이다.
> 가이아 가설은 1973년에 제안된 이론으로 대륙, 해양, 대기로 구성된 복합적인 시스템, 즉 우리 지구의 살아 있는 생태계가 가지는 자가 정화 능력을 설명해 준다. 지구를 하나의 생명계로 보는 가이아이론에 의하면 지구 생태계는 생물의 생존에 적합한 조건들을 스스로 창조하고 유지해 간다.
> 에로다이내믹스는 1989년에 명명되었는데 다이내믹스 시스템 이론을 인간 사회 현상에 적용시킨다. (12~13쪽)

따라서 저자는 고대 그리스 종교의 삼위일체 요소와 오늘날 과학계가 발견한 삼위일체의 요소가 절묘하게 일치함을 꿰뚫어 보고 인류 역사에서 이 카오스, 가이아, 에로스의 삼위일체적 개념이 어떻게 투영되고 있는지를 검토하였다.

이 책에서 저자는 B.C. 10000년에서 B.C. 4000년까지의 신석기시대를 가이아의 시대로 규정하였다. 이 시대는 정적 시대였으며 모계사회의 시대였고 공생과 조화의 시대였다고 한다. 그렇지만 B.C. 4000년경에 바퀴가 발명되면서 인류 역사는 에로스의 시대로 접어들게 되었는데, 이즈음부터는 가부장적 사회체제가 확립되면서 여성에 대한 남성의 지배, 약자에 대한 강자의 지배가 일반화되고 과학이 발전하면서 경쟁의 시대가 되었다고 한다. 이 시기에 서양에서는 기독교의 유일신 체제가 확립되었다. 카오스의 시대는 과학에 있어서 카오스의 개념이 본격적으로 연구되기 시작한 A.D. 1962년부터 시작되었다. 가부장적 사회는 다시 페미니즘의 사회로 복귀되고 다원주의가 활보하고 과거 에로스시대에 억압되었던 파트너십이 다시 중요성을 지니기 시작하는 시기가 바로 카오스의 현대이다. 이 새로운 시대의 도래에 대해서 저자는 다음과 같이 설명하였다.

수학과 컴퓨터 분야에서의 혁명, 기독교와 과학적 권위의 약화, 그리고 여성운동의 성장은 현재 과학계에서 일어나고 있는 오르페우스적 부활에 상승효과를 가져오는 세 가지 요인들이다. 카오스와 가이아와 에로스는 집단적 무의식이라는 지하 세계에서 보낸 오랜 세월로부터 이제 서서히 일어나고 있다. 오르피즘의 긴 역사는 이제 다시 나타나고 있고, 아버지 하늘과 어머니 땅의 파트너십을 다시 새롭게 하고 있다. (356쪽)

저자는 이 책의 대부분을 이러한 저자의 독특한 역사관을 납득시키기 위한 노력으로 채우고 있다. 저자는 무수히 많은 역사적 인물들은 물론 고대의 신화, 전설, 종교들에 대해서 설명하고 있고, 또 과학자답게 현대의 카오스이론과 시스템 다이내믹스 이론에 대해서도 설명하고 있다. 따라서 이 책은 서양사와 현대 과학계의 동향에 대해서 어느 정도 식견을 갖춘 독자들에게나 제대로 이해됨 직하다. 고백컨대 필자도 장대한 인류 역사를 불과 400쪽의 지면에 요약할 수 있었던 저자의 필력을 도저히 감당할 수 없었다. 그리고 필자의 지적 능력은 저자의 예리한 직관력을 도저히 따라잡을 수 없었다. 그래서 이 책을 다 읽는 데에 그야말로 며칠 밤을 꼬박 지새워야만 했다.

번역자 선정의 문제

이처럼 과학자가 저술한 인문과학 계열의 교양서는 과연 어떤 사람이 번역을 맡아야만 할까? 필자는 과거 이 책의 국내 출판을 추천했을 때 가장 적합한 번역자는 과학사를 전공하는 사람이고, 특히 고대과학사를 전공하는 사람이 가장 적임자라고 제안한 바 있었다. 또 이 번역자는 과학뿐만 아니라 고대 문학 및 사회사와 고대 신화에도 상당한 조예가 있어야 하고 동시에 카오스이론에 대해서도 일정 수준의 지식을 지니고 있는 사람이어야 한다고 지적하기도 하였다.

그렇지만 현실적으로 우리 사회에서 이런 능력을 모두 구비한 전문 번역자를 찾기는 그야말로 쉽지 않다. 그래서 차선책으로 인문 서적 전문 번역가에게 일차 번역을 맡기고 나중에 전문 과학자가 원고를 검토하는 방안을 선택할 수도 있다고 제안하기도 하였다. 또 최후의 대안으로, 과학자가 번역을 맡을 수도 있지만 이 경우에는 보통의 과학책을 번역한다는 생각에서 일을 떠맡아서는 안 되며, 번역자가 깊은 사명감을 가지고 자신이 모르는 부분은 스스로 공부해 가면서 번역에 임한다는 자세로 일을 맡아야 할 것으로 지적하기도 하였다.

이제 우리말로 번역된 책이 필자에게 주어진 지금, 필자는 이 책의 역자가 종교학자이고 미국에서 대학에 몸담고 있는 우수한 지적 능력의 소유자라는 점에 대해서 크게 반가운 마음을 금할 수 없다. 과학을 전공하는 필자의 입장에서는 이 책에서 자연과학 관련 용어의 몇 가지가 다소 서투르게 번역되었다는 점을 지적할 수도 있지만 그것은 정녕 사소한 문제에 불과하다. 만약 필자에게 이 책의 번역이 맡겨졌다면 필자는 도저히 이 책처럼 제대로 번역해 내지 못했을 것이다.

현대물리학과 시간의 문제

김성원 이화여대 과학교육과 교수

『시간의 패러독스』
폴 데이비스 지음 / 김동광 옮김 / 1997 / 두산동아

대중과학 서적은 일반인들이 읽기에 쉽고 부담이 없어야 한다. 어려운 과학적 내용을 알기 쉽게 풀어 쓴다는 것이 말처럼 쉽지는 않지만, 그럼에도 불구하고 대중을 위한 과학 서적은 쉽게 쓰여져야만 하는 것이 철칙이다. 우리나라에서는 선진 외국에 비하여 대중과학 서적이 잘 팔리지 않는다고 한다. 그 원인은 여러 가지가 있겠지만 독자들에 문제가 있을 수도 있고 작가 혹은 역자들에 문제가 있을 수도 있다. 학생이나 교사(그것도 과학과 관련된)들만 대중과학 서적을 읽을 뿐이지 과학과 관련이 없거나 비전문인인 경우에는 아예 쳐다보지도 않고 관심도 없다. 이처럼 대중과학 서적이 독자들로부터 외

면당하는 이유로는 이 책들이 우리나라 소시민의 정서와는 거리가 있게 쓰여지고 있는 현실을 지적할 수 있다. 대중과학 서적으로 시중에 나온 책들의 대다수는 처음에는 과학사나 과학에 관련된 뒷이야기들, 또는 과학적인 현상을 중심으로 시작하고 있으나 뒷부분으로 갈수록 점차 어려워지고 있는 실정이다. 끝까지 알기 쉽게 쓰지 못하는 능력의 유무는 전적으로 저자의 역량에 달려 있다. 잘 안다는 것과 이해하기 쉽게 설명한다는 것은 별개의 문제이다. 과학을 잘 알면서 이를 다른 사람들이 알기 쉽게 전달한다는 것이 쉽지 않다. 따라서 대중과학 서적의 저자는 과학의 내용을 자세히 알고 이해하고 있어야 함은 물론이고, 독자들이 이해하기 쉽도록 기술할 수 있는 문장력도 있어야 한다.

호주 아들레이드(Adelaide)대학교 자연철학과 교수인 폴 데이비스(Paul Davies)는 많은 저서를 낸 뛰어난 과학 저술가 중 한 사람인데, 이런 면에서 여러 가지 장점들을 두루 갖추었다고 할 수 있는 과학 저술인이다. 그는 과학사에서부터 과학철학에 이르기까지 해박한 지식을 소유하고 있을 뿐만 아니라 과학적인 문제점도 올바르게 꿰뚫고 있어서 그의 책을 읽는 이(특히 과학에 대해 잘 모르는 사람)들에게 이해하기 쉽도록 쓰고 있다. 물론 이해를 돕기 위해 물리적, 수학적 공식을 문장으로 풀어 표현하고자 애쓴 흔적이 엿보인다. 실제로 책에 수식이나 복잡한(과학 전문인이 보기에는 복잡하지 않지만) 계산이 나오면 과학 전문인을 제외하고 대부분 겁을 내고 무조건 어렵다고 생각하고 있으며 이것이 대중과학 서적을 멀리하게 하는 한 요인이 되기도 한다. 예로 호킹(S. Hawking)의 『시간의 역사』에 수식이 하나 들어갔다고 해서 독자의 몇 %가 줄었다고 하는 이야기도 있다. 그러나 그 책의 경우에는 그 수식을 제외하고라도 내용이 비교적 어렵다고 평이 나 있다.

데이비스가 쓴 『시간의 패러독스』는 원제(原題)가 '시간에 대하여(About Time)'로서 심혈을 기울인 역작으로 평가된다. 이 책에서 저자는 물리학(혹은 자연과학)이나, 철학, 또는 보통 사람의 경험에서 나타나는 '시간'의 본질적인 문제를 과학사적 배경과 함께 다루고 있다.

그동안 호킹의 『시간의 역사』라든가, 호킹과 펜로즈(R. Penrose)의 『시간과 공간에 대하여』 같은 시간에 대한 여러 가지 서적이 번역·출간되었으나 시간에 대한 개념과 철학, 심리학 등의 관점과의 비교 분석에 대하여 폭넓게 취급되었던 책은 별로 없었다.

물리학적으로 시간은 19세기까지는 실체로써 특별한 의미를 부여받지 못하고 그저 흔적 없이 지나가는 상태로만 여겨져 왔다. 그러나 아인슈타인의 상대성이론으로부터 공간과 같은 실체로 인정받게 됨으로써 본격적으로 과학자들의 연구 대상으로 떠올랐다. 그런데 시간이 가진 특수성 때문에 그렇게 만만하게 결론을 도출할 수 없어 금세기 내내 물리학에서 해결 못한 과제들 중의 하나로 남게 되었다. 우리가 살고 있는 공간은 실제로 공간 3차원, 시간 1차원의 시공간 4차원이다. 그러나 이 시공간 4차원은 불완전한 4차원 공간이다. 3차원 공간의 경우에는 우리가 임의로 이동할 수 있는 자유성을 부여받지만 시간의 경우에는 우리가 도저히 조절할 수 없는 실체이기 때문이다. 물론 일반상대론을 적절히 이용하여 상대성을 부여함으로써 척도의 조절은 가능해졌지만 아직까지 시간의 순서를 조절하는 것은 미해결의 상태로 남아 있다.

데이비스는 이 책에서 시간에 대하여 철학적, 역사적, 물리학적, 심리학적 관점에서 고루 분석하고 있으며 현재 연구되어 있는 상황을 알기 쉽게 풀어 쓰고 있다. 대부분을 물리학적인 견지에서 역학, 광학, 열역학 등의 모든 분야를 망라하고 현상을 쉽게 표현하여 저술하고 있고, 간간이 과학사적인 배경과 뒷이야기는 이해를 한층 돕고 있다.

이 책은 모두 14개 장으로 이루어져 있고 각 장은 또 작은 절로써 지루하지 않도록 문제점을 지적하여 저술하고 있으며, 내용면으로 세 부분으로 나누어질 수 있다. 전반부는 시간에 대한 역사적인 입장과 철학적인 견지에서 제기하고 있는 문제점들을 짚어 나갔으며, 중반부는 아인슈타인의 특수 상대성이론, 일반 상대성이론의 발표가 계기가 되어 시간의 문제를 물리학으로 본격 탐구하게 된 배경과 그 내용을 다루고 있다. 마지막 후반부에서는 이의 응용과 새로운 제안, 즉 시간의 화살, 시간의 흐름에 대한 문제 및 인지심리학적 비교 등의 새로운 문제들을 21세기의 숙제로 남겨 놓은 상태로 마무리를 짓고 있다.

1, 2장은 시간의 개념에 대한 역사적 맥락을 약술하고 있으며, 우주론의 궁극적인 운명과의 관련성을 다루고 있다. 3장에서는 아인슈

타인의 상대성이론에 의하여 시간이 절대적이지 못하고 상대적인 양으로 부여받아 관측자에 따라 다르게 측정되는 것을 보였으며 이를 일반화하여 중력에 의해 굴곡됨으로써 시간이 역동적임을 보였다. 4장은 이 시간의 굴곡 효과가 아주 큰 곳, 예를 들면 블랙홀 같은 곳에서의 시간의 특성과 함께 그곳에서 나타나는 시간의 종말을 잘 이해하도록 설명하고 있다. 5장에서는 1, 2장에서 잠깐 언급했던 우주론에서의 시간 문제를 세밀하게 파헤치고 있는데, 시간의 시작 문제와 함께 역동하는 우주 모형에 대해 아인슈타인이 도입했던 우주상수 문제 등을 구체화하여 보이고 있다. 여기서 아인슈타인이 정적인 우주 모형을 만들기 위해 도입했으나 팽창하는 표준우주론에 의해 가장 큰 실수라고 파기해 버렸던 우주상수가 실제로는 가장 큰 승리가 되어 버린 과정을 소개하며 그 우주상수의 다양한 용도에 초점을 맞추고 있다. 7장부터는 시간이 활동하는 배경을 미시 세계를 서술하는 양자역학으로 옮겨, 시간에도 양자론적인 해석과 취급을 하도록 하였다. 결국 '양자시간'에 대한 개념을 소개하고 있는 것이다. 이 양자시간에 대한 바른 개념을 정립하기 위해서는 이론 물리학자들의 금세기 최대의 소원인 통일장이론의 완성 즉, 중력에 대한 양자론적인 해석이다. 이렇게 시간을 양자론에 도입할 경우에 대해 그는 "시간과 공간에 기괴한 양자적 특성을 적용…… '시간의 문제'를 크게 악화시키고…… 수수께끼를 남겨 놓게 된다"라고 표현하였다. 즉, 양자시간은 아직까지는 미해결의 상태임을 보여 주고 있다. 뒤이어 시간을 허수(虛數)의 개념으로 취급하는 양자 우주론자들의 주장을 소개함으로써 절정에 달했는데 "……시간이 근사적(近似的)이고 인위적으로 이끌어 낸 관념에 불과……"라는 주장, 즉 시간은 허(虛)이며 우리가 느끼는 시간은 정확하지 못하다고 주장하는 것을 소개하고 있다.

9장에서는 시간의 화살 문제를 집중적으로 설명하고 있다. 시간이 화살처럼 방향성을 가질 수 있느냐는 논쟁과 아울러 우주론, 열역학적인 문제와 함께 시간의 대칭성, 비대칭성에 대한 논쟁을 차례로 소개하고 있다. 이어서 10장에서는 시간을 거슬러서 역방향의 시간에 대한 사고와 반(反)세계에 대하여 소개하고 있으며 우리가 오해하기 쉬운(호킹까지도 착각하였음) 우주가 수축하는 과정에서의 시간의 방향도 설명하고 있다. 11장에서는 꿈같은 타임머신이나 시간 여행에 대한 과학적인 설명이 제시되고 있는데 아직 이에 대한 연구가 많지 않은 탓인지 그 설명이 간단하고 현재의 핫이슈에 대해서는 언급을 피하고 있다. 그러나 일부 기본적인 개념에 대해서는 상당히 이해하기 쉽도록 설명하고 있다. 12, 13장에서는 시간에 대하여 철학적, 인지심리학적인 분석을 통하여 인간의 뇌에서의 시간의 흐름을 인지하는 현상에 대하여 분석하고 있는데 시간의 흐름에 대한 프리고진(I. Prigogine)과 펜로즈의 서로 다른 입장을 다음과 같이 소개하고 있다.

……과학자들은 그 과정이 우주 전체에 시간의 화살을 부여하는 보편적이거나 아니면 우리에게 시간의 흐름이라는 느낌을 주는 인간의 두뇌에 국한된 특수한 무엇인지를……

프리고진의 기본적인 수준에서의 시간 방향성의 약간의 수정을 원하는 보수적인 견해와 펜로즈의 양자물리학을 동원한 우리 뇌 속의 신비스러운 과정 속에 시간 흐름이 있다는 진보적인 견해를 비교하고 있다.

마지막 14장은 '끝나지 않은 혁명'이라는 제목으로 마무리를 짓고 있는데 어떤 의미에서는 이 책을 요약했다고 할 수 있는 장이다. '시간'에 관하여 아직 미해결된 문제를 던지고 간단히 설명하고 있는데 이 부분만 읽어도 현재 '시간'에 대한 현안이 어떤 것이며, 또 어떤 해결책이 있을까 하는 감을 잡을 수 있지 않을까 한다.

각 장마다 상반되는 의견들이 있을 경우에는 똑같이 소개하여 비교적 객관적으로 치우침이 없도록 하였으나 최근의 이슈들(예를 들면 양자우주론이나 시간 여행 등)은 이해하기 어려운 탓인지, 아직 논쟁의 여지가 있어서인지 더욱 깊이 취급하지 못하고 피하고 있다.

번역의 문제에도 저자와 마찬가지로 과학에 대한 지식이 요구되며 일정한 수준 이상의 문장력이 있어야 한다. 이 책의 경우에는 비교적 깔끔하게 표현하여 원문에 충실하도록 애를 썼음이 돋보인다. 하지만 과학적 내용에서는 옥에 티처럼 일부 미숙함을 드러내 보이는 곳이 있다. 354쪽의 22행에서 "……중성자들이 스핀(Spin)을 하고 있다는……"으로 번역하였는데 이는 중성자가 자전하고 있는 듯한 의미로 오해할 수 있는 여지가 있다. 여기서 말하는 소립자의 스핀은 지구의 자전 같은 것과는 다르다. 전자, 중성자 같은 소립자가 갖는 고유의 물리량인데 이를 제대로 이해하고 있지 못하므로 그저 직역하고 있는 것 같다. 물리학을 아는 사람들은 스핀을 질량처럼 갖는다는 의미로 그 입자에 주어지는 고유의 양을 갖는 것으로 이해하고 있다. 그리고 346쪽의 쿼크의 발견 문제도 지적할 수 있다. 다섯 개의 쿼크만 확인되었다고 하였는데 원저자가 이 책을 쓸 당시에는 그랬을지 몰라도 현재는 여섯 번째 쿼크인 톱쿼크가 발견되었음이 밝혀졌다. 이 점은 역자주로써 보완해 줄 수 있을 것이다.

전통 과학 쪽을 중시한
과학사 교양서

임경순 포항공대 과학사 교수

『**세계과학문명사**』(I, II)
콜린 A. 로넌 지음 / 김동광 · 권복규 옮김 / 1997 / 한길사

과학의 역사에 대한 개론적인 책을 저술하는 일은 무척 힘이 드
는 일이다. 다루는 분야가 넓고 시기도 무척 오랜 기간을 다루기 때
문에, 호사가들의 비판을 피하면서 제대로 된 과학사 개론서를 집필
하기란 무척 힘이 들기 마련이다. 더구나 영미(英美)의 전문적인 과
학사가들은 전문 학술 논문이 아닌 과학사 개론서를 쓰는 것을 무척
꺼리고 있다. 그것은 개론서를 쓰는 데 들어간 노력에 비해 학계의
학문적 보상과 평가가 그다지 높지 않기 때문이다. 하지만 대학에서
교양으로 과학사를 가르치는 사람들에게는 특정 분야에 대한 전문적
인 과학사 서적보다는 과학사 전체를 개괄적으로 서술한 책이 오히

려 절실히 필요한 실정이다.

영미권에서 출판된 과학사 일반에 관한 대표적인 책으로는 이미 1950년대에 출판된 스티븐 S. 메이슨이 저술한 개론서를 들 수 있다. 이 책은 1962년에 개정된 이래로 많은 학교에서 과학사 개론서로 활용되었는데, 전체적으로는 서구 과학을 다루고 있긴 하지만, 중국과 인도 등의 과학도 부분적으로 다루고 있다. 1970년대에 들어와서 대학에서 전문 과학사 강의가 많아지면서 고대, 중세, 과학혁명기, 18세기, 19세기, 생명과학 등등 다양한 분야의 개론서가 출판되었다. 하지만 정작 과학사 전체를 한 권의 책으로 포괄한 권위 있는 책은 거의 나타나지 않았다.

콜린 A. 로넌이 펴낸 이 책은 과학의 역사를 전체적이고도 개괄적으로 다룬 책이다. 우선 이 책은 전통 과학 부분을 근대 이후의 과학보다도 많은 분량을 할애하여 다루었다는 점에서 근대 이후의 과학적 내용을 더욱 중시하는 최근의 과학사 분야의 추세와는 상당히 다른 모습을 띠고 있는 책이라 할 수 있다. 또한 서구에서 출판된 다른 과학사 개론서와는 달리 중국의 전통 과학에 대해서 매우 자세하게 다루고 있으며, 심지어는 인도의 과학과 고대 아메리카 과학 등 다른 서구의 과학사 개론서에서 잘 다루지 않는 분야까지도 광범위하게 소개하고 있다. 저자가 이렇게 다양한 문화권을 다룰 수 있게 된 데에는, 그가 저명한 중국과학사가인 조지프 니덤과 그의 협력자들이 집필한 『중국의 과학과 문명』의 축약본을 출판했던 경험이 커다란 역할을 했을 것이다.

이 책은 과학사 개론 책 가운데에서는 아마도 가장 많은 분량을 과학의 기원에 대한 서술에 할애하고 있는 것 같다. 신화와 마술, 이집트, 메소포타미아는 말할 것도 없고, 고대 메소아메리카(오늘날 멕시코를 비롯한 중앙아메리카의 인접 지역) 문화, 마야 문명, 남아메리카 문명 등 다양한 고대 문화를 다루고 있다. 중국의 과학을 다루면서 이 책의 저자는 주로 니덤이 추진했던 중국 과학사 서술 방식을 그대로 따르고 있다. 즉 앞부분에 유가, 도가 등 다양한 사상과 과학과의 관계를 언급하는 한편, 분야별 과학사의 서술에서도 수학, 천문학, 지구과학, 물리학, 화학, 생물학 및 농학, 의학 등 서양의 학문 분류 방식을 그대로 원용해서 서술하고 있다. 하지만 중국에는 왜 '과학혁명'이 일어나지 않았는가 하는 것과 같은 논쟁의 여지가 많은 논의는 아주 간략하게 서술하고 있다.

아라비아 과학을 로마의 과학 이전에 다룬 것은 시기적 순서상 좀 어울리지는 않지만, 로마 과학보다는 다음에 나올 중세의 과학을 염두에 두고 그렇게 정한 것으로 생각된다. 이 책은 과학혁명에 관한 논의가 다른 과학사 개론서에 비해 상당히 빈약하다. 더구나 근대 과학이 출현하는 과정도 두 개의 장에 걸쳐서 나누어 서술되어 있기 때문에 과학혁명에 대해서 일목요연하고 체계적인 논의를 접하기가 힘들다. 따라서 이 책은 과학혁명에 대한 논의를 소개한다기보다는 이 시기에 일어난 일련의 과학 내용상의 변화를 다른 시기와 형평을 고려해서 간략하게 서술하고 있다고 볼 수 있다. 17세기 이후의 과학의 흐름에 대한 논의는 책 전체로 보아 다소 적게 서술되어 있기 때문에, 만약 이 부분에 대한 좀 더 심화된 지식을 얻고 싶은 사람에게는 이 책은 그리 좋은 참고서가 되지는 못한다.

더 나아가 이 책은 현대 과학 부분에 대한 기술에서 몇 가지 문제점을 포함하고 있다. 쉽게 눈에 띄는 내용으로, 이 책에서는 맨 마지막 부분에서 1939년 미국의 가모프와 랄프 알퍼 그리고 베테가 대폭발이론을 제안했다고 쓰고 있는데, 실상 이 세 사람은 로넌이 말하는 대폭발이론 관련 논문을 1948년에 《피지컬 리뷰》에 발표했다. 또한 이 책은 같은 시기에 나온 우주론으로써 영국 케임브리지 천문학자들인 H. 본디, T. 골드, F. 호일 등이 1948년에 발표한 정상상태 우주론에 대해서 아주 우호적으로 서술하고 있는데 이것도 좀 받아들이기 힘들다. 이 정상상태 우주론은 출판 당시 대폭발이론에 대해서 대립하면서 발전했지만, 1960년대 중반 이후에는 대부분의 천문학자들은 대폭발이론을 더욱 선호했기 때문이다.

전반적으로 보아 이 책은 전통 과학을 강조해서 과학사의 전반적인 흐름을 알고 싶은 사람에게는 아주 좋은 개설서가 되지만, 현대 쪽을 강조해서 균형 있고 전반적인 과학사 지식을 얻기를 원하는 사람에게는 좀 불만족스러운 책이라고 할 수 있다. 따라서 독자들은 자신이 원하는 취향에 맞추어 이 책을 이용하는 것이 좋을 것으로 생각된다. 예를 들어 전통 과학 쪽보다는 현대 쪽에 비중을 두고 강의하는 사람들에게 이 책은 참고 도서가 될 수는 있어도 주 교재가 되기는 힘들다. 하지만 이 책에는 일선 교단에서 물리, 화학, 생물 등 각 분야에 대한 교육을 할 때 활용하기 좋은, 과학사적으로 중요한 예는 아주 풍부하게 포함되어 있다. 따라서 이 책은 과학 교육적으로는 매우 좋은 조건을 갖춘 책이라고 할 수 있다. 하지만 경제사, 제도사, 사상사적인 측면에 대한 기술이 다른 개론서에 비해 상대적으로 미약하기 때문에, 최근의 과학사 연구에서 보여 주는 추세와는 좀 거리가 있는 책이라 할 수 있다.

과학사에 대한 개론서를 번역할 때에는 다른 어떤 분야의 과학사 서적을 번역하는 것보다 훨씬 많은 어려움이 따르게 된다. 즉 포괄하는 분야가 너무 넓고 각 시대별로 다양한 전공자들이 저마다 다른 식의 번역어를 사용하고 있기 때문이다. 이에 따라 과학사 분야에서도 용어 번역 문제가 아주 커다란 문제인데, 이 책을 번역한 역자들도 이런 문제에 봉착했을 것이다. 이 책에는 기존의 많은 과학사 관련 책에서 등한시해 온 외래어 표기법에 상당히 많은 심혈을 기울인 흔적이 나타나 있다. 하지만 간간이 나오는 아스텍(1 : 107), 밀레투스(1 : 144), 구에리케(2 : 231), 볼리아이(2 : 384) 등의 표기는 여전히 만족스럽지 못하다. 필자는 이것을 아스테카, 밀레토스, 게리케, 보요이 등으로 표기하고 있다. 또한 과학사 분야에서는 종종 자연에 대한 아리스토텔레스의 저작을 물리학(Physics, 1 : 189)이라고 번역하고 있는데, 기존 철학계에서는 이것을 통상 자연학이라고 번역하고 있다. 이 경우는 기존 철학계에서 선택한 번역어를 따라 주는 것이 순리라고 생각한다. 이외에도 이 책은 아리스토텔레스의 『논리학(Organon)』에 대비된 책으로서 프랜시스 베이컨의 과학혁명기에 집필한 『신논리학』을 『새로운 기관(Novum Organum, 2 : 210)』이라고 번역하고 있다. 또한 기존 물리학 교과서에서 사용하는 자침의 '복각'이라는 단어를 놓아두고 듣기에 좀 생소한 '부각' (2 : 115~117)이라는 단어를 사용했다. 이외에도 런던의 University College를 런던의 칼리지대학(2 : 322)과 유니버시티 칼리지(2 : 383) 등으로 같은 책에서조차 서로 다르게 번역한 것은 독자들에게 혼동을 줄 염려가 있기 때문에 만약 재판이 나온다면 이것은 반드시 수정되어야 한다고 생각된다. 이것은 어쩌면 두 명이 나누어 한 책을 번역했기 때문에 생긴 문제일지도 모른다. 이런 몇몇 부분적인 문제점에도 불구하고 이 책은 비전문가들이 번역해서 현재 시중에 다량 유포되어 있는 다른 과학사 관련 도서에 비해서는 과학사 용어를 상당히 잘 번역했다고 생각된다. 이 책이 과학사에 대한 일반 교양서로서 널리 읽힐 것이라는 것을 믿어 의심치 않는다.

다윈과 현대진화론의 형성

이병훈 전북대 생물학과 교수

『진화론 논쟁』
에른스트 마이어 지음 / 신현철 옮김 / 1998 / 사이언스북스

진화라는 말은 더 이상 생소한 말이 아니다. 그러나 우리는 진화는 과연 무엇인가, 어떻게 정의되고 있고 또 뭇 생물의 생성, 소멸과는 어떻게 관계되는가, 또 우리 인간과 나 자신과는 어떻게 관계되는가를 묻게 된다. 이것은 인간을 포함해서 현재 지구상에 약 1,000만 종이 넘게 살고 있는 뭇 생물의 기원과 변화, 그리고 다양화에 대한 물음을 넘어서 너무나 절실하고도 근원적인 생명 탐구와 나 자신의 기원을 묻는 문제도 되기 때문이다. 그러나 진화 문제가 항상 이렇게 제기되는 것은 단순히 과학적 사실 탐색 차원에서만은 아니다. 코페르니쿠스 혁명에 못지않게 인류, 사회 그리고 자연과 생명관에 근본

적인 변화를 불러왔고 그럼에도 불구하고 140년이 지난 오늘날까지 이에 대한 도전과 저항은 끊임없이 제기되기 때문이다.

하버드대학의 에른스트 마이어 교수는 새의 분류학과 진화학으로 명성을 쌓아 온 세기의 석학이다. 1982년에 『생물학사상의 성장』이라는 대작(974쪽)을 내놓은 후 『생물학의 새로운 철학을 향하여 (Toward a New Philosophy of Biology)』(1988, 564쪽)를 내어 생물학 자체뿐 아니라 과학사와 과학철학에 대한 그의 깊은 통찰을 펼친 바 있다. 이어 1991년엔 『하나의 긴 논쟁(One Long Argument)』을 내었는데 이번에 그 한국어판이 『진화론 논쟁』으로 개제, 번역되어 출간된 것이다. 원서의 부제로서 '찰스 다윈과 현대 진화사상의 형성'이 붙어 있으니 얼핏 보아서도 하나의 역사서요, 또한 앞의 두 책의 통합, 축약본(195쪽)임을 짐작할 수 있다.

모두 10개 장으로 이루어진 이 책은 우선 다윈의 사상적 성숙 과정을 다룬 후 『종의 기원』이 몰고 온 논쟁, 다시 다윈주의가 '진화의 종합설'로 발전한 과정의 총 3부작으로 구성되어 있다. 우선 제1장은 '다윈은 누구인가?'로 시작되는데 그 유명한 5년간의 비글호의 항해 후 20여 년간 생각하고 다듬어 쓴 『종의 기원』(1859)이 나오기까지, 그리고 그 책이 담고 있는 진화의 두 단계, 즉 변이 출현과 자연선택의 과정을 하나의 기계적 메커니즘으로 제시하기까지 다윈이 겪은 사상적 변화와 독창성을 쓰고 있다. 그러나 '종의 기원'은 희랍의 플라톤에서 뉴턴에 이르기까지의 신에 의한 우주 창조와 본질주의 그리고 결정론을 배경으로 한 자연신학과 크게 상충하였다. 신의 아들인 인간을 한갓 동물로 격하시켜 당시로써는 청천벽력이 된 이 책은 다윈으로 하여금 갖가지 방어적 변론을 펴지 않으면 안 되게 하였다. 결국 2, 3, 4장에서 다윈이 공동 후손 개념, 종의 분지에 의한 증가, 종의 가변성과 점진적 진화를 어떻게 입증하고 확립하여 이른바 '다윈혁명'의 주인공이 되었는가를 설명한다.

저자 마이어의 철학적 세계는 5장 '물리학자 및 철학자들과의 논쟁'에서 다윈이 어떻게 당 시대에 항거하는 혁명 투사로서 난공불락의 입지를 유지해 나갔는가를 서술하는 데서 펼쳐진다. 베이컨과 데카르트에서 칸트에 이르기까지, 그리고 갈릴레오와 뉴턴으로부터 라브와지에까지 철학과 과학계를 지배한 물리주의에 대항하여 예측 불허의 우연과 확률이 작용하는 진화의 비결정론적 패러다임을 제시하고 있는 것이다. 당시를 지배한 사상은 희랍시대 이래의 우주목적론에 기반을 두고 있고, 따라서 다윈 이후 이 목적론을 배경으로 나온 정향진화설과도 싸우지 않으면 안 되었다. 이어 6장에서는 다윈 자신 역시 자연선택에 의해 완벽한 적응이 일어날 것이라는 자연목적론에서 어떻게 기계적 과정으로써의 자연선택론으로 전향하였는가가 설명된다. 즉 모든 개체는 결코 동일하지 않고 각기 특이하며, 생물의 형질은 결코 용불용, 생리적 활동, 획득형질의 유전, 완벽을 지향한 유전적 경향성 등의 영향을 받지 않는다고 믿게 되었는가가 서술되고 있다. 이것은 그 다음 필연적으로 기독교 신앙에 대한 회의로 이어졌다. 더욱이 이러한 사상적 전환에 방향타 역할을 한 것이 개체들은 각기 다르다는 관찰과 믿음에서 나온 개체 군사상으로, 이것은 흔히 말하듯이 맬더스의 『인구론』의 영향에서 온 것이 아니며 동물 사육가들이 쓴 책에서 터득된 것이라는 점이 강조된다.

그러나 『종의 기원』 이후 진화론의 발전에 결정적 역할을 한, 그래서 '네오 다위니즘(신 다윈주의)'을 배태시킨 인물은 아우구스트 바이스만임이 20여 쪽에 걸쳐 조목조목 서술된다. 이것은 저자 마이어가 필경 그를 얼마나 높이 평가하고 있는가를 단적으로 말해 주는 대목이다. 물론 바이스만은 쥐꼬리 절단 누대사육 관찰로 라마르크의 획득형질 유전은 물론 다윈의 범생설을 부정한 것으로 유명하다. 그러나 당시 독일을 풍미했던 정향진화설과 특히 비생식성 일개미(중성 카스트)의 누대 출현을 들어 용불용설을 부인하고, 이에 따라 유전적 변이 발생의 새로운 근원을 찾아야 했던 긴박한 상황에서 유성 생식종에서는 유전적 재조합에 의해 새로운 변이 개체가 출현할 수 있다고 말한 것은 그의 확신에 찬 의지와 혜안이 아니고서는 할 수 없었을 것이다.

이어 1930년대에 들어와 야외 생물학자들이 자연에서 보는 변이가 유전학적으로 설명 가능함을 인정하고 이에 따라 유전학자는 야외 생물종의 개채간 변이를 이해하여 변이가 진화의 원료가 된다는 데서로 동의함으로써 드디어 '진화의 종합설'이 탄생된다(9장). 바로 줄리언 헉슬리, 대오도시우스 도브잔스키, 죠지 심프슨 그리고 이 책의 저자인 마이어가 바로 '제2의 다윈혁명'이라고도 불리는 이 종합설의 주역들이며 이는 곧 유전학, 분류학 및 고생물학의 합류를 뜻하기도 한다. 한편 이것은 유전학자들의 철저한 환원주의적 관점이 자연사 연구가와 발생학자들이 견지했던 전체적 관점과 서로 접근하여 타협되었음을 의미한다.

그러나 이렇게 이뤄진 종합설이 여전히 계속 논쟁거리가 되고 또 새로운 줄기와 가지를 뻗쳐 나가고 있는 진화론의 최전선을 섭렵하여 이 책이 던지는 새로운 시사를 점치고 있는 것이 마지막의 제10장이다. 우선 종합설에 대해 일어나고 있는 갖가지 반대는 대개 바이스만의 '신다윈주의', 진화를 자연선택에 의한 유전자빈도의 변화로 보는 집단유전학자들의 환원주의, 그리고 전체주의적 입장에서 유전학적 변이 설명을 받아들이는 진정한 종합론 이 세 가지를 혼동하여 일괄적으로 매도, 간주한 결과라는 것이다. 더욱이 생물학 전체에 혁명을 불러온 분자생물학의 급속한 발전과 그에 따른 많은 발견들이 다윈주의를 수정하려 하고 있다. 그러나 저자 마이어는 이들은 오히려 종래의 종합설을 더욱 확인시키거나 더 정교한 방식으로 입증하고 있을 뿐이라고 말한다. 이어 유전학에서의 중립설의 진화적 허구성, 일부 고생물학자들이 주장하는 단속평형설의 '점진성'으로 인한 다윈주의와의 비상충성, 그리고 1970년대에 등장한 사회생물학의 군선택이론의 적용은 종에 따라 다르다는 주장이 소개된다.

결국 이 책은 '종의 기원'을 두고 다윈주의가 당시의 자연신학과 자연철학이라는 시대적 사상 배경, 그리고 창조론의 교조주의와 어떻게 대치하고 극복했느냐를 쓰고 있으며 이와 함께, 같은 생물학 내에서 주장되는 목적론적 정향진화설과는 어떻게 상충했는가를 설명하고 있다. 그후 20세기에 들어와서 환원주의적 집단유전학과는 어떻게 타협하고 또 훨씬 후의 단속평형설을 어떻게 점진론적 종합설로 끌어들이면서 스스로 발전, 변모해 왔는가를 쓰고 있다.

필자가 읽으면서 특히 눈에 뜨인 것은 저자 마이어가 다윈혁명의 동기를 외부 요인과 내부 요인으로 구분해 검토했다든지, 다윈주의에 대하여 다섯 가지 사실과 세 가지 추론을 설정하여 도표로 작성하고 분석한 것 같은 과학사적 전문성과 과학적 치밀성이었다. 또한 라마르크에 대한 일반적인 혹평과는 달리 그를 최초의 점진론(이 번역서에서는 '단계주의') 주장자로서 평가하였는가 하면, 몰간이나 모노와 같은 노벨수상자들의 자연선택에 대한 몰이해를 지적하는 등 예리하고도 객관적인 비판 의식을 발휘한 점이다. 이와 대조적으로 마이어의 평소 지론에서처럼 나일즈 엘드리지와 스티븐 굴드의 단속평형설을 전진론의 테두리에 끌어넣어 '종합설'로 간단히 처리한 점은 그의 종분화론에 대해 다원론을 주장하는 평소 지론과 상치되는 듯한 인상이다.

그러나 어쨌든 눈여겨볼 것은 이야기의 구성이 단순한 연대기적 역사 서술이 아니라 다윈과 『종의 기원』을 주인공으로 시작하여 그 후예들이 갖가지 과학적, 또는 종교적 도전에 직면하고 충돌하면서 어떻게 여러 가지 지류들과 합류하며 스스로 변모, 발전하여 왔는가를, 그리고 마침내 오늘의 '종합설'이라는 대단원을 이룩해 냈는가를 생생히 그려 낸 점이다. 저자는 원인과 동기를 살펴 가며 사건의 연속을 풀어 나가듯 전개시킨 하나의 논픽션의 플롯을 보이고 있다. 그런 점에서 제법 읽기에 만만한 분량(241쪽)의 이 책은 생물학도뿐 아니라 일반 과학도와 사회인에게 부담 없이 읽힐 것으로 생각된다. 특히 아직도 기독교적 교조주의에서 벗어나지 못하고 있는 한국의 일부 과학자들에게 다소나마 과학과 진화의 진면목을 알리는 계기가 되기를 바라고 싶다. 과학과 종교 그리고 창조론과 창조과학을 구분하지 못하는 데서 오는 혼동이, 불필요한 논쟁을 피해 줄 것이기 때문이다.

서평자는 역자가 번역 과정에서 겪었을 큰 어려움과 노고를 역력히 읽을 수 있었다. 그러나 문장의 의미와 문맥 흐름에서 원활하지 못한 곳이 더러 보이는데 그 뜻을 정확히 알고자 하는 독자는 원서를 대조해 보기를 바란다. 특히 용어의 우리말 표기에 오류와 일관성이 없는 곳도 있다. 이 점은 국내 진화생물학계에 상호 토론이 없었다는 그간의 침체에도 책임이 있다고 여겨져 늦게나마 이 분야에 활발한 논의가 시작되기를 기대해 본다.

과학과 윤리는 서로 모순되는가

김환석 국민대 사회학과 교수

『복제양 돌리』
지나 콜라타 지음 / 이한음 옮김 / 1998 / 사이언스북스

이 책은 지난해 봄 발표되어 전세계를 뒤흔들어 놓았던 복제양 '돌리' 사건을 중심으로 하여 복제기술(클로닝)이 이제까지 우여곡절 속에 걸어온 길을 그 사회적 배경과 함께 소개하고 있는 재미있는 책이다. 저자인 지나 콜라타(Gina Kolata)는 MIT대학원에서 분자생물학을 전공했으며 십여 년째 《뉴욕타임스》 과학 리포터로 활동해 왔으므로 이런 책을 쓰기에 적임자라는 생각이 들었는데, 아닌 게 아니라 생물학에 문외한인 나 같은 독자도 이해하기에 어렵지 않은 대중적인 스타일로 서술하고 있다. 역자인 이한음 씨도 지금은 소설가이지만 생물학과를 나와서인지 대체로 무리 없는 번역 솜씨를 보여

주었다고 생각된다.

'돌리'가 던진 파문은 그것이 인간과 가까운 포유류의 복제였다는 사실뿐 아니라, 과학자들이 불가능하다고 판단해 왔던 체세포로부터의 복제를 역사상 처음으로 성공시킨 것이었기 때문이다. 이는 어미와 유전형질이 똑같은 2세를 수정 없이 부모 어느 한 편의 체세포만으로 만들어 낼 수 있게 된 것이므로 그야말로 '복제'라고 부를 수 있는 것이다. 더구나 '돌리'에게 제공된 체세포가 이미 도축된 양에게서 미리 추출하여 냉동 처리한 것이라는 사실은, 앞으로 생명체의 세포를 적절히 냉동 처리해 두면 사후에라도 그것을 얼마든지 복제할 수 있음을 의미하는 것이었다. 두말할 나위 없이 '돌리'는 인간복제 시대의 도래를 시사하는 것으로 여겨졌고 이는 한편에서는 불임 부부에게서처럼 열광적인 환호를, 다른 한편에서는 신의 영역을 침범하는 오만한 행위로서 윤리적 비난을 한 몸에 받는 뜨거운 사회적 쟁점으로 떠올랐던 것이다.

저자는 책에서 '돌리'의 탄생 경위뿐 아니라 그것이 탄생하기까지 과학계에서 일어났던 사건들을 연대별로 상세한 자료와 관련 당사자들의 말을 통해 재구성해 내고 있다. 이 책에서 내가 재미있었던 점은 과학의 한 분야로서의 클로닝 연구가 어떻게 부상했다가 어떻게 과학계의 주변으로 밀려나게 되었는지, 그러다가 다시 어떤 힘에 의해 갑자기 전세계를 깜짝 놀라게 할 성취를 이루게 된 것인지 그 과정을 잘 묘사해 주고 있는 점이다. 19세기 말에 독일의 어거스트 바이스만 등이 기초를 놓은 발생학에서 비롯된 이 분야는 20세기 전반기에 한스 스페만이 이론적 발전을 시키고, 드디어 1952년 하버드대의 로버트 브릭스가 개구리 복제에 성공함으로써 과학계의 확고한 인정을 받으며 전성기를 누리게 된다. 그러나 1960년대의 과학비판과 1970년대의 재조합 DNA논쟁 등이 촉발한 생명 윤리 운동은 클로닝에 비판적인 사회적 분위기를 만들고, 게다가 1983년 일멘제의 생쥐 복제 발표가 후에 날조 시비를 겪으면서 클로닝 연구는 생물학의 변방으로 밀려났다. 하지만 그 변방에서 꾸준히 복제기술을 축적해 온 농업 분야의 동물학자들에 의해 마침내 '돌리' 탄생이 이루어졌던 것이다.

따라서 이 책의 장점은 단지 과학상의 획기적 사건에 대한 자세한 묘사나 그를 둘러싼 일화들의 소개에 있는 것이 아니다. 그보다는 이를 사례로 하여 우리에게 과학자 사회의 내부를 들여다볼 수 있게 해 주고, 더 나아가서 과학자 사회와 외부 사회가 어떻게 상호작용하는지를 흥미진진하게 보여 준다는 점에 있다. 이 책에서 그려지는 과학자는 흔히 생각되듯이 영웅이나 초탈한 성인 같은 존재가 아니다. 치열한 경쟁 구조 속에서 자신의 이익도 추구하고 성공과 좌절, 오류와 추문 등에 둘러싸인, 우리 보통 사람들과 같은 인간적인 과학자들이다. 또한 그러한 과학자들로 이루어진 과학자 사회는 외부 사회로부터 격리되어 있거나 수동적으로 반응하는 존재가 아니라, 오히려 외부 사회를 자신에게 유리한 방향으로 능동적으로 바꾸거나 대처하는 일을 해 나간다. 이렇듯 과학의 안과 밖은 분리되어 있지 않은 것이다. 사실 이러한 점들은 토마스 쿤의 『과학혁명의 구조』에 영감을 받아 1970년대 중반부터 전개된 '과학지식사회학(Sociology of Scientific Knowledge: 약칭 SSK)'에서 줄곧 지적해 오던 내용이었다.

그러나 나는 이러한 장점에도 불구하고 '돌리' 사건이 던져 준 핵심적인 쟁점에 이 책이 올바르게 접근하였고 독자들에게 전달하는 메시지가 현실의 향상에 도움이 되는지에 대해서는 의문을 갖는다. 저자는 책의 서론과 결론 부분에서 문제의 핵심을 결국 '과학의 자유' 대 '종교적 윤리' 간의 대립과 선택의 문제로 부각시키고 있다. 그리고 저자 스스로는 결코 이 둘 중에 어느 것이 옳다고 주장하지는 않지만 이런 논쟁과 상관없이 인간 복제를 향한 연구는 어쨌든 계속될 것 같다는(그 성공 여부는 불확실하지만) 전망으로 끝맺음으로써 과학에 대한 운명주의를 조장할 위험이 있다고 보인다. 과연 문제의 핵심은 이렇게 형이상학적인 것이고 현실에 대한 개입의 여지는 이렇듯 별로 없는 것일까? 일년 전쯤 우리나라에서도 생명 복제에 대한 윤리적 비판이 한참 뜨겁게 달구어졌을 때 나는 그러한 비판이 자칫 일과성 사건으로 그치고 세인의 관심에서 이내 잊혀질 것을 다음과 같이 염려한 바 있다.

윤리적·종교적 관점에서의 과학기술 비판은 인간의 양심을 일깨우는 강한 호소력이 있기는 하지만, 사람들이 일상생활로 돌아오고 나면 별 영향을 못 미치는 일시적인 주의 환기와 카타르시스 효과에 머물고 마는 경향이 있다. 예컨대 이번 사건에서도 과학자는 인간 복제만은 절대 안 한다고 약속하고 정부는 그것을 법으로 금지할 것이라고 시민의 우려를 달

래면 더 이상 아무 문제도 없는 듯이 세상은 예전처럼 돌아갈 것이다. 과학기술은 다시 과학자의 손에 맡겨지고 따라서 시민은 과학기술 발전에 대해 수동적 존재로 남은 채 스스로의 미래를 선택하는 길에서 멀어지고 말 것이다.

일년이 지난 현재 우리 사회의 모습은 애석하게도 이러한 예측이 정확히 맞았음을 확인하게 한다.

오늘날 과학의 발전이 인간의 존엄성과 생태계 파괴 등 생명 윤리를 침해하며 위험하게 치닫는 이유는 과학자의 끝없는 호기심이나 진리 탐구욕 때문이 아니다. 과학은 이미 그러한 순수과학의 낭만적 이미지로 보기에는 너무 거대화하고 세속화되어 버렸다. 오늘날 과학의 연구 방향과 목표를 설정하고 연구비를 후원하는 것은 기업이다. 따라서 과학 연구는 혹심한 경쟁 체제 하에서 비밀주의로 진행되며 그 연구 결과는 곧바로 특허 등으로 사유화되는 경향이 있다. 사실상 '돌리'를 탄생시킨 월머트의 연구 자체가 이러한 양상을 잘 보여 주고 있음을 책의 저자인 콜라타도 지적하고 있다. 현대의 과학이 그 막대한 연구비를 기업에게서 얻고 그리하여 처음부터 상품화될 수 있는 연구만을 추구하는 한, 그러한 과학에게 윤리적인 이유 때문에 억제력을 발휘하리라 기대하긴 힘들다. 여기서 '과학의 자유'란 실은 진리 탐구의 자유가 아니라 이윤 추구의 자유를 포장하는 이데올로기임을 우리는 간파해야 한다. 저자가 책에서 이 측면을 소홀히 취급한 것은 애석한 일이라 아니할 수 없다.

과학 정책 연구자인 엘찡가와 재미슨은 한 사회에 네 가지의 정책 문화가 공존하고 각축을 벌이면서 과학기술을 특정한 방향으로 발전시키게 된다고 지적하였다. 그것은 학문적 문화 · 관료적 문화 · 경제적 문화 · 시민적 문화의 네 가지이다. 이렇게 보면 클로닝을 비롯한 생명공학의 발전은 20세기 전반에 과학자 사회가 주도한 학문적 문화를 거쳐, 1950년대에 국립 보건연구소(NIH) 등 정부가 주도한 관료적 문화가, 그리고 생명공학의 상업화가 본격화되는 1980년대에는 기업이 주도하는 경제적 문화가 각각 지배적인 영향력을 발휘해 왔다고 볼 수 있다. 그런데 이 세 가지 문화 모두는 엘리트들의 지배 문화로서 결과적으로 생명공학은 일반 시민의 민주적 문화와는 괴리가 있어 왔던 셈이다. 따라서 시민이 지향하는 윤리, 환경, 안전, 복지 등의 가치가 이제까지의 생명공학 발전에 크게 영향을 못 미친 것은 당연한 귀결이라 할 수 있다. 사실 1970년대의 재조합 DNA에 관한 사회적 논쟁에서 그러한 기회가 있었으나 과학자 사회의 반발로 시민의 노력은 무산되었고 그후 생명공학은 상업화의 길을 치달아 왔다. 이제 '돌리'로 인해 그러한 논쟁이 또 한 번 일고 있으니 우리는 이 기회를 놓치지 말아야 할 것이다.

　과학과 자본 간의 지나친 결합은 모든 윤리적 고려를 무색하게 만들고 위험 사회를 부추기는 경향이 있다. 과학의 민주화 곧 과학 정책에 대한 시민 참여를 통해 이를 견제함으로써 과학을 보다 윤리적이고 안전하며 환경 친화적인 방향으로 돌려놓을 수 있을 것이다. 합의 회의, 과학 상점, 참여 설계 등 서유럽에서 전개된 시민 참여 제도들을 우리 사회에서도 활성화함으로써 그러한 '시민 과학(Citizen Science)'을 만들어 나가야 한다. 『복제양 돌리』에서 얻을 수 있는 현실적 교훈은 바로 이것이다.

환경호르몬의 문제점과 대책

이용수 한림대 객원교수

『환경호르몬의 공포』
나카하라 히데오미 · 후타키 쇼헤이 지음 / 손동헌 옮김 / 1998 / 종

과학기술은 이 세상에 없는 새로운 물질을 만들어 내면서 인간 생활을 풍요롭게 하고 편리하게 만들었다. 사람들은 그것을 발전으로 믿었다. 낙원이 따로 있는 것이 아니라는 생각도 갖게 했다. 과학의 세기인 18세기가 열리면서 인간의 꿈은 더욱 장밋빛으로 물들고 있었다. 누구도 그 편리함의 뒤안길을 생각하려 들지 않았다. 더욱 화학 공업은 이 세상에 없던 새로운 물질을 만들면서 인간의 생활을 더욱 편리하게 만들어 가고 있었다. 그러나 한편으로는 편리한 세상 뒷면에 그 편리하고 유용한 물질들이 만들어 놓은 해악이 독버섯처럼 돋아나고 있었다. 살충제로 쓰이면서 질병 퇴치와 농산물의 증산

에 기적적으로 기여한 DDT가 먹이사슬의 꼭대기에 있는 인간에 축적되어 생명 현상을 좀먹고 있다는 사실이 밝혀지면서 세상에 빛을 본 지 50여 년 만에 그 모습을 감췄다. 또 냉매 등으로 쓰이며 안전성을 크게 장담했던 염화불화탄소도 오존층을 파괴하는 주범으로 밝혀지면서 같은 운명을 맞았다. 특히 과학적 발명품으로 빈번히 인류에 회자되던 물질들에는 화학 제품이 많았던 반면 그 독성 또한 화학 제품에 많았다는 점은 아이로니컬하다. 왜 그럴까. 자연에 존재하지 않던 인공물이 영원히 자연과는 조화될 수 없기 때문일까.

일본의 의사인 나카하라 히데오미(中原英巨)와 후타키 쇼헤이(二木昇平)가 쓴 『환경호르몬의 공포』는 화학 물질이 인체에 어떻게 피해를 주고 있는가를 설명한 책이다. 화학 물질의 독성이 세포를 죽이거나 혹은 염색체에 변화를 일으켜 생명 현상을 좀먹는 것이 아니라 호르몬으로 작용하여 인체의 정상적인 생리를 파괴하고 있다고 보고 있다. 이런 호르몬을 환경호르몬으로 이름 짓고 이것이 인체에 작용하는 메커니즘을 새로운 이론으로 풀이하고 있다. 아직도 많은 검증의 절차가 필요하지만 환경 문제가 점점 심각해지고 있는 오늘날 그 피해를 새로운 각도에서 검증하고 이론 체계를 세우려 한 것은 환경 문제를 보는 다른 시각을 제공하고 있다.

일반적으로 호르몬이란 인간이나 동물의 체내에 있는 내분비 기관에서 만들어지고 주로 혈액을 통해 전신으로 옮겨지면서 표적 기관의 기능을 조절한다. 이것은 생체대사 기능의 핵심을 담당하고 있다. 말하자면 생물이 지니고 있는 체내의 정보 전달 수단이라고 할 수 있다. 이 호르몬에 의해 전달되는 정보는 생물의 기본적인 생명 활동을 조절하는 매우 중요한 역할을 하고 있다.

일반적으로 호르몬에는 두 가지 특징이 있다. 하나는 호르몬이 작용하여 영향을 주는 표적기관에는 반드시 리셉터가 존재하며 이 리셉터에 호르몬이 결합함으로써 온전한 정보 전달을 가능하게 하는 것이고, 다른 하나는 이 호르몬의 양이 놀랄 만큼 적다는 것이다. 그 양은 성장호르몬의 경우 혈액 1ml에 5나노그램(1나노그램은 1g의 1백만 분의 1)이 포함돼 기능하며 갑상선호르몬은 0.1~0.6나노그램이 들어 있다.

저자들은 체내로 들어온 환경 물질이 인체 내에서 호르몬과 꼭 같은 작용을 한다는 것을 호르몬의 일반적인 성질을 들어 설명하고 있다. 정상적인 호르몬 대신에 이 환경호르몬이 작용하여 인간의 생리 활동을 규제하고 인체의 정상적인 호르몬의 기능을 방해함으로써 결국 인간에게 질병을 가져오게 하거나 이상행동을 일으키게 한다는 것이다. 그 작용기전은 인체의 정상적인 호르몬이 결합해야 할 표적기관의 리셉터에 환경호르몬이 결합해 버림으로써 결국 잘못된 정보가 전달돼 인체의 정상적인 생리적 기능이 파괴된다는 것이다. 그리고 적은 양으로도 인체 기능의 변화를 초래하는 것도 일반 호르몬과 아주 유사한 것이다.

환경호르몬에 의한 인체의 기능 변화는 기본적으로 잘못된 정보의 전달에서 비롯된다. 호르몬이란 전신에 둘러쳐진 정보 네트워크와 같은 것이다. 여러 가지 인체 기관이 서로 커뮤니케이션을 하기 위한 전달 물질인 호르몬은 이처럼 전신에 둘러쳐진 정보 네트워크에 침입하여 신체 장기끼리의 커뮤니케이션을 차단해 버리는 것이다.

만약 당신 동료들과 함께 작업을 하고 있을 때 서로간의 커뮤니케이션이 끊겼다고 해 보자. 예컨대 야구팀이라면 어떻게 될까. 야구 시합에서 스퀴즈사인이 타자에게 전달되지 않으면 주자는 뛰어가다가 아웃되고 만다. 감독이 아무리 멋진 작전을 생각해 내어도 사인이 정확히 전달되지 않으면 탁상공론이 되어 버린다. 에스트로겐을 비롯한 모든 호르몬은 오랫동안 이른바 열쇠와 열쇠 구멍이란 메커니즘에 의해 세포에 작용한다고 여겨져 왔다. 그리고 이들 호르몬은 세포에 들어가기 위해 리셉터와 먼저 결합하지 않으면 안 된다. 만약 누군가가 당신이 가지고 있는 집 열쇠와 아주 비슷한 구조의 대리 열쇠를 가지고 있으면 굳이 당신 본인이 아니더라도 그것을 가진 다른 사람이 당신의 집 안으로 들어갈 수 있을 것이다. 그리고 일단 집 안으로 들어가 텔레비전이나 세탁기를 움직일 수 있고 전화도 걸 수 있는 것이 아닌가.

환경호르몬의 출현은 마치 퍼즐 조각을 맞추듯 생겨났다. 즉 세계 곳곳에서 일어나고 있는 화학 물질에 의한 오염 피해의 사례를 확인하고 여기저기에 흩어져 있는 이변의 조각을 퍼즐처럼 짜 맞춰 '환경호르몬에 의한 오염'이라는 커다란 퍼즐의 완성도(새로운 이론)를 이룬 것이다. 하나의 이론이 성립되기 위해서는 현장의 구체적인 사실들을 귀납적으로 정리하고 이를 바탕으로 하나의 일반적인 원리를 만드는 것이 자연과학에서 일반적으로 이용하는 이론 정립의 방법이다. 그 반대 방법으로는 연역법이 이용되기도 한다.

저자들은 이런 환경호르몬의 오염 현상을 미국의 아포프카 호수에서 일어난 피해 사례 등에서 찾고 있다. 아포프카 호수에서의 피해는 그 이웃에 뿌려진 살충제가 그곳에 살고 있는 악어의 호르몬 이상을 일으켜 절멸의 위기를 맞게 된 사례다. 또 붉은귀거북이의 생식 이상, 5대호에서의 송어의 멸종을 비롯하여 동물들의 이상한 행동을 구체적으로 나열하고 있다. 더욱 놀라운 것은 남성의 정자 수가 급격히 감소하고 있다는 사실에서 저자들은 힘을 얻고 있다. 건강한 남성의 정자 수는 1940년에 정액 1ml에 약 1억 1천 3백만 개. 그런데 1990년에는 겨우 6천 6백만 개로 줄어들었고 정액의 양이 25%나 줄어든 것도 누적된 환경호르몬의 영향으로 보고 있다.

만약 이러한 조사가 사실이라면 남성의 정자 수가 감소하고 생식기의 이상이 증가하는 원인은 생식호르몬인 에스트로겐과 매우 비슷한 작용을 하는 환경호르몬 때문이라고 저자들은 결론짓고 있다.

지금까지 화학 물질에 의한 오염 문제라고 하면 주로 다음과 같은 두 가지가 문제시되었다. 하나는 청산가리와 같은 독극물처럼 세포에 직접 손상을 주거나 혹은 세포를 죽이게 하고, 또 하나는 생물의 설계도인 DNA에 손상을 주고 돌연변이를 일으키게 하는 것이다. 전자의 경우는 독성이 강한 화학 물질에 접함으로써 인간이나 동물에 갖가지 장애가 발생하고 최악의 경우에는 목숨까지 잃게 된다. 후자의 경우에는 유전자에 돌연변이가 생김으로써 정상적인 세포가 암세포로 변해 버린다.

이처럼 종전에 화학 물질의 독성을 이야기할 경우 흔히 급성의 독극물을 생각하거나 만성의 발암물질 정도로 생각했다. 특히 발암물질로 작용할 경우 보다 구체적으로 어떤 생체 반응을 통해 그 영향이 인체에 나타나는지를 설명하기 힘들었다. 그러나 이제 환경호르몬은 세포를 손상시키지도 않으며 물론 세포도 죽이지 않는다. 게다가 환경호르몬은 유전자인 DNA를 손상시키지도 않는다. 조용히 인체의 기능을 변화시키고 있는 것이다. 그리고 생명체는 서서히 멸망해 가고 있는 것이다.

저자들은 현재 세계적으로 거론되고 있는 대표적인 환경호르몬으로 다이옥신, DES, DDT, PCB, 비스페놀 A를 지목하여 설명하고 있다. 다이옥신은 미군이 월남전에 사용한 고엽제에 들어 있었다. 고엽제를 덮어쓴 미군 1,545명을 조사한 결과 그 아내들에서 조산, 불임, 기형아의 발생 비율이 일반 시민의 아내들에 비해 15배나 높았다. 위스콘신대학의 리처드 피터슨은 임신 15일째의 암컷 쥐에 미량의 다이옥신을 한 번 투여한 실험 결과 태어난 수컷은 정상적인 보통 쥐의 50%의 정자만을 만들었다는 것이다. 현대에는 특히 인공 합성물질인 쓰레기의 소각장에서 많이 나온다. 일반적으로 쓰레기 1톤을 태우면 1mmg의 다이옥신이 나오는 것으로 돼 있다.

다이옥신의 구체적인 피해는 갑상선호르몬의 분비를 촉진시킴으로써 구개열이라는 기형을 일으키는 것으로 알려지고 있다. 또 정소를 위축시켜 성호르몬인 에스트로겐과 프로게스테론의 농도를 변화시킨다는 것도 명백하게 알려져 있다.

환경호르몬 1호가 된 것은 DES이다. 1960년 유산을 방지하기 위해 임신부들에게 다이에틸스틸베스트롤(약자로 DES로 표기)이 투여됐다. 그런데 사춘기를 지난 그 자녀들 가운데 질암 환자가 많은 것을 미국 하버드의대 산부인과팀이 밝히면서 환경호르몬으로 의심받기 시작했다.

이러한 물질 가운데 또 하나는 DDT(다이클로로 다이페닐 프리클로로에탄). 이것은 살충제로, 인류는 한때 큰 효과를 보았다. 농약으로도 사용돼 농업 진보에 크게 기여했다. 생물에 축적돼 인간에 옮겨오다 학자들의 연구 논문을 통해서 DDT가 천연에스트로겐의 작용을 교란하는 이유를 설명하고 있다. 그외 PCB와 비스페놀 A도 환경호르몬으로 간주하고 있다.

환경호르몬은 이러한 위협을 인체 생리작용의 기전을 밝히는 이론으로 대두되면서 화학 물질이 어떻게 인체를 위협하는지를 설명하려 하고 있다. 설익은 이론에 불과하지만 환경오염 문제가 심각성을 더해 가면서 이 주장은 많은 사람들에게 주목받고 있다. 그러나 이 이론은 아직도 많은 검증 절차가 필요하다. 아직 주장의 정도에 불과한 설익은 이론에 불과하다. 더 많은 자료들이 모아지고 그 생리적인 기전이 밝혀질 때, 보다 완벽한 이론으로 자리 잡을 것이다.

과학과 인간에 대한
끝없는 탐구 여행

최경희 이화여대 과학교육과 교수

『사이언스 오딧세이』

찰스 플라워스 지음 / 이충호 옮김 / 1998 / 가람기획

새로운 세기를 맞이하면서 우리는 지난날들을 돌아보고 있다. 지난날들을 돌아봄으로써 새로운 날들에 대한 예측을 하고 그것들을 맞을 준비를 하게 된다. 21세기 인류의 모습은 어떠할까? 과학과 기술의 혜택을 얼마나 받게 될까? 인류는 모든 병으로부터 자유로울 수 있을까? 이러한 질문에 대한 대답은 아마도 지난 100년간의 '사이언스 오딧세이'를 통하여 가능할 수도 있을 것이다.

『사이언스 오딧세이』는 미국 보스턴의 WGBH 과학부에서 제작한 PBS시리즈의 보조물로 나온 책으로서, 지난 100년간 인류의 역사를 바꾼 가장 광범위하고 놀라운 발견과 변화를 다섯 영역에 걸쳐 제시

하고 있다. 각 영역에서는 단순한 발견과 변화 외에 이와 연관하여 앞으로 인류가 당면할, 그리고 해결해야 할 사회적, 윤리적 문제들까지도 약간씩 제시하고 있다. 이 책에서는 또한 과학은 과학적 사고를 통해 일반적인 합의에 의해 이루어진다는 점과 기술의 성장은 사회의 필요에 맞게 결합시킨 제도와 조직으로부터 비롯된다는 점을 언급함으로써 현대 인식론적 관점과 사회적 구성주의에서 과학과 기술을 바라보고 있다는 사실을 엿볼 수 있다.

1장의 물리학과 천문학 영역에서는 우주의 신비를 벗기려는 수많은 노력과 그것에 따른 산물들에 대하여 논의하고 있다. 더 큰 우주의 모습을 보기 위하여 천문대를 세워 정열적이고 폭넓은 지식으로 화성을 관찰한 로웰, 20세기의 가장 경이로운 공학기술의 완성품으로 꼽히는 반사망원경을 개발한 헤일, 정확한 과학적 질문을 제기하는 비상한 능력과 지칠 줄 모르는 호기심으로 우주의 팽창을 알아낸 허블, 신체적 결함과 평생 동안 사진판을 체계적으로 검토하는 단조로운 작업에 조금도 굴하지 않은 여성 천문학자 리빗 등의 노력으로 우주의 모습은 조금씩 그 정체를 드러내기 시작했다.

한편, 뉴턴 물리학을 뛰어넘어 아인슈타인은 상대성이론이라는 위대한 업적을 이루게 된다. 톰슨, 러더퍼드, 보어가 원자의 구조를 밝히기 시작하면서, 1930년대만 해도 알려진 입자들은 양성자, 중성자, 전자가 고작이었으나 1990년대에 이르러서는 뮤온이나 타우 등을 포함해 그 수는 150가지 이상이 되었다. 하이젠베르크의 불확정성의 원리와 슈뢰딩거의 파동역학에 의하여 과학은 규칙의 세계로부터 우연과 불확정성의 세계로 옮겨가게 된다. 이후 입자가속기가 개발되고, 빅뱅이론과 정상우주론이 대두되면서 우주는 또 다른 모습을 취하게 된다. 현재는 우주에 존재하는 모든 물질들과 힘들의 복잡한 성질들을 한 가지 방식으로 우아하게 설명할 수 있는 통일 이론과, 끈 이론으로 새로운 우주와 입자의 성질을 밝히려 하고 있다. 그런데 이 책에서는 이 모든 것은 서곡에 불과함을 강조하고 있다.

2장 기술 영역에서는 라이트 형제가 만든 최초의 플라이어호에서 화성 탐사선에 이르기까지, 그리고 마르코니의 무선전신기에서 통신의 혁명에 이르기까지, 1900년경에는 인류가 상상도 하지 못했던 기술에 대하여 서술하고 있다.

대중을 위하여 자동차를 만들겠다고 선언한 헨리 포드는 어셈블리 라인 시스템을 이용하여 값싼 T형 자동차를 놀라운 속도로 생산해 냈다. 가라앉지 않는 배라고 자랑하던 타이타닉호가 1912년의 처녀항해 때 빙산에 충돌해 침몰했을 때, 수백 명의 승객이 생존할 수 있었던 것은 무선전신으로 들어온 긴급 구조 신호를 수신하고서 그 주변의 해역에 있던 배들에게 연락을 취했기 때문이었다. 그후, 무선 신호들은 진공관을 이용해 송신되었으며 개인간에 대화를 주고받을 수 있는 무선전화로 발달하였다. 3극 진공관은 라디오의 급속한 발달을 촉진했으며, 텔레비전의 탄생도 가능하게 했다. 기술과 오락과 큰 사업의 가장 신기한 결합인 영화 역시 영화 기술에서 그 정체성을 찾을 수 있다.

한편, 기술은 제2차 세계대전으로 인해 더욱 발전했다. 제2차 세계대전 동안 뉴욕 박람회에서 최초의 인조 합성섬유 나일론 스타킹이 20세기의 기적 중 하나로 대대적으로 소개되면서 겉보기에는 하찮아 보이는 제품이 세계무대에 예상치 못했던 엄청난 반향을 몰고 왔다. 1980년대 말경에 이르러 슈퍼미니컴퓨터 산업 시장과 가정용 PC 시장이 급속도로 팽창하고, 1991년 WWW가 선을 보임으로써 통신의 혁명이 일어났다. 또한 인터넷은 이제 우리에게 아주 익숙한 형태의 새로운 통신 수단이 되었다.

3장에서는 지구의 나이와 인류의 기원을 알아내려는 그간의 노력과 발전에 대하여 서술하고 있다. 수학의 천재로 인정받았을 뿐 아니라 열역학 분야에 크게 공헌한 켈빈 경이 지구의 나이를 겨우 9,800만 살이라고 주장하면서 지질학자들은 난처한 입장에 처하게 되었지만, 그 이후 뢴트겐의 X선 발견, 베크렐의 베타선과 감마선의 발견, 퀴리 부인의 라듐원소 발견, 홉스의 우라늄을 통한 방사성 연대 측정법 등을 통하여 지구의 나이는 약 45억 년에 이른다는 주장이 나오게 된다. 베게너의 대륙이동설은 마침내 인정을 받게 되고, 헤스의 모든 지질학적 정보를 통합시킨 이론인 판구조론은 현대 과학에 새로운 혁명을 일으키게 된다.

한편, 인간의 조상을 찾기 위한 노력은 다윈주의를 통해 본격적으로 시작된다. 다윈주의는 논리적으로 타당해 보였지만, 사람과 유인원 비슷한 조상 사이의 간극을 연결해 줄 수 있는 존재의 두개골을 찾기 위한 여행은 계속된다. 멘델의 유전법칙과 모건의 초파리 실험을 통하여 염색체와 유전자의 관계가 밝혀지고, 크릭과 윗슨에 의해

DNA 구조가 밝혀짐으로써 생명의 구조가 밝혀지게 된다. 현재 수행되고 있는 인간 게놈 프로젝트가 완성되면, 최초의 우리 조상이 정확하게 언제 출현했는지 알게 될지도 모른다. 그러나 이 프로젝트가 악용될 소지에 대해서는 깊이 인식해야 함을 또한 지적하고 있다.

4장 의학 영역에서는 인간의 삶을 죽음으로 이끈 질병들과 이것들을 극복하기 위한 노력들을 다루고 있다. 14세기 유럽 인구의 1/4에서 1/3을 몰살시킨 페스트 이후, 인류는 펠라그라, 당뇨병, 소아마비, 암 등 끊임없는 질병으로 인하여 고통을 당하게 되었다. 그러나 세균학 및 공중보건 수단의 발달과 의학자들의 끊임없는 노력으로 인하여 병의 원인이 발견되고 치료제가 개발됨으로써 환자들은 새로운 삶을 찾게 되었다.

백신의 개발로 인하여 소아마비는 완전히 사라지게 되었으며, 심장, 신장, 간, 폐까지도 이식수술이 가능하게 되었다. 그러나 장기이식에 따른 안전과 윤리에 관한 새로운 문제들은 끊이지 않고 제기되고 있다. 가까운 장래에 인간들의 삶이 질병이나 신체적 기능 장애에서 완전히 해방되지는 못하겠지만, 의학은 삶을 더 즐겁게 하고 생명을 좀 더 연장시켜 줄, 전문가나 일반인 모두가 깜짝 놀랄 만한 발전들을 계속 이룰 것으로 이 책에서는 예상하고 있다.

마지막 5장에서는 우리 자신을 찾기 위한 노력과 함께 해법들을 찾는 과정을 다루고 있다. 1860년대 중반에 이미 신경쇠약이라는 용어가 있었으며, 이때 어떤 사람들은 20세기는 '신경과민의 세기'가 될 것이라고 말했다. 처음에는 여성들에게만 있는 것으로 여겨졌던 신경쇠약증은 연령, 계층, 성별 등 대상을 가리지 않는 무서운 질병이었다. 의학자들은 이 질병의 진원을 생식기에서 두뇌로 옮기면서 두뇌의 장애로 보았다. 신경질환에 대한 생리학적 접근 방법이 실패했기 때문에 프로이트는 무의식에 대한 탐구를 하게 되고, 그 시대의 전통적인 견해인 유전설을 부인하게 된다.

세계대전을 겪으면서 군사들은 탄환 충격이라는 신경질환을 앓게 되었으며, 전쟁이 끝난 후 미국 병사들 중에는 정신박약아로 판명되는 이들이 많았다. 이러한 상황에 의하여 우생학이 나타나게 되지만 행동주의자들은 오히려 양육이 중요함을 강조한다. 이후 인간 두뇌에 대한 여러 실험 연구를 통해, 인지 혁명과 두뇌 과학이 나오게 된다. 20세기 끝에 이르러 우리는 성격의 다양한 기원에 대하여 많은 것을 알게 되었다. 다가오는 21세기에는 정신병을 치료할 수 있는 해결책이 더욱 다양해질 것이며, 최소한 이런 희망을 갖고 오딧세이는 계속될 것이다.

『사이언스 오딧세이』는 과학적 이론을 깊게 다루지 않았기 때문에 과학에 대한 전문적 지식이 없이도 인류에게 가장 큰 영향을 미쳤다고 할 수 있는 지난 100년간의 발견과 발명의 역사를 쉽게 읽을 수 있다. 이 책에서는 인물과 적절한 그림 자료를 통하여 중요한 영역에서의 발전과 변화를 제시함으로써 현실감과 사실감을 더해 주었다. 특히 과학 서적의 번역에 오랜 경험이 있는 역자의 쉬우면서도 편안한 문체는 책의 이해에 도움이 될 것이다. 단지 미국의 텔레비전 방영용으로 제작된 것이어서 미국 중심적 시각에서 서술되었다는 점이 아쉬웠으며, 지난 100년간의 발전과 변화에 가려진 심각한 문제점들이 동시에 논의되었다면 다가올 세기에 대한 우리의 준비가 좀 더 구체화될 수도 있지 않을까 하는 생각을 해 본다.

이형목 서울대 천문학과 교수

『그림으로 보는 시간의 역사』
스티븐 호킹 지음 / 김동광 옮김 / 1998 / 까치글방

인류는 오랜 세월 동안 우리가 속해 있는 우주의 본질에 대해 끊임없이 생각해 왔다. 해와 달 그리고 밤하늘에 떠 있는 수많은 별은 도대체 어떤 존재일까 하는 질문은 오랫동안 풀리지 않는 수수께끼였다. 이러한 의문에 대한 답은 천체망원경과 물리학의 발달에 의해 조금씩 해결되기 시작했다. 지구상의 실험실에서 얻어진 결과를 설명해 주는 이론을 멀리 있는 천체에 그대로 적용할 수 있다는 현대 과학의 놀라운 발견은 인간의 이성으로 우주 전체를 이해할 수도 있다는 희망을 가져다주었다. 이미 우리는 학교에서 우리가 살고 있는 우주에 대해 많은 것을 배운다. 예를 들어 밤하늘에 반짝이는 별의 대부분은

태양과 같은 뜨겁고 무거운 가스 덩어리라는 사실, 우주의 나이가 대략 100억~200억 년 정도라는 사실, 우주는 한 점이 폭발해서 팽창을 거듭해 오늘에 이르고 있다는 사실 등은 이미 일반인들에게도 상식이 되었다. 그러나 아직도 많은 의문이 남는다. 우주는 어떻게 시작됐고 시작 이전에는 어떤 일이 있었을까? 과연 현대 과학이 밝혀낸 우주에 대한 지식은 어디까지 왔을까? 현재 과학자들이 추구하는 것은 무엇인가? 현대 과학에서도 신의 역할이 필요한가? 나열하면 끝이 없을 정도로 많은 질문을 던질 수 있다. 스티븐 호킹의『그림으로 보는 시간의 역사』는 이런 질문에 대해 현대 천문학과 물리학이 줄 수 있는 가장 그럴듯한 답을 제공해 주는 책이라고 생각된다.

스티븐 호킹은 우리나라 언론에서도 여러 번 소개된 바 있으며 살아 있는 과학자 중 가장 잘 알려진 인물 중 하나이다. 그는 케임브리지대학에서 박사 학위를 받을 당시만 하더라도 별로 특별하지 않은 학생이었다고 그의 대학원 시절 동료가 내게 말한 적이 있다. 그가 특별한 명성을 가지게 된 배경에는 루 게릭 병이라는 불치의 병에 걸리고서도 정상인보다 더 훌륭한 연구를 하고 있다는 사실에 있다. 이 질병은 서서히 근육의 기능을 마비시켜 궁극적으로 사망에 이르게 하는 무서운 병이다. 그가 이 병을 가지고 있다고 진단받은 것은 케임브리지에서 대학원에 다니던 21세 때의 일이라 한다. 어떤 면에서는 치명적인 병에 걸렸다는 사실이 호킹에게 크나큰 자극이 된 것 같다. 병에 걸리기 전에 가지고 있었던 인생에 대한 따분한 느낌으로부터 탈출하여 남은 짧은 시간에 보람 있는 일을 하려는 욕구가 솟구쳤기 때문이다. 그는 진단을 받고 나오면서 깊은 실망에 빠져 있었지만 곧 새로운 희망을 가지면서 오히려 전보다 더 즐겁고 보람 있는 날을 보낼 수 있었다고 회고하고 있다. 불과 몇 년 정도밖에 살지 못할 것이라는 예측과 달리 다행히도 그의 질병은 천천히 진행되어 훌륭한 연구를 계속할 수 있었다. 호킹은 케임브리지대학에서 연구원으로 출발해서 현재는 루카스 교수라는 이름 높은 직함을 가지고 있다. 그는 현재 거의 스스로 몸을 움직일 수도 없으며 말도 할 수 없는 심각한 신체적 장애를 가지고 있음에도 활발한 연구 활동뿐 아니라 저술, 강연 등 일반 학자들과 별로 다름없는 일상을 보내고 있다.

호킹을 더욱더 유명하게 만든 책이 바로 1988년 출간된 『시간의 역사(A Brief History of the Time)』(국내에서는 삼성 이데아에서 번역 출간된 바 있음)이다. 『그림으로 보는 시간의 역사』는 바로 1988년 책의 확대 개정판인 셈이다. 1988년판은 40개국 언어로 번역되어 900만 부 이상 팔렸다고 한다. 모든 독자가 이 책을 제대로 이해했다고 생각하기는 어려우나 일반인에게 미친 영향이 컸으리라는 점은 짐작하고도 남음이 있다. 어떤 면에서는 현대 우주론이라는 새로운 종교를 널리 전파시키는 전도사 역할을 했다고 할 수 있다. 호킹이 증보판의 서문에 밝혔듯이 1988년판은 많이 팔렸지만 일반인들에게는 너무 어려웠던 것도 사실이다. 증보판은 기존판의 구도를 그대로 유지하면서 수많은 그림을 포함시켜 이해를 돕도록 한 것이 가장 큰 차이점이다. 또 1988년판에는 없던 '벌레 구멍과 시간 여행'이라는 새로운 장이 추가되었으며 최근에 이루어진 천문학적 관측 내용도 담고 있다. 이 책이 다루고 있는 내용은 고대 천문학의 역사로부터 최신의 물리학에 이르기까지 아주 다양하다. 물리학에서 흔히 쓰는 방정식을 거의 동원하지 않고 평이한 말로 모든 것을 설명하고 있으나 내용을 모두 이해한다는 것은 쉬운 일이 아니다. 어쩌면 몇 개의 삽화만을 포함한 1988년판이 그렇게 많이 팔렸다는 사실 자체가 의아한 일일 수도 있다. 어떤 이는『시간의 역사』가 가장 많이 팔린 책이지만 가장 읽히지 않은 책이라는 혹평을 하기도 했다. 호킹은 증보판을 통해 이런 문제점을 보완하려고 한 것이다. 실제로 증보판을 읽으면서 새로 도입된 수많은 원색 그림이 주는 강력한 효과를 느낄 수 있었다.

이 책의 앞부분에서는 우리가 살고 있는 현재 우주의 모습을 기술하는 것으로 시작해서 일반 상대론의 바탕을 이루고 있는 시간과 공간의 개념, 양자 이론의 바탕인 불확정성원리, 소립자 물리학의 관점에서 본 자연계에 존재하는 힘의 본질, 그리고 블랙홀 등을 소개하고 있다. 뒷부분에서는 자기자신의 연구 결과에 바탕을 둔 블랙홀로부터의 빛의 방출, 우주의 시작, 시간의 방향 등을 소개한 후 벌레 구멍과 이를 이용한 시간 여행의 가능성, 그리고 현재 물리학에서 추구하고 있는 물리 법칙의 통일 방안에 대해 설명하고 있다. 전반부가 이미 알려져 있는 지식의 요약이라면 후반부에서는 최근 이루어지고 있거나 논란의 여지가 많은 내용이라고 할 수 있다. 마지막 장에서는 책 전체의 내용을 결론적으로 요약하고 있다. 차례 제목만 보면 매우 다른 여러 가지 주제가 섞여 있는 것처럼 보이지만 현대 우주론을 이해하는 데 필요한 주요 주제가 모두 포함되어 있는 셈이다. 크게 보면 고전 이론인 일반 상대론과 미시 세계의 법칙을 지배하는 양자 이론을 동시에 소개하고 있다. 이 두 이론이 적용되는 범위는 서로 다르다. 일반 상대성이론은 우주 전체의 진화를 기술할 수 있는 이론인 반면 우주 속에 있는 물질의 미세구조는 소립자 물리학 법칙을 통해서만 이해할 수 있다. 이 두 가지 이론의 접합이 반드시 필요한 부분이 초기 우주와 블랙홀이다. 이런 극한 상황에서는 미시 법칙과 거시 법칙을 통합해야 하기 때문이다.

현대 우주론을 쉽게 설명해 주는 책은 많이 있었지만 이 책이 폭발적인 인기를 끌 수 있었던 이유 중 하나는 분명히 호킹의 명성 때문일 것이다. 그러나 또 다른 중요한 이유는 우주론에 접근하는 이 책의 방식이 기존의 책들과는 조금 다르다는 점에 있는 것 같다. 특히 일반인들이 궁금해하지만 아무도 시원한 답을 해 주지 않는 근본적인 질문에 대한 답을 시도하고 있다는 점이 이 책이 가지고 있는 매력이라고 생각한다. 예컨대 우주의 존재 이유부터 설명할 수 있는 이론이 있다면 이는 어떤 특성을 가져야 되고 궁극적으로 이런 이론을 찾을 수 있는가, 신이 우주를 창조했다면 어느 선까지 개입할 수 있는 자유를 가지고 있었는가 하는 따위의 문제에 대해 많은 논의가 이 책에서 다루어지고 있다. 또 시간은 왜 반드시 한 방향으로만 흘러가는가, 과거로 돌아갈 수 있는 타임머신은 과연 가능한가 하는 질문에 대한 설명은 흥미롭고도 유익한 내용이라고 생각한다. 학문의 발달은 각 분야의 전문화를 심화시켜 유사 연구 분야가 아니면 서로 대화하기조차 어렵게 만들어 놓았다. 호킹은 '완전한 이론'의 탐구가 극소수의 과학자만이 이해할 수 있는 극히 전문적이고 수학적인 이론을 찾기 위한 것이 아니고, 우리 주변과 자신의 존재 이유에 대한 완전하고 폭넓은 이해를 위한 것으로 규정하고 있다. 과연 가까운 장래에 철학, 종교, 과학이 한데 어울려 우주의 근본적인 문제에 대한 답을 줄 수 있을지 기대해 봄 직하다.

물론 이 책을 읽고 나서 우리가 우주에 대해 가지고 있던 모든 문제에 대해 명쾌한 답을 얻었다고 보는 이는 거의 없을 것이다. 이런 의문에 대해 과학적으로 접근하게 된 것이 아주 최근 일이며 그 결론 자체가 아직은 명확하지 않기 때문이다. 이 책에서 기술된 내용 역시 명확한 개념에 바탕을 두고 있지 않은 것도 많이 있고 수학적인 결과를 어떻게 해석해야 할지 호킹 자신조차 잘 모르고 있는 부분도 있다. 또 학자에 따라서는 호킹의 논리에 동의하지 않는 이도 많기 때문에 논란의 여지가 많은 내용도 포함되어 있다. 어쨌건 호킹은 이 책에서 현재 널리 알려져 있는 이론과 자기자신의 이론을 소개하면서 재미있는 에피소드를 적당히 섞어 독자들이 딱딱한 주제를 흥미롭게 읽어 나갈 수 있게 해 주고 있다. 바쁜 일상생활에 쫓겨 여유를 가지지 못하는 현대인들이 우리 존재에 대한 근본적인 의문을 가져 볼 수 있도록 한 번쯤 읽어 보라고 권하고 싶은 책이다.

끝으로 이 책의 번역본을 읽으면서 아쉬운 점 한 가지를 지적하고자 한다. 이 책에는 천문학과 물리학의 지식을 포함하여 많은 전문 용어가 등장한다. 아직 우리나라에서는 전문가에 따라 조금씩 다른 용어를 택해 쓰고 있는 경우가 많으나 혼동을 피하기 위해 표준 용어를 택하려 애쓰고 있다. 이 책에서는 종종 학계에서 일반적으로 쓰이지 않는 용어가 사용된 경우와 사람 이름의 한글 표기가 어색한 경우를 몇 군데 볼 수 있었다. 특히 갈릴레오에 대한 소개에서 지동설이나 천동설과 같은 원문에 있지 않은 일본식 표현을 도입한 것은 유감스러운 일이다. 앞으로 개정할 기회가 있으면 참고하기 바란다.

인간의 진화를 통해 발견하는
새로운 자아

이병훈 전북대 생물과학부 교수

『진화의 미래』
크리스토퍼 윌스 지음 / 이충호 옮김 / 1999 / 푸른숲

생명이란 어떻게 시작되었으며 또 어떻게 변하는 것일까? 이것은 바로 자아의식을 갖는 인간만이 묻는 가장 궁금하고 절실한 질문이면서 아울러 진화 생물학의 2대 주제이기도 하다.

오늘날 유전공학의 눈부신 발전은 동물의 복제를 비롯해 유전자 치료 등 인간에 대한 갖가지 유전적 간섭으로 인간의 복제마저 눈앞에 두고 있어 우리는 미래에 대해 불안과 초조를 감추지 못하고 있다. 이러한 시점에서 크리스토퍼 윌스의 이 책은 마침 현대인의 진화 문제를 다루고 있어 시의 적절한 문제 제기로 생각된다.

우선 이 책은 모두 3부 14장으로 제1부는 '지금, 자연 선택은 어떻

게 이루어지고 있는가 를 다루고 있다. 우선 현대인들은 집단간의 급속한 혼합으로 인해 유전자들이 점점 더 다양화되고 있다. 여기에 인간에 의한 자연 파괴와 환경오염 등이 새로운 선택 압력을 만들고 각종 자연재해와 질병이 이 압력들의 폭과 강도를 부추기고 있어 인류의 진화를 급속히 가속시키고 있다.

가까운 과거를 보면 불과 1만 년간에 아프리카의 빅토리아 호수에서는 신종 물고기 출현이 폭발적으로 일어났다. 우리 인간을 보면 바로 티베트고원 원주민의 경우 4,000m 고지 생활에 잘 적응되어 생생한 진화의 사례를 보여 준다. 보통 고지에서 출산되는 신생아는 매 1,000m 상승에 따라 체중이 100g 감소하는 경향을 보이는데 티베트의 신생아들은 해수면 지대의 신생아와 다름없다. 게다가 아기의 혈중 산소 역시 10% 더 많으며 자궁동맥의 혈류 속도도 더 빠른데 이것은 고지 환경에 적응한 진화의 산증거라 할 수 있다.

이밖에 아프리카에 성행하는 겸형적혈구 빈혈증은 이형접합자일 때 높은 적응도를 나타내므로 이른바 평형다형현상을 이루어 유전자들의 다양화를 유지, 확산시킨다. 기타 각종 질병의 출현과 이를 퇴치하기 위한 인류의 노력은 각종 기생자와 숙주인 인간 사이의 '무기 경쟁'으로 진화를 가속화시키고 있다.

현대에 들어서서 사회적 구조와 기능의 복잡화는 심리적 스트레스의 원인이 되는데 특히 사회적 계층화가 그렇다. 지난 20년간 (1967~1988) 영국 사회에서 서열상 최하위 사람들의 사망률이 최상위 사람들의 3배에 이른다는 조사는 사회적 계층화가 주는 스트레스의 강도를 웅변하고 있다. 더욱이 미국 남성의 평균 수명이 73.4세인데 비해 러시아 남성은 불과 58세라는 대조는 가히 사회적 안정, 불안정이 주는 영향이라 할 만하다. 또한 한국과 대만에서의 인구 출생률이 1960~1974년 사이 거의 절반으로 줄어들었다는 것 역시 사회적 긴장 내지 문화적 간섭이 인구 집단과 유전자 조성에 준 영향의 사례이다.

다음 제2부는 '파란만장한 인간의 진화사'를 살피고 있다.

현대인의 조상인 네안데르탈인과 크로마뇽인 사이 그리고 현대인 사이의 유전적 차이는 모두 대립유전자 빈도의 차이일 뿐 대립유전자의 차이에 의한 것이 아니다. 그러나 이러한 빈도의 차이는 두뇌 크기 증가에 강한 선택 압력을 발휘하는 원인을 제공하였다. 그에 앞서 인류 조상들에 대한 해부 및 DNA분석 결과 직립 보행은 약 400만 년 전에 시작되고 손 조작기술은 250만 년 전에, 그리고 두뇌 크기 증가는 약 200만 년 전에 시작되었으며 불의 사용이 곧 뒤따랐다. 이러한 인류 진화에서 괄목할 신체적 변화는 특히 머리 부분에서 일어났는데 두뇌 크기 400cc의 오스트랄로피테쿠스는 불과 약 50만 년 사이에 600cc로 50%나 커지면서 호모 하빌리스로 진화한 것이다. 그 사이와 이후 침팬지, 고릴라, 오랑우탄은 진화적으로 멈춘 정체 현상(Stasis)을 나타낸 반면 인간은 도약적 변화를 되풀이하여 현대인 호모 사피엔스에서는 두뇌 크기가 1400cc에 이르게 되었다.

그러면 인간의 다양화는 장차 어떻게 될 것인가? 이 문제는 제3부에서 논의된다.

정신지체를 나타내는 다운증후군은 유전자가 과다하게 존재하는 데서 오지만 그림 그리기가 잘 안 되는 윌리엄스증후군은 유전자가 부족한 데서 온다. 또 갑작스레 잠에 빠져 드는 기면(嗜眠)발작은 HLA대립 전자에서 온다. 그러나 이 유전자가 기면발작을 직접 일으키는 것이 아니고 어떤 환경적 스트레스에 처했을 때 일어나며 스트레스가 없으면 결코 발병되지 않는 것으로 보아 "나무의 잔가지를 만들어 내는 것은 유전자지만 그것을 구부리는 것은 환경이다." 1950~1980년 사이에 구미 선진국과 일본 등지에서 IQ를 조사한 결과 통상 인류의 유전적 퇴화에 따른 지능 저하의 우려와는 달리 그 값이 전반적으로 상승한 것을 볼 수 있었다. 이것은 필경 텔레비전의 출현, 영양 개선, 질병 퇴치 등 환경의 개선과 관련되는 것으로 추측된다. 흔히 노경에 오는 치매도 사회적으로 낮은 계층에서 더 많이 나타나는 것도 환경의 차이 때문일 것이다.

저자는 미래의 예측 가능한 사태에 대비하는 '잠재력 발생유전자'를 가정하였는데 그 후 실제로 세균에서 '우발적 유전자(Contingency Gene)'가 발견되었다. 결국 현대와 미래에서 인류 사회와 환경은 더 복잡화, 다양화되고 이에 따라 각종 스트레스는 이미 존재하면서 잠복 상태에 있는 조절유전자를 작동시켜 유전적 차이를 노출시킬 기회를 만들고 비로소 선택이나 도태 압력을 받게 해 진화를 가속화시킨다. 이때 인간의 신체적인 변화도 함께 일어날 수 있다. 그러나 미래 지식사회에서는 가시적인 변화보다는 주로 미시적이고 비가시적인 지능 차원의 변화가 일어날 가능성이 큰 것으로 전망된다.

저자는 이 책에서 인류가 겪어 온 변화를 고고학, 체질인류학, 집단유전학, 분자생물학 관점에서 종합적으로 조망하고 있다. 일찍이 유전학자 멀러(H. J. Muller)와 고생물학자 샤르댕(T. L. Chardin) 그리고 진화생물학자 메이어(E. Mayer)는 인류가 문화의 창출로 각종 선택 압력을 제거, 완화함으로써 신체적 진화는 멈췄고 앞으로는 문화적 진화만이 남아 있다고 하였다. 그러나 집단유전학자 도브잔스키(T. Dobzhansky)는 그에 동의하면서도 인류는 현재도 진화하고 있다고 주장한다. 진화가 정지될 수 있는 집단유전학적 이론의 상태가 현실적으로 불가능하기 때문이라는 것이다.

이 책의 저자는 주로 지능과 스트레스 차원에서 진화가 진행되고 있다고 주장하므로 앞으로는 문화적 진화만 남았다는 멀러나 샤르댕 그리고 메이어의 생각과 얼핏 유사하게 보인다. 그러나 이러한 지능적 차이가 여러 가지 환경적 스트레스와 함께 특히 사회적 복잡화에 따른 행동의 다양화로 인해 진화를 촉진시킬 것이라는 저자의 주장에 따르면 저자의 견해는 특히 사회생물학자 윌슨(E. O. Wilson)의 생각에 더 접근하는 것 같다.

저자 크리스토퍼 윌스는 『유전적 변이성』(1981)을 비롯해 『유전자의 지혜』(1989), 『엑손과 인트론 그리고 말하는 유전자』(1991) 등을 저술한 유전학자이며 『질주하는 뇌』(1993)와 『황열병 : 인간과 전염병의 공진화(共進化)』(1997) 등을 낸 진화생물학자이다. 따라서 저자가 이 책에서 주로 유전학적 관점에서 문제 제기를 하고 집단유전학 이론으로 진화를 설명하는 데 주력한 것은 매우 자연스럽고 당연하게 보인다. 그러나 그는 현대인과 네안데르탈인들 사이, 그리고 현대인들 사이를 포함해 이들 사이의 차이는 새로운 대립유전자의 출현이 아니고 대립유전자들의 빈도 변화에 의한 것이라고 누차 강조한 것을 비롯해 다른 논의들에서 모두 종내(種內) 변화로써의 소진화(小進化)만을 언급하고 있다. 그러나 이 책의 원제와 부제를 볼 때 적어도 종 사이를 뛰어넘는 대진화(大進化)의 문제를 그 가능성 수준에서라도 논의한 것이 아닐까 기대한 독자에게 다소간 실망을 주고 있음은 유감이다.

그러나 이 책은 우리 인간의 현실을 생물학적으로, 그리고 급속히 변화하는 문화, 사회적 배경에서 어떻게 변하고 있는가를 구석구석 살펴 과학적 인간관을 새롭게 한 책으로 우리의 현실 인식과 자아 발견에 새로운 깨우침을 던져 주고 있다고 생각된다. 그는 이와 같이 인간의 유전과 진화 문제를 다룬 책을 여러 권 낸 공로로 올해의 미국과학진흥협회(AAAS)의 과학기술 대중 홍보상을 탔는데 과연 이 책에서도 그의 해박한 지식을 토대로 다각적인 접근과 전개를 엿볼 수 있으며 대중의 이해를 위한 그의 열정을 족히 읽을 수 있다.

책 내용과는 별도로, 번역에서 몇 가지가 눈에 띄었다. 우선 발생(Development)을 '발달'로, 유전력(遺傳力, Heritability)을 '유전 가능성'으로, 그리고 DNA서열을 'DNA배열'로 표기한 점은 생물학에서의 표기 방식과 관행을 외면한 것이어서 아쉬웠다. 진화의 소용돌이(Evolutionary Ferment)를 '진화의 효소'로, 부생자(腐生者, Scavenger)를 '청소부'로 처리한 점도 그렇다. 원서에서 저자의 주석이 20여 쪽에 걸쳐 수록된 것을 번역본에서 뺀 것은 학술적 신뢰도와 저자의 독자에 대한 친절을 빠뜨린 결과가 되어 유감이다. 또한 책의 원제목 '프로메테우스의 아이들(Children of Prometheus)'과 부제인 '빨라지고 있는 인간의 진화속도(The Accelerating Pace of Human Evolution)'를 보아도 이 책은 분명히 인간의 진화를 다룬 것인데, 번역본 제목을 단지 『진화의 미래』로 붙여 독자에게 얼핏 진화 전반을 다룬 책이 아닌가 오해하게 한 점도 그렇다. 그러나 400여 쪽에 달하는 만만치 않은 번역 작업에서 우리말 문장을 걸리는 곳 없이 매끄럽게 처리한 것은 과연 역자의 뛰어난 번역 솜씨를 유감없이 발휘한 것으로 보인다.

빛의 역사 속에 나타난 인간의 역사

이상수 한국과학기술원 명예교수

『빛의 역사』
리차드 바이스 지음 / 김옥수 옮김 / 1999 / 끌리오

나는 매달 약 열 가지의 전문 잡지를 살펴보느라 시간을 쪼개야 하는 형편에 있기 때문에, 일반 잡지는 말할 것도 없고 문학작품 같은 것도 거의 자세하게 읽어 보지 못하는 처지에 있다. 그러던 중 이번에 문자 그대로 흥미로우면서도 빛에 관한 물리학의 요체를 쉽게 풀이하고 있는 『빛의 역사』를 만나게 되고 또 더해서 서평을 쓰게 되어 한편 크게 자랑스럽게 생각한다.

나는 원저자 바이스를 만나 본 적이 없고 또한 그의 책을 옮긴 김옥수 씨도 아직까지 만나 본 적이 없다. 그래서 이 책을 쓰고, 옮기게 된 배경 이야기나 동기에 관해서는 전혀 아는 바가 없다. 오로지 옮

겨진 이 책 『빛의 역사』를 읽고 우선 원저자가 빛에 관해서 진정 흥미 있고, 독자가 읽으면서 조금도 싫증이 나지 않게 잘 구성해 나갔다고 생각하고, 또 옮긴이 김옥수 씨의 정확성 높은 옮김에 대해 축하의 뜻을 전하고 싶은 마음을 갖는다.

원저의 제목은 '빛에 관한 짧은 역사와 그 길을 비춰 나간 사람들'이라고 풀이할 수 있겠는데, 옮긴이가 과감하게 『빛의 역사』로 짧게 옮긴 일은 잘한 일로 생각된다. 이 책이 빛의 과학적 성질만을 다루었다면 무미건조한 책이 되었겠지만, 빛의 역사에 나타난 과학자, 기술자 및 예술가들의 사색과 인간적인 생활 양상을 함께 저술해서 독자로 하여금 조금도 권태감 없이 한 권을 통독할 수 있게 한다.

다음으로 놀랄 만한 점은 문학적 소양을 활용하면서 빛(광파동, 또는 광자)을 이해하고, 빛을 파악해 나가고 있다는 점이다. 이 점이 실로 흥미로우며, 원저자 바이스의 비상한 문학적, 과학적 소양에 놀랄 수밖에 없다.

이 책의 특징 중의 하나로 빛의 응용에 따른 활동 사진기의 발명에 관한 이야기와 사진술의 발명에 관한 이야기를 들 수 있다. 이들의 발명 과정에 있었던 발명가들 사이의 갈등이 흥미롭게 엮어져 있다. 이들의 빛 응용기술은 오늘날의 영상 과학의 기본이 되어 있고, 21세기의 대중 통신망과 결합되어서 우리들의 삶의 질을 크게 향상시킬 것으로 보인다.

사진술, 활동 사진기술 말고도 빛의 응용은 한없이 넓다. 특히 오늘날의 레이저기술과 결합되어서 그 발전은 어디서 끝이 날 것인지 알 수 없다. 우리는 컴퓨터에서 반도체소자를 이용한다. 이 소자를 만드는 데 정교한 리소그라피(모사기술)를 수행하는데, 이 리소그라피의 요체는 빛을 이용하여 마스크의 모양을 정교하게 본뜨는 일이다.

광학기기에는 현미경, 망원경에서부터 우주 궤도에 떠 있는 허블천체망원경, 하와이 고산에 설치된 초대형 다중 천체망원경 등 여러 가지가 있다. 『빛의 역사』와 같이, '현미경의 역사', '망원경의 역사'와 같은 이름을 가진 책들이 기획되기를 바란다.

한편 역사에 나타나는 수많은 사람들의 이름을 일일이 정확하게 옮기기란 매우 어려운 일이다. 『빛의 역사』 안에서도 너무나도 많은 사람이 등장하고 그 사람들의 이름 가운데에는 물리학에서 우리들이 흔히 쓰는 발음과 약간의 차이가 있는 것이 발견된다. 한 예로 Goudsmit가 '가우드스미트'로 옮겨져 있는데, 오히려 '구즈미트'로 옮기는 것이 타당할 것이다. 또 다른 예로서 James Clerk Maxwell의 Clerk가 '클럭'으로 옮겨져 있는데 이것도 '크라크'가 정확하지 않나 생각한다. Los alamos도 '로스 앨러모스'보다 '로스 아라모스'가 타당하다는 느낌이다. 또한 오펜하이머 주도 하에 원자폭탄 개발이 진행되는 과정을 설명하는 데에서 '내파(內破)'라는 단어가 나오는데, 문맥으로 보아서 implosion을 뜻하는 것 같으며, 그것은 물리학에서 '폭축(爆縮)'으로 번역되어 있다.

이상으로 『빛의 역사』의 책 안에서 눈에 띄는 몇 가지 점을 들어 나의 생각을 반영시켜서 비교하여 보았다. 이 책의 내용을 더욱 돋보이게 하고, 또 독자의 이해를 돕기 위하여 빛에 관한 이야기를 더 이어 나가고자 한다.

이 책은 빛의 특징을 대략 역사의 순서에 따라서 인간의 빛에 관한 인식을 설명하고 있다.

빛의 객관적인 특징은 네 가지로 집약될 수 있다. 즉, 1. 파동성 2. 입자성 3. 진동수에 따른 색깔 4. 사람이 눈으로 빛을 인식하는 과정이 그것이다.

먼저 빛의 파동성이 확립될 때까지 많은 과학자들의 끈기 있는 노력이 필요했다. 빛의 파동성을 제일 먼저 주장한 사람은 호이겐스이다. 이때 뉴턴의 입자설도 있었는데, 뉴턴의 질점 역학에서 이룬 업적이 대단할 때인 만큼 많은 사람들이 파동설을 크게 지지하고 나서지 않았다. 한편, 뉴턴의 입자설은 스스로 결점을 나타내기도 하였는데, 호이겐스의 주장이 맞는다는 것을 객관적으로 완전하게 증명한 것은 바로 영(Young)의 2중 슬릿(Slit)의 실험이다. 이 실험의 요점은 너무나도 단순하고 명료해서 파동설을 부인할 도리가 없어졌다. 이 실험은 한 개의 슬릿에서 광과가 나와서 두 개의 슬릿에 들어서면 여기서 빛이 회절하여, 스크린 위에 간섭무늬가 이루어지게 되어 있다. 빛이 파동이니 두 슬릿에서 회절하고, 이 회절된 파동이 다시 스크린 위에서 합쳐질 때, 광로정차(光路程差)로 말미암아 파동이 꺼지거나 또는 더욱 세게 된다.

빛이 파동이라는 것이 확실하게 되면서 호이겐스 원리를 정확하게 수식으로 표현하려는 노력이 이루어졌는데, 이때의 선두 주자는 프레넬(Fresnel)과 킬크호프(Kirchhoff)라 하겠다. 킬크호프는 프레넬

보다 약 70년 뒤의 사람인데, 그가 바로 오늘날에 와서도 광학뿐만 아니라 물리학의 여러 분야에서 이용되는 킬크호프의 적분 정리를 정립하였다. 이 정리는 오늘날 의심스러운 눈으로 보는 사람들도 있기는 하나 파동의 마당에서 한 점의 파동이 그 점을 둘러싼 폐곡면(閉曲面) 위에서 표면 적분함으로써 얻어진다는 뜻이다. 이 적분 정리에서부터 우리가 빛의 회절에 관해서 많이 쓰는 프레넬-킬크호프의 회절 방정식을 유도하게 된다. 빛의 회절은 이 방정식을 초기 조건에 따라서 풀어 나가면 된다. 여기서 킬크호프의 적분 정리가 정확하다고 주장하는 근거가 따로 또 있다. 즉 빛의 파동 방정식의 수학적인 해로써 프레넬-킬크호프의 회절 방정식을 유도할 수도 있다. 그래서 항간에서 가끔 들리는 킬크호프의 적분 정리에 대한 의구심을 나는 별로 개의치 않고 있다.

우리가 흔히 쓰는 광선이란 무엇일까? 우리는 산속의 길에 아침 햇살이 들어오는 것을 본 적이 있을 것이다. 햇살은 모두 같은 방향으로 쭉쭉 뻗어 나가며, 그 경치는 하나의 화폭과 같다. 그래서 우리는 간혹 빛의 파동성을 모르게 된다. 그러나 빛의 파동성에는 아무런 결함이 없다. 빛의 파동은 작은 구멍을 지나갈 때 회절하여 그림자 쪽으로 휘어든다. 휘어드는 각도(θ)는 구멍의 지름(d)에 반비례하고, 파장(λ)에 비례한다. 즉,

$\theta = d/\lambda$

라는 관계가 있다. 우리가 눈으로 보는 빛의 파장은 10^{-5}cm 정도이니 매우 짧다. 따라서 값이 작다. 이러한 사정 때문에 빛은 흔히 직진한

다고 하나, 사실은 파장이 짧아서 회절이 작을 뿐이다. 광학의 한 부문으로 기하광학이 있다. 기하광학을 써서 우리는 거의 모든 광학기기를 설계하고, 그 성능을 조사한다. 기하광학에서 빛의 회절은 무시하고, 직선으로 나가는 것으로 취급한다. 빛의 파동이 전파하는 모습을 근사적으로 직진하는 것으로 취급하는 것이다. 빛의 파장이 짧아져서 X—선이나, Y—선 영역에 이르면, 값은 더욱 작아져서 직진성이 더욱 돋보이게 된다. 이때 우리는 빛의 입자성이 돋보인다고 한다.

빛의 입자성은 플랑크가 광양자를 가정하고, 소위 흑체 복사식을 유도하는 데에서부터 시작되었다. 플랑크의 식 이전에 다른 방법으로 유도한 식은 다 실험 결과와 맞지 않았으며, 플랑크가 처음으로 실험 결과와 일치하는 식을 유도하는 데 성공하였다. 그러나 그때 그는 당시로써는 누구도 받아들일 수 없는 가정을 하였다.

즉 빛은 에너지의 알갱이라는 것이었다.

$h \times v$, $v = c/\lambda$, c : 진공광속도, h : Planck상수, λ : 파장

높은 온도로 가열된 공동(空洞) 안에는 여러 가지 진동수를 지닌 에너지 알갱이가 충만되어 있고, 이들이 열역학적 분포(Baltzmann 통계)를 하고 있다고 가정했다. 광양자설을 내고, 플랑크는 짐을 싸 들고 여행을 떠났다고 한다. 수많은 과학자들한테서 맹렬한 질문과 비난이 빗발칠 것을 알고 있었기 때문이다. 플랑크의 광양자설은 아인슈타인의 광전 효과이론으로 더욱 확고하게 되고 이어서 양자역학이

발전하면서 오늘날의 광자에까지 이르게 된 것이다.

빛이 파동이라면, 반드시 매질이 있어야 할 것이다. 음파 즉 소리가 있으니 공기라는 매질이 있는 것과 마찬가지다. 빛의 속도는 이루 말할 수 없이 빠르다(3×10^{10}cm/초). 빛의 파동이 요동해야 하는 매질로 에텔(Ether)이라는 물질이 있다고 하였다. 빛의 빠른 속도를 유지하는 매질은 계산상으로 무쇠보다도 강해야 하니 우리가 무쇠 같은 에텔 속에서 살고 있다는 괴상한 결론을 내야 한다. 그러한 에텔이 없다는 실험이 바로 Michelson-Moreley의 간섭계 실험이다. 오늘날의 빛의 파동은 전기, 자기의 파동으로 이해되고 있다. 결코 에텔과 같은 어떠한 매질이 필요 없이, 진공 안에서도 전파한다.

빛에는 여러 가지가 있고, 그들은 다른 파장(λ) 또는 진동수(v)를 지니고 있다. 창조주가 인간에게 내린 선물 중에서 중요한 것이 바로 인간이 가시광 영역에서 진동수에 따라 색깔을 느끼게 해 준 사실이다. 창조주는 가시광 영역에 빛의 파동성과 입자성을 함께 숨겨 두었고, 인간이 노력해서 그들 성질을 찾아내도록 했다. 실로 오묘한 창조주의 섭리라고 느껴진다.

인간은 16세기부터 20세기 사이에 이들 숨겨 놓은 빛의 진리를 찾아내고, 21세기를 맞이할 단계에 있다. 인간이 색깔을 인식하지 못한다고 가상해 보자. 인간 사회는 망자의 세상이 될 것이다. 인간이 색을 어떻게 해서 인식하느냐 하는 문제가 바로 생리광학의 끊임없는 과제로 되어 있다. 특히 눈에 들어온 빛이 신호를 일으켜서 인간의 두뇌에서 인식될 때까지의 과정을 파악하고자 하는 연구 또한 생리광학의 주요 과제로 되어 있다. 빛은 과거 수천 년 동안 인간의 과학 문화를 선도해 왔고, 인간과 더불어 존재하고, 분리될 수 없는 관계에 있다.

『빛의 역사』에서는 16세기 이후의 빛에 관해서 쓰여 있는데, 그 이전에도 이미 빛에 관한 인간의 인식이 다양하게 표출되었다. 바빌로니아시대의 빛, 고대 애급(이집트)시대의 빛, 희랍시대의 빛 또 중세기 아랍문화 전성기 시대의 빛 등에 관해서 그 역사를 더듬어 가는 것도 흥미 있는 일이라 생각한다. 잉카시대, 마야시대의 빛에 대한 인식이 어떠하였는지도 궁금하고, 고대 인도인들의 빛에 대한 인식도 궁금하다.

소설로 읽는 수학의 역사

임경순 포항공대 교양학부 교수

『앵무새의 정리』(1~3)
드니 게디 지음 / 문선영 옮김 / 1999 / 끌리오

사람들은 흔히들 수학은 다른 분야의 내용에 비해 따분하고 공부하기 어려운 것으로 생각하는 경우가 많다. 일반인이 이해하기 힘들고 난해한 수학의 내용을 알기 쉽게 설명하는 일은 무척이나 어렵고 신경이 많이 쓰이는 일이다. 드니 게디는 『앵무새의 정리』에서 탈레스 이후 수학에 얽힌 흥미 있는 내용을 소설의 형식을 빌려 서술하고 있다. 이 책에서는 고대 그리스의 탈레스, 알렉산드리아의 유클리드, 페르시아의 오마르 카얌과 알투시, 이탈리아의 타르탈리아, 프랑스의 페르마, 스위스의 레온하르트 오일러, 시칠리아 시라쿠사의 아르키메데스 등의 이야기가 한 아마추어 수학자에게 닥친 의문의 사

망 사건의 전모를 파헤치는 과정에서 설명되고 있다.

수학의 전체 역사를 통해서 수학적 정리의 발견과 유포를 둘러싸고 많은 살인 사건과 의문의 사망 사건이 있었다. 이런 역사적인 사건에서 암시를 얻은 드니 게디는 이 책에서 미스터리 추적 형식의 소설 전개 방식을 활용해 수학의 역사를 보여 주고 있다.

파리의 라비냥가에서 서점을 운영하는 피에르 뤼슈에게 제2차 세계대전 이후 50년 동안 소식이 없었던 엘가르 그로루브르라는 옛 친구로부터 한 통의 편지가 날아든다. 소설의 첫 이야기는 귀머거리 막스가 벼룩시장에서 앵무새 노퓌튀르를 구입하는 것으로 펼쳐진다. 그로루브르는 뤼슈에서 어떤 이유에서인지 자신이 그동안 수집했던 수많은 책을 보내 주었다. 뤼슈는 아마존의 숲에서 보내온 엄청난 양의 책을 정리해서 '숲의 도서관'이라는 서고를 만들었다. 저자는 이 숲의 도서관을 탐험하는 과정을 통해 독자들에게 수학에 얽힌 재미있고 흥미진진한 이야기를 하나하나 소개하고 있다.

뤼슈가 숲의 도서관을 정리하는 동안 그로루브르의 사망 소식이 뤼슈에게 전해지면서 이야기는 급진전된다. 사망 소식과 함께 뤼슈에게 보내어진 두 번째 편지에서 그로루브르는 자신이 수학의 역사상 가장 오래되고 유명한 두 가지 가설, 즉 페르마의 마지막 정리와 골드바흐의 가설을 해결했다고 주장했다. 350년 전 프랑스의 아마추어 수학자 피에르 페르마는 디오판토스의 『산학』의 필사본의 한 모퉁이에 "나는 진실로 엄청난 증명을 했지만, 여백이 부족해 여기 적지 않겠다"라고 한 것은 그뒤 수학사에서 엄청난 결과를 야기한다.

'$x^n + y^n = z^n$; n이 3 이상의 정수일 때, 이 방정식을 만족하는 정수 해 x, y, z는 존재하지 않는다' 라는 소위 '페르마의 마지막 정리' 는 언뜻 보기에 너무 쉬워 보이는 문제라서 처음에 많은 사람들은 간단히 풀릴 수 있을 것으로 여겨졌다. 하지만 그뒤 내로라하는 수많은 대수학자들이 이 문제를 풀기 위해 오랫동안 매달렸음에도 불구하고 20세기 후반까지도 이 문제는 해결되지 않았다. 20세기 말에 와서야 페르마의 마지막 정리는 앤드류 와일스(Andrew Wiles)에 의해서 마침내 증명되었다.

한편 1742년 골드바흐가 스위스의 수학자인 레온하르크 오일러에게 보낸 편지에 들어 있는 소위 골드바흐 가설도 역사상 수많은 대수학자들의 자존심을 건드렸던 문제였다. 즉 '2를 제외한 모든 짝수는 두 소수의 합이며, 2보다 큰 모든 자연수는 세 소수의 합과 같다'는 이 가설도 수많은 수학자들이 해결하려고 노력했으나 아직도 완전한 증명이 이루어지지 않고 있다. 드니 게디는 바로 한 무명의 아마추어 수학자가 아마존의 숲에서 고립된 채로 평생을 연구한 끝에 페르마의 마지막 정리와 골드바흐의 가설을 해결한 뒤 갑작스럽게 사망했다는 허구를 바탕으로 『앵무새의 정리』라는 이야기를 전개하고 있다.

수학적 지식과 관련된 비밀과 의문의 사망 사건 이야기는 이미 오랜 역사를 지니고 있다. 고대의 피타고라스 종단은 피타고라스 정리에서 쉽게 유도되는 무리수의 존재를 철저히 비밀에 부쳤다. 피타고라스 종단이 2의 제곱근이 무리수인 것을 비밀로 하려고 한 것처럼 그로루브르는 자신이 페르마의 마지막 정리와 골드바흐의 가설을 증명했다는 사실을 아무에게도 알리지 않고 숨긴 채 비밀로 하려고 했다. 피타고라스 종단에 속하는 메타폰티온의 히파소스는 무리수의 존재를 외부로 유출한 뒤 얼마 있다가 물에 빠져 죽고 말았다. 최초의 여성 수학자로 알려져 있는 신플라톤주의자 히파티아는 지식과 미모를 갖추고 많은 사람들로부터 추앙을 받았던 사람이었다. 하지만 그녀는 수학적 기호와 과학을 이단으로 여겼던 초기 기독교도들에 의해 처참한 최후를 맞이했다. 415년 알렉산드리아의 기독교 광신자들은 길을 지나가던 그녀의 마차에 달려들어 쓰러뜨리고 발가벗긴 채로 성소로 끌고 갔다. 그리고 칼날처럼 예리하게 깎은 굴 껍데기로 그녀를 고문한 뒤 산 채로 '마녀'로 몰아 불태웠다.

뤼슈는 친구의 갑작스런 사망이 수학의 역사를 통해서 나타난 수많은 의문사와 연관이 있다고 판단했다. 그로루브르는 자신이 증명한 내용을 믿을 만한 친구에게 남겼다고 전했는데, 자신이 곁에 있던 앵무새가 이 비밀의 열쇠를 쥐게 된다. 뤼슈는 앵무새 노퓌튀르가 친구의 죽음의 비밀을 파헤치는 데 실마리를 제공할 수 있다고 생각하고, 앵무새와 함께 친구의 죽음의 비밀을 추적한다. 사망 사건의 실마리를 찾기 위해 뤼슈는 친구가 보낸 엄청난 책을 조사하면서 독자들에게 수학의 역사에서 나타난 수많은 흥미 있는 이야기를 전해 준다. 따라서 이 책은 의문의 사망 사건을 추적하는 미스터리 소설이면서 동시에 수학에 대한 다양한 지식도 전해 주는 일종의 교양서라고 할 수 있다. 이 책의 후반부에서는 저자는 기원전 212년 시라쿠사 포위 공격에서 아르키메데스가 살해되는 과정에 대해 비교적 소상히 설명하고 있다. 시칠리아는 마피아의 본거지이고 이에 따라 시칠리아의 마피아 이야기는 그로루브르의 의문의 사망 사건과 자연스럽게 연결된다.

과학혁명 이전에 많은 수학자들은 자신이 발견한 해법을 비밀로 하는 일이 많았다. 타르탈리아는 3차 방정식의 해법을 알고 있었지만 처음에는 이를 비밀에 부쳤다. 하지만 가르다노의 간청에 못 이겨 타르탈리아는 그에게 3차 방정식의 해법을 알려 주었다가 결국 가르다노와 페라리에게 3차 방정식과 4차 방정식의 해법을 발견한 우선권을 놓치게 된다. 5차 방정식에 대한 대수적 해법의 존재 유무는 아벨과 갈루아에 의해 해결되었다. 갈루아는 젊은 시절 여인을 둘러싸고 젊은 장교와 결투 끝에 사망했고, 아벨 역시 젊은 나이에 세상을 떠났다. 이 두 사람 모두 당대의 수학자들에게는 자신의 업적을 인정받지 못했다. 원적 문제, 각의 삼등분, 파이의 역사 등도 이 책에서 흥미 있는 부분을 차지하고 있다. 특히 파이의 역사에 관련된 부분에서 저자는 파이를 빠르게 계산하는 수많은 시도를 소개하고 있으며, 파이가 무리수일 뿐만이 아니라 초월수라는 것이 밝혀지는 과정을 소개하고 있다.

저자는 그로루브르가 진짜로 페르마의 마지막 정리와 골드바흐의 가설을 증명했는가에 대해서는 미궁으로 만들어 소설의 마지막 여운으로 활용했다. 역사적으로도 수많은 수학적 업적이 불에 타 없어져 버렸다. 저자가 알렉산드리아의 무세이온에 있는 수많은 저작들이 카이사르가 알렉산드리아를 공격하는 과정에서 불에 탄 것이라든지 7세기에 알렉산드리아에서 발생한 폭동으로 도서관의 장서가 불에 탄 채 공중목욕탕에 던져진 역사에 초점을 맞춘 것도 이 소설의 마지막을 연상케 하는 복선이라고 할 수 있다.

이 책은 여타의 다른 소설을 읽을 때처럼 사건의 전개를 따라가며 읽을 수도 있겠지만, 수학의 역사를 다룬 수학사 책이라고 생각하고 부분부분 따로 쪼개서 읽어 보는 것도 좋다고 생각한다. 독자들은 일단 이 책 전체를 처음부터 끝까지 통독을 해 보고, 다음에는 중간중간을 다시 자세히 읽어 소설로서의 재미와 수학의 이야기를 아는 즐거움을 동시에 느껴 보는 것도 바람직할 것이다. 아무튼 이 책을 읽는 동안 수학사에서 나타난 흥미 있는 지식을 다시 한번 반추할 수 있게 되어 무척 기쁘게 생각한다.

생명공학 기술의 허와 실

노현모 서울대 분자생물학과 교수

『바이오테크 시대』
제레미 리프킨 지음 / 전영택 · 전병기 옮김 / 1999 / 민음사

지난 세기가 물리학과 화학 분야의 과학혁명에 의한 산업 세기 였다면 다가오는 21세기는 생명공학의 세기가 될 것이라고들 한다. 뛰어난 사상가이며 토론가인 제레미 리프킨은 『바이오테크 시대 (The Biotech Century)』란 책을 통하여 그동안의 생명공학 기술에 대 한 방대한 정보를 제공하며 생명공학 기술 혁명이 야기하고 있는 현 실적, 잠재적 위험과 윤리적 난제에 대해 자세히 나열하여 독자들에 게 많은 생각을 하게 한다. 이 책은 컴퓨터 기술과 유전공학 기술의 장대한 결합과 생명공학 시대로의 역사적인 전환에 대해 다루고 있 으며 또한 저자는 산업 시대가 급속히 퇴조하고 거대한 생명과학 회

사들이 생물산업 세계를 형성하는 시대가 도래하고 있으며, 세계 경제는 이미 그러한 변화를 겪고 있다고 설명한다. 생명공학의 시대, 이 새로운 시대로 한 걸음씩 나아갈 때마다, 우리는 생명공학 혁명이 가져올 이익과 우리가 치러야 할 대가를 생각해 보아야 한다. 인간과 생명의 가치에 대해 다시 생각하게 하는 생명공학의 모든 희망과 절망이 바로 우리의 책임이기 때문이다.

저자는 20여 년 전에 테드 하워드와 공동으로 『신과 맞서는 사람들(Who Should Play God?)』이라는 책을 저술한 적이 있는데 여기서 그 당시만 해도 거의 알려져 있지 않던 유전공학이라는 새로운 기술 혁명이 가져올 많은 혜택과 여기에 수반될 위험들에 대해서 기술하였다. 유전자 이식에 의한 변종, 동물 키메라와 복제 생물, 시험관아기, 대리모, 장기 제작, 유전자 수술과 같은 기술들이 금세기 내에 실현될 것으로 예견하였으며, 유전병 검사에 따른 사회에서의 유전자 차별이 야기하게 될 심각한 문제점을 지적하였다. 또한 유전적으로 조작된 생물체들이 지구 생태계로 방출됨에 따라 야기되는 문제들을 제기하였다. 당시 학자와 대중매체는 저자의 예견을 억지스러운 군걱정으로 치부하였으나 지금 현실에 와서 저자가 예견했던 모든 과학기술적 발전이 실현되고 있다. 저자는 아직도 과학계, 언론계, 정부, 산업계의 지도급 인사들 대부분이 한 세대 전과 마찬가지로 생명공학이 야기하는 문제에 대해 공개적으로 토론하는 것을 꺼리고 있다고 생각하며, 새로운 과학이 어떻게 받아들여졌는지를 사실 그대로 전하고 싶어한다.

새로운 과학이 막 시작되려는 이 시점에서 필자의 희망은 우리가 19, 20세기에 물리학과 화학 분야에서 일어났던 과학혁명으로부터 교훈을 얻었으면 하는 것이다. 둘 다 우리 인류에게 큰 편익을 가져다줌과 동시에 상응하는 심각한 문제를 안겨 주었다. 이 두 번의 과학혁명이 본격화되기 전에 그로 인한 이익과 함께 위험성에 대해서도 사려 깊은 토의와 대비가 있었다면 우리들과 우리의 아이들이 이처럼 환경적, 사회적, 경제적 부담을 떠안지는 않았을 것이라고 생각한다.

저자가 과학계와 산업계의 많은 사람들이 생명공학 세기라고 부르는 시대에 대해 이 책을 쓴 것은 다음 두 가지 이유에서다. 첫째는 유전공학 혁명과 컴퓨터 혁명이 결합되어 과학기술적이고 상업적인 강력한 새로운 실체가 형성되고 있으며, 이것은 다가올 수십 년 동안 개인 생활과 집단 생활에 지대한 영향을 미치게 될 것이기 때문이다. 둘째로는 20년 전에 예견했던 많은 과학적 발견들이 현재 실험실을 벗어나 광범위하게 상용화되고 있으며 우리는 처음부터 새로운 시대의 희망과 위험에 직면하고 있기 때문이다. 이제 생명공학 혁명이 제기하는 많은 문제들에 대해 제대로 알고 진지하게 토의해야 할 바로 그 시점에 와 있다.

이 책에서 저자는 생명공학이 가져올 많은 혜택들, 즉 유기 농업, 태양 에너지, 예방 의학과 같은 생태학적 수단들에 대해서는 고찰 대상에서 제외하였으며, 단지 8장에서 생명공학 세기의 또 다른 비전에 대해 간략히 언급하였다.

이 책의 앞부분에서는 지금까지 생명공학의 발전 과정에서 나타난 연구 내용들을 놀랄 만큼 많이 담고 있다. 생명공학의 세기에는 유전자의 분리 및 유전자 재조합기술과 인간의 모든 유전자를 분석하는 인간게놈 프로젝트, 유전자 치료 등등의 기술을 사용하여 산업계와 농업뿐만 아니라 우리 자신도 변화할 수 있게 된다고 소개하고 있다. 또한 발명의 대상이 된 생물과 자연 생물자원에서 채취한 유전적 자원의 특허 문제, 인간에 대한 특허 문제와 이에 대한 문제점을 제기하고 있다.

특히 4장에서는 인간게놈 유전자 지도 작성, 유전 질환 및 유전자 이상 검사 기술 향상, 새로운 생식기술, 그리고 인간 유전자 조작기술들을 사용하여 상업적 우생 문명을 가능하게 하는 것과, 인간 유전자 검사 및 치료법이 발전하게 되면서 인류 역사상 처음으로 인류의 유전자 구성을 다시 조작하여 지구상에서 인류의 생물학적 진화 과정을 직접 제어할 수 있는 능력을 갖게 될지도 모른다고 소개하고 있다. 또한 그것으로 인하여 야기되어지는 사회적 문제점도 제시하고 있다. 개인의 유전자에 따라 사회적 위치가 결정되어지고 유전자에 의해 사회적 차별이 가해질 수도 있고 유전자에 근거한 인종차별의 가능성도 제기되었다.

책의 후반부에서는 다가오는 생명공학의 세기에 우리가 어떤 종류의 생명공학을 선택할 것인가 하는 문제를 제기한다. 예를 들어 동식물 게놈의 작용에 관한 지식을 유전자 조작 슈퍼농작물과 유전자 이식 동물을 만드는 데 사용할 것인가? 또는 새로운 기술을 생태학적 경작 방법이나 좀 더 인간적인 동물 사육 방법을 발전시키는 데 사용할 것인가? 우리가 얻은 인간게놈 정보를 우리 자신의 유전자 구성을 바꾸는 데 사용할 것인가? 또는 정교한 예방 보건 치료 목적으로 사용할 것인가? 하는 것들이다.

저물어 가는 금세기가 물리학과 원자력 기술의 시대였다면 다가오는 새 세기는 생물학의 세기가 될 것이다. 그리고 가장 중요한 기술은 유전공학 기술이 될 것이다. 새로운 세기의 출발선상에서, 새로운 기술 혁명과 관련하여 다음과 같은 질문을 하는 것이 온당할 것 같다. 새로운 유전공학 기술이 가지고 있는 고유한 능력을 행사하는 것이 적절한 것인가? 그것이 지구상의 생물학적 다양성을 감소 또는 고갈시키기보다는 그것을 보호하고 증가시키는가? 그것이 생명을 신성시하는가 또는 모독하는가? 그것이 쉽게 통제 가능한 것인가? 또는 궁극적으로 제어 불가능한 것인가? 그것이 장래 세대 및 그들과 함께 살아가는 다른 생물들의 선택권을 보호하는가 또는 선택의 기회를 좁게 하는가? 이 모든 것을 고려해 볼 때 그것이 결국은 해롭기보다는 이로운가? 이와 같이 이 책에서는 매우 풍부한 생물공학 연구내용과 함께 이상과 같은 질문을 함께 독자에게 던져 준다.

저자는 우리 사회가 생명공학에 대한 윤리적인 해답을 찾도록 일깨움으로써 다음 세기에 있을 과학적인 시도를 이해하고 통제하는 수단을 마련하려 한다. 이 책에서는 생명공학에 대한 많은 문제점을 제시하고 있지만 이 책의 입장은 생명공학에 대한 공격이 아닌 것 같다. 저자는 자연에 대한 태도, 궁극적으로는 우리 자신에 대한 인식 방법에서 나타나고 있는 변화의 전 과정과 전망을 밝히고 있다.

『바이오테크 시대』는 일반인들을 대상으로 쓴 책이라 이 책을 읽는다고 해서 생명공학에 대해 심도 깊은 정보를 얻을 수는 없지만, 일반 독자들은 생명공학의 현재 위치와 앞으로의 연구 흐름과 방향을 충분히 짐작할 수 있으리라고 생각한다. 또한 여기에 소개된 방대한 양의 생명공학 연구 내용과 저자가 제시하는 문제점들은 생명공학에 종사하는 전문가들에게도 이 책을 한 번쯤 읽어 볼 것을 권하게 만든다. 끝으로 이 책에서는 현대 생명과학에서 사용되어지는 많은 원어를 번역함에 있어서 오류를 범하지 않기 위해 역주를 달았으나 몇 군데에서 오류가 발견된다. 그러한 오류는 책에서 저자가 전달하고자 하는 흐름에는 지장이 없으나 아쉬운 점이라고 생각된다.

지구환경의 변화와 위협받는 우리의 미래

오재호 기상연구소 예보연구실장

『기후 변동』

토마스 그레델 · 폴 크루첸 지음 / 김경렬 · 이강웅 옮김 / 1999 / 사이언스북스

지구의 기후 시스템은 대기권(大氣圈), 수권(水圈), 설빙권(雪氷圈), 생물권(生物圈), 지권(地圈) 등으로 구성되어 있으며, 이들 간에 각종 물리적 과정들이 얽혀져 현재의 기상 상태 또는 기후를 유지한다. 지난 200년 동안 인간의 산업 활동은 대기 중 각종 온실 기체 증가의 원인이 되었다. 특별한 조치가 없는 한, 이와 같은 온실 기체의 증가는 필연적으로 계속되고 지표 기온을 상승시키게 될 것이다. 지표 기온이 얼마나 상승할 것인가는 주로 새로운 복사 강제력에 대하여 기후 시스템이 어느 정도로 민감하게 반응할 것인가와 해양이 얼마나 많은 열을 흡수하여 당장의 온난화 충격을 완화할 것인가에

의하여 결정된다. 다만 불안한 점은 현재 진행되고 있는 지구환경의 변화 속도는 과거 공룡이 갑자기 사라진 것과 같은 대규모 멸종 사태가 몇 번 있었던 것을 제외하면 인간이 태어난 이후에 지구 역사상 그 어느 때보다도 빠르게 진행되고 있다는 것이다.

　기후 시스템의 교란은 종종 지구환경을 돌이킬 수 없는 상황으로 몰아가 생태계의 번영과 소멸의 직·간접적인 원인이 되기도 한다. 이 빠른 변화가 인류의 미래를 불안하게 하고 있다. 설상가상으로 인간 활동에 의해 만들어지고 있는 염화불화탄소(CFCs)와 같은 미량 기체들이 대기에 유입됨으로써 지구의 대기가 급속하게 변하고 있다. 그 결과 대기 중의 기체 구성비가 확연하게 변하고 있으며, 지역적으로 시작된 대기 중 산의 축적은 이제 대륙적 규모의 문제가 되었고, 성층권의 오존층 파괴, 지구 온실 기체의 배출로 인한 지구의 온난화 가능성 등과 같은 대기환경 변화에 직면하고 있다.

　이 책은 현재 우리 주변에서 일어나고 있는 지구환경의 변화와 이에 따른 미래의 기후에 대한 이해를 위하여 전반적인 기후 시스템에 대한 고찰을 하고 있다. 또 기후 변동의 원인이 되는 대기 화합물의 변화, 과거 지구 기후의 변화에서 미래 전망에 이르기까지 광범위한 분야를 대학에서 과학을 전공하는 대학생뿐만 아니라 일반인들도 쉽게 이해할 수 있도록 풀이하여 설명하고 있다. 지구환경을 이해하기 위해서는 기상학자, 해양학자, 토양학자, 수문학자, 생태학자 등 여러 분야의 전문가들의 공동 노력이 필요하다. 즉, 기후 변화를 이해하기 위해서는 여러 학문에서의 다양한 지식과 정보를 필요로 한다.

이 책의 저자인 토마스 D. 그레델은 현재 미국 예일대학의 산림과 환경학과 교수로 환경과 현대기술 사회의 상호 관계에 관한 전문가로서 생태계가 기후 변화에 미치는 영향과 반대로 기후 변화가 생태계에 미치는 영향에 대하여 기술하고 있다. 폴 J. 크루첸은 독일 막스 프랑크 연구소의 대기화학실장으로 대기화학이라는 새로운 학문 분야의 창시자 중 한 명이다. 1995년 성층권 오존의 파괴 메커니즘을 규명한 공로로 노벨 화학상을 수상하기도 했다. 앞에서 언급한 바와 같이 지구의 기후 시스템은 매우 복잡하게 구성되어 있다. 크루첸은 대기화학의 전문가답게 지구환경 변화를 일반인들도 이해할 수 있도록 쉽고 짜임새 있게 소개하고 있다.

왜 공룡들은 사라졌는가? 왜 기후는 종종 극적으로 변하는가? 또 각종 환경오염으로 얼룩진 지구의 극적 기후 변화는 얼마나 가까운 미래에 나타날 것인가? 이와 같은 의문은 지구의 기후 시스템이 항상 안정적이지는 않음을 반영하는 것이다. 오늘날 우리는 레이더를 비롯한 지상 관측 기기에서 위성에 의한 원격탐사 등의 첨단 기기를 활용하여 입체적으로 대기 현상을 감시하고 있다. 그럼에도 불구하고 미래 기후가 어떻게 전개될 것인가는 여전히 어려운 문제이다. 그 중에서 가장 큰 불확실성은 각종 기후 변화 요인에 대한 지구 기후 시스템의 감도(Sensitivity) 차이에 기인한다. 지구의 기후는 작은 변화, 즉 기후 시스템이 흡수할 수 있는 변화 요인에 대해서는 비교적 안정하나, 그 충격이 어느 정도를 능가할 때는 다른 평형상태를 향하여 이동할 것이다. 저자가 제1장에서 이러한 지구의 기후 시스템의 안정성과 불안정성을 시간 개념과 더불어 설명하고 있는 점은 매우 설득력을 가지고 있다.

지구의 평균 온도는 오랜 기간(수백 년과 수천 년 사이)을 통하여 근본적으로 일정한 범위 안에서 평형을 이루어 왔다. 그러나 지역에 따라서는 열의 과잉과 부족 현상 때문에 입사와 방출 사이에 평형을 이루지 못하고 있다. 저위도 지방에서는 태양 복사로써 받아들이는 에너지가 더 많고, 이와 반대로 고위도 지방에서는 적외 복사로써 잃어버리는 에너지가 더 많다. 이와 같은 에너지의 불균형이 일종의 열기관(熱機關)으로 작용하여 대기와 해양의 대순환을 일으키는 원동력이 된다. 저자는 제2장에서 이러한 지구의 운동과 화학물질 이동의 기본 메커니즘을 복사에너지 평형이라는 관점에서 설명하고 있다.

지구 대기 중에는 수천 가지의 다른 화합물질이 존재하고 있다. 이들 중에서 어떤 것은 질소와 산소와 같이 대기를 구성하는 기체로 존재하고 어떤 것은 입자 상태로, 또 어떤 것은 물방울에 용해된 상태로 존재한다. 질소와 산소는 지난 수억 년 동안 비교적 일정한 수준으로 화학적으로 안정된 상태를 유지해 왔다. 그러나 대기 중 모든 화합물이 그러한 것은 아니다. 이산화탄소나 메탄과 같은 기체는 최근에 빠르게 증가되고 있다. 제3장에서는 지구의 기후를 결정하는 대기 중에서의 화학 과정을 풀이해서 설명한다.

지구를 둘러싼 기후는 고기후라 불리는 오랜 시간 전부터 여러 변화의 역사가 있다. 지구의 기후는 이러한 자연적 기후 변동과 더불어 인위적 요인들에 의한 변동이 추가되어 그 반응 정도를 더하기도 하고 덜기도 한다. 지질학적 고기후 연구를 통하여 과거 수십만 년 동안 지구에서 여러 차례의 빙하기와 간빙기의 원인이 규명되고 있다. 따라서 미래 기후를 예측하기 위해서는 지구의 과거 기후에 대한 충분한 이해가 요구된다. 저자는 제4장에서 이러한 과거 기후에 대한 이해의 중요성을 놓치지 않고 있다.

제5장에서는 대기 중에서 변화하는 화학 성분에 대하여 논한다. 대기의 성분 중 기상 현상이나 기후 변화에 큰 영향을 끼치는 것은 수증기(H_2O), 이산화탄소(CO_2) 및 먼지 등과 같은 때와 장소에 따라 대기 중 농도가 달라지는 작은 양의 변량 기체이다. 최근 대기 조성 성분이 인위적인 요인에 의하여 변하고 있다. 이산화탄소의 양이 지속적으로 증가하고, 반면에 오존은 감소하고 있다. 이 오존 감소의 주원인은 프레온($CFCs$)에 의한 오존층 파괴로서, 이 $CFCs$는 이미 대기 중에 충분히 많고 수명이 길기 때문에 오존층의 파괴는 당분간 지속될 것임을 설명한다.

제6장과 제7장은 지구의 미래 기후에 대하여 논하고 있다. 지난 100여 년간 대기 중 온실기체의 양은 계속해서 증가하여 왔고 지표 기온 또한 점차 상승하였다. 그러면 이 시점에서 우리는 가장 중요한 의문점을 제시하지 않을 수 없다. 과연 지난 100년 동안 지구의 온난화는 온실기체 증가와 더불어 진행되고 있는가? 적어도 일차적인 지구 열수지 연구를 근거로 하면, 앞으로 지구는 당분간 더 더워질 것이다. 그러나 일부의 기후학자들은 지난 100년간 관측된 자료 분석으로는 지구 온난화의 증거를 보이기에는 다소 미흡하다고 보고 있

다. 지금까지 지구 온난화 문제가 대기 중 온실기체 증가와 잘 일치되지 않는 이유 중 하나는 온실효과와 반대 효과를 나타내며 18세기 산업혁명 이후 대기 중 그 배출량이 CO_2와 함께 증가되어 온 SO_2를 고려하지 않았다는 점이다. SO_2는 대기 중의 먼지 입자들을 결속하거나 구름의 응결핵 역할을 하여 대기 중으로 들어오는 태양 광선을 더 많이 외계로 반사시킴으로써 지표면 냉각 효과를 유발하여 예측을 복잡하게 한다. 저자는 이러한 점을 상세하게 언급하고 있다.

마지막으로 제8장에서는 이상의 지구환경 변화와 지속성에 대하여 소개하고 있다. 대기 중의 수증기와 구름이 가장 큰 온실효과를 나타낼 수 있으며 동시에 구름은 태양 광선을 반사한다는 사실을 고려하면, 이들 대기 온실기체에 의한 온난화 정도를 일방적으로 받아들일 수는 없다. 다시 말하여, 일차적 온실기체에 의한 온난화의 결과로 달라질 구름의 수직적, 지리적 분포, 구름 입자 크기 분포, 구름의 얼음과 물방울의 구성 성분 변화, 또 이들 구름에 의한 대류권 상부의 수증기 분포 변화 등에 따라 지표 기온의 상승 정도는 크게 달라질 수 있다. 따라서 그 예측은 더욱 어렵게 된다. 현재의 기후 변화 예측 신뢰도는, 기후 시스템의 중요한 물리적 과정들을 충분히 반영하지 못한 점과 현재의 컴퓨터 성능 때문에 다소 제한적이다. 기후 모델의 신뢰도를 높이기 위해서는 각 영역들간의 상호작용이 충분히 모델 속에서 반영되어야 한다는 점을 지적하고 지구환경 변화와 관련된 여러 잘못 인식된 속설에 대하여 명확하게 설명하고 있는 점이 돋보인다.

이상과 같이 지구환경 변화에 대하여 원인에서 과정, 결과에 대하여 짜임새 있는 설명을 한 것은, 우리가 직면하고 있는 기후 변화 문제를 똑바로 인식하는 데 큰 도움이 될 것이다. 따라서 미래의 지구환경에 대하여 관심이 있는 사람은 누구나 한 번 필독하기를 권하고 싶다. 아울러 지구의 미래에 관하여 균형 있는 이해를 위하여 적절한 책을 한국 독자를 위하여 번역하여 주신 역자에게도 감사드리고 싶다.

과학과 역사의 역동적인 상호관계의 중요성을 보여 주는 다큐멘터리

유지영 서울대 강사

『우주가 바뀌던 날 그들은 무엇을 했나』
제임스 버크 지음 / 장석봉 옮김 / 2000 / 지호

이 책의 저자 제임스 버크는 영국의 BBC에서 과학 다큐멘터리 제작자로서 명성을 얻은 인물이다. 〈우주가 바뀌던 날〉은 미국 공영 방송인 PBS에서 자금을 대고, 제임스 버크가 제작하여 1986년 미국 의 PBS에서 방송되었다. 〈우주가 바뀌던 날〉의 인기는 대단해서 당 시에 방영되었던 다큐멘터리 중에서는 최고의 시청률을 올렸으며 1988년에는 이 시리즈에 기초한 대학 교재가 만들어졌을 정도였다. 서평을 쓰기 위해 『우주가 바뀌던 날 그들은 무엇을 했나』를 읽던 중 에 다소 엉뚱한 의문이 생겼다. 이 책이 『서평문화』의 분야 분류에서 서양사와 과학 · 기술 어느 쪽으로 분류되어야 하나? 하는 의문이었

다. 다소 엉뚱한 이 의문은 이 책에서 저자가 전달하려는 중요한 메시지와 연관되어 있다.

버크는 이 책의 주제인 자연에 관한 '지식'의 변화를 그 시대의 문화와 역사 속에서 설명하려 노력한다. 물론 다른 책의 저자들도 그 시대의 문화와 역사 속에서 과학을 설명하려고 하는 태도를 보이지만, 과학의 역사를 문화적으로 풍부할 뿐만 아니라 화면을 시청하는 것처럼 생생하게 과거를 재현해 내는 데 성공했다는 점에서 차이가 있다. 예를 들어 중세 스콜라 철학자들의 자연에 관한 논의를 다루는 부분에서 버크는 자연에 대한 논의와 그 논의를 담고 있는 중세 사회와 문화의 모습을 한 화면 속에서 볼 수 있게 해 준다. 그러나 이러한 화면은 단순히 일반 역사와 문화에 좀 더 많은 분량을 할애하는 것만으로는 얻을 수 있는 것이 아니다. 이 책의 원본이 화면 단위로 구성된 영상 다큐멘터리였다는 점과 함께 문화를 구성하는 다양한 요소들 가운데서 과학과 과학 이외의 분야를 엄격하게 구분하지 않고 다루려는 저자의 관점이 또한 생생한 장면을 재현하는 데 기여하였던 것이다.

저자가 책에서 다룬 소재는 상당히 광범위하다. 고대 그리스 철학자들의 자연에 관한 논의에서 출발하여 중세에서의 신앙과 이성간의 갈등과, 15세기 르네상스기에 광학과 기하학의 영향을 받아 도입된 원근법이 인간의 표현 양식을 얼마나 변화시켰나 하는 점을 다양한 측면에서 흥미 있게 설명한다. 코페르니쿠스의 변혁에서 뉴턴의 새로운 역학에 이르는 과정을 다룬 5장부터 버크는 근대 과학에 관해 본격적으로 다루기 시작해서, 산업혁명기의 과학과 기술과 의학의 변화, 18~19세기 실험 과학의 분야들과 진화론과 사회진화론을 다룸으로써 거의 2,500년간에 이르는 과학의 계보를 문화적으로 풍부하게 그려 내고 있다. 그러나 버크의 이러한 논의가 단순한 입문서의 역할에 국한되는 것은 아니다. 찰스 다윈의 진화론과 19세기 실험 과학 분야에 대한 그의 논의는 과학사 전공자에게도 유용할 만큼 전문적인 부분까지 건드리고 있다.

이 책이 지니는 또 다른 장점으로는 책 전반에 걸쳐 문화사나 과학사의 세부 분야의 전문 학술서에서나 찾아볼 수 있는 귀한 사진 자료들로 가득 차 있다는 점을 들 수 있다. 이 그림들은 과학자들의 논의에서는 볼 수 없는 당시의 일반 지식인들이 이해했고 기대했던 과학의 이미지가 무엇이었나를 알 수 있게 해 준다. 외과 의사의 수술을 묘사한 그림은 외과 의사의 지위가 장인이나 연금술사와 차이가 없었음을 보여 주며, 아리안족을 묘사한 나치의 포스터는 다윈의 진화론을 사회에 적용시키려 했던 당시의 분위기를 통해 과학과 이데올로기의 관계를 증언해 준다. 이 책의 독자들은 그림들을 자세하게 살펴보는 것만으로도 서구 과학에 대해 상당한 이해를 얻을 수 있을 것으로 생각된다.

버크가 서구 문화를 통해서 본 과학은 어떤 모습일까? 그는 '새로운 것에 대한 근대의 열망'을 상징하는 과학은 '자연을 통제할 수 있는 능력에 대한 낙관적인 확신을' 제공해 주었다고 보았다. 자연을 통해서 얻었던 이같은 믿음은 인간이 이성적이고 합리적인 존재라는 주장의 강력한 근거였으며 이 점에서 뉴턴 과학으로 대변되는 서구 근대과학과 계몽주의, 나아가 서구 근대주의 출현과 성장은 서로 영향을 주고받았던 밀접한 관계였다. 또한 과학은 다른 지식의 분야와는 달리 과거의 설명보다는 현재의 설명이 나아가 미래의 설명이 더 타당하고 옳을 것이라는 믿음을 만들어 낸 유일한 분야였다. 버크 역시 이 점에 동의한다. 그는 "세계의 어떠한 시점에서도 우리는 과거의 어떤 시점보다 세계에 잘 대처해 나갈 수 있다"라고 기술하였다.

그러나 버크가 과학 지식의 실증적이고 진보적인 특성을 전적으로 받아들이는 것 같지는 않다. 그는 과학이 "언제나 타당한 방법이나 실재에 대한 보편적인 설명을 제공하는 것은 아니며, 진리 탐구, 즉 '자연의 비밀의 발견'은 데카르트가 말했듯이 일시적인 진리를 색다르게 탐구하는 것이고, 하나의 진리는 다른 진리로 대치된다"는 점을 강조하는 것을 잊지 않았다. 버크의 이러한 관점이 '지나친 상대주의적 입장'을 나타내는 것으로 해석되어서는 곤란하다. 과학의 분야에서 진리는 변해 왔고, 또 변하기 마련이라는 버크의 인식은 다른 한편으로는 실증주의자들이 과학을 인식하는 입장과도 일맥상통한다. '과학을 멈추지 못하는 증기기관차'로 묘사했던 19세기 실증주의자들이 과학에서 기대했던 이미지는 지식의 진보(Progress)였다.

과학은 인간의 수명을 연장시켰고 고통을 줄였으며 질병을 사라지게 하였다. 이런 것들은 과학이라는 열매의 일부분에 불과할 뿐만 아니라 시작일 뿐이다. 왜냐하면 과학은 결코 멈추지 않는, 따라서 얻을 수도 완전해지지도 않는 철학이기 때문이다. 과학의 법칙은 진보다(매컬리, 19세기 영국의 역사학자, 정치가).

　비록 버크가 이 책에서 과학을 문화와 사회와의 다양한 접점을 갖는 활동으로 보려는 유연한 태도를 취하고는 있지만 그 역시 과학을 서구 문화의 자랑스러운 산물로 파악하는 19세기의 문화적 유산의 영향권에서 벗어나지는 못했다고 볼 수 있다. 과학은 선하고 자랑스러운 활동이었다는 잠재적인 인식이 다윈의 진화론을 사회에 무차별적으로 적용하여 계급, 인종, 성적인 차별을 과학이라는 이름으로 정당화하려는 시도가 가져왔던 20세기 전반기에 실재했던 참혹한 경험을 사회 다원주의를 다루었던 장에서 애써 외면하였던 이유였을 것이다. 이같은 한계에도 불구하고 일반 독자들에게 추천할 만한 역사 속의 과학을 다룬 책들 중의 하나다.

　그 시대의 문화 속에서 과학을 이야기하려는 버크의 시도는 다양한 분야의 전문적인 용어들을 한 권의 책에 담게 되었다. 따라서 이 책의 원문이 간결하고, 명료함에도 불구하고 용어들을 적합한 우리말로 번역하는 일은 많은 시간과 노력을 요구했을 것이다. 그럼에도 이 책의 번역은 대체로 깔끔했다. 다만 역자가 각 분야에서 사용하는 용어와 다른 선택을 한 경우는 아래와 같다.

　와트의 분리액화장치(분리응축기), 화력기관(열기관), 우주발생론(우주론), 조지프 블랙(조셉 블랙), 존 헨즐로(존 헨슬로), 원격 작용(원거리 작용), 이론 부과(이론 의존).

인간이 처음 열어 본 미물의 세상

문태영 고신대 생명과학과 교수

『파브르 곤충기』
J. H. 파브르 지음 / 정석형 옮김 / 2000 / 두레

간과된 문학가 파브르

사이버 세계가 인간 본성의 일부처럼 되어 가는 요즘 '파브르'라
는 단어는 단순히 동화 속의 괴팍한 할아버지이거나 고작해야 언뜻
생각나는 검색어일 수도 있다. 그러나 '장 앙리 파브르(Jean Henry
Fabre : 1823~1915)'는 전 세계인이 그 이름을 아는 유일한 곤충학자
이다.

파브르는 과학자로 알려져 있으나 문학가이기도 하다. 빅토르 위
고(Victor Hugo, 1802~1885)가 '곤충의 호머(Homer)'라고 할 정도

이고, 사실 파브르는 말년에 노벨 문학상 후보로 지명되었으나 스웨덴 학술원에 압력을 넣는 광적인 팬들로 인해 오히려 기회가 무산되고 말았다. 또 곤충이라는 강렬한 과학적 주제가 그의 문학적인 면을 간과시킨 면도 있다. 그러나 단순한 과학적 기록을 쉽게 풀어 쓴 저서들로 다양한 자연의 세계를 소개한 점이 오늘날까지 파브르가 기억되는 이유일 것이다.

파브르의 여러 저서 중에서도 흔히 '파브르 곤충기'라고 알려진 '곤충기(Souvenirs Entomologiques)'는 문명 사회에서 교육받은 사람들에게는 상식과 교양의 일부이다. 그러나 곤충기를 제대로 읽어 본 사람은 많지 않다. 마치 성경의 내용이 보편화되어 도처에 인용되지만 성경을 실제로 통독하여 본 사람은 많지 않은 것과 같다. 또 성경과 대립적인 이론이 담긴 다윈의 진화론을 제대로 읽어 본 사람은 심지어 생물을 전공한 학자들간에도 극히 드물다. 그래도 성서와 진화론을 논하는 사람은 많다. 파브르의 곤충기가 바로 그렇다. 우리 사회에 보편적인 상식을 전해 주면서도 실체가 제대로 파악되지 않은 책이 곤충기이다. 그런데 아이러니하게도 종교와 진화론은 모두 파브르의 생활과 생각에 영향을 미친 바가 크다. 이런 사실은 곤충기의 배경이 되므로 파브르에 대한 간단한 이해가 필요하다.

실험 과학자 파브르

파브르는 1823년에 프랑스 남부의 가난한 가정에서 태어나 주로 독학을 하면서도 아비뇽 사범학교, 몽펠리에 그리고 툴루즈대학 등에서 문학, 수학, 물리학으로 오늘날의 석사와 비슷한 학위인 라이센시(Licensee)를 취득하였다. 1855년에는 소르본느에서 박물학을 전공하여 벌의 생태에 관한 연구로 이학박사를 받았다. 이런 사실은 파브르의 저서가 단순히 직관이나 우연에 의한 관찰을 기록한 것이 아니라, 수학과 물리에서 훈련된 논리적인 검증을 거친 것이라는 짐작을 가능하게 한다.

파브르 당시에는 동물도 생각할 수 있다고 믿는 경향이 있었다. 그러나 파브르는 곤충들이 자연 상태에서 믿을 수 없을 만큼 정교한 행동을 하지만 갑자기 다른 환경에 놓이면 무모한 행동을 반복하다 생명을 잃기도 할 만큼 지능이 없는 것을 증명하였다. 애완동물과 새를 이용한 실험에서도 같은 결과를 얻은 파브르는 사람과 동물은 본질적으로 달라 지능이 비교될 수 없다는 결론을 내렸다.

또 50여 년 동안 심혈을 기울여 사냥말벌들의 본능을 연구하였다. 나나니벌, 대모벌, 노래기벌 같은 단독으로 사는 사냥말벌들은 애벌레의 먹이가 되는 다른 곤충을 사냥해 집에 저장해 놓고 알을 낳는다. 이때 먹이를 죽이기보다는 독침으로 움직이지 못하게 마취시켜 신선하게 유지시켜 놓고 그 몸에 알을 낳는다. 또 뇌에서 먼 피부 조직에 알을 산란하고, 부화된 벌의 유충도 본능적으로 먹이의 뇌 부분은 맨 나중에 먹는다. 뇌가 파괴되면 먹이가 곧 죽어 신선도가 유지되지 못하기 때문이다. 파브르는 사냥말벌이 독침을 찌르는 횟수와 위치 같은 행동에서 개체간에 변이가 나타나는 점을 인식하였다. 그러나 그런 행동에도 원칙적인 기본 유형이 있다고 보아 개체간에 나타나는 다른 행동 유형은 예외적인 경우로 보았다.

'파브르 곤충기'와 '종의 기원'

이에 대해 동시대의 유명한 박물학자인 찰스 다윈 (Charles Darwin, 1809~1882)은 다르게 해석하였다. 즉 행동의 기본 유형이 있다기보다는 여러 가능한 행동 유형 중에서 많이 나타나는 행동일 뿐이며, 여러 행동 유형들은 환경에 따라 선택되거나 도태되거나 할 대상이라는 것이다. 당시는 집단유전학은 물론 유전의 본질조차 파악되지 않은 시대이므로, 자연환경이 선별압(選別壓, Selection Pressure)으로 작용하여 생물의 특성을 일정한 방향으로 변화시킨다는 것은 막연한 개념이었다. 그것이 19세기 말, 20세기 초의 학자들이 진화라는 단어가 무엇인지는 이해해도 그 핵심인 자연선택이라는 개념은 선뜻 받아들이지를 못하는 이유 중의 하나였다.

파브르는 진화와 자연선택을 묶어서 생각했다. 그래서 자연선택을 인정하지 않으므로 진화도 인정하지 않았고 그저 탁상공론적인 학설로 보았다. 파브르는 『종의 기원』 중에서 "……약간의 판단력이

나 지능만 있어도 놀이(장난)를 할 수 있다. 심지어 자연계에서 하등한 동물도……"라는 부분을 못마땅해하였고, 더구나 지능이 동물에서 사람까지 연결되어 점차 고등화된다는 연속성 가설에 이르러서는 자신의 생각과 정면으로 반대되므로 "진화로는 설명되는 게 없다"면서 인정하지 않았다. 이런 면을 보면 그가 『종의 기원』을 내심 주의 깊게 읽어 보았을 가능성이 많다. 적어도 본능에 관해 서술한 앞부분은 읽었을 것으로 추측된다.

그런데 아르마스(L'armas) 지역이 1922년에 프랑스에 귀속될 즈음, 파브르의 막내아들은 파브르의 장서를 경매해 버려 『종의 기원』을 읽어 보았는지 또는 적어도 소유하고 있었는지는 확실하지 않다. 그러나 아직 아르마스에 남아 있는 한 편지를 보면 다윈이 파브르에게 『곤충기』를 보내 줘서 고맙다며 "나는 유럽에서 나 자신은 물론 어느 누구도 당신보다 더 훌륭한 연구를 한 바 없다고 생각됩니다"라고 한 답장이 있다. 이 정도의 답장이라면 당시의 관례로 보아 다윈이 『종의 기원』을 파브르에게 답례로 보냈음 직하다.

다윈이나 진화와의 관계를 언급하는 것은 파브르의 철학적 바탕과 실험 정신 그리고 통찰력을 강조하기 위해서이다. 파브르와 다윈은 인류가 배출한 가장 위대한 통찰력을 가진 자연과학자들이다. 여기서 통찰력이란 남들이 무심코 지나치는 일상적인 현상들에서 진리를 찾아내는 능력을 말한다. 다윈은 이 능력을 공인받고 있으나 파브르의 경우는 간과되어 온 것이 사실이다. 이는 『곤충기』가 자상한 문장으로 설명적이기는 하지만, 표나 그림을 이용한 논문 작성방식이 아니므로 학자들에게는 전문성 있는 저서로 받아들여지지 않았고, 또 실제로 많은 소중한 관찰 기록들이 문장 속에 파묻혀 주의하여 재해석해야만 하는 것이 중요한 이유일 것이다.

파브르 곤충기의 이해

그런 면에서 보면 가까운 일본이 파브르의 조국인 프랑스보다 그를 더 인정하는 것 같다. 도처에서 파브르에 대한 전시회를 흔히 볼 수 있고, 각급 학교에서는 파브르의 업적을 교재의 일부로 채택하고 있다. 1923년부터 1999년까지 『곤충기』는 전 10권이 모두 또는 발췌되어 일어로 번역된 것이 47종류가 넘으며, 파브르의 다른 책들도 역시 비슷한 정도로 번역되었다. 이중에 상당수가 충실한 완역이거나 전문지식을 가진 이들이 편집한 것이어서 개성이 있다.

이에 반해 우리나라는 추천할 만하게 번역되고 편집된 『파브르 곤충기』가 드물다. 그동안 여러 종류의 유아용 또는 전집의 일부로 급조된 곤충기가 파브르의 이름을 붙여 출판된 것이 많지만, 그중 부끄럽지 않은 판으로는 1993년에 『어린이를 위한 곤충기』가 6권으로 고려원에서, 그리고 1999년에 완역본 『곤충기』 10권이 탐구당에서 출간된 정도이다. 전자는 일본에서 곤충학을 전공한 젊은 교수가 학명과 전문 용어에 유의하여 번역하였고, 후자는 철학자, 불문학자 그리고 예술을 이해하는 의학자가 가세하여 노학자들의 취미와 경륜이 파브르『곤충기』 10권의 완역이라는 쾌거를 올리기도 하였다. 그런데 전자는 일본의 유소년판을 번역하여 파브르보다는 일본다운 문체로 이루어졌고, 후자는 그 분량이 방대하여 비용과 인내가 상당히 요구된다. 그런 만큼 파브르의 곤충기를 짧은 시간에 압축된 문장으로, 또더 바란다면 파브르와 프랑스적인 정취를 느낄 수 있는 책이 우리 사회에 절실하였다. 다행스럽게 이 '도서출판 두레' 판의 편역자도 이점을 주지하고 있다.

이 파브르적인 인상(Impression)은『곤충기』를 번역하는 데 특히 중요한 점이다. 원래『곤충기』는 약 4천 쪽이 넘는데, 그 대부분이 파브르가 처음 관찰한 기록들이다. 그 안에는 믿기 어려울 정도로 상세한 서술도 있기는 하지만, 시적이며 재치가 은근한 문장들은 단순히 과학적인 저술로만 분류되기엔 아쉬운 면이 있다. 모든 주제들은 본래의 이야기와 흥미로운 주변 사실들을 섞어서 긴장과 이완을 반복하며 낙관적으로 전개된다. 그래서『곤충기』를 읽으면 곤충과 자연을 이해하는 것은 물론 파브르의 성격과 프랑스의 정취도 느껴진다.

물론 파브르의 이런 문체는 경제적 곤란을 해결하려는 수단에서 비롯된 것일 수도 있다. 당시는 후덕한 중년 여성들의 문체로 쓰여진 동화 형식의 책들이 주류를 이루던 만큼, 오늘날 아이삭 아시모프(Issac Asimov)처럼 과학과 기술에 대해 대중이 알기 쉽게 저술하는 방식은 출판계에 혁신적인 것이었다. 1862년에서 1891년 사이에 파브르는 95권이나 책을 썼고 모두 많은 판매량을 기록하였다. 파브르 생전에도『곤충기』를 능가하여 판매된 책들이 많았다. 그중에는 최근인 1996년에 일본에서 출간되어 파브르의 재발견이란 관점에서 엄청난 판매 부수를 기록하고 우리나라에도 번역된 『파브르 식물기 (Histoire de la Bûche)』도 있다. 이런 저서들이 널리 알려지면서 나폴레옹 3세의 아들을 개인 지도해 줄 것을 부탁받기도 하였다.

또 『파브르 곤충기』에서 가장 중요한 것은 프랑스에서 통용되는 곤충의 일반명을 국명으로 제대로 옮기는 것인데, 그동안 조악한 판들은 이에 역부족이거나 아예 충실할 생각조차 하지 않은 것들이어서 곤충학자의 입장에서 바라보면 오히려 우리 사회에 해악스럽기까지 하였다. 사실 지리적으로 지중해 성향이 강한 프랑스의 곤충들은 우리나라에 현재까지 기록된 1만 3천여 종의 곤충들과는 매우 다르다. 그래서 일단 양적인 측면에서 우리 곤충종의 국명과 비교하여 과학적으로 관용될 만한 범위에서 적절한 이름을 찾거나 만들어서 외국 곤충종을 소개하는 것은 결코 쉬운 일이 아니다. 이 편역판은 그 나름대로 원칙을 가지고 있어 보인다.

따라서 곤충학자의 입장에서 곤충기의 번역본에 관심을 보이는 가장 기본적인 검토 원칙 즉, 번역이 파브르적인 인상을 전달하는가 그리고 곤충 명칭을 사용하는 데 과학적으로 충실한가 하는 과제에 이 책은 고민하고 적절히 노력한 흔적이 있다.

그러나 이 책에 나오는 곤충들의 학명과 불어명 그리고 번역된 국명을 권말에 색인으로 만들어 두는 치밀함과 친절이 있었으면 하는 욕심이 남는다. 그런 색인은 생물종을 다루는 이런 유형의 책이 출판될 때 역자의 번역이 문학적인 면과 함께 얼마나 과학적인 배려를 하여 이루어진 것인가와 함께 그 번역의 필연성이나 당위성을 입증하는 자료가 될 수 있다. 또한 경우에 따라서는 추후 판을 거듭할 때 개선을 약속하는 여지가 될 수도 있을 것이다.

대중을 위해 쉽게 풀어 쓴
우리 과학의 역사

박성래 한국외대 사학과 교수

『한국과학사』
전상운 지음 / 2000 / 사이언스북스

전상운 교수의 『한국과학사』는 그야말로 푹 잘 익혀 만든 좋은 음식을 연상시킨다. 책을 마음의 양식이 되는 영양분이 듬뿍한 음식에 비유할 수 있는 것이라면, 바로 이 책이 영양분이 듬뿍한 아주 훌륭한 양식이라는 말이다. 전상운 교수는 지금까지 많은 과학사 책을 써냈다. 그의 한국 과학사 책 가운데 대표적인 것으로는 물론 1966년에 처음 나와 1970년대에 고쳐 발행되었던 『한국과학기술사』를 들 수 있다. 이 『한국과학기술사』는 그후 영어로도 나오고, 또 일본어로도 번역되어 다른 나라에 한국 과학기술사를 소개하는 몫도 해냈다.

그런 중요한 역할을 담당한 『한국과학기술사』에 이어 그동안 전상운 교수는 여러 가지 책을 통해 한국 과학기술사의 대중적 보급에도 기여해 왔다. 지은이 스스로 '서문'에서 말한 것처럼, 『한국의 고대 과학』(1972), 『한국의 과학문화재』(1987) 그리고 『시간과 시계 그리고 역사』(1994) 등이 그것이다. 그리고 이번에는 그런 대중적 노력의 대표적 성과를 모아 또 한 권의 책으로 『한국과학사』를 내놓은 것이다. 이 책은 서문에도 밝혀져 있는 것처럼 《과학동아》에 1989년 6월 부터 2년 동안 연재했던 기사를 중심으로 하고 있다. 과거의 『한국과학기술사』가 보다 딱딱하게 전문가를 위한 책이었다면, 이번 이 책은 일반 대중을 위한 한국 과학사의 교양서로 꼽을 수 있을 것 같다.

그 내용을 보면 다음과 같다.

서문(5~6쪽) 차례(7~8쪽)

들어가면서 : 한국 과학의 새로운 조명(9~48쪽)

제1장 하늘의 과학(49~155쪽)

제2장 흙과 불의 과학(156~239쪽)

제3장 한국의 인쇄기술(241~284쪽)

제4장 땅의 과학(286~347쪽)

제5장 고대 일본과 한국 과학(349~391쪽)

제6장 조선시대 과학자와 그들의 업적(393~430쪽)

참고 문헌(431~432쪽), 찾아보기(433~442쪽)

당장에 느낄 수 있는 것은 '한국과학사'라지만, 혹시 생물 관련 정보를 얻으려고 이 책을 찾는 사람이라면 별로 도움을 받지 못할 것이라는 점이다. 생물 의학 부분이 거의 완전히 빠져 있기 때문이다. 그런 특징은 전 교수의 대표적 저술인 『한국과학기술사』에서도 마찬가지다. 꼭 생물학 분야에 관련된 부분을 제목에서 고르라면 제5장의 한 부분에 '백제의 농업기술 혁신'이 있는데, 주로 김제의 벽골지가 얼마나 뛰어난 저수지로서 당시 농업 생산에 기여했던가를 설명하고 있다. 또 일본에 농업기술을 전했다는 사실도 설명되고 있다. 다음 생물학 관련 부분을 고르자면 오히려 제6장에 소개된 여러 과학기술자들 가운데 서유구(徐有榘, 1764~1845)의 소개가 농학기술의 소개에 훨씬 가깝다고 할 수 있다. 서유구의 『임원십육지(林園十六志)』를 소개하면서 저자는 이 책을 "중국과 우리나라 생물과학의 거의 모든 분야를 집대성한 새로운 저서"(418쪽)라고 평가하고 있다.

참고로 이 부분(제6장)에 소개된 옛날 우리 과학기술자들은 서유구 말고도 이천, 장영실, 이순지, 성주덕, 이규경 등 다섯 명이 더 있어서 모두 여섯 명이다. 이천(李蕆, 1376~1451), 장영실(蔣英實, 139?~145?), 이순지(李純之, 1406~1465)는 조선 초 세종 때의 대표적 과학기술자들인데, 저자는 이들의 생애와 업적을 요약 소개하고 있다. 뒤의 조선 후기 세 사람에 대해서는 대표적 저술을 중심으로 소개하고 있다. 서유구의 『임원십육지』, 성주덕(成周悳, 1759~?)의 『서운관지(書雲觀志)』 그리고 이규경(李圭景, 1788~184?)의 『오주서종(五洲書種)』 등이다.

또 한 가지 이 책의 특징은 역시 전과 마찬가지로, 17세기 이후의 우리나라 과학사는 거의 다루지 않고 있다는 점이다. 즉 서양 과학이 얼마나 어떻게 알려지고 있었던가는 다루고 있지 않다. 역시 전이나 마찬가지로, 전 교수는 그의 과학사를 분야별로 나누어 서술하고 있지, 시대적으로 다루고 있지 않다. 이 책『한국과학사』는 전에 나온 같은 저자의『한국과학기술사』와 마찬가지로 천문학, 지리학 그리고 몇 가지 기술 분야를 중심으로 삼고 있는 셈이다. 혹시 독자 가운데 시대별로 설명한 한국 과학사 책을 원한다면 전상운 교수가 낸『한국의 과학사』(세종기념사업회, 1977)를 참고할 수 있을 것 같다. 물론 전혀 다른 각도에서 쓰여진 홍이섭(洪以燮) 교수의『조선 과학사』(1944)나 평자 박성래(朴星來)의 책들도 참고할 수 있을 터이다.

이 책의 다른 특징으로는 단연 그 무게와 크기를 들 수 있을 것 같다. 판형이 크고 무게도 상당해서 한 손에 들고 읽기 거북할 정도다. 시대 조류에 맞춰 아주 좋은 사진들을 많이 넣어서 망정이지 그냥 글자만으로 가득 채운 책이라면 가치가 좀 떨어졌을지도 모른다. 이 책에는 아름다운 컬러 사진이 여럿 들어가 있어서 책의 가치를 크게 높여 주고 있는데, 특히 제일 앞의 '들어가면서 : 한국 과학의 새로운 조명' 부분에 그런 사진이 가득하다. 첫 사진 〈잔줄무늬 청동거울〉에서 시작하여 〈가야 철제 갑옷〉, 〈고구려 무덤 그림〉, 〈백제 금도금 청동향로〉, 〈첨성대〉, 〈성덕대왕신종〉, 〈토기 등잔〉, 〈대장경판〉, 〈1402년 조선의 세계지도〉, 〈조선의 별자리 그림〉, 〈16세기 자격루 유물〉, 〈혜성 관측 보고서〉, 〈앙부일구〉 등등 28장의 큼직하고도 상세하고 아름다운 사진들이 독자의 이해에 도움을 준다. 또 그에 이어서는 따로 '화보'라 하여 여섯 장의 사진이 네 쪽에 걸쳐 실려 있다. 그런데 이 화보에는 '화보 1', '화보 2……라는 순서만 써 있지, 그 제목이나 설명은 전혀 없다. 책의 본문에서 설명이 나올 때 화보를 참고하라는 설명이 나오는데, '화보 1'의 경우 본문에 '천상열차분야지도(天象列次分野地圖)'의 흑백 사진이 나올 때(61쪽) '화보 1 컬러 사진 참조'라는 보충 설명이 있는 식이다. 아마 편집할 때 조금 잘못한 것으로 보인다.

그런데 이 부분에서도 당장 느낄 수 있겠지만, 이 책에서 전 교수는 어려운 학술용어를 쉬운 우리말로 바꿔 쓰려는 노력을 많이 하고 있음을 알 수 있다. 전 같으면 '다뉴세문청동경(多鈕細文靑銅鏡)'이라 했던 용어가 여기서는 '잔줄무늬 청동거울'로 바뀌었고, '천상열차분야지도'와 '성변측후단자(星變測候單子)'라 쓰고 말았던 불친절한 옛 용어를 이 책에서는 '조선의 별자리 그림', '혜성 관측 보고서' 등 아주 친절한 제목으로 옮겨 쓰고 있다. 또 한자를 거의 쓰지 않으려 노력한 흔적을 볼 수 있다. 꼭 필요한 경우 괄호 속에 약간의 한자만을 넣어 처리하고 있을 뿐이다. 출판사와 지은이 모두 보다 대중에게 가까이 가려는 노력을 하고 있음을 알 수 있다.

학자건 아니건 사람이 글이나 또는 말로써 자신의 뜻을 펼치는 일은 그리 쉬운 것이 아니다. 왜냐하면 우선 10을 알아야 그 가운데 1(하나) 정도만큼을 겨우 표현할 수 있기 때문이다. 그래서 강단에서 강의하는 교수는 자신이 그날 강의할 내용과 그와 연관된 둘레의 지식까지를 10배쯤은 충분하게 준비한 가운데 강의를 진행해야 그날 강의하는 내용이 알차게 듣는 이에게 전달된다고 나는 생각한다. 조금 공부해서 겨우 외워 둔 지식을 가지고 그 내용을 강의하다 보면 곧 밑바닥이 드러나 강의는 재미없고 딱딱하고, 또 무슨 소리인지 알아듣기도 어렵게 되는 수가 많다. 이 책은 어느 모로 보나 그렇게 설익은 열매가 아니다.

전 교수가 이런 책을 쓸 수 있는 것은 지난 40년 동안 쌓아 온 한국 과학사에 대한 생각과 연구가 쌓이고, 저자의 가슴속에 그것이 새겨지고 또 삭혀졌기 때문이다. 그것을 이 책의 구석구석에서 충분히 느낄 수가 있다. 40년 넘게 한국 과학사만을 생각하고 연구하면서 살아온 흔적이 문장 한 올 한 올에 새겨져 있음을 느끼게 된다. 게다가 글도 매끄럽고, 다루고 있는 모든 주제에 관련된 모든 정보를 충실하게 담고 있어서, 일반 독자에게는 물론이고 전문학자들에게도 아주 훌륭한 참고서가 될 것이 분명하다.

열역학을 벗어나 버린 엔트로피

이덕환 서강대 화학과 교수

『엔트로피』

제레미 리프킨 지음 / 이창희 옮김 / 2000 / 세종연구원

'엔트로피 법칙'을 근거로 현대 물질문명의 문제점을 통렬하게 비판한 제레미 리프킨의 『엔트로피』는 1980년에 처음 발간된 후로 우리나라에서 적어도 네 차례 이상 번역될 정도로 널리 알려진 책이다.

이 책은 "우리는 세상이 점점 혼란스럽고 무질서해지고 있다는 생각을 한다"는 암울한 선언으로 시작된다. 다분히 감정적인 느낌의 짧은 서문은 "이 (기계론적) 세계관은 병들어 있고, 자신이 만들어 낸 모든 것들을 오염시키고 있다"면서 '세계관'에 대한 비관적 문제를 제기하는 것으로 끝을 맺는다.

이어서 그는 역시 단도직입적으로 '역사는 진보의 과정'이 아님을

보여 주는 '엔트로피 법칙'이 '새로운 세계관'으로 떠오르고 있다고 주장하면서, 이 법칙은 "모든 것을 포괄하는 마력을 가지고 있다"고 한다. '엔트로피 법칙'에 대한 지극히 표피적 해설에 이어지는 현대 물질문명에 대한 그의 비판은 통렬함을 넘어서 절망적이다. 에너지와 자원의 무절제한 남용을 일삼아 온 현대 사회에 대한 엔트로피적 분석과 경제학, 농업, 수송, 도시화, 군대, 교육, 보건 등에 대한 비판은 다양한 통계 자료와 인용문으로 더욱 설득력이 있어 보인다.

암담한 심정으로 도달한 제6부에서는 이제 우리 모두가 '자연의 리듬을 존중'하는 '저에너지-저엔트로피 사회'를 지향해야 한다면서, 그렇게 하는 것이 바로 선조와 후손에 대한 '엔트로피적 사랑'의 표현이라는 지적으로 이 책은 끝이 난다.

물론 현대 사회는 심각한 문제들에 직면하고 있다. 이 책이 에너지와 자원의 무절제한 낭비를 일삼는 우리를 꾸짖고, 우리가 당면하고 있는 문제의 심각성을 일깨워 주기 위한 것이라면 그 가치를 인정할 수도 있을 것이다. 그러나 그런 문제에 대한 해결책을 제시하기 위한 것이라면 그 논리와 결론이 너무 빈약하고, 표현도 너무 선동적이다.

무엇보다도 우선 그의 역사관에 의문을 갖지 않을 수 없다. 사회가 안고 있는 어려움의 정도가 역사 발전의 척도일 수는 없다. 현재 인류가 직면하고 있는 문제가 매우 심각한 것은 사실이지만, 역사상 최고 수준인 60억의 인구가 과거와 비교할 수 없을 정도로 평등한 사회에서 살게 된 것은 부정할 수 없는 역사의 진보이기 때문이다. 역사의 진보라는 인류학적 개념을 긍정하거나 부정하는 '자연법칙'이 존재한다는 주장은 무리다.

논리적 주장을 합리화하기 위해서 사용하는 통계 자료와 인용문은 그 출처와 의미가 명백해야 한다. 단편적인 사실들을 근거로 하는 아전인수 격의 논리 전개는 설득력이 없다.

현대 농업에 대한 그의 비판(167~171쪽)을 예로 들어 본다. 농업이 전체 에너지의 12%를 소비한다는 주장은 농업의 중요성을 강조하는 이외에는 아무런 의미도 없다. '구식'과 '현대' 농부의 에너지 효율에 대한 주장은 비논리적이고 선동적인 주장의 좋은 예가 된다. 현대의 농부가 270cal의 옥수수 깡통을 만들기 위해 2,790cal를 '낭비'하고 있는 것처럼 표현했지만, 실제로 소비하는 총에너지에는 변화가 없음을 인정하고 있다. 그렇다면 현대 농업이 '고에너지 방식'이라는 비판은 물론 그렇기 때문에 곧 식량 부족에 직면하게 될 것이라는 주장은 정당하지 않다. 10억의 인구도 먹여 살리기 힘들었던 '구식' 농업이 얼마나 많은 사람들을 극심한 노동에 시달리게 했었던가를 잊어서는 안 된다. 현대 농업이 엄청난 식량 증산에 성공했음에도 불구하고 급속한 인구 증가 때문에 식량 부족이 예상된다는 주장이 더 타당하다. 인간이 짐승처럼 먹을 것을 찾는 노동에만 헌신해야 한다는 자연과학 법칙은 없다.

이런 무리한 주장은 이 책의 어디에서나 찾을 수 있다. "동물을 죽이고 가죽을 처리해서 옷을 해 입는 것은 크게 힘든 일은 아니다" (100쪽)라는 주장도 그런 예다. 설사 사실이라고 하더라도 사람들을 위해서 기꺼이 '죽음' 을 감수해 줄 '동물' 을 어디서 찾을 수 있을 것이며, 그런 이기적인 살생도 역시 근본적으로는 환경 파괴의 또 다른 모습이다.

다른 사람의 주장을 인용하는 데에도 심각한 문제가 있다. 경제학자인 죠르제스크-레겐의 '통계열역학' 에 대한 비판(59쪽)은 '열역학' 만큼이나 중요한 위상을 차지하고 있는 자연과학 분야에 대한 몰이해에서 비롯된 것이며, 그가 처음으로 제안했다는 '열역학 제4법칙' 은 과학적으로 옳지도 않은 것이다. 비평형 통계열역학자인 일리야 프리고진의 주장(269쪽, 288쪽)도 역시 그 업적의 단편만을 자의적으로 해석해서 잘못 인용하고 있다. 프리고진의 '안정성' 에 대한 비판은 평형 열역학을 부정하기 위한 것이 아니라 비평형 상태의 중요성을 강조하기 위한 것이다.

'저에너지-저엔트로피 사회' 에 대한 그의 주장은 그동안 무수히 들어왔던 '자연으로 돌아가자' 는 맹목적인 주장과 조금도 다르지 않다. 이런 주장이 얼마나 '비인간적' 임을 밝힌 노벨상 수상자 로알드 호프만의 지적도 진지하게 고려해 보아야 한다. 엔트로피를 단순히 '무질서' 의 척도로만 이해한다면 도시에 모여 사는 것이 흩어져 사는 것보다 엔트로피가 더 낮은 것임도 지적하고 싶다. 그러니까 그가 주장하는 도시화의 문제는 스스로의 '저엔트로피 세계관' 과 상반되는 것이다.

'엔트로피적 세계관' 을 이해하지 못하는 사람들을 '낙관주의자', '실용주의자', 또는 '향락주의자' 라고 몰아붙이는 것은 이견을 용납

하지 않는 태도다.

그러나 리프킨의 주장에 더 큰 문제는 그의 '엔트로피 법칙'에 있다. 사회학자인 그는 열역학을 근본부터 체계적으로 이해했다기보다는 열역학 법칙의 서술적 표현을 마치 종교적 교리를 해석하듯이 자의적으로 해석한 것으로 보인다. 그리고 논리적으로 완성되어 널리 알려진 열역학 제2법칙이 '새로운 세계관'으로 인식되기까지 100여 년이 걸렸다는 주장도 이해하기 어렵다.

여기서 말하는 열역학은 겉으로는 아무 변화가 없는 것처럼 보이는 '평형'의 상태를 설명하기 위해 정립된 '평형 열역학'이다. 여기서는 평형의 상태에서 변화가 일어날 때 외부에 할 수 있는 '일'의 양을 '에너지'라고 부르고, 평형 상태에서 '자발적'인 변화가 일어날 때 그 변화의 방향을 알아내기 위해서 '엔트로피'라는 이론적인 개념을 도입한다.

평형 열역학은 평형의 의미를 정의하는 '제0법칙'과 에너지를 정의하는 '제1법칙', 엔트로피를 정의하는 '제2법칙' 그리고 엔트로피의 절대 값을 정의하는 '제3법칙'으로 구성되어 있다. 잘 알려진 "우주의 에너지는 일정하고, 엔트로피는 항상 증가한다"는 표현은 정교한 논리로 짜여진 열역학 법칙을 매우 느슨하게 나타낸 서술적 표현에 지나지 않는다.

열역학 법칙에서 말하는 '우주'는 '평형 상태에 있는 가장 큰 고립계'를 뜻하는 것으로 우리가 살고 있는 우주와는 일치하지 않을 수도 있다. 새로운 생명과 별의 탄생과 죽음이 끊임없이 이어지고 있는 우리의 우주는 평형에 있는 것이 아님이 확실하기 때문이다. 그러나 언젠가 우리의 우주가 마침내 평형에 도달하게 되면 그것이 바로 열역학에서 말하는 '우주'가 된다. 그런 평형 상태에서는 어떤 생명체도 존재하지 못한다. 그런 우주에서 다시 자발적인 변화가 시작되었다가 또 다른 평형 상태에 도달한다면 그렇게 만들어진 새로운 '우주'의 엔트로피는 처음보다 클 것임을 예언한 것이 바로 제2법칙이다.

그러니까 한창 변화가 진행되고 있는 현재의 우주에서도 엔트로피가 증가할 것이라는 주장은 제2법칙에 들어 있지 않다. 실제로 평형에서 아주 멀리 떨어진 경우에는 '엔트로피'와 같이 자발적 변화의 방향을 예측하는 역할을 할 수 있는 과학적 개념을 정의할 수 있는가에 대한 명백한 해답도 얻지 못하고 있는 실정이다. 아직도 걸음마 단계를 벗어나지 못하고 있는 '비평형 열역학'이 바로 그런 가능성을 연구하는 분야이고, 일리야 프리고진이 그 분야의 대표적인 인물이다.

더욱이 고립계와는 달리 물질의 출입이 허용되는 '열린 계'나 에너지의 출입만 허용되는 '닫힌 계'의 경우에는 "우주의 엔트로피는 항상 증가한다"는 표현은 더 이상 적용되지 않는다.

높은 곳에서 평형 상태로 있는 물이 자발적으로 낮은 곳의 평형 상태로 옮겨갈 때는 엔트로피가 증가한다. 향수가 퍼져 나가는 현상도 엔트로피가 증가하는 쪽으로 자발적인 변화가 일어나는 경우다. 리프킨이 이해하는 엔트로피 변화와 일치하는 예들이다.

그러나 평형 상태에 있는 물이 얼음이라는 평형 상태로 바뀌거나 공기 중에 있던 수증기가 물방울이 되어서 구름이 되어 비가 내리는 변화도 역시 자발적으로 일어난다. 그러나 놀랍게도 그런 경우에는 엔트로피가 오히려 감소한다. 얼음이 물보다 무질서도(엔트로피)가 낮은 상태이기 때문이다. 그러니까 상태가 변할 때마다 엔트로피라는 벌금을 물어야 한다는 리프킨의 '엔트로피 법칙'은 지극히 간단한 자연현상도 설명하지 못하는 절름발이인 셈이고, 닫힌 계에 대한 소위 '열역학 제4법칙'은 허구에 지나지 않는다.

고립계가 아닌 경우에 평형 상태에서 일어나는 자발적 변화의 방향은 에너지와 엔트로피의 변화를 함께 고려한 '자유에너지'로 결정된다는 것이 바로 열역학 제2법칙에 담겨진 진짜 이야기다. 자발적 변화는 에너지가 감소하는 동시에 엔트로피가 증가하는 방향으로 일어난다. 그러나 에너지의 감소가 충분히 크면 엔트로피가 증가하는 방향으로의 자발적인 변화도 역시 가능하다는 것이 열역학 제2법칙의 결과다. 얼음이 어는 경우가 바로 그런 예다.

에너지와 엔트로피를 합쳐서 정의되는 '자유에너지'는 변화의 방향을 결정할 뿐만 아니라, 그 크기는 변화가 일어날 때 얻을 수 있는 '기계적인 일을 제외한(주로 전기적인) 일'의 양을 나타낸다. 바로 여기서 '무용한 에너지'라는 해석이 출현하게 되고, 리프킨은 이것을 극도로 확대 해석하는 오류를 범했다. 결국 리프킨의 '엔트로피 세계관'은 무질서도를 나타내는 엔트로피의 의미를 지극히 자의적으로 확대 해석하는 데에서 만들어진 잘못된 결과에 지나지 않는다.

전체적으로 문장이 매끄럽기는 하지만 '고립계(Isolated System)'와 '닫힌 계(Closed System)'를 모두 '폐쇄계'로, '농도(Concentration)'를 '집중도'로, '통계역학'을 '통계적 역학'으로 잘못 옮긴 것이 눈에 거슬렀다.

자연과학의 법칙은 정확하게 정의된 언어와 엄격한 논리 체계 때문에 생명력이 유지되며, 지식의 발전에 따라 그 적용 범위가 제한되거나 확대되기도 한다. 평형 열역학과 고전역학이 바로 그런 예다. 따라서 자연법칙을 다른 분야에서 이용하려면 우선 그 적용 가능성을 확인해 보아야 하고, 그 응용 과정에서 논리 체계의 훼손이 없어야만 한다.

이문규 포항공대 인문사회학부 강사

『**중국의 과학과 문명 : 수학, 하늘과 땅의 과학, 물리학**』
조지프 니덤 지음 / 콜린 로넌 축약 / 이면우 옮김 / 2000 / 까치글방

조지프 니덤(Joseph Needham, 1900~1995)의『중국의 과학과 문
명(Science and Civilisation in China)』은 중국 전통 과학의 성과를 매
우 분명하게 보여 준 대작이다. 이 책은 그 이전까지 과학을 서양 문
화만의 독특한 산물이라 여기던 편향된 인식을 바꾸어 서양 이외의
문화에도 상당한 수준의 과학이 존재했었다는 점을 알리는 결정적
계기를 마련했다. 1954년 첫 번째 책이 출판된 이후 지금까지 나온
것만 20권이나 되지만 완결된 것은 아니다. 니덤은 이처럼 방대한 규
모의 저작을 초기에는 몇몇 중국계 학자의 도움을 받아 가며 혼자서
진행했다. 하지만 1980년대 이후 각 분야의 전문가 다수가 참여하게

되었으며, 그의 죽음에도 불구하고 『중국의 과학과 문명』의 저술 작업은 아직도 계속되고 있다.

전체 7권으로 계획된 『중국의 과학과 문명』의 제1권은 중국의 언어, 역사, 지리 등 중국 문화 전반을 소개하는 서론에 해당한다. 제2권은 유가, 도가, 법가 및 음양, 오행, 주역 등 중국의 전통 철학의 중요한 내용을 니덤 특유의 관점으로 해석한 과학 사상사 부분이다. 제3권부터 제6권까지는 중국에서 얻어진 구체적인 과학기술의 성과가 풍부한 사료를 통해 제시되고 있다. 제3권은 수학 그리고 하늘과 땅의 과학, 제4권은 물리학 및 물리기술, 제5권은 화학 및 화학기술, 제6권은 생물학 및 생물기술이다. 제7권은 중국 과학의 사회적 배경을 다루며 이 책의 결론에 해당하는데, 1998년 첫 책이 나왔다. 이 가운데 제1권과 제2권은 이미 국내에서도 번역 출판되었다(이석호 등 역, 을유문화사, 1985~1988). 한편, 콜린 A. 로넌은 니덤의 책을 축약해서 펴내고 있는데, 니덤의 제1~2권에 해당하는 첫 번째 책도 번역되었다(김영식 · 김제란 옮김, 까치, 1998).

이번에 번역된 『중국의 과학과 문명』은 콜린 로넌의 두 번째 축약본이다. 니덤의 원책으로는 제3권과 제4권의 앞부분 일부에 해당된다. 니덤의 『중국의 과학과 문명』 시리즈에서 구체적으로 과학기술을 다루는 부분이 국내에서 처음 번역된 것이다. 지금까지 번역된 니덤의 책은 물론 그의 독특한 관점이 잘 나타나 있기는 하지만, 아무래도 수박의 껍질에 불과하다고 할 수 있다. 이제 처음으로 그 알맹이를 직접 맛볼 수 있게 된 셈이다. 다만 니덤의 책이 직접 번역된 것이 아니라 그 축약본이 번역된 것은 커다란 아쉬움으로 남는다.

이 책은 모두 6장으로 구성되어 있다. 그 가운데 제1장 수학 부분만을 살펴보아도 이 책이 가진 특징의 대강을 파악할 수 있다. 니덤은 먼저 중국의 뛰어난 숫자 표기 방식, 수학 관련 문헌, 계산 방법, 계산 도구에 대해서 설명한다. 이어서 흔히 중국 수학의 커다란 약점으로 지적되는 기하학적 사고가 없었다는 주장을 부정이라도 하듯이 피타고라스의 정리, 삼각법 등 여러 예를 통해 중국 기하학의 모습을 보여 준다. 그리고 중국에서 매우 발달했던 대수학이 서양에 비해 얼마나 앞섰는가를 많은 예를 들어 가며 제시한다. 마지막으로 '중국과 서양의 수학 및 과학'(77~82쪽) 부분에서는 널리 알려진 니덤의 명제 즉, "중국의 전통 과학은 왜 근대 과학으로 나아가지 못했는가" 또는 "중국에는 왜 과학혁명이 일어나지 않았는가"라는 질문을 던지고 있다. 이 문제에 대해 니덤은 관료적 정부 체제에서 기원한 중국의 수학이 역법, 계산 등 실용적인 문제에만 관심을 쏟았을 뿐, 수학을 자연 세계의 지식에 적용하지 못했다고 말한다. 그렇지만 니덤은 중국 수학(제1장), 나아가 중국 과학의 한계는 근본적으로 중국의 사회적, 경제적, 정치적 환경 때문에 기인한 것으로 이해하고 있다.

『중국의 과학과 문명』에 나타난 중국 과학을 바라보는 니덤의 시각은 몇 가지 특징을 가지고 있다. 먼저 니덤은 중국의 전통 과학을 현대 과학의 잣대로 재단한다. 다분히 비역사적인 그의 이런 태도는 중국 과학을 수학(제1장), 천문학(제2장), 기상학(제3장), 지리학(제4장), 지질학(제5장), 물리학(제6장) 등으로 나누는 것에서도 쉽게 드러난다. 하늘의 과학에 속했던 천문(天文)이나 땅의 과학에 속했던 풍수지리(風水地理)와 같은 분야가 포함되지 않은 것도 같은 이유 때문이다. 반면 니덤이 물리학으로 묶어서 다룬 내용의 대부분은 중국과학사에서는 하나의 독자적인 분야로 자리 잡지 못하고 단편적인 지식으로 존재했을 뿐이었다. 결국 니덤은 실제 중국인들의 삶 속에서 중요했던 과학의 참모습을 보지 못하고, 오늘날 현대 과학에 부합되는 측면만을 찾아냈던 것이다.

또한 니덤은 중국 전통 과학의 성과를 그 자체로 설명하는 것보다 서양 과학과의 비교에 많은 노력을 기울인다. 예를 들어 5세기 조충지(祖庶之)가 구한 π값은 서양에서 1,600년경에야 계산할 수 있었고, 서양에서 17세기에 알려진 '파스칼의 삼각형'은 이미 14세기 주세걸(朱世傑)의 『사원옥감(四元玉鑒)』에 나와 있었으며, 중국에서는 서양보다 1,000년이나 앞서 태양의 흑점을 관측했다고 한다. 그리고 11세기의 심괄(沈括)은 1802년 제임스 허턴에 의해 설명되어 근대 지질학의 기초가 되는 개념을 이미 완벽하게 이해하고 있었으며, 1584년 주재육(朱載堉)이 창안한 평균율을 이용한 조율법은 서양에서 17세기에나 이루어졌다고 말한다. 물론 니덤은 중국이 서양보다 늦게 얻어 낸 과학기술에 대해서도 언급하고 있지만, 전체적인 경향은 중국의 과학기술이 적어도 13, 14세기까지는 서양에 비해 상당히 앞섰다는 사실을 강조하고자 한다.

니덤이 16, 17세기 유럽에서 진행된 과학혁명의 결과 나타난 근대 과학을 '유럽적인' 또는 '서양적인' 과학이 아니라, 보편적으로 유효

한 세계의 과학 즉, 고대 및 중세의 과학과 대립되는 것으로서 '근대' 과학이라고 보는 것(250~252쪽)도 주목할 만한 내용이다. 유명한 니덤의 "모든 민족과 문화의 고대 및 중세 과학은 근대 과학의 대양으로 흘러들어 가는 강물들"이라는 표현에 잘 나타나 있는 것처럼, 그는 자연에 대한 과학은 보편적이며 유일하다는 믿음을 가지고 있다. 따라서 이에 합치되지 않는 자연 세계에 대한 지식은 모두 '사이비 과학(Pseudo-Science)'으로 취급하였던 것이다. 결국 중국 과학의 한계를 사회적 배경과 같은 과학 외적인 요인으로 지적하였던 니덤이지만, 과학의 역사가 과학 자체만으로 이루어지는 것이 아니라 그것을 둘러싼 정치, 경제, 사회, 사상, 문화 등과의 직접적이고 복합적인 상호작용 속에서 전개된다는 점을 깊이 인식하지 못했던 것이다.

책 하나를 제대로 번역하는 것은 결코 쉬운 일이 아니다. 특히 비록 축약본이기는 하지만, 『중국의 과학과 문명』과 같은 대작의 번역은 많은 노력을 필요로 하는 작업이다. 그럼에도 불구하고 역자는 많은 정성을 쏟아 매우 꼼꼼하게 그 일을 마쳤다. 중국 원문에 대한 번역이나 여러 분야에 걸친 전문 용어도 무리 없이 소화했다. 더구나 '역자 후기'에서 박성래 교수의 견해를 정리하여 한국 과학사에 대한 니덤의 잘못된 이해를 지적한 것은 독자를 위한 바람직한 태도이다. 그렇지만 가규(賈逵)를 고규로 잘못 표기한 것이나, 개천가(蓋天家), 혼천가(渾天家)가 더 적절한 표현임에도 개천파, 혼천파로 옮긴 것 등은 옥에 티라 할 것이다. 그리고 책의 세부 내용을 살펴볼 수 있게 '차례'를 조금 더 자세히 제시했더라면 독자를 위한 친절한 배려가 되었을 것이다.

니덤의 『중국의 과학과 문명』은 20세기의 고전이라 할 만한 중요한 업적이다. 그 가운데 중요한 내용의 일부가 한글로 선보인 것은 당연히 반가운 일이다. 하지만 40여 년 전에 출판된 책이 이제야 겨우 번역되었기 때문에, 그동안 이루어진 상당한 연구 성과를 전혀 보여 주지 못하는 것은 어쩔 수 없는 한계로 지적될 수밖에 없다. 그럼에도 불구하고 165개의 그림과 38개의 표가 들어 있는 이 책은 일반 독자와 중국학에 관심을 가진 전문가 모두에게 중국 문명의 새로운 측면을 충분히 보여 줄 수 있을 것이다.

처음 나온 우리나라
천문학의 역사

전상운 *前* 성신여대 총장

『**한국천문학사**』
나일성 지음 / 2000 / 서울대학교출판부

나일성 교수의 『한국천문학사』는 나에게 오랫동안 기다리던 친구를 만난 것 같은 반가움을 안겨 주었다. 평생을 책 속에 묻혀 사는 사람일수록 좋은 책을 만났을 때의 기쁨은 남다르다. 나도 그런 사람 중의 하나여서 그럴까. 그보다는 나 교수의 『한국천문학사』가 우리에게 처음 나타난 우리나라 천문학의 역사책이기 때문일 것이다. 『한국천문학사』는 3년 전에 세상을 떠난 유경로 교수가 늘 쓰고 싶어 하던 책이다. 그는 그 뜻을 이루지 못하고 말았다. 그가 쓴 글들을 모아 엮은 『한국천문학사 연구』(1998)가 출판되었을 때, 나는 기쁨보다도 섭섭함이 앞서는 마음을 가눌 수가 없었다.

그래서 나는 나일성 교수의『한국천문학사』를 우리 천문학의 역사를 체계적으로 쓴 첫 번째 저술로 꼽는 것이다. 물론 1936년에 연희전문학교 교수로 있던 미국인 선교사이자 천문학자였던 루퍼스(W. Carl Rufus)의『한국의 천문학(Astronomy in Korea)』이 있었던 것을 우리는 안다. 그 책은 아주 작은 책이다. 본문 56쪽, 도판 17쪽의 분량이다. 그러나 우리는 반세기 이상이나 단행본으로 간행된 한국 천문학사 책을 갖지 못했다. 세종시대에 수십 권의 천문학 책이 나오고, 삼국시대 이후 2천 년의 천체 관측 기록을 가진 한국인에게 이런 우리 학계의 현실은 너무도 답답했다.

　물론 그동안 우리 천문학의 역사가 전혀 연구되지 않은 것은 아니다. 축적된 연구 성과가 몇 가지 형태로 활자화되어 있긴 했다. 홍이섭이 1944년과 1946년에 써낸『조선과학사』에 천문학 부문이 중요하게 다루어졌고, 전상운이 1966년과 1976년에 낸『한국과학기술사』의 제1장과 제2장이 천문학과 기상학이었고, 북한에서 펴낸『조선기술발전사』(1997년, 평양) 5권에도 천문학이 들어 있다. 그리고 그 분량은 5분의 1에서 3분의 1을 차지할 정도였다. 또 고려대학교 민족문화연구소가 1960년대에 펴낸『한국문화사대계』전 7권 중의 셋째 권인『과학기술』1147쪽에서 거의 100쪽이 '한국 천문 기상학사'이다. 그리고 이은성의『한국의 책력』(1978, 상하 483쪽)이 있었고, 박성래 교수의『한국과학사』(1982)의 4분의 1이 넘는 분량이 천문학 분야였다. 천문학이 한국 전통 과학에서 차지하는 비중은 이렇게 크다.

　그러나 단행본으로 된 체계적인 연구서로서의 한국 천문학사는 출판되지 못했다. 천문학사를 전공하는 학자가 없었기 때문이다. 나일성 교수의 『한국천문학사』를 손에 든 우리가 그 출간을 함께 기뻐하고 축하하는 이유가 여기에 있다. 물론 나 교수는 천문학사 학자는 아니다. 그는 미국 펜실베니아대학에서 천문학으로 박사 학위를 받고, 천문 관측과 천문학 연구에 평생을 바친, 그리고 대학에서 많은 천문학자를 길러내는 데 정열을 쏟은 세계적인 천문학자이다. 그런 나 교수가 1970년대 후반 무렵부터 조선시대의 천문 관측 기록에 주목한 것이다. 특히 1664년 가을에 나타났던 대혜성의 관측 기록은 저명한 현대 천문학자였던 그를 한국 천문학사에 빠져 들게 하기에 충분했다. 그후 20여 년이 지나, 연세대학교 천문학과 교수를 정년으로 퇴임하고 경북 예천에 나일성 천문관을 세우고 그곳에서 외롭게 지내면서 한국의 천문도 연구에 심혈을 기울인 나 교수가 해낸 일이 이 책이다.

나 교수는 스스로 말한 것처럼 프로의 천문학사 학자가 아니다. 그는 책의 서문 첫머리에 이렇게 썼다. "현대 과학을 공부하는 나 같은 사람이 사(史) 자가 붙은 책을 쓴다고 하는 일은 어려운 정도를 넘어 괴로운 일이라는 표현이 더 적절하기에 더욱 망설여지는 일이지만, 이렇게 쓰게 된 것은 하나의 의무감 때문이었다"고. 그런데, 그에게는 지난 20여 년 동안 쓴 조선시대의 천문 관측 기록과 관측 제도, 천문도와 관측 기기에 관한 여러 연구 논문이 있다. 그것은 1992년에 나온 그의 방대한 회갑 기념 논문집 800쪽의 반이 넘는다. 나 교수의 책은 이 연구 성과를 바탕으로 하고 있다.

그의 책의 차례와 그 내용은 그래서 지금까지의 나 교수의 연구를 잘 반영하고 있다. 그는 한국 천문학사를 통사나 개설서로 애써 체계를 세우려 하기보다는, 그의 20여 년간의 주요 연구 성과를 바탕으로 하는 테두리를 벗어나지 않고 오히려 한정하려 했던 것으로 보인다. "누군가가 부족함을 무릅쓰고라도 용기를 내야 하는 절박한 형편"이어서 그는 이 짐을 졌다고 했고, "훗날 두고두고 후회할 일을 알면서도 피해 갈 명분이 없었다"고 나 교수가 그 심경을 머리글에 쓰고 있는 것은 그런 한계의 표현이라고 생각된다.

이 책의 차례와 구성을 보자.

의 해시계/ 6. 자격루와 옥루/ 7. 조선 후기에 계승된 각종 의기들

컬러 화보 17장과 흑백 그림 105장

책의 차례와 내용은 한마디로 나일성 교수의 20여 년 연구 내용을 그대로 담고 있다. 내가 아는 한, 나 교수는 우리 천문학에서 그가 파고든 주제 이외의 것들은 거의 다루지 않았다. 다시 말하면, 한국 천문학의 개설서를 쓰려고 모든 분야를 다 써 내려가는 일은 하지 않았다는 것이다. 그것은 그가 자기도 모르는 사이에 '한국 천문학사 연구에 몰입' 했을 뿐, 천문학사 학자는 아니라고 생각하고 있는 학문적 입장과 태도에서 나온 것으로 나는 생각하고 있다. 그래서 이 책의 내용에서 우리가 꼭 다루어졌으면 하고 기대하는, 그리고 중요하다고 믿는 여러 주제들이 빠져 있는 사실에 대해서 말하는 것은 무리한 요구일지도 모른다는 생각이 든다.

조선시대 실학자와 그 시대의 천문학, 예수회 선교사와 중국 천문학의 영향 등에 대해서 쓰지 않은 것도 그가 스스로 한계를 그렇게

잡았기 때문인 것으로 알고 있다. 그는 지금 이 주제와 관련된 작업을 하고 있다. 그 일이 끝나면, 이 책의 개정판이 나올 것이고, 거기서 이런 주제들이 다루어질 것으로 나는 기대한다. 고집스러울 정도로 곧고 분명한 그의 천문학자로서의 학문적 태도는 이 책을 아주 개성이 강한 한국 천문학사로 엮어내게 했다. 어쩌면 이것이 단행본으로서의 우리 천문학사의 첫 책으로 기록되면서 더욱 돋보이는, 그리고 앞으로의 길잡이가 되는 역저(力著)로 평가될 것이다. 그런데 126장이나 되는 많은 사진들이 인쇄기술상의 문제 때문에 돋보이지 못하게 된 점은 아쉬운 일이다.

한국 천문학사는 크게는 분명히 한국학 또는 한국 역사학의 영역에 속한다. 그러니까 인문학으로서의 매끄러운 서술이 요구된다. 과학 기기나 한국의 역사적 용어의 사용에서 어떻게 풀어써야 할 것인가의 문제도 매우 어려운 일이다. 과학자와 인문학자로서의 조화 있는 용어 사용과 그 풀이는 매우 중요하다. 첫 번째 책이 가지는 무게 때문에 더 그렇다.

서울대학교 출판부가 그들이 기획한 한국의 탐구 시리즈로 한국 과학기술사의 주요 분야인 『한국천문학사』를 펴낸 것도 반가운 일이 아닐 수 없다.

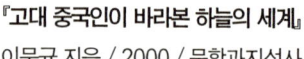

우리 문화의 원형을 찾기 위하여
고대 중국의 천문학을 다룬 연구서

이면우 춘천교대 과학교육과 교수

『고대 중국인이 바라본 하늘의 세계』
이문규 지음 / 2000 / 문학과지성사

저자 이문규는 정통적으로(?) 과학사를 전공한 젊은 학자다. 학부에서는 자연과학을 공부했고 박사 학위는 이학(과학사 분야)으로 받았다. 서울대 동아문화연구소 특별연구원과 중국 북경대학에서 객원연구원을 역임한 이력으로 볼 때 그를 중국학의 전문가라고도 할 수 있을 것이다. 이문규에 의해 우리말로 된 중국 천문학사 책이 출간되었다는 것은 아주 기쁜 일이다. 덕분에 우리는 이 책을 통해 옛날 중국인들이 바라본 하늘의 세계를 엿볼 수 있는 고마운 기회를 얻었다.

"과학사를 공부하게 된 것은 다소 우연이다. 처음에는 우리 문화에 대한 막연한 관심에서 출발했다"는 저자의 서문에서 그의 문제 의식을 읽을 수 있다. 우리 문화의 원형을 찾기 위한 방편의 하나로 고대 중국의 천문학에 관심을 두었고 이를 종합한 저자의 박사 학위 논문이 수정 보완되어 책으로 완성되었다. 이 책의 내용에 대해서는 이미 논문 심사 과정에서 충분히 평가되었다고 생각한다. 그러므로 얕은 지식을 가진 평자가 구체적인 내용에 대한 논평보다는 저자의 책을 간단히 요약하는 것으로 서평을 대신하고자 한다.

이 책은 서론과 결론 이외에 천문, 역법 및 천체 구조론을 다룬 세 부분의 본론으로 구성되어 있다.

서론에서는 기존의 중국 천문학사 연구자들이 지나치게 천문학의 세부적인 문제에만 관심을 기울이는 경향을 비판했다. 예를 들면 그들은 주로 중국인들이 얼마나 정확한 관측을 했으며, 또 얼마나 정확한 역법을 만들었는가, 태양의 흑점 관측이나 세차 현상 등을 어느 시기에 발견했는가에 대한 것에 초점을 맞추었다는 것이다.

저자는 그러한 관측이나 역법 제작 및 발견이 천문학이라는 분야에서 그다지 중요한 사항이 아니었음을 강조한다. 즉 고대 중국인들에게 천문학은 자연과학의 한 분야가 아니라 하늘의 세계를 이해하는 한 가지 방식이었으며, 그들이 천문학을 중시한 것 역시 천문학 자체의 발전에 유용한 더 정확한 지식을 얻기 위한 것이 아니었기 때문이라는 것이다. 그래서 저자는 고대 중국 천문학의 세부적인 내용이 아니라 그것이 표현되는 양식에 주목하여, 중국인들이 물리적인 대상으로써의 하늘의 세계를 구체적으로 어떻게 바라보았는가, 어떤 방식을 통해서 이해했는가를 살펴보았다.

이러한 문제 의식을 가지고 저자는 고대 중국인들의 하늘에 대한 다양하고 독특한 관념을 소개했고, 이어 신석기시대의 무덤 분포에서부터 마왕퇴 한묘에서 출토된 유물을 통해서 고대 중국인들의 천체 구조에 대한 관념에 개천설이나 혼천설이 전혀 반영되지 않았음을 밝혔다.

본론 제1부에서는 천문의 원리와 실제 적용을 다루었다. 여기서 저자는 천문을 단순하게 점성술과 동일시한 것이 아니라, 중국인들이 하늘에서 일어나는 현상을 해석하는 원칙, 즉 천문의 원리가 성립되는 과정을 밝혔다.

제1장에서는 먼저 하늘과 땅의 대응 관계를 상징적으로 잘 보여주는 분야 이론이 성립되는 과정을 하늘의 구획이라는 측면에서 살폈다. 여기서 저자는 하늘의 세계와 지상의 세계를 상관적으로 이해하려는 전통적인 관념이 한대 이후 세성(목성)을 매개로 정립된 이론이라고 보았다. 특히 하늘과 땅의 대응 관계를 바탕으로 하늘을 평면적으로 분할하여 이해하는 것 역시 중국인들이 가진 독특한 관념의 소산이며, 이러한 관념이 중국 천문학의 구체적인 내용에서도 특징적인 모습으로 반영되었다는 것이다.

제2장에서는 『사기』〈천관서〉와 『개원점경』 등을 중심으로 하늘의 현상을 해석하는 기본적인 원리들을 검토했다. 별자리에서는 특히 북두칠성과 28수에 대한 내용, 오행성과 이를 통한 점성술, 해와 달의 운행 궤도와 식현상, 그밖의 천문 현상으로 잡성(국황성, 소명성

등), 운기(구름처럼 보이는 특별한 현상으로 안개, 무지개 등을 말함), 바람 등에 관한 내용을 포함시켰다. 여기서 저자는 『사기』〈천관서〉에 제시된 천문의 원리와 이후의 문헌들과의 비교를 통해 중국 고유의 천문 원리가 형성되었음을 보여 주었다.

제3장에서는 춘추 시기 이후부터 후한 시기까지 천문 현상을 기록한 사례들에 대한 분석을 통해, 천문의 원리가 실제 하늘에 나타나는 천문 현상을 해석할 때 어떻게 적용되었으며 그것이 역사적 사건들과는 어떻게 연결되어 해석되었는가 하는 점을 밝혔다.

이러한 과정을 통해서 중국인들이 처음에는 일식이나 혜성의 출현과 같이 비교적 쉽게 관찰할 수 있는 현상들만 기록하기 시작했으며 이후 점차 그 범위가 확대되어 하늘에서 일어나는 모든 천문 현상을 주목하게 되었음을 밝혔다. 예를 들면 『사기』의 〈천관서〉에 비해 『한서』의 〈천문지〉에는 일식이나 혜성뿐만 아니라 오행성에 대한 자세한 기록, 객성, 유성, 촉성, 비성 등에 관한 구체적인 사례가 자세하게 다루어졌음을 근거로 들었다.

또한 초기에는 단순하게 천문 현상만을 기록하다가 점차 그것을 직접 인간 세상에서 벌어지는 실제 사건과 연관지어 해석하는 일이 잦아졌으며, 그 연결 또한 점점 더 구체적이고 치밀해졌음도 밝혔다. 아울러 천문의 원리가 실제 역사적 사건들에 본격적으로 적용되어 기록되기 시작한 것도 『한서』 이후라는 사실도 밝혔다. 그러나 천문의 원리가 일방적으로 역사적 사건에 적용되는 것이 아니라는 점도 지적했다.

본론의 제2부는 역법의 변천과 그 기능을 다루고 있다. 우선 저자는 『사기』에 〈천관서〉와 〈역서〉가 따로 편찬되었음을 근거로 이미 한초에 천문과 역법이 어느 정도 구분되었을 것으로 짐작하고 있다.

역법은 천문과 달리 동태적인 작업이며 정밀과학에 더 가깝지만, 그것 역시 당시의 사회적 문화적인 배경으로부터 자유로울 수 없다는 전제하에 제4장에서는 『사기』〈역서〉에 나오는 '역술갑자편'과 비교적 역법 체계를 갖춘 태초력을 분석했다. 그럼으로써 중국의 독특한 역법 체계가 한대에 형성되었으며 지속적으로 개선되었다는 점을 보였다. 그러나 한대의 역법사가 항상 더 정확한 역법을 향해 나아간 것이 아니라는 새로운 견해도 분명히 했다.

이어 제5장에서는 한대에 진행되었던 여러 번에 걸친 개력에 관한 논의를 참위 사상과 관련지어 자세하게 검토했다. 아울러 개력의 과정뿐만 아니라 개력의 동기와 목적도 함께 밝혔다.

제6장에서는 중국 고대 역법의 기능에 대해서 논하였다. 기존의 연구에서는 역법의 과학적인 측면을 강조한 부류에 의해 역법의 기능이 천체 운행에 관한 보다 정확한 지식을 얻기 위한 것이었다고 해석되어 왔다. 한편으로는 농업과 관련지어 역법의 기능을 설명하는 주장이나 제왕의 학으로 천문학을 고대 군주가 백성들에게 정확한 시간을 알려 주는 기능이 강조되기도 했다.

역법이 군주의 전유물이었다는 점에 주목하여 역법의 정치적인 기능이 부각되기도 했다. 그러나 저자는 한대에 역법 논의에 직접 참여했던 사람들을 분석함으로써 역법이 주로 황제를 정점으로 하는 중앙 집권적 관료 체제 속에서 여러 집단들 사이의 역학 관계를 표출하고 조정하는 수단으로써의 기능도 있었다는 점을 제시하였다.

제3부는 중국 고유의 천체 구조론을 다룬 부분이었다. 여기서는 하늘과 땅의 구조에 대한 논의로 고대 중국인들이 자신들이 살아가고 있는 실제 무대인 물리적 공간에 대해 다양하게 생각했고, 활발하게 논의했다는 사실을 확인할 수 있다.

제7장에서는『회남자』의〈천문훈〉에 나타난 원시적인 천체 구조에서부터 '천원지방론'과 구천설을 다루었다. 그러나 이것들은 너무 단편적이며 불분명하기 때문에 구체적으로 천체 구조를 이해하기는 어렵다는 것이다. 특히 기존 연구자들이 천원지방을 제1차 개천설로 취급한 데 반하여 저자는 그것이 단순한 관념에 불과할 뿐이며 내용이 분명하지 않으므로 구체적인 천체 구조론의 하나로 보기는 어렵다고 주장한다.

이어 제8장에서는 기존의 논의가 개천설을 흔히 제1차 개천설과 제2차 개천설로 나누는데 이것이 잘못된 구분임을 지적했다. 또한『주비산경』에 나오는 개천설과『진서』〈천문지〉에 있는 개천설이 서로 다른 종류임을 밝혔다.

제9장에서는 혼천설이 땅의 모양에 크게 관심을 두지 않았다고 주장한다. 또한 혼천설에서는 천구의 개념을 분명하게 보이고 있으며, 개천설이 하늘과 땅의 구조를 평행한 상하 구조로 생각한 반면에 혼천설은 내외 관계로 인식했다고 주장하였다.

제10장에서는 개천설과 혼천설 사이의 논쟁을 다루었다. 양웅과

환담의 개천설 비판, 왕충의 혼천설 비판 등을 다루면서 그러한 논쟁이 천체 구조 이론의 핵심에서 벗어난 부수적인 문제에 관한 것이었음도 지적하고 있다.

제11장에서는 혼천설과 개천설 이외의 다양한 여러 가지 천체 구조론(선야설, 안천론, 궁천론, 흔천론 등)을 다루었다. 이를 통해 저자는 중국인들이 천체 구조에 대해 폭넓은 사고를 하고 있다고 설명하고 있다.

저자는 결론에서 강조하고 있다. 고대 중국인들은 다양한 방식으로 하늘의 세계에 접근했는데, 그 가운데 하나가 천문학적 방법을 사용해서 하늘을 이해했다는 것이다. 그리고 천문학은 하늘 자체만을 이해하고 설명하기 위한 것이 아니라 궁극적으로 하늘과 인간의 관계를 구명하기 위한 방편이라는 것이다.

중국 천문학이 원시적인 상태를 벗어나 나름대로의 독자적 체계를 갖추고 하나의 전문 분야로 자리 잡게 된 것은 한대이며, 이후 커다란 변화가 없었다. 또한 체계를 갖추기까지 상당히 오랜 시간이 필요했다고 한다. 천체 구조론에 대한 논쟁에서도 일반 지식층이 적극적으로 참여했으며, 그 과정이 추상적인 사고를 필요로 한 사변적인 작업으로 평가했다.

다만 중국에서의 전개 양상이 코페르니쿠스의 천문학 혁명과 달랐을 뿐이지만, 분명히 중국에서도 천체 구조에 대한 논의가 활발했다고 주장하고 있다.

최근 TV 강좌를 통하여 동양 고전 열풍이 불어 닥친 요즈음에, 비

록 책의 제목처럼 그 내용이 쉽지는 않지만, 우리 문화나 역사에 관
심 있는 독자들에게 일독할 것을 적극적으로 권한다.

더 높은 가능성을 향한 인류의 노력

이덕환 서강대 화학과 교수

『화학의 시대』
필립 볼 지음 / 고원용 옮김 / 2001 / 사이언스북스

고대의 연금술에서 비롯된 화학은 18세기 말부터 본격적으로 그 모습을 갖추기 시작하여 현대 화학으로 발전하였다. 100년 남짓한 현대 화학의 역사는 다른 어떤 분야의 역사보다 화려해서, 지나간 20세기는 그야말로 '화학의 시대'였다고 할 수 있고, 그런 시대는 앞으로도 상당한 기간 동안 계속될 전망이다.

화학의 발전은 인류의 생활은 물론 사상(思想)에까지 직접적인 영향을 주었다는 점에서 인류가 이룩해 온 다른 학문 분야와 분명하게 차별화된다. 지구상에 살고 있는 모든 사람들에게 충분한 식량을 제공해 준 녹색혁명의 기초가 되었고, 모든 사람들이 같은 옷감과 색깔

로 물들인 옷을 입을 수 있게 만들어 줌으로써 진정으로 평등한 사회를 구축하는 기반이 되기도 했다. 인류를 질병의 고통에서 해방시켜 주었고, 공상과학소설을 현실로 만들어 주면서, 유사 이래 가장 풍요로운 생활을 향유할 수 있는 기반을 만들어 주었다.

그럼에도 불구하고, 21세기가 시작되는 오늘날 화학은, 특히 우리 사회에서는 그 성과를 제대로 인정받지도 못하는 것은 물론, 쇠퇴의 길로 들어서 버린 것 같은 느낌을 받기도 한다. 녹색혁명을 가능하게 만들어 준 인공 비료와 농약은 물론 플라스틱까지도 환경오염의 주범이 되어 버렸고, 합성 의약품으로 질병의 고통에서 벗어난 사람들이 오히려 '인공' 의약품과 염료와 섬유에 대한 거부감을 보이고 있다. 공급이 극도로 한정될 수밖에 없는 '생약'과 '천연 염료'와 '천연 섬유'가 비효율적이었음은 물론 신분 차별의 대표적인 상징이었음을 완전히 잊어버린 모양이다.

이제 화학은 화려하게 등장하고 있는 '생명과학'과 '정보화 기술'의 단순한 도구로 전락하고 있고, 독립된 학문으로서의 존재마저도 위협받고 있다. 지구상에 처음으로 60억이 넘는 사람들이 가장 평등하고 풍요로운 삶을 살 수 있도록 만들어 준 화학에 대한 무책임한 '토사구팽(兎死狗烹)'이 아닐 수가 없다.

필립 볼이 펴낸 『화학의 시대』는 심각한 위기에 처한 화학을 구하기 위한 절규로 생각된다. 화학과 물리학을 공부하고, 과학 저술을 통하여 과학 대중화에 앞장서 왔던 저자는 이 책에서 첨단 화학의 모습을 구체적으로 소개함으로써 화학에 대한 사회의 관심을 끌어 보려고 노력했다. 저자는 화학이 아직도 '젊은 과학'이고, 너무나도 일상적인 것처럼 보이는 화학의 세계에도 '놀랄 만한 이야기'가 가득하다는 사실을 주장하고 있다. 화학이 환경오염이나 일으키는 쓸데없는 지식이 아니라, 우리 인류의 사상과 나아가서 삶을 살찌우는 유용하면서도 철학적인 인류의 귀중한 성과임을 입증해 보려고 노력했다. 그래서 이제 막 시작된 21세기도 역시 '화학의 시대'일 수밖에 없음을 주장하고 있다.

이 책은 세 부분으로 나누어져 있다. 제1부에서는 '전통적인 화학의 모습', 제2부에서는 '화학의 새로운 기능' 그리고 제3부에서는 '과정의 화학'을 다양한 예를 들어서 설명하고 있다.

'현대 화학의 출발'을 설명하는 제1부에서는 분자의 구조와 화학결합, 열역학과 동력학, 분광학과 결정학에 대한 기초적인 개념이 체계적이고 자세하게 설명되어 있다. '물질의 성질과 변환'을 취급하는 화학의 핵심은 역시 분자다. 원자들의 화학결합에 의하여 만들어지는 분자는, 그러나 그 크기가 너무 작아서 인간의 눈이나 감각으로는 그 특성은 물론 존재조차도 알아내기 어렵다. 그런 분자들의 모양과 특성 그리고 변환의 가능성을 알아내는 것이 화학자들에게는 가장 중요한 임무이고, 사실 그런 연구를 통해서 화학자들은 남들이 상상하기도 어려운 기쁨과 만족을 얻고 있다.

그런 연구의 대부분이 '빛'을 이용해서 이루어진다는 사실도 화학의 신비로움이다. 너무 흔해서 당연한 것으로 여기기 쉬운 '빛'이 보통 사람들에게는 거시 세계인 자연의 아름다움을 인식할 수 있는 도구이지만, 화학자들에게는 눈으로 볼 수도 없고 손으로 만질 수도 없는 분자들의 미시 세계로 통하는 문을 열어 주어 그 아름다움을 즐기도록 만들어 주는 역할도 하고 있는 셈이다.

빛을 이용해서 분자의 모양과 특성을 알아낼 수 있을 뿐만 아니라, 분자들이 모여서 만들어 내는 결정(結晶)의 아름다움도 즐길 수 있다. 그런 아름다움이 단순한 기하학적인 수준에서 그치는 것이 아니라, 에셔나 펜로즈가 상상했던 예술가들의 꿈이 자연에도 숨겨져 있다는 놀라운 사실도 보여 준다. 화학이 단순하게 물질을 만들어 내는 기술에 불과한 것이 아님을 보여 주는 대표적인 증거다.

제2부인 '새로운 물질, 새로운 화학'에서는 지난 50년 동안에 새롭게 등장했던 새로운 물질에 대한 이야기를 다루고 있다. 생명과학의 발달과 함께 '게놈'이라는 이름으로 우리에게 익숙하게 된 DNA의 구조와 성질도 역시 화학의 영역에서 확인되기 시작했다. 현대 화학의 입장에서 보더라도 과도하게 큰 규모의 분자인 DNA는 우리의 유전 정보를 후손에게 물려주는 역할뿐만 아니라, 우리 몸속에서 필요한 단백질이라는 또 다른 복잡한 분자로 이루어진 효소를 만들어 내기도 한다. 그런 효소는 화학자들보다도 더 정교하게 화학 반응을 조절하는 신비로운 능력을 가지고 있다. 현대의 화학자들은 그런 효소의 기능을 흉내 낼 수 있는 분자들도 합성하기 시작하고 있다. 자신과 닮은 분자를 스스로 복제하고, 화학 반응을 분자 수준에서 조절할 수 있는 분자를 만들어 내는 꿈이 눈앞에 있는 셈이다.

지금까지 만들어진 플라스틱은 전기를 통하지 않는 대표적인 절연체였다. 물론 플라스틱은 절연체로써 유용하게 활용이 되지만, 금속과 같이 전기를 통할 수 있는 특성을 갖게 되면 신소재로써 새로운 활용이 가능하게 된다. 뿐만 아니라 전기를 흘려줄 때, 전기 저항이 전혀 없는 초전도체의 출현은 그야말로 혁명적인 새로운 세상을 예고하고 있다.

상당한 수의 분자들이 회합하여 만들어지는 콜로이드도 새로운 전기를 맞이하고 있다. 단순히 때를 벗겨 내는 세제로서의 역할에서 벗어나서 상상도 하지 못했던 새로운 화학의 응용 분야가 생겨나고 있는 것이다. 액체도 아니고 고체도 아니면서 독특한 특성을 가진 액정(液晶)은 이미 노트북 컴퓨터의 표시 소자로도 광범위하게 활용되고 있다.

제3부인 '무한한 화학의 가능성'에서는 더욱 차원 높은 화학의 미래를 소개하고 있다. 화학이 단순히 우리 인간의 물질세계와 관련된 것만이 아니라 생명의 근원에서 자연의 진화에 이르기까지, 그리고 우리에게 큰 위협으로 다가오고 있는 환경 문제를 해결할 수 있는 유일한 대안으로 그 역할을 확장해 갈 것임을 확실하게 보여 주고 있다.

태양계에서 유일하게 생명체를 가지고 있는 지구에서 생명이 어떻게 출현하게 되었을까? 이 의문은 현대 과학이 풀어야 할 가장 높은 차원의 질문이다. 엄청나게 많은 수의 분자들이 조직적으로 모여서 자신들이 맡아야 할 책임을 다함으로써 만들어지는 생명체의 출현은 지금까지 우리가 알아낸 어떤 지식으로도 설명하지 못하고 있는 어려운 문제이지만, 인간의 존재 의미를 완전히 이해하기 위해서는 반드시 해결해야 할 중요한 문제다. 언제까지나 '삼신할머니'나 '아담의 갈비뼈'로 만들어졌다는 상상만으로 만족할 수 없는 것이 바로 우리 인간이기 때문이다. 우리에게 주어진 궁극적인 문제의 해결은 역시 분자의 성질과 변환을 완벽하게 밝힘으로써 가능한 것이다.

생명의 기원에 못지않게 궁금한 것이 자연의 복잡성이다. 나뭇가지의 모양에서부터 기후 변화에 이르기까지 겉으로는 설명이 전혀 불가능할 것 같은 자연의 모습도 알고 보면 분자들의 세계에서부터 나타나는 독특한 특성에서 비롯된다. 바로 비평형 비선형 열역학에서 시작된 자연에 대한 새로운 해석이 그 실마리를 제공해 주고 있다.

마지막으로 최근의 화학은 지구의 환경을 극도로 오염시키고, 파괴하는 원인으로 지목을 받아 왔다. 그것이 화학의 잘못이 아니라, 화학을 잘못 이해한 기업가와 정책 당국자들의 무지에서 비롯된 오용과 남용의 탓이라는 주장은 더 이상 설득력이 없다. 가장 중요한 사실은 환경 문제를 파악하고 해결할 수 있는 유일한 방법이 바로 화학이라는 점이다. CFC에 의한 오존층 파괴의 가능성을 알아낸 것도 바로 화학의 성과이고, 유용한 CFC의 대체물질을 만들어 냄으로써 인류가 현대 생활의 풍요로움을 포기하지 않고도 환경 문제의 해결책을 제시할 수 있는 것도 역시 화학이기 때문이다.

현대 화학의 현재와 미래에 대하여 최근의 실례(實例)를 들어서 구체적으로 설명하고 있는 이 책은 화학 분야에 대한 교양서가 거의 없는 우리에게 매우 귀중한 자료가 될 것이다. 화학에 대한 편견을

버리고, 보다 밝은 우리의 미래를 위해 화학을 적극적으로 이해하려
는 독자들에게 많은 도움이 될 것이다. 다만 한 가지 아쉬운 점은, 최
첨단의 예를 들어 설명하려는 시도 때문에 그 내용이 우리 독자들의
수준을 넘어서 너무 어렵게 보일 가능성이 높아 보인다는 점이다. 가
끔씩 눈에 거슬리는 표현이 있기는 하지만, 번역도 아주 매끄럽게 되
었다.

흥미로우나 제목이 잘못 붙은 갈릴레오 전기

성영곤 관동대 교양과 교수

『갈릴레오의 딸』
데이바 소벨 지음 / 홍현숙 옮김 / 2001 / 생각의 나무

근대 과학의 역사에서 갈릴레오만큼 탁월하고 개성적인 과학자는 드물다. 그런 만큼 밀턴과 토리첼리 등 당대인들에 의해 이미 주목받았던 그의 생애와 업적은 20세기에 들어서도 여전한 관심의 대상이 되고 있다. 예를 들면 1955년에 출간된 『갈릴레오의 죄』에서 산틸라나(Giorgio de Santillana)는 오펜하이머 사건과 비교하면서 갈릴레오 재판을 깊이 있게 다루었고, 1978년에 출간된 드레이크(Stillman Drake)의 저술(Galileo at Work)은 과학적 업적을 중심한 대표적인 평전으로 꼽히고 있다.

갈릴레오에 대한 국내의 관심 역시 만만치 않다. 청소년용 위인전

집에 포함될 만한 것과 과학사 교재의 일부 내용으로 다루어진 것들을 제외하더라도, 수준급의 갈릴레오 전기가 몇 종류 번역되어 있으며, 브레히트(Bertolt Brecht)의 감동적인 희곡 〈갈릴레오 갈릴레이〉가, 그리고 다소 편파적이긴 하지만 '과학과 종교의 역사적 관계' 라는 맥락에서 갈릴레오 사건을 다룬 단행본까지 번역되어 있다. 그렇다면 이 책『갈릴레오의 딸』의 출간이 새삼스러울 이유는 없다. 사실 평자 자신은 과학사와 관련된 저술로는 이례적으로 중앙 일간지에 크게 난 광고를 보고 이 책의 존재를 알았고, 소설인지 역사서인지 가늠도 못한 상태에서 막연한 호기심으로 구입했던 것이다.

이 책은 우선 '물리적'인 면에서 매우 훌륭하다. 특이한 판형과 탄탄한 장정은 애장용으로 손색없고, 사진 도판은 탁월하며, 날개를 포함한 책표지는 현란하기까지 하다. 그러나 유감스럽게도 역자 서문 같은 것은 아예 없고, 부록은 싣지 않은 것만 못하다. 책을 읽어 가다가 피사대학과 파도바대학에서 갈릴레오가 받은 연봉을 비교해 보려고 역자 주석을 따라 부록을 찾아보았지만, 피렌체 화폐인 '스쿠도'와 베네치아 화폐인 '플로린'의 환산 비율은 알 길이 없다. 또 코페르니쿠스의 저서 ―『회전론』이란 역어가 당최 맘에 안 든다― 뿐만 아니라 베살리우스의 『인체의 구조에 관하여』가 함께 수록된 1543년부터 1999년 우주탐사선 갈릴레오호의 성과까지, 그야말로 400여 년의 기간을 아우르는 연보는 지나치게 자의적이다. 그밖에도 읽기 거북한 몇 군데의 문장들, 행성이나 위성 같은 초보적인 과학 용어조차 제대로 정리되지 않은 사실 등 역자와 출판사가 함께 책임져야 할 일들이 적지 않다.

그런데 역자와 저자가 모두 여성이고, 이 책이 갈릴레오의 맏딸인 마리아 첼레스테 수녀, 즉 비르지니아 갈릴레이를 다루고 있다는 사실이 평자를 포함한 일부 독자에게 특정한 기대를 갖게 만든다. 역자는 어떤 문제 의식을 가지고 이 책을 번역하였으며, 애초에 저자는 왜 이 책을 썼던 것일까? 혹시 이 책은 『피타고라스의 바지』처럼 과학사에서의 페미니즘 운동과 관련된 어떤 함의를 지니고 있지는 않은가? 첼레스테 수녀는 혹시 빙엔의 힐데가르드같이 에코페미니즘이나 포스트모더니즘의 맥락에서 새롭게 조명될 수 있는 영성적 인물은 아닐까? 물론 이같은 주관적인 기대는 얼토당토않은 것임이 이내 밝혀지지만, 만일 이 책이 '갈릴레오의 딸'이란 제목을 달지 않았더라면 그런 기대는 아예 하지도 않았을 것이다.

이 책은 첼레스테 수녀에 대한 이야기가 결코 아니다. 분량으로도 딸에 관한, 혹은 딸이 하는 이야기는 1/5을 넘지 않는 것 같고, 이야기의 주인공은 단연 갈릴레오이다. 최대한 양보하더라도 이 책의 제목은 '갈릴레오와 딸'이어야 했다.

그렇다면 저자는 왜 '갈릴레오의 딸'이란 제목을 붙였을까? 광고문에 특히 강조되어 있지만, 소벨 자신도 이 책을 통해 첼레스테가 남긴 124통의 편지가 최초로 번역 출간되었다는 사실 ─과장이다─ 에 커다란 의미를 두고 있다.

단 한 번도 번역되어 출간된 적이 없는 이 편지들을 통해 갈릴레오의 개인사를 다시 쓰게 되었으며, 이 신화적인 인물의 성격과 갈등 그리고 과학과 종교의 분열로 특징지워지는 17세기 가톨릭 교리와 그와의 대결 양상을 재현할 수 있었다.

과연 그러한가? 이 전기는 '다시 쓰여진' 갈릴레오의 개인사가 아니며, 상당히 공들인 종교 재판의 원인과 배경 그리고 경과에 대한 설명도 이미 출간된 연구 성과들에 별반 새롭게 보탠 것이 없다. 첼레스테의 편지들이 기존의 갈릴레오 상이나 사건 설명에 별다른 영향을 못 미치고 있으며, 더욱이 이것들을 통해 소벨이 끌어내는 역사적 설명들이 어쩐지 겉돌고 있다는 인상을 주고 있다. 좀 더 노골적으로 말하면 기존의 설명 틀 속에 첼레스테의 편지들을 적당히 끼워 놓은 것 같이 생각되는 것이다. 물론 400년 가까운 연구가 축적된 '거인'의 전기를 쓰면서 기존의 연구 성과에 의존하는 것은 차라리 당연하다고도 볼 수 있겠는데, 평자의 판단으로 이 책은 1994년 하퍼 콜린스 출판사에서 출간된 레스톤(James Reston. Jr.)의 갈릴레오 전기에 상당히 의존하고 있다.

사실 기존의 연구자들이 이 편지들의 존재를 모르고 있었던 것은 아니다. 특히 레스톤은 이것들을 제법 자세히 언급하고 있고, 드레이크는 자신의 책은 과학적 평전이기 때문에 첼레스테의 편지를 다루지 않는다고 명시하면서 그녀가 말년의 갈릴레오에게 커다란 자랑과 위안이었다고 이미 지적하였다. 첼레스테의 편지는 그 자체로 역사가들의 흥미를 끌 만한 것임은 분명하다. 그러나 동시에 소벨은 그토록 결정적인 사료라면 왜 기존의 연구자들이 이것들을 본격적으로 다루지 않았는지도 고려했어야만 했다. 물론 우리들은 이 책에 수록된 편지들을 통해 갈릴레오의 일상적 모습을 좀 더 구체적으로 알게 되지만, 그럼에도 불구하고 이 편지들의 사료적 가치는 제한적이다.

역사 방법론적인 측면에서 평자는 이 편지들 모두가 진본인지, 아니면 사료 비판이 필요한 다소 의심스러운 문건인지 평가할 입장에 있지 않다. 또 그럴 필요도 별반 느끼지 않는다. 그러나 편지는 오가는 것인데, 한쪽에만 남겨진 편지의 사료적 가치가 얼마나 되는지는 생각해 볼 필요가 있다. 소벨도 이 점을 인식한 듯하지만, 첼레스테의 편지에 대한 갈릴레오의 답장이 현존하지 않는 이유에 대한 설명이 사뭇 궁색하다. 첼레스테가 속한 수녀원의 원장이 그것들을 없앴을 것이라는 설명인데, 여하튼 2,000여 통이나 남아 있는 갈릴레오의 편지 중 딸에게 보낸 편지가 하나도 없다는 사실은 상당히 의아한 일임에 틀림없다.

그밖에도 피사 사탑의 실험을 갈릴레오가 실연했다고 강조하는 내용을 포함해 역사적 추론이 필요한 곳에서 소벨이 내리는 지나치게 강한 주장들, 그리고 몇몇 중요한 대목의 설명이 극적 긴장감을 놓치고 있는 점 등이 이 책이 기존의 전기들에 비해 오히려 격이 떨어진다는 판단의 근거가 되고 있다. 특히 1737년 갈릴레오의 무덤을 이장할 때 그의 시신 밑에서 발견된 또 하나의 유골이 첼레스테의 것임이 분명하며, 그후에도 이 유골은 산타크로체 교회 안, 갈릴레오의 무덤에 함께 안장되었다는 결론은 지나치게 단호한 것으로 저널리스트로서의 소벨의 이력을 강하게 드러내고 있다.

그러나 다른 한편으로 처연하기까지 한 이 결론 부분은 첼레스테의 편지들이 어떻게 활용되어야 했던가 하는 대안을 함축하는 것은 아닐까? 다시 말해 소벨이 지금과 같은 형태의 전기 대신 역사 소설을 썼더라면 어떠했을까?

스스로 회고하듯이 갈릴레오가 가장 행복했던 파도바 시절, 갓 스무 살의 나이로 삼십대 중반의 갈릴레오를 만나 12년을 동거하면서 비르지니아, 리비아 그리고 빈첸초를 낳은 베네치아 출신의 마리나 감바. 결국 다른 사람과 결혼한 이 아름다운 여인의 맏딸로 사생아로 태어나 한 살 어린 동생 리비아와 함께 열여섯에 수녀가 된 비르지니아. 어쨌든 그녀의 이름으로 전해지고 있는 100여 통의 편지들. 그리고 거기 담긴 푸치니의 아리아 〈오 사랑하는 나의 아버지〉만큼이나 절절한 사연들. 이것들로 한 편의 소설이 불가능했을까?

평자는 역사가가 발견할 수 없는 삶의 진면목을 때로는 능란한 소설가가 재현해 낼 수 있다고 생각한다. 만일 그러했더라면 우리는 스톤(Irving Stone)의 『미켈란젤로』—갈릴레오와 함께 메디치 가문이 자랑하는 또 한 명의 피렌체인을 주인공으로 다룬—만큼이나 감동적이고 생생한 또 하나의 역사 소설 『갈릴레오의 딸』을 읽을 수 있었을 것이다. 갈릴레오도 피와 살을, 정열과 애욕을 함께 갖춘 우리와 같은 인간이었구나 확인하면서 말이다.

허준의 삶과 의학에 대한
새로운 평가

정우열 원광대 한의과대학 교수

『조선 사람 허준』
신동원 지음 / 2001 / 한겨레신문사

저자 신동원 교수는 서울대 과학사 및 과학철학 협동과정에서 〈한국 근대보건 의료체제의 형성, 1876~1910〉(1996) 연구로 박사 학위를 받은 후, 영국 케임브리지 니덤 동아시아과학사 연구소에서 연구원으로 연구 활동을 하다 귀국하여 현재 전북대학교 과학문화센터 객원 연구원으로 있으면서, 최근 한국 의학사와 관련된 많은 논문을 발표하여 주목을 받고 있는 소장 과학사학자이다.

그동안 한국 과학사에 관한 연구는 서양 의학자와 한의학자 사이의 서로 다른 관점에 따라 양극적 현상을 나타내는 경향을 보여 왔다. 신 교수는 서양 의학자도 한의학자도 아닌 과학사학자의 입장에서 한국 의학을 객관적으로 늘 바라보았다. 이 책『조선 사람 허준』역시 역사학자의 입장에서 허준의 삶과 업적에 대한 '평전'을 시도한 책이다.

허준(1539~1615)은 우리나라의 대표적 의학자임에도 불구하고 그의 삶과 생각을 드러내 줄 만한 문집이나 일기가 남아 있지 않을 뿐만 아니라 다른 사람의 글도 거의 없어 그에 관한 올바른 이해나 연대기적 전기가 쓰여지지 못했다.

이런 점에서 볼 때 이 책의 시도는 매우 괄목할 만하다. 허준과 관련된 자료에 있어서 그의 삶과 관련된 자료가 거의 없는 것과는 달리 반대로 그의 의학과 관련된 저서는 오히려 방대하고 넓다. 그는『동의보감』을 비롯하여 7종의 의서를 남김으로써 그의 의학 세계를 엿볼 수 있게 하였다.

따라서 그동안 허준에 대한 연구는 주로 그의 대표작인『동의보감』에 의해 이루어졌다.『동의보감』연구는 일본의 사학자 미끼사까에를 시작으로 우리나라 의학자 김두종의 연구가 있었으나 한의학계에서의 본격적 연구는 '의성 허준기념사업회'(1991)가 발족된 후부터이다. 그후 한의학자는 물론 역사학자, 의사학자, 과학사학자 등 전문 사학자들의 연구 논문이 발표되었다.

그러나 허준에 대한 일반 국민들의 관심을 불러일으키게 된 것은 이은성의『소설 동의보감』(1990, 창작과 비평사)과 MBC에서 방영된 〈드라마 허준〉(1999)을 통해서이다.『소설 동의보감』은 역사 소설임에도 불구하고 사료의 결핍으로 가공적 인물을 사실화해 오히려 인기를 끌었으며, 드라마 역시 극적 효과를 극대화시키기 위해 허구적 사건을 사실화시킴으로 장안의 화제가 되었다. 그러나 소설, 드라마는 역사적 사실의 왜곡과 함께 한의학 전통을 크게 폄하하는 우를 범했다. 저자가 이 책을 쓴 동기도 '소설, 드라마 속의 허준'과 '역사 속의 허준'이 '드라마 속의 허준' 쪽으로 너무 기울어 이에 대한 균형을 바로잡겠다는 데 있었다. 그는 '드라마 속의 허준'의 부풀린 무게를 조정하기 위해 최근 발견된 『미암일기』와 같은 새로운 자료를 바탕으로 꼼꼼히 따졌으며, '역사 속의 허준'에 대해서는 기존 및 최근에 발표된 논문과 저서들을 샅샅이 뒤져 문헌학적 방법을 통해 세심하게 검토했다. 아울러 자기의 견해를 뚜렷하게 밝혔다. 또한 이 책 속에서는 저자의 견해와 주장을 위해 많은 문헌 자료를 참고하여 일일이 후주를 달아 독자로 하여금 참고토록 하였다.

이 책은 모두 4부로 구성되었는데, 제1부에서는 주로 지금까지 소설이나 드라마를 통해 허준에 대해 잘못 알려진 정보(사회성)와 기존에 발표된 허준과 『동의보감』과 관련된 논문들(학술성)에 대해 자기의 견해를 밝혔으며, 제2부에서는 허준의 출생과 학습, 벼슬길, 의술을 펼치는 모습, 일생에 걸쳐 이룩한 학문의 개요를 다루었다. 제3부에서는 허준의 저작 의서 중 대표작인 『동의보감』의 특징, 우수성, 가치 등을 다루었으며, 제4부에서는 진맥의 오류를 교정한 책(『찬도방론맥결집요』, 1581), 임신과 출산에 관한 책(『언해태산집요』, 1601), 응급 상황의 해결 방법을 다룬 책(『언해구급방』, 1601), 두창(마마)을 예방하고 고치는 내용을 다룬 책(『언해두창집요』, 1601), 전염병을 피하고 고치는 방법을 다룬 책(『신찬벽온방』, 1613), 성홍열유행에 관한 보고와 대책을 다룬 책 (『벽역신방』, 1613) 등에 대해 다루었다.

『동의보감』을 제외한 이 여섯 종 의서에 대한 연구는 지금까지 그리 많지 않았다. 따라서 제4부의 내용은 허준 의학의 전모를 이해하는 데 중요한 참고 자료가 될 수 있다.

허준은 『동의보감』에서 정·기·신을 중심으로 하는 도가의 양생학적 신체관과 구체적인 질병의 증상과 치료법을 위주로 한 의학적 전통을 높은 수준에서 하나로 융합하였다. 그리하여 우리가 생명과 신체, 자연환경과 인간의 질병, 질병의 치료를 하나의 유기적인 체계 안에서 이해하도록 하였다. 이렇듯 양생(도교 의학)과 의학(내경 의학)의 전통을 결합하여 새로운 신체관을 정립하고 그 신체관에 따라 각종 몸의 부위와 질병을 파악했다는 점에서 『동의보감』은 동아시아 의학사에서 독특한 지위를 차지한다. 오늘날 『동의보감』이 세계 의학자들에게 관심을 끄는 것은 세계 의학사적 흐름에서 볼 때 17세기 이후 서양 의학의 과학적 의료 체계가 주도적 자리에 있으면서 사람의 살아 있는 '몸'이 아닌 '질병(죽은 몸)'만을 대상으로 하는 데 있다고 그 한계를 느끼면서 '몸'을 중심으로 하는 인간 의학 체계로 바뀌어 가고 있다는 데 있다. 원래 의료 체계의 흐름은 퍼스널리스틱한 의료 체계 즉 초자연적 존재, 비인간적 존재, 또는 인간(주술사, 요술사) 등의 생명이 있는(Sensate) 작용체가 목적을 가지고 간섭하는 것에 의해 병이 생긴다고 믿은 의료 체계에서, 내츄럴리스틱한 의료 체계 즉 신체 중의 비생명적인 요소(열·냉·체액·육기·음양 등)가 자연환경 및 사회 환경 가운데서 균형(Equilibrium)이 깨져 병이 발생한다고 보는 의료 체계를 거쳐 병리조직학적 관찰을 통한 과학적 체계에서 질병의 원인을 찾는 분자 과학 체계로 접어들게 되었다. 그러나 20세기 이후 과학적 의료 체계의 한계가 인간의 상실, 인간과 자연의 분리, 몸과 정신의 분리, 질병과 문화의 무관련 등의 관점에 있다고 보고서 새로운 의료 체계의 필요성이 요구되면서 동양 의학에 대한 관심이 높아졌다. 오늘날 심신의학적 관점에서 서양 의료 체계가 질병(세균 · 세포) 중심의 물질관이라 본다면, 동양 의료 체계는 마음(정 · 기 · 신) 중심의 생명관이라 볼 수 있다. 따라서 21세기 의학 체계는 분리된 몸과 마음을 통합하는 의료 체계 즉 동서 의학의 융합에 있다.

허준이 질병의 발생을 외부에 있는 것이 아니라 자신의 몸을 '잘 관리하지 않은(不善調攝)' 데에 있다고 보고 '수양(修養, 몸을 닦고 마음을 기름)'을 우선적으로 하고 '약'과 '침' 치료를 그 뒤로 하라고 한 것은 바로 당시 '질병' 위주의 의학 흐름을 바로잡기 위한 것이다. 이러한 허준의 의학에 대한 생각은 도교 의학과 내경 의학을 융합하려는 것으로 오늘날 동서 의학의 융합론과 그 맥락이 같다고 볼 수 있다. 오늘날 허준 의학 사상이 새롭게 평가되는 것은 바로 이러한 이유 때문이다.

허준은 또한 전염병 연구에 있어서도 세계 질병사에 빛나는 업적을 남겼다. 『벽역신방』(1613)에서의 성홍열에 대한 허준의 관찰은 이탈리아의 인그라시아스(Ingrassias, 1550)와 호르스토(Horst, 1624)

사이에 위치한다. 그것은 영국의 의사 시든햄(Sydenham, 1676)보다 훨씬 빠른 것이며, 중국 섭천사(葉天士, 1733)와 여림(余霖, 1768)보다는 1세기 이상 빠른 것이었다. 그동안 허준의 이러한 업적에 대한 평가가 거의 없었다는 점에서 볼 때 허준의 업적을 동아시아는 물론 세계 의학사적 수준으로 끌어올린 것은 저자의 탁견이라 평가할 수 있다.

이 책에 대해 평자로서의 췌언을 붙인다면 소설, 드라마에 대해서는 역기능만을 지적했고, 허준과 『동의보감』에 있어서는 순기능만을 지적함으로써 독자로 하여금 또 다른 편견을 갖게 하였다. 제1부의 장황한 전개는 오히려 이 책의 논점을 흐리게 하지 않았나 하는 인상을 준다.

끝으로 몇 군데 문헌 전거에 잘못된 곳이 있기에 지적한다(출판사의 잘못이라고 생각됨). 첫째, 1962년 허민국 번역본(220쪽), 1969년의 허민국 번역 종합판(220쪽)은 '허민국'이 아닌 '허민(許珉, 1911~1967)'의 잘못이다. 둘째 '옥긍당(玉肯堂)'의 『준치준승』(226~262쪽)은 '왕긍당(王肯堂)'의 잘못이다. 셋째, 7표(標)·8리(八裏)·9도(道)(236쪽)의 '7표(標)'는 '7표(七表)'의 잘못이며, 『벽역신방(酸疫新方)』(302쪽, 304쪽)의 '신방(新方)'은 '신방(神方)'의 잘못이고, 『수민묘전(壽民妙詮)』의 '묘(玅)'는 '묘(妙)'의 오식이다.

한의학을 전공하는 평자로서 이 책을 읽으면서 많은 것을 생각했다. 입만 열면 허준과 『동의보감』을 들먹이면서도 『동의보감』이나 허준 의학에 대한 학문적 연구보다는 홍보성 위주의 상업성 의학으로만 치닫는 한의학계의 현실을 생각하면 부끄럽기 그지없다. 따라서 『조선 사람 허준』은 한의학자들의 반성을 불러일으키기에 충분한 책이다.

저자가 지적했듯이 블랙박스와 같은 『동의보감』을 제대로 파악하기 위해서는 한의학자, 의사학자, 일반 역사학자가 함께 만나 보다 더 진지한 연구가 있어야 할 것이다. 허준의 의학적 업적을 세계 의학사 속에 끌어 세우는 것은 우리 후손들의 몫이기 때문이다.

난해하나 가장 표준적인 뉴턴 전기

송상용 한림대 사학과 교수

『프린키피아의 천재』

리처드 웨스트폴 지음 / 최상돈 옮김 / 2001 / 사이언스북스

　뉴턴은 서양 지성사의 전환점을 이룬 과학자이다. 그는 근대 과학을 탄생시킨 16, 17세기의 과학혁명을 마무리했다. 과학은 물론, 다른 분야에까지 미친 엄청난 영향은 아리스토텔레스와 다윈에 견줄 만하다.

　뉴턴 전기는 19세기 브루스터(1855)에서 시작해 모어(1934), 설리번(1938), 매뉴얼(1968), 크리스찬슨(1984), 슈나이더(1988)에 이르기까지 많다. 이 가운데 웨스트폴의 『결코 쉬지 않는』(1994)은 그의 30년 외골수 연구의 결정이며 뉴턴 전기의 결정판이라 할 수 있다. 『프린키피아의 천재』는 이 책을 3분의 1로 축약한 『아이작 뉴턴의 생

애』(1994)의 완역판이다. 한국에서는 1973년 앤드레이드의 『아이작 뉴턴』(1954)이 번역된 이래 오래간만의 소득이다.

수학과 전문적 세부를 뺀 축약판이라지만 『프린키피아의 천재』는 결코 쉽지 않다. 일반인이 부담 없이 읽을 수 있으려면 이 책을 다시 3분의 1로 줄여 2백 쪽 정도의 책으로 만들어야 할 것 같다. 이 책을 제대로 이해하려면 과학은 말할 것 없고 역사, 철학, 신학, 신비과학 등에 관한 상당한 기초 지식이 필요하다. 그러나 대학 교육을 받은 독자들은 전문 지식이 없어 이해 못할 부분이 많더라도 이 책에서 건질 것이 적지 않다.

뉴턴을 물리학자로만 알고 있던 독자들에게 웨스트폴의 책은 큰 충격일 것이다. 뉴턴은 수학, 역학, 광학, 천문학뿐 아니라 연금술, 신학까지 본격적인 연구를 했으며 하원의원, 조폐국장으로서도 큰 자취를 남겼기 때문이다. 이 모든 것이 서로 밀접히 연결되어 있어 종합적으로 접근해야 뉴턴의 참모습을 드러낼 수 있다. 이런 점에서 이 책은 매우 성공적이다.

뉴턴은 학문과 거리가 먼 보잘것없는 집안 출신이다. 그는 유복자로 태어나 어머니의 재혼으로 외가에서 자란 외로운 소년이었다. 이 책은 뉴턴 집안의 재산 형성과 신분 상승의 과정을 상세하게 그려 흥미롭다.

어려서부터 손재주가 좋아 실험에 열중했던 뉴턴은 외삼촌과 교장의 도움으로 운 좋게 케임브리지대학에 들어갔다. 어머니의 몰이해 때문에 고학으로 대학을 마쳤으나 그는 스승 배로우의 인정을 받아 26살에 루카스좌 교수가 되는 행운을 잡았다.

1664~1665년에 페스트가 돌아 대학이 문닫았고 뉴턴은 고향에 가 있게 되었다. 이 기간에 뒷날 뉴턴의 주요 업적의 기본 구상이 거의 이루어졌다고 한다. 그래서 이때를 기적의 해라고 하지만 그것은 기적이기보다는 무서운 노력의 결과였다. 뉴턴은 타고난 천재에다 무서운 집중력의 소유자였다.

케임브리지에서 뉴턴은 학생 때나 교수가 된 다음에도 거의 사람들과 어울리지 않는 외로운 존재였다. 이것은 오히려 이점으로 작용해 연구에만 열중할 수 있게 해 주었다. 당시 대학의 허술하고 모순투성이인 분위기는 오늘날에 견주면 재미있는 대조를 이룬다.

뉴턴은 학생 때 데카르트를 읽는 것으로 시작했으나 끝내 데카르트를 압도하게 되었다. 일찍이 빛과 빛깔에 관한 독특한 이론을 발전시킨 뉴턴은 대륙과 영국의 파동설에 둘러싸여 힘겨운 싸움을 할 수밖에 없었다. 광학 논쟁은 뉴턴의 발표 기피증을 심각하게 만들었고, 그의 '광학'은 18세기 들어서야 햇빛을 보게 되었다.

뉴턴은 젊어서부터 신학과 연금술에 유다른 관심을 보였다. 그의 신앙은 독실했으나 결코 정통은 아니었다. 그는 삼위일체 교리를 거부하는 아리우스파였다. 그러면서도 그의 신학적 견해가 노골적으로 드러나지 않았기 때문에 곤란한 처지에 빠지는 것은 피할 수 있었다.

신학보다 훨씬 집요했던 것이 연금술 연구였다. 뉴턴은 연금술 문헌을 모아들여 연구했고 이론을 넘어서 줄기찬 실험을 계속했다. 그 결과 정통 과학 연구보다 압도적으로 많은 결과를 남겼다. 뉴턴이 죽은 뒤 연금술 연구 기록은 학자들을 당혹하게 했다. 연금술 연구를 평가 절하하려는 분위기가 지배적이던 학계가 달라지기 시작한 것은 30년 전부터이다. 웨스트폴은 새로운 해석에 가담하고 있다. 연금술은 뉴턴이 자연을 기계가 아닌 생명체로 보도록 만들었다. 떨어진 두 물체 사이에 작용하는 힘은 연금술의 활성 원리에서 나온 것이라고 한다.

1687년에 나온 『프린키피아』는 하루아침에 뉴턴을 유럽의 영웅으로 만들었다. 이 책을 쓰는 데 보여 준 뉴턴의 초인적 집중력 그리고 거듭되는 난관을 돌파한 천재성은 깊은 감동을 준다. 여기서 뉴턴의 참된 면모가 드러난 것이다.

이때 이후 뉴턴의 신경증이 악화되어 연구는 끝났다고 보는 주장이 있지만 이 책은 뉴턴의 연구가 죽을 때까지 계속되었음을 보여 주고 있다. 이때 이후 뉴턴은 화려한 공직 생활을 펼친다. 왕립학회 회장, 조폐국장 등을 독점하면서 뉴턴은 또 하나의 역사를 만들고 있다.

젊어서 시작했지만 노년기에 폭발한 미적분학 선후 논쟁, 후크와의 독창성을 둘러싼 논쟁은 우리를 크게 실망시킨다. 여기서 그의 피해망상증은 문제를 어렵게 만들었다. 뉴턴의 승리는 상처뿐인 영광이라 할 수밖에 없다.

『프린키피아의 천재』를 읽고 우리가 확인할 수 있는 것은 인간 정신의 위대한 개가이다. 뉴턴은 가까운 선배들이 해 놓은 업적에서 배울 수 있었고 수학, 실험, 학회 등 모든 유리한 조건을 가지고 있었다. 그러나 이런 것들을 엮어 종합할 수 있는 능력은 특별한 사람만

이 갖고 있었다. 여기에서 뉴턴의 천재성을 다시금 보게 된다.

이 어려운 책에 과학사 배경이 없는 물리학자가 도전한 데 놀랐다. 더구나 석 달 만에 해치웠다니! 번역은 대체로 훌륭하다. 그러나 전혀 문제가 없는 것은 아니다. 최소한 한 달쯤은 시간을 갖고 다듬었어야 했다.

우선 차례에서 13개의 장은 원문에 충실하게 옮겨야 한다. '신학의 프린키피아', '경제의 프린키피아' 등 마구 만든 말들은 매우 적절하지 못하다. 차례에는 '갈등의 나날'인데 본문에는 '고통의 나날'로 되어 있으니 어리둥절하다.

과학사 책인데 과학사학자에게 원고를 보인 증거가 없다. 우리나라에는 자격 있는 과학사학자가 백 명은 된다. '기계적 철학'을 '기계론적 철학'이라 하면 뜻이 달라진다. '임페투스'는 '기동력'보다는 그대로 쓰는 것이 낫다. '격렬한 운동'은 '강제 운동'이다. 홀 부부를 '뉴턴주의 철학자'라고 했는데 뉴턴 전문 과학사학자라고 해야한다. 책날개에 나오는 지은이 소개에 웨스트폴이 '과학협회장'을 지냈다고 했는데 '과학사학회장(미국)'이 정확하다.

철학 용어 두 가지만 보자. '케임브리지 플라톤주의자'를 '케임브리지의 플라톤주의자'라 하면 뜻이 달라진다. '궁극적 대의'는 아리스토텔레스의 '목적인' 또는 '궁극인'이다. '유니테리언'은 '일신론자'라는 뜻도 있지만 교파를 뜻할 때는 그대로 쓰는 것이 나을 것이다. 웨스트민스터 '사원'도 '성당'이 낫지 않을까. 성공회 성직자를 목사, 신부로 섞어 부르는 것도 문제다.

과학 용어가 틀린 게 많으니 놀랍다. '척력'은 일본, 북한에서 쓰는 말이고 한국 물리학계에서는 '반발력' 또는 '밀힘'으로 쓰고 있다. '성좌', '유황', '조수'는 각각 '별자리', '황', '조석'으로 오래 전부터 써 왔다.

'레스터셔'를 '레이세스터셔', '모들른 콜리지'를 '막달렌 칼레지'라 한 것은 현지에 가 보지 않은 사람들이 흔히 틀리는 경우라 이해한다. 그러나 '갈레노스'는 그리스식으로 쓰면서 '프톨레마이오스'는 왜 영어식 '톨레미'로 쓰는가? '리에주'가 '리지', '볼프'가 '울프'로 된 것은 영국 지명을 사람으로 잘못 알아서일까? '저르날 드 사브앙'은 '주르날 데 사방'으로 바로잡자.

이 책의 맞춤법이 엉망인 것을 보고 화가 치밀었다. '함으로써'가 '함으로서'로 나온 것이 수를 셀 수 없을 정도이고 '했든'과 '했던'도 구분이 안 된다. '제련'이 '재련'으로, '실재'가 '실제'로 둔갑한 데도 여러 군데다. '동역학(Dynamics)'은 계속 '동력(Power)학'으로 나온다. 뜻이 다르지 않은가!

옮긴이는 영남 분이다. '쓰다'가 '써다', '검증'이 '검정', '음흉'이 '엄흉'으로 되어 있으나 고치지 않았다. 요컨대 '옮긴이'도 책임이 있으나 출판사에 더 큰 책임을 물어야 할 것 같다.

되풀이하거니와 시간을 두고 글을 다듬고 오자를 바로잡으면 훨씬 좋은 책을 만들 수 있다. 여기 든 것 말고도 고칠 것이 많다. 재판 낼 때 모두 바로잡기 바란다.

사족. 지은이 웨스트폴은 작고하기 한 해 전 한국을 찾았을 때 이 책을 가지고 왔다. 언젠가 번역해야겠다고 생각했는데 빨리 나온 것을 다행으로 여긴다.

과학과 상식의 차이, 설명

이중원 서울시립대 철학과 교수

『**과학의 구조**』(Ⅰ, Ⅱ)
어니스트 네이글 지음 / 전영삼 옮김 / 2001 / 아카넷

세계의 여러 측면에 대해 믿을 만한 지식을 획득하는 일, 곧 세계에 대한 앎은 모든 인간의 공통된 욕구이다. 과학과 상식은 모두 이러한 앎을 도모한다. 특히 근대적인 과학이 등장하기 이전에 상식은 과학을 대신하여 인류 문명의 발전과 밀접히 관련된 수많은 정보들을 획득하는 데 중요한 역할을 해 왔다. 과학 지식의 도움 없이도 이미 스스로 기술을 발전시켜 이를 통해 유익한 많은 정보들을 얻고 활용해 온 역사를 보라. 그럼에도 불구하고 오늘날 우리는 누구나 과학이 상식보다 우월하다고 생각하는데, 그 이유는 무엇일까? 이는 사실상 20세기 과학철학의 핵심 화두이자 쟁점이다. 네이글의 저서

『과학의 구조』(부제 : 과학적 설명 논리의 문제들)는 바로 이 질문에 대한 풍부하면서도 정교한, 그리고 매우 분석적인 답변서이다. 네이글은 이 책의 머리말에서, 『과학의 구조』라는 이름이 암시하듯 과학철학의 다양한 주제들 가운데에서 '과학적 탐구의 논리 및 그 지적 산물의 논리적 구조를 분석' 하는 데 목적을 두고 있다고 밝히고 있다. 바로 이러한 논리적 구조의 존재가 과학이 상식보다 우월한 근거라고 본 것이다. 여기에는 다음과 같은 배경과 의도가 깔려 있다.

한편으로 오스트리아의 비엔나 학파를 중심으로 1920년대에 급격하게 성장하였던 논리 경험주의의 철학적 영향을 받은 2차대전 전후의 과학철학은, 주로 과학의 논리적 구조 및 과학적 방법론의 본성에 대한 분석을 강조하였다. 크게 세 개의 영역으로 그 주제 분야를 세분화해 볼 수 있는데, 과학 이론의 구조와 특성, 과학 언어의 의미, 그리고 과학적 설명의 논리가 그것이다. 이러한 흐름 속에서 『과학의 구조』는 과학적 설명의 논리에 초점을 맞추어, 이에 관한 당시 논의의 성과들을 집약하고 이를 자연과학뿐 아니라 사회과학이나 역사학 분야에까지 확대 적용함으로써, 과학적 방법의 보편성을 확립하고자 하였다. 다른 한편 『과학의 구조』가 출간된 1961년을 전후로, 분석적 과학철학의 입장에 정면으로 반발하는 또 다른 과학철학의 입장이 성장하고 있었는데, 이들은 과학의 객관성이나 우월성을 인정하지 않거나 혹은 과학의 방법론에 특별한 지위를 부여하지 않았다. 네이글은 이러한 새로운 경향에 대응하기 위해, "과학의 합리적 활동에 반대하는 일군의 비판적 물결을 엄정하고 객관적인 방식으로 평가할 수 있는 광범위한 기반을 제공"하고자 이 책을 썼다고 고백하고 있다. 이제 그의 주장의 요체를 살펴보자.

네이글은 과학과 상식의 가장 중요한 차이를 '설명'에서 찾고 있다. 상식의 경우 사실들(혹은 사건들)에 관한 충분히 정확하면서도 유용한 정보들이 가능하지만, 그와 같은 사실이 왜 일어났는가에 대한 이해, 곧 사건에 대한 설명은 없다고 본다. 가령 바퀴를 달면 수레가 편리해지고, 거름을 주면 농토가 비옥해지고, 어떤 식물이 어떤 질병 치료에 약효를 갖고 있다는 사실에 대해서는 잘 알면서도, 그것들이 왜 그러한 유용한 효과를 갖게 되었는지, 그 근거에 대한 설명은 없다는 것이다. 그러나 과학에는 이같은 '설명'이 존재한다는 것이다.

일반적으로 설명이란 단지 "왜?"라는 질문에 대한 답변이다. 과학적 설명도 앞서 보았듯이 문제의 현상이 "왜 일어났는가?"라는 물음에 답하는 것이다. 그러나 "왜?"가 정확히 무엇을 묻고 있는가는 문맥에 따라 다르며, 따라서 다양한 유형의 답변이 가능하다. 네이글은 과학적 설명의 패턴으로 크게 네 가지의 유형, 곧 연역적 설명, 확률적 설명, 기능적 내지 목적론적 설명, 발생적 설명을 제시하고 있다.

연역적 설명과 확률적 설명은 모두 논증의 형식을 띤다. 즉 설명하고자 하는 현상(법칙)을 결론에 놓고 나면, 설명은 그러한 결론을 이끌어 내는 근거, 흔히 법칙(상위 법칙)을 전제로 제시함으로써 이루어진다. 연역적 설명은 결론을 필연적으로 이끌어 내는 법칙을 전제로 제시하면 되고, 통계적 설명은 결론에 있는 현상의 발생을 확률적(개연적)으로 지지해 줄 법칙을 전제로 제시하면 된다. 이들은 주로 물리적인 현상들의 설명에 자주 이용된다. 반면 기능적 설명과 발생적 설명은 논증의 형식을 띨 필요가 없다. 가령 생물학의 경우처럼 '인간에게 폐가 왜 존재하는가'에 대한 기능적 설명은, 인간의 생명을 유지하기 위해 폐가 지금처럼 특정한 기능을 하고 있음을 보임으로써 이루어진다. 한편 역사적 현상의 경우 어떤 대상이 왜 그러한 특징을 갖게 되었는가에 대한 발생적 설명은, 그 대상이 앞서의 것으로부터 어떻게 전개되었는가를 보여 줌으로써 이루어진다.

이처럼 과학적 설명은 특정한 하나의 사실에 대한 이해에 그치지 않고, 그것과 관련을 갖는 여타 지식들 전반의 연관성에 대한 이해를 필요로 한다. 달리 말해 과학 지식 전반의 논리적 구조에 대한 분석을 필요로 한다. 과학 이론 또는 과학 법칙에 대한 이해가 바로 그래서 요청된다. 네이글은 과학적 설명의 패턴을 제시한 연후에 연이어 과학 법칙의 논리적 성격과, 법칙의 현실적인 구현태인 실험법칙 및 이론의 특성, 그리고 과학 이론의 인식적 위상 등을 상세히 분석하고 있다. 이는 사실 명제 및 추상적인 이론 명제들의 일반적인 특성과 이들 사이의 논리적인 관계를 논하는 것으로서, 과학적 방법론의 핵심적인 요체에 해당한다.

『과학의 구조』의 가장 돋보이는 특징은 이러한 논의를 일반적인 고찰 수준에서 멈추지 않고, 이를 개별 과학에 적용하여 그 논의를 보다 구체화하고 풍부하게 하며 정교하게 다듬는 데에 있다. 그러한 의미에서 『과학의 구조』는 과학적 설명에 관한 기존의 논의 성과들을 잘 정리한 후, 이를 과학의 전 분야로 확장시키는 이정표 역할을 하였다고 말할 수 있다.

  네이글은 제일 먼저 물리학 영역에서의 이론의 논리적 구조를 분석하고 있다. 한편으로는 기하학과의 유비를 통해 물리 이론들 사이의 연역적 구조를 밝히고 이로부터 연역적 설명을 논의하며, 다른 한편으로는 양자 이론의 비결정론적 특성을 규명하여 이로부터 통계적 설명을 논의하고 있다. 뿐만 아니라 이론들 사이의 논리적 관계와 관련하여 쟁점이 되고 있는 이론간 환원의 문제를 매우 깊이 있게 분석하고 있다. 이러한 논의들은 사실상 물리학 지식 전반의 논리적 구조와 특성을 이해하는 데 매우 중요하다. 나아가 유기체를 다루는 생물학에서 기계론적 설명보다는 목적론적 설명이 보다 효율적이며, 인간 및 사회의 문제를 다루는 사회과학에서는 통계적인 설명과 기능적인 설명 모두가 유용하고, 특히 동일한 현상이라 할지라도 맥락에 따라 그것의 설명이 달라지는 경우 과학적인 설명보다는 때때로 해석학적 이해에 머무를 수밖에 없음을 지적하고 있다. 역사적인 현상에 대해서조차 네이글은 확률적인 설명과 발생적인 설명이 유용하게 적용될 수 있음을 조심스레 주장하고 있다.

  과학과 상식을 구별 짓는 결정적인 요소는 결국 과학적 방법론이다. 비록 논의 자체는 과학적 설명에 집중되었지만, 『과학의 구조』가 담고 있는 핵심 내용 역시 과학적 방법론이다. 과학 지식의 체계성 확립 문제, 과학 지식의 타당성 및 적용 한계에 대한 명확한 규정 문제, 과학 언어들의 유의미성 문제, 과학 이론 구성에서의 추상화 작업 등이 바로 그것들이다.

이 책은 고도의 형식적이고 논리적인 분석을 가급적 피함으로써 전문 철학자 이상의 폭넓은 독자를 향해, 다른 과학철학 서적들에 비해 상대적으로 쉽게 쓰여졌다고 말할 수 있다. 또한 물리학과 생물학을 포함한 자연과학 영역뿐 아니라 사회과학, 역사학 등의 다양한 영역에서 서로 연속성을 갖고 있는 과학적 방법을 아주 구체적인 사례를 들어 상세하게 논의하고 비교하고 있다는 면에서, 다른 여타의 과학철학 관련 서적들을 능가한다. 그러한 면에서 이 책은 과학자나 철학자 누구나 볼 수 있는 과학철학의 표준적인 교양서라고 말할 수 있겠다. 하지만 논리적 사고 및 철학적 인식 훈련이 매우 취약한 우리의 지적 풍토를 감안해 볼 때, 내용면에서 결코 읽어 가기가 쉬운 책은 아니다. 그럼에도 불구하고 이 책은 그 내용의 풍부함이나 분석의 엄격함 측면에서, 분명 과학적 방법론에 관한 우리의 철학적인 지적 지형을 상당히 넓혀 줄 것으로 기대된다. 과학철학을 전공한 역자의 섬세하고도 정확한 번역은 이 책의 가치를 한층 돋보이게 한다.

과학의 전도사가 본
우리 주변의 반과학

임경순 포항공대 인문사회학부 교수

『악령이 출몰하는 세상』
칼 세이건 지음 / 이상헌 옮김 / 2001 / 김영사

난해한 과학기술의 내용을 대중에게 알기 쉽게 전파하는 일을 많이 하다 보면 결코 넘어서는 안 될 선을 자신도 모르게 넘는 경우가 흔히 있다. 과학기술의 내용을 정확히 전달하려다 보면 내용이 너무 어려워지고 대중들은 이해를 못 하고 과학을 멀리하게 된다. 반면에 어려운 내용을 대중이 알아듣기 쉽게 이야기하다 보면 과학기술의 내용이 왜곡되는 경우를 자주 보게 된다. 결국 과학의 대중화를 위해서는 과학기술의 내용에 대해 어느 정도의 곡해할 수밖에 없는 필요악이 생기는 것이다.

일반 연예나 오락, 스포츠 분야와는 달리 과학기술의 내용은 일반

대중에게 쉽게 다가서기가 어렵다. 심오한 과학기술의 내용을 대중들에게 가까이 가져가기 위해서 오락이나 게임과 결합시키거나 각종 이벤트 행사를 기획하기도 하고, 어떤 경우에는 신비화된 마술까지 동원하기도 한다. 한국과학문화재단이 후원하는 〈호기심 천국〉이라는 방송 프로는 청소년들에게 과학에 흥미를 가지게 하고 과학적 내용을 보급하는 데 커다란 역할을 했다고 많은 사람들이 이야기하고 있다. 하지만 이 프로가 진행되는 실제 상황을 면밀히 살펴보면 청소년들은 과학 내용보다는 그 속에 도입한 마술에 더욱 많은 흥미를 느끼는 경향이 있다는 것을 알 수 있다. 물론 방송 프로에서는 분명히 마술은 비과학적인 속임수이며 여기에 속아 넘어가서는 안 되고 우리는 과학적인 태도를 가져야 한다고 역설하고 있다. 하지만 몇몇 지식인들은 그 프로가 은연중 청소년들에게 마술과 미신에 탐닉하게 만들 수도 있다는 것을 지적한다. 과학 대중화가 지나치게 대중적인 인기에 편승하다 보면 천박한 과학 문화를 양산하고 대중에게 과학에 대한 올바른 인식을 고취시키기보다는 오히려 반과학적인 요소에 심취하게 만드는 부작용을 낳을 수도 있다는 것이다.

과학 대중화 작업이 지니는 이런 양면적인 측면은 『코스모스』라는 과학 대중화 역사상 획기적인 책을 출판한 우주 과학의 전도사 칼 세이건이 죽기 직전까지 자신의 뇌리에서 떠나지 않고 고민했던 점이기도 했다. 칼 세이건은 미국 우주개발 계획의 초창기부터 NASA의 탐사 계획에 깊이 관여했으며, 특히 일반인들을 상대로 우주에 대해 친근감 있게 설명했던 과학 저술인이었다. 칼 세이건은 대중과 함께 호흡하며 우주와 행성의 기원, 우주 생명체의 존재 여부, 우주에서 바라본 지구의 모습 등 수많은 이야기를 나누었다. 그는 자신의 저작을 통해 수많은 사람들에게 많은 과학적 상상력을 제공했다. 하지만 그의 책을 통해 대중들이 과학보다는 오히려 유사 과학에 더 많은 관심을 두었던 것을 느끼고 마음 한구석에 작은 책임감을 느꼈던 것으로 생각된다.

공상과학 영화는 이 소재를 잘만 활용하면 청소년의 과학 교육에 많은 도움이 된다. 실제로 어려운 과학 내용을 영화를 통해 설명하면 많은 사람들의 관심을 끌 수 있다. 하지만 공상과학 영화는 일반 상대성이론과는 전혀 상관없는 타임머신의 확산에 기여했고, 온갖 조작의 산물인 UFO 이야기로 점철되었다. 칼 세이건은 유사 과학, 사이비 과학, 반과학 등이 출몰하는 오늘의 모습이 중세의 마녀사냥에 비견된다고 주장하고 있다. UFO에 납치되었다고 주장하는 수많은 사람들의 정신 병리적 상태는 마치 이런 사회적 분위기에 편승하여 나타났다는 것이다. 존재하지도 않고 보이지도 않는 악령은 우리 주변에서 여전히 과학의 탈을 쓰고 공공연히 나돌아 다니고 있다. 심령 과학 및 심령 치료술, 공중 부양법과 초감각적 지각을 신봉하는 오움 진리교, 힌두교의 초월 명상 교리, 버뮤다 삼각지대, 화성의 운하를 건설한 화성인의 지구 침공, 자신의 몸 깊숙한 곳에 숨겨져 있는 악마의 징표, 대서양 한가운데 있었다는 아틀란티스 대륙의 존재 등 우리 주변에는 끊임없이 계승 발전되는 유사 과학의 다양한 테마들이 존재하고 있다.

사이비 과학은 적당히 과학적으로 위장하여 당당히 비판적인 과학 위에 군림하고 있다. 사이비 과학은 자신들의 주장이 지니는 완전 무결함을 내세우지만, 정작 과학은 사이비 과학과는 달리 아주 철저하게 인간의 오류 가능성, 불완정성을 인정하고 있다. 대화와 비판의 가능성 여부는 참된 과학이 지니는 분명한 속성이다. 사이비 과학은 반증이 불가능한 교묘한 술책으로 대중을 현혹하고 세상을 어지럽히고 있다. 더욱이 이런 사이비 과학은 마치 종이 분화되고 다양화하듯이 끝없이 새로운 변종을 만들며 진화하면서 우리의 주변에 맴돌고 있다.

칼 세이건은 사이비 과학과 과학 사이의 차이점을 이 책에서 아주 간명하게 잘 설명하고 있다. 이 책을 번역한 역자도 역자 후기에 인용 소개한 바 있는 이 문구는 필자가 보기에도 과학이 지닌 특성을 잘 설명하고 있고 사이비 과학에 현혹되기 쉬운 대중들에게 아주 교훈적이며 유용한 진술이라고 생각되어 이 자리에서 다시 소개한다.

> 사이비 과학과 과학은 다르다. 과학은 오류를 바탕으로 번성한다. 과학은 오류를 하나씩 제거해 나가는 방식으로 발전하는 것이다. 언제나 틀린 결론이 있었지만, 그것들은 잠정적이다. 가설이 세워지지만, 그것은 언제나 반박될 수 있다. 계속해서 등장하는 대안적 가설들은 실험과 관찰을 피할 수 없다. 과학은 이해를 증진시키기 위해서 여기저기를 헤맨다. 물론 과학적 가설이 반박되는 경우 독특한 감정이 일어 마음이 상하기는 하지만, 그러한 반증은 과학적 기획에 있어서 핵심적인 것으로 인정된다.(32쪽)

반면에

　사이비 과학은 이와는 정반대이다. 사이비 과학의 가설들은 흔히 반증될 가망이 있는 어떠한 실험으로도 공격할 수 없도록 정밀하게 짜여져 있다. 그래서 심지어는 가설을 무효화하는 것조차 원리상 불가능하다. 사이비 과학 종사자들은 방어적이며 만반의 경계 태세를 갖추고 있다. 회의적인 태도로 엄밀히 검토하는 것을 거부한다.(501쪽)

　대중들이 참된 과학보다는 사이비 과학에 더욱 마음을 의탁하고, 이 분야에 대한 사회적인 비용이 과학기술 투자를 능가하는 이유는 사이비 과학이 지니는 교묘한 자기 방어적인 속성 때문이다. 칼 세이건의 책이 시종일관 치밀하고 집요하게 해부하고 있는 것이 바로 이점이다. 과학이 전문화되면서 더욱 난해해지고 과학은 일반인들에게 점점 더 멀어졌고 그 빈자리를 사이비 과학들이 급속하게 치고 들어오고 있다.

　최근에 우리나라에서도 신과학에 대한 대중적인 관심이 모아지고 있다. 이런 시기에 동양 철학적 관점에서 본 현대물리학, 기 에너지의 산업적 이용, 동양 의학에 대한 실험적 연구 등의 분야에 대한 올바른 판단이 그 어느 때보다도 시급하다. 신과학과 연관된 많은 이야기들은 대부분 근거가 없는 것들이다. 하지만 분명한 실험 장치로 반복적으로 확인되는 증거에 대해서는 주류 과학과 신과학 사이의 대화의 폭을 넓혀 문제를 비판적으로 해결해 나가야 할 것이다.

칼 세이건의 이 책은 그의 생애 마지막에 집필된 것으로 칼 세이건의 해박한 서양 지성사에 대한 지식을 담고 있다. 우주과학 분야에 종사했으면서도 그는 고대 철학, 중세의 철학 서적 그리고 위서들에 이르기까지 반과학적인 내용과 연관된 수많은 사료를 소화해 내고 있다. 이 책의 여기저기서 소설가로서의 문학적 재능이 돋보이기도 하고, 어떤 부분에서는 자신이 우주과학 도서를 집필하다가 느낀 다양한 느낌을 토로하기도 했다. 책의 처음부터 끝까지 반과학에 대한 비판이 일관되게 기술되어 있어 읽기에 약간 지루한 감이 없지 않으나, 이곳저곳을 뒤적거리다 보면 칼 세이건의 해박한 지식에 다시금 탄복하게 된다. 이 책이 과학 대중화 운동에 올바른 방향을 제시하고, 천박한 과학 문화를 넘어선 수준 높은 과학 문화 창달에 도움이 되기를 기대해 본다.

생명 윤리에 대한 철학적 고찰

황우석 서울대 수의학과 교수

『인간 복제 무엇이 문제인가』
제임스 왓슨 외 지음 / 그레고리 펜스 엮음 / 류지한 외 옮김 / 2002 / 울력

최근 생명과학계뿐만 아니라 종교계 등에서도 뜨거운 화두가 되고 있는 생명 복제 문제를 다룬『인간 복제 무엇이 문제인가』라는 책이 출간되어 주목된다. 복제 양 돌리의 탄생 후 생명과학의 진보에 대한 경탄에 가까운 찬사가 있는 반면 신의 영역에 도전하는 것이라는 우려의 목소리도 고조되고 있으며, 이대로 가다가는 인간 복제도 실현되는 것이 아닌가 하는 걱정도 높아지고 있는 것이 요즈음의 현실이다.

생명공학의 진보 즉, 학문과 기술의 발전과 함께 윤리 문제에 대해서 다룬 책은 이미 많이 출간되었다. 이에 관련된 문제에 대하여 여러 분야 학자들의 서로 다른 견해를 한곳에 모아, 뜨거운 쟁점으로 부각된 생명 복제 논쟁에 대한 이해에 도움을 주는 한 권의 책이 『인간 복제 무엇이 문제인가』이다. 이 책은 그레고리 펜스(Gregory E. Pence)에 의해 출간되었는데, 그는 앨러배머대학의 철학과 교수로서 클린턴 대통령의 인간 복제 금지 조치에 공개적으로 반대한 사람이다. 하지만 그는 자신의 입장을 표명하면서도 대립되는 견해들을 중립적 입장에서 담담하게 소개하고 있다.

최근에는 캠퍼스 내에서도 '생명 의료 윤리'라는 과목이 개설되었다. 주제는 과학에 관한 것이지만, 실제 강의는 주로 사회과학을 전공하는 사람들에 의해 이루어지다 보니 현실과의 괴리 등 어려움이 있는 것 같다. 생명 윤리는 비록 생명공학이라는 과학에서 비롯되었지만 종교, 철학, 법률 등 다양한 관점의 의견이 제시되고 고려되어야 하는데, 이 책이 이러한 측면을 다루고 있다는 점에서 높게 평가될 수 있을 것 같다.

동물 복제라는 주제 자체는 일반인들이—생명공학 학문에 문외한인—다루고 고찰하기에는 어려운 대상일 수 있다. 그러나 복제의 정의로부터 동물 복제의 배경, 현재의 복제 기술 수준과 생명 윤리 논쟁이 대두되기까지의 일련의 과정, 매스컴에서 주로 다루는 주제에만 집중하여 간과되기 쉬운 작은 사항들까지도 다루었다는 점에서 이 책에 높은 가치를 부여해도 될 것 같다. 예를 들면, '돌리'라는 복제 양이 태어나게 하기 위해서 수많은 실험의 실패가 있었다는 것을 언급하고 있다. 또한 이 책에서는 복제 기술의 현주소에 대해서도 그런대로 적절하게 언급하고 있다.

　이 책에서 가장 눈에 띄는 점은 무엇일까? 이러한 주제를 다루는 다른 책들과는 달리 다양한 분야의 논문들이 실려 있다는 점이다. 동시에 이 책은 독자에게 어떤 철학을 강요하지 않는다. 각 분야를 대표하는 학자들이 쓴 논문을 직접 접하도록 함으로써 스스로의 가치관을 세우고 판단할 수 있도록 도움을 준다는 점이 큰 장점이라고 하겠다. 즉 두 분류로 나뉘는 다른 견해의 양 측면을 모두 보여 주고 그 판단은 독자의 몫으로 남겨 두고 있다. 또한 각 분야를 대표하는 학자들의 논문을 제공함으로써 현재 논의가 어느 방향으로 진행되고 있으며, 어떤 방향으로 진행될 것인지에 대한 예측을 가능하게 한다. 또한 최근의 동향에 대해서도 다루고 있어 이 분야에 관심이 적었던 독자들도 한눈에 복제에 관한 생명공학의 흐름을 파악할 수 있도록 했다는 점이 평가될 수 있을 것이다.

　특히, 이 책에서는 사람의 생식에 대한 또 다른 관점을 제시하고 있다. 그동안 유성생식으로만 번식이 가능했던 동물의 무성생식 ─ 암수에 의존하지 않고 생식하는 것 ─ 의 가능성에 대해서 보여 준다. 즉 무성생식의 범주는 아주 넓은데, 예로 아메바와 같이 이분법으로 번식하는 단순한 경우뿐 아니라 인간도 배우자의 동의 없이도 자손을 가질 수 있고 ─ 물론 윤리적인 문제점이 제기될 수 있겠지만 ─ 동성애자들도 자신들의 아이를 가질 수 있을 것이다. 또한 불임 가정에서도 자신과 유전적 배경이 유사한, 더 정확하게 말하면 자신과 유전적 배경이 거의 100% 일치하는 후손을 가질 수 있는 희망에 대해서도 논의를 함으로써 복제로부터 찾을 수 있는 장점에 대해서도 언급하였다. 그 반대의 질책에도 많은 면을 할애하였다. 무성생식을 통한 종족의 번식으로 발생할 수 있는 문제점과 이와 관련된 논문들을 제시하는 등 한 측면에 치우치지 않으려는 구성을 엿볼 수 있는데, 이를 통해 저자의 철학자로서의 면을 이해할 수 있게 된다.

머지않은 장래에 발생할 수도 있는 문제, "유성생식으로 태어난 인간들이 무성생식으로 태어난 개체를 어떻게 대하여야 할까?", "그 생명에 대한 사회적·법적인 대우는 어떠해야 할까?" 등은 우리 인간들이 앞으로 고민해야 할 문제일 수도 있다. 이러한 사실은 실제 생명공학을 다루는 사람들에게도 상당한 가치관의 갈등을 느끼게 하는 대목이며, 앞으로 이 학문을 하는 사람들뿐만 아니라 누구나 고민할 수 있는 대상이 될지도 모른다. 생명공학이라는 학문의 발전에 있어서 가장 큰 장애 요인은 이러한 생명 윤리 문제들이며, 이러한 것들에 대해서 어떠한 철학을 사회 전반적으로 확립하느냐가 중요한 사항이라는 사실에 대해 이 책은 충분한 문제 의식을 부여하고 있다.

생명 복제에 대한 의견이 대립된 상황에서 이 책은 독자들 특히, 이 분야에 관심을 갖고 있는 이들에게 적절한 사고의 장을 제공하며, 이 학문 종사자들에게도 고민해야 할 문제를 제공하고 있다. 존 거든 (John Gurdon)이 복제한 개구리로부터 시작해서 인간이 속해 있는 범주까지 범위를 넓히고 있는 생명 복제 기술, 현대인에게 충분한 사고의 시간을 가져야 하는 이슈라는 점을 쉽게 이해할 수 있게 된다.

생명공학이라는 학문 자체가 과거에 경험했던 어떤 학문 영역보다도 훨씬 빠른 속도로 발전해 가고 있으며 일반인은 그 안에서 이루어지는 현재 상황을 상세히 알 수도 없다.

이 책의 아쉬운 점이 있다면 일부 논문의 단순 제공이나 비교에 많은 비중을 할애하고 있어 체계적이며 과학적인 접근과 이해보다는 단순 사례의 소개에 치중하고 있다는 점이다.

이곳에는 아직까지 우리가 답변을 해 주고 싶지만 답변해 줄 수 없는 사항들이 산재해 있다. 이 분야에 대한 정확한 분석과 학문적 깊이가 요구되는 시점이기도 하다. 가령 50세 홍길동의 유전적 가치를 높이 평가하여 복제로 태어난 어린 홍길동을 우리는 어떻게 평가하고 대우해야 하는가? 이는 종교, 사회학자나 과학자 어느 쪽에도 난해한 문제가 아닐 수 없다. 복제된 어린 홍길동에 대해서 과연 우리 인류는 어떠한 의미를 부여하여야 할 것인가? 그가 복제라는 인공적 수단으로 태어나야만 할 당위성은 확보할 수 있을 것인가?

결론적으로 우리는 아직도 더 많은 사고의 시간을 필요로 한다는 것이고, 한쪽에 치우치는 편견과 독단에 빠지는 일은 없어야 한다는 점이다.

복제 기술 그것은 이미 개발되었고 보급되고 있으며 향후 폭을 넓혀 나갈 분야임에 틀림없다. 그 기술을 통해 얻을 수 있는 산업적 이득과 건강 혜택도 지대할 것이다. 이를 통하여 삶의 질은 향상될 수도 있을 것이다. 그러나 생물 다양성의 위축과 인성의 피폐, 인간 존엄성의 훼손과 같은 맞은편 가치는 누구에 의해 어디에서 보존되고 앙양될 수 있을 것인가.

생명공학은 과학자만이 해결할 수 없는 '우리 공동의 숙제'이다. 바로 다양한 구성원의 합리적 판단과 방향 설정을 도출하기 위한 지혜의 샘을 구해야 한다는 당위가 이 책을 읽어 본 결론이다.

나노기술의 역사와
미래에 대한 통찰

오세정 서울대 물리학부 교수

『나노기술이 미래를 바꾼다』
이인식 엮음 / 2002 / 김영사

난 현대를 과학기술의 시대라고 한다. 전문가들이 말하는 국가의 국방력이나 산업 경쟁력은 말할 것도 없고, 이미 일반 서민들의 일상생활도 과학기술의 발달에 따라 급속히 변화하고 있음을 모두가 피부로 느끼고 있다. 예를 들어 인터넷과 휴대 전화가 급속히 확산됨에 따라서 우리의 일상적인 생활 패턴도 10년 전에 비하여 많이 바뀌었고, 최근 민주당 대선 후보 경선이나 인터넷 방송의 인기에서 보듯이 정치와 사회 현상에서도 급격한 변화가 오고 있다. 앞으로는 유전 공학과 생명 복제 기술의 발전으로 인간의 출생, 성장, 질병 치료로부터 환경, 식품 및 생명 윤리에 이르기까지 많은 변화가 올 것이 틀림없다.

이러한 변화는 대체적으로 인간 생활을 풍요롭게 만드는 데 기여하고 있지만, 반면 많은 사람들이 기술의 급격한 발전에 대하여 일종의 경외감과 불안감을 느끼는 것도 사실이다. 예를 들어 컴퓨터와 소프트웨어의 급격한 발전에 적응이 더딘 전통적인 육체 근로자나 나이 많은 계층은 자신의 경쟁력 낙후를 두려워하고 있는 경우가 많다. 또한 유전자 조작 식품이 인체에 유해할 것인지에 대한 논란도 끊이지 않고 있고, 폐기물 처리나 지구 온난화 등 환경 문제에 대해서도 많은 사람들이 앞날을 걱정하고 있다. 심지어는 지식인들까지 기술의 발달이 우리의 생활을 어떻게 바꿀 것인지 또는 우리 사회나 소속 집단이 급격히 발전하는 기술을 따라가지 못해 낙오되는 것은 아닐지 하는 우려에서 벗어나지 못하고 있다.

이러한 불안감을 해소하기 위해서는 첨단 과학기술이 발전해 가고 있는 방향을 이해하고 그 영향을 제대로 예측하는 것이 필요한데, 그 분야의 전문가가 아닌 한 급속히 발전하는 현대 과학기술의 실상을 이해하는 것이 결코 쉬운 일이 아니다. 하지만 과학기술의 급속한 발달은 생명 윤리와 같이 전문가 그룹에게만 맡길 수 없는 인류 전체의 이슈를 생산해 내고 있으며, 그러기에 정치가와 일반 국민 등 비(非)전문가도 이해할 수 있는 첨단 과학기술에 대한 좋은 입문 소개서의 필요성이 증대되고 있다. 하지만 불행하게도 이러한 역할을 제대로 할 수 있는 책이 흔한 것은 아니다. 많은 소개서들이 너무 전문적으로 쓰여 있어 일반인은 이해하기 어려운 경우가 많고, 또한 저자의 관점에 따라 미래가 너무 긍정적인 방향으로만 그려지기도 하고 반대로 너무 부정적인 면만 강조되기도 한다. 이러한 의미에서 이인식 과학문화 연구소장이 엮은 『나노기술이 미래를 바꾼다』는 책은, 최근 많이 논의되고 있는 나노기술에 대하여 비전문가도 이해하기 쉽도록 쓰여 있고, 또한 나노기술 발전에 대한 긍정적인 면과 부정적일 수 있는 면을 짜임새 있게 소개하고 있어서 매우 균형 잡힌 소개서로서의 역할을 훌륭히 하고 있는 책이다.

사실 과학기술에 조금이라도 관심이 있는 사람이라면, IT(정보기술), BT(생명공학기술), NT(나노기술)라는 말을 여러 번 들었을 것이다. 선진국마다 많은 투자와 노력을 아끼지 않는 미래의 유망한 분야라고 하고 또 우리나라도 앞으로 국가 전략 과학기술로 집중 개발할 계획이라고 하니, 일반인들도 이 3T가 중요한 과학기술 분야임은 짐작하고 있을 것이다. 그중 정보기술(IT)은 무선 전화와 인터넷으로 이미 많은 사람들에게 친근한 상태이고 생명공학기술(BT)은 생명 복제와 의약품 관련 연구임을 쉽게 이해할 수 있는 데 비하여, 나노기술(NT)은 원자와 분자기술이라고는 하지만 비전문가들에게는 알 듯 모를 듯 한 것이 사실이다. 이러한 궁금증을 풀어 주는 나노기술에 대한 좋은 소개서로서 이 책은 충분히 추천할 만하다.

먼저 『나노기술이 미래를 바꾼다』는 책의 내용을 살펴보면, 크게 4부로 나누어져 있다. 제1부에서는 나노기술의 무한한 가능성과 응용 분야를 이미 수십 년 전부터 예언한 유명한 강연과 글들을 소개하고 있다. 40여 년 전(1959년) 나노기술의 가능성을 물리학적 이론으로 설파한 리차드 파인만 교수의 '바닥에는 풍부한 공간이 있다' 라는 강연을 비롯하여, 나노기술 이론서로서 고전으로 인정받는 에릭 드레슬러의 〈창조의 엔진〉(1986년) 그리고 크랜달의 〈분자 공학이란 무엇인가〉(1996년)라는 주옥같은 글들이 엮은이 이인식의 글과 함께 수록되어 있다. 이 글들을 읽으면 나노기술의 역사적 성장 배경과 선각자들이 본 무한한 응용 가능성을 쉽게 이해할 수 있으며, 선각자들의 시대를 뛰어넘는 혜안(慧眼)에 감탄하게 된다.

이어 2부와 3부에서는 나노기술의 구체적인 예와 현재까지의 발전 상황, 한국의 연구 수준 그리고 정부와 기업의 대응 방안 등이 각계 전문가들의 글로 모아져 있다. 선각자들이 본 미래에 우리가 얼마나 가까이 가 있는지, 한국 연구의 수준은 어느 정도인지에 대하여, 한국의 대표적인 공학자와 과학자들이 나노가공, 나노소재, 나노측정 및 나노바이오와 전자 등 각각 자신의 연구 분야에 대하여 쓴 글들을 모아서 권위 있는 소개서를 만들고 있다. 나노기술의 분야가 너무 다양하기 때문에 한두 사람의 전문가가 전 분야를 소개하기가 쉽지 않은데, 이 책은 여러 전문가를 동원함으로써 이러한 한계를 극복하고 있다. 그뿐 아니라 우리나라가 나노기술에서 선진국 틈에 끼어 세계적 경쟁력을 가지려면 어떻게 발전해야 되고 어떠한 전략이 필요한지 등 정책적인 방향에 대한 논의도 일목요연하게 정리되어 있어 독자의 안목을 넓혀 주고 있다. 여기에는 민간 학자의 관점뿐 아니라 나노기술 개발을 주관하고 있는 정부 기관인 과학기술부의 계획까지도 소개되어 있어 정부의 정책 방향도 짐작할 수 있다.

그러나 역시 이 책이 여타 소개서와 크게 다른 특징은 제4부에서 나타난다. 나노기술의 발전이 가져올 장밋빛 미래만 보여 주는 것이 아니라, 그 역작용에 대한 경고도 엮은이의 글과 빌 조이의 〈왜 우리는 미래에 필요 없는 존재가 될 것인가〉(2000)라는 글을 통해 보여 주고 있기 때문이다. 이러한 균형 잡힌 편집은 과학기술과 사회의 관계에 대하여 깊은 안목을 갖고 있고, 10여 년 전부터 나노기술에 대한 많은 글을 발표해 온 이인식 과학문화소장이 아니었으면 어려웠을 것이라고 생각한다. 사실 어떠한 기술의 발전에도 순작용과 함께 역작용을 생각할 수 있는 것인데, 일찍이 로봇공학 전문가인 한스 모라벡은 『마음의 자식들』(1988)이라는 저서에서 인간의 마음이 컴퓨터로 이식되고 기계가 진화의 주역이 되는 미래를 묘사한 바 있다. 빌 조이는 나노기술의 발달이 이처럼 정신을 가진 나노 로봇들의 출현을 가능하게 해 주고, 나노 로봇들이 자기 복제를 통해 스스로 증식하기 시작하면 통제할 수 없는 상황이 올 것이라고 경고하고 있다. 이같은 경고가 인문 철학자나 러다이트(기계 혐오자)로부터 나온 것이 아니라 미국의 대표적 컴퓨터 회사인 선 마이크로 시스템즈를 공동 창립한 컴퓨터 과학자 빌 조이의 입에서 나왔다는 사실은 충격적이다. 하지만 나노기술에 대한 균형 잡힌 관점을 얻기 위해서는 이처럼 기술 발전의 역작용을 우려한 글도 읽는 것이 필요할 것이다. 그런 의미에서 『나노기술이 미래를 바꾼다』는 매우 수준 높은 소개서라고 할 수 있다.

　이 책을 읽으면서 느끼는 옥에 티 하나는 여러 필자들의 글을 싣게 됨에 따라 중복된 내용이 여러 번 나오는 경우가 있다는 것이다. 예를 들어 나노기술에 대한 일반적인 정의와 주사투사현미경을 비롯한 원자현미경에 관한 소개는 여러 곳에서 언급되어, 책을 처음부터 끝까지 통독하는 독자에게는 지겹다는 느낌을 줄 정도이다. 물론 자기가 필요한 부분만 골라 읽는 독자에게는 각각의 글 자체가 독립성을 유지하게 되어 편한 면이 있을 것이다. 그러나 2부와 3부는 전반적으로 산만하다는 느낌이 있고, 경험 있는 독자라면 적당히 뛰어넘으며 읽는 기술을 발휘할 만하다. 하지만 이러한 티에도 불구하고 『나노기술이 미래를 바꾼다』는 과학기술의 발전이 가져올 미래 사회의 변화에 관심 있는 사람이라면 한번 읽어 보기를 권장하고 싶다.

수학계의 롤링 스톤스, 괴델

이원근 한국과학커뮤니케이션연구소 소장

『**괴델**』
존 캐스티 외 지음 / 박정일 옮김 / 2002 / 몸과마음

"**혹** 괴델이라고 들어 보신 적이 있습니까?" 주변의 여러 사람에게 물어보아도 괴델은 도무지 생면부지의 사람이다. 아리스토텔레스 이래로 가장 위대한 논리학자이며 아인슈타인조차도 자신과 지적으로 동등하다고 여긴 거인 중의 거인, 그는 20세기의 가장 위대한 인물 100명 중 한 명이며, 《타임》지는 그를 20세기 최고의 수학자로 지목했다. 그런 그를 우리는 왜 모르고 살았던 것일까?

이 책은 바로 이 알려지지 않은 거인 '쿠르트 괴델'에 관한 것이다. 1986년 오스트리아 국립방송사에서 방영된 괴델에 관한 특별 프로그램의 내용을 바탕으로 정보를 추가하고 윤색한 이 책은 그의

'불완전성 정리'와 같이 무거운 수학적 주제를 가볍게 소개하면서도 그의 학문적 업적과 파란만장한 삶의 여정을 흥미롭게 속속들이 들추어내려고 애썼다. 특히 괴델이라는 천재가 나오게 된 사회 역사적 성장 배경, 미국에서 아인슈타인과의 교제, 그의 괴벽과 편집증, 특이한 결혼 생활, 학문적 사명감과 죄의식 등 괴델의 내면세계와 일상적인 삶을 공평하게 서술하려고 노력했다. 또한 괴델의 '불완전성 정리' 이후 전개된 수리 논리학의 여러 이론들을 두루 다루고 있을 뿐 아니라 괴델의 정리가 지니는 철학적 함축성, 인공지능에 관한 철학적 논쟁, 더 나아가 괴델의 우주론 등 폭넓은 영역을 아낌없이 소개하고 있다. 말하자면 이 책은 손색없는 괴델 입문서다.

괴델의 가장 위대한 업적은 '불확정성의 정리'와 그 폭넓은 영향력이다. 수리 논리학의 발전은 괴델의 정리에서 종합되었고, 이것을 기반으로 더욱더 다양하고 풍성한 발전이 가능했다. 이러한 괴델의 업적을 비전문가인 일반인에게 설명하기 위해 다각도로 노력한 저자의 땀이 서려 있어 좋다.

1931년 괴델이 "참이지만 참이라고 증명할 수 없는 수학적 명제들이 있다"는 것을 증명(불확정성의 정리)했을 때 그것은 마치 북극의 매서운 돌풍처럼 수학계를 강타했다. 즉 수학의 방법들은 너무 취약해서 모든 사실들을 증명할 수 없다는 것이며, 진리는 증명보다 크다는 것이다. 이것은 동시에 과학의 자기모순을 증명한 과학계의 자기부인적 사건이다. 모든 과학은 유사한 모순을 내포하고 있고, 고정된 진리라기보다는 늘 발전하는 '과정'에 있는 과학적 지식은 당연히 불완전할 수밖에 없는 것이다. 그런 의미에서 괴델은 과학에 대한 맹신을 떨쳐 주는 좋은 계기를 마련했다고 평가하고 싶다. 이로써 괴델은 모순이 없는 완전한 지식을 갈망하는 인간의 꿈을 좌절시킨 장본인인지도 모른다. 전능이라는 인간의 환상에 한계를 부여한다는 점에서 괴델은 코페르니쿠스, 다윈 그리고 프로이트의 전통에 함께 서 있다. 다른 한편으로 인간 지식의 상대성을 발견함으로써 괴델은 인간 정신과 인간 직관의 승리와 필연성을 확증했다고도 할 수 있다. 괴델의 이러한 업적은 논리학이나 수학뿐만 아니라 철학, 언어학, 컴퓨터과학, 인지과학, 시간 여행, 우주론 등 20세기의 광범위한 학문 영역에 깊은 영향을 미쳤다

이 책은 "인간의 정신은 모든 수학적 직관을 기계화할 수 없다"는 괴델의 견해를 인용함으로써 끝난다. 그것은 인간 정신의 무제한성을 입증한 괴델에 대한 가장 적절한 찬사로 보인다. 외로운 천재 그는 그의 외로움의 크기만큼 세상에 큰 족적을 남기고 떠났다. 이 책은 괴델의 이런 큰 족적을 아기자기하게 그리고 있다. 모순이라는 그 수학으로 수학의 모순을 증명했다는 사실 또한 모순은 아닌가 하는 여운이 남지만 말이다.

괴델은 부유한 상류층에 속한 덕분에 당시의 정치적 · 사회적 · 경제적 불안에도 불구하고 평온하고 안정된 성장기를 거쳤고, 초등학교에서 중등학교를 졸업할 때까지 성적은 최고였다. 이런 점에서 수학에서 고배를 마신 적이 있는 아인슈타인과 비교되는 전력이다. 오스트리아의 파시즘과 독일의 나치즘이 이성적 과학을 탄압하는 시기

였던 1941년 빈을 떠나 미국의 프린스턴으로 이주했고, 그곳은 아인슈타인뿐만 아니라 '맨해튼 계획'의 책임자였던 유명한 물리학자 로버트 오펜하이머, 저명한 수학자인 폰 노이만, 바일, 메블런 등의 많은 전설적인 인물들과 교류한 제2의 고향이었다. 이러한 그의 환경이 그의 사상과 생애에 어떠한 영향을 주고받았는지에 대하여 이 책은 자세히 서술하고 있다.

어쩌면 감추고 싶을지도 모를 그의 결혼 생활을 적나라하게 밝히고 있다는 점도 이 책의 용기다. 자신보다 여섯 살 많은 이혼녀이며, 고급 창녀인 카바레 댄서에 하층민 출신인 아델레와 결혼한 사건은 주목할 만하다. 당시로서는 사회적 명성에 치명적일 뿐 아니라 부모의 반대를 무릅쓴 결혼은 어쩌면 괴델의 고집과 괴짜 근성을 그대로 보여 준 예이기도 하다. 혹 이러한 그의 근성이 수학계의 이변을 만들어 낸 것일 수도 있기 때문에 이러한 내용의 기술은 독자에게 중요한 정보가 될 것이다. 아델레와 지내기 시작했을 무렵 괴델은 누군가가 자신을 독살하려 한다는 강박증에 시달리기 시작했고, 그는 음식에 들어 있는 세균조차 두려워 모든 음식을 거부하다가 1978년 1월 프린스턴병원에서 영양실조와 기아로 사망했다. 체중은 27kg, 태아의 자세로 죽었다고 한다. 특이한 결혼이 만들어 간 괴델의 정신적 변화와 말년은 위대한 천재의 증거일까? 끝까지 괴델의 유일한 의지였던 아델레의 숨은 역할에 대해서도 나름의 기술을 하고 있다. 실용적이고 매우 낙천적인 성격의 그녀는 괴델에 대하여 모성적이고 열성적인 배려를 아끼지 않았다. 어쩌면 괴델의 괴짜성을 받아 줄 상대로 그녀가 가장 적격이었던 것은 아닌가 하는 생각도 든다. 이렇게 이 책은 괴델의 사생활과 학문적 업적을 두루 설명하고 있지만 과연 사생활과 학문적 업적은 별개의 것인가? 하는 의문에 대한 답은 던지고 있지 않다. 아마도 독자의 판단에 맡길 생각이었지 싶다.

지극히 한정된 몇몇 사람과만 친교를 나누었던 내성적인 괴델은 경제학자 모르겐슈테른, 논리학자 아브라함 로빈슨 그리고 아인슈타인과 날마다 연구소를 오가며 즐겼던 산책이 교류의 전부였다. 사적인 대화에 있어서조차 전화를 이용하고, 공적인 자리에 자신을 드러내는 것을 피했다고 하는 괴델, 이러한 그의 폐쇄적 사생활 속에서도 어떻게 그렇게도 폭넓은 분야에 영향을 미칠 수 있었던 것일까? 그는 과연 어떠한 방법으로 외부 세계와 교감했던 것일까? 책을 읽으면서 그 해답을 조목조목 뽑아내는 즐거움도 잊지 말기 바란다. 아인슈타인은 대중과 대화하는 것을 오히려 즐겨했다고 한다면, 혹 대중에 대한 이러한 두 사람의 자세의 차이가 괴델이 널리 알려지지 못한 이유는 아닐까 하는 의문도 이 책은 독자의 몫으로 남겨 두고 있다.

국내외를 막론하고 수학자나 이론 물리학자들은 젊었을 때 혁신적인 연구 성과를 내지 못하면 더 이상 희망이 없다는 말이 있다. 그리고 나이가 들면 점차 철학적인 시각을 갖게 되거나 갖고 싶어한다. 괴델 역시 말년에 철학적 성찰에 집중하게 된다. 철학뿐만 아니라 신의 존재와 영혼의 전생에 관한 물음에까지 관심을 보인다. 신비주의에까지 빠져 들었다. 괴델의 이러한 정신적 전개 과정을 보면서 과학과 철학이 어떻게 접목되어 가는지에 대한 독자 차원의 분석도 권하고 싶다.

천재 괴델의 마음을 분석하고 어려운 수학적 정리와 설명을 보통 사람들의 마음에 와 닿게 하는 것은 결코 쉬운 일이 아니다. 이 책은 나름대로 이 점에서 성공한 것으로 보인다. 다만 괴델의 학문적 업적과 사상을 보다 상세하게 설명하려는 의도는 좋으나 인공 정신, 소세계, 시간성 곡선 등 각종 전문 용어의 등장과 그림과 수치는 독자에게 보통 이상의 정신 집중을 요구하거나 자칫 읽는 맛을 덜하게 할 수도 있다는 염려가 없지 않다.

이 책을 다 읽고도 여전히 풀리지 않는 의문 하나. 아인슈타인이 비틀즈에 비유되고 괴델이 롤링 스톤스에 비유된다면, 왜 그는 아인슈타인에 비하여 대중적으로 회자되지 못하였을까? 그저 위대하다고 말해서가 아니라 누군가 위대할 때 모든 일반인이 공감할 수 있다면 얼마나 좋을까? 요즘의 이공계 진학 기피 현상 중 하나로 과학자의 비대중성을 든다면, 대중과 과학자의 교감 부분에 대한 저자의 입장을 밝혔으면 좋았을 것이라는 아쉬움이 남는다. 여하튼 우리는 이제 괴델을 알아야 한다는 결론을 이 책에서 찾았다.

21세기는
신과 과학의 화합시대이다

천문석 연세대 천문우주학과 교수

『21세기의 신과 과학 그리고 인간』
러셀 스태나드 엮음 / 이창희 옮김 / 2002 / 두레

어릴 때부터 부모님과 같이 교회를 열심히 다녔던 나는 중·고등학교 시절을 지나는 동안 성경 내용 중 원죄론과 천지창조에 관해 무척 회의적이었고, 그런 갈등과 고민 때문에 한때는 교회를 떠나 반기독교인이 되기도 하였다. 내가 사춘기 동안 가졌던 기독교에 관한 회의는 하나님이 에덴동산에 인간을 만드셔서 그곳에 살게 하였으면 모든 것을 완벽하게 하셔야지 그렇지 않고 악의 근원이 되어 버린 뱀과 사과는 왜 만드시고, 또 그것을 자신의 분신인 인간으로 하여금 먹게 하여 이 세상을 악하게 만드셨느냐 하는 것이었다. 특히나 하나님이 만드신 사과를 먹음으로 이 세상에 악이 시작되었으며 악을 행

한 인간은 하나님의 심판을 받게 된다는 것은 앞뒤가 맞지 않는 하나님의 무책임한 행위라고 생각했다.

천지창조에 관한 의문은 어떻게 일주일이라는 짧은 시간에 우주의 모든 것을 만들 수 있었겠느냐 하는 것과, 하나님이 가장 사랑하시고 자신의 분신으로 인간을 만드셨다면 왜 맨 먼저 인간을 만드시지 않고 맨 나중에 만드셨을까 하는 것이었다. 특히나 그 당시 세계사를 배우면서 알게 된 기독교가 지구중심설을 교리로 채택했고 그 때문에 태양중심설을 믿었던 많은 과학자들을 핍박했으며 중세 유럽에서의 1,000여 년의 문화 암흑기를 만들게 되었다는 사실은 나로 하여금 기독교는 비과학적이며 종교는 과학과는 전혀 맞지 않는다는 신념을 갖게 만들었다.

이런 나의 생각이 바뀐 것은 대학에서 물리학과 천문학을 배우고 그것을 전공하며 연구하는 과정에서였지만, 그래도 사춘기를 지나는 동안 하나님과 과학과의 관계를 정리해 줄 책이 있었다면 나의 방황도 좀 더 빨리 끝나지 않았을까 한다.

일반적으로 신과 과학에 관한 책들은 1~2명의 저자가 자기의 전공 분야에서 우주나 인간의 창조와 진화를 연구하고 하나님과의 상관관계를 제시하고 있다. 그래서 일반적인 지식 수준의 독자에게는 이해하기가 어렵고 또 한 분야의 견해이기 때문에 논리 전개가 편향되거나 자기주장만 보게 된다.

『21세기의 신과 과학 그리고 인간』은 8개 나라 50여 명의 석학으로부터 주제에 관한 글을 쓰게 했다는 것만도 매우 이례적인 것이다.

그뿐 아니라 저자들의 전공도 다양하여 철학, 신학, 심리학, 물리학, 천문학, 유전학, 생물학, 의학, 병리학, 인지과학, 기상학, 수학, 화학, 음악 및 경제학 등 자연과학과 사회과학을 거의 망라한 다양한 분야의 전문가의 의견을 접할 수 있다는 것은 독자에게는 행운이다. 일반적으로 우리가 신과 과학의 문제를 다룰 땐 거의 기독교와의 관계로 국한되어 왔지만 이 책은 기독교 이외에도 유대교와 이슬람, 힌두교가 포함된 것도 이색적이라 할 수 있다. 옮긴이가 지적했듯이 아시아권에서 가장 영향력이 큰 불교에 관한 필자가 전혀 없다는 것은 아쉬운 일이다.

16세기에서 시작된 종교에 관한 과학의 도전은 20세기에 들어서서는 그 절정을 이루었다. 그래서 모든 우주의 문제는 과학으로 해결될 수 있고 신의 존재는 우주의 법칙을 이해하려는 과학에 큰 걸림돌이 되어 왔다고 생각했다. 성직자들은 과학자들을 무신론자로 적대시했고 과학자들은 종교가 과학의 발전을 저해하고 있다고 믿었다. 그러나 이 책에 기고한 대부분의 과학자와 사회학자들은 21세기는 종교와 과학이 서로를 이해하고, 과학적인 발견이 결코 신의 존재를 부정하는 것이 아니라는 논리를 펴고 있는 것은 무척 고무적인 것이다. 심지어 유전자 조작이나 앞으로 발견될지도 모를 외계인의 출현까지도 종교가 포용해야 하며 이런 것이 결코 신의 존재를 부인하는 것이 아니라는 논리는 공감이 가는 내용이다. 본문 중 유전자 전쟁이라는 제목 하에서 키스워드는 "신의 증거는 객관적인 실험에 달린 것이 아니라 개인적인 경험에 달린 것이다"(93쪽)라고 한 것은 신의 존재가 결코 과학으로 증명될 수 없음을 말하고 있다.

로버트 러셀은 "외계 생명체의 존재는 영화에서처럼 악마가 아니라 우리와 매우 비슷하게 생겼으리라 생각되며 선을 추구하고 실패를 거듭하며 용서나 새로운 생명처럼 신이 모든 피조물에게 내리는 은혜를 받기는 생물일 것"이라고 정의하고 그리스도는 지구라는 한계를 떨쳐 버리는 '우주 속의 그리스도'가 되어야 한다고 주장하고 있다(214쪽). 이는 21세기의 신의 개념은 지구만을 관장하는 것이 아닌 우주를 지배하는 신이 되어야 하며 이런 관점에서 볼 때 이 우주엔 인간 이외의 외계인도 포함한 온 우주를 관장하는 신의 존재를 제시하고 있다. 이런 개념은 21세기의 과학과 종교가 서로 포용할 수 있는 것이다. 하나님의 존재가 지구와 인간에만 국한되지 않고 온 우주를 만들고 관장하시는 '우주 속의 하나님'이 될 때라야만 앞으로 발견될 가능성이 많은 외계인의 존재도 하나님의 영역 내로 흡수될 수 있다.

옮긴이의 말을 통해 과학 특히 빠르게 발전하고 있는 우주론의 지식을 주려는 시도는 아주 잘한 것이다. 불문학을 전공한 옮긴이가 과학적인 지식을 전하는 데 한계가 있다는 것은 이해하지만 과학적인 지식은 정확하게 전달되어야 하므로 몇 가지의 문제점을 지적한다.

본문 10쪽의 대폭발이론은 특이점에서 출발한다. 대폭발 후 입자의 형성은 1초가 아닌 10^{-43}초인 플랑크 시간 내에 이루어진다. 이는 우주 내의 입자의 형성이 대폭발과 동시에 일어났음을 말해 주고 있다. 그후 10분이 아닌 1분 내에(이를 복사시대라 한다) 헬륨과 중수소가 만들어진다. 이는 우주의 기본 물질들이 대폭발 후 3분 이내에 거의 만들어짐을 말하고 있다. 12쪽의 초신성의 폭발은 모두 블랙홀로 되는 것이 아니라 별의 질량이 태양의 3배 이상 되는 별들만이 블랙홀이 되며 그보다 작은 질량을 갖는 별은 중성자별이 된다.

12, 13쪽의 허블의 법칙은 먼 거리에 있는 별의 관측으로부터 얻어진 것이 아니라 외부 은하의 관측으로부터 얻어진 것이다. 1922년까진 아무도 우리 은하 외엔 외부 은하가 존재하는 것을 알지 못했지만 대형망원경의 건설과 더불어 우리 은하보다 더 질량이 크거나 작은 은하들이 이 우주에는 수천 억 개가 존재함을 알게 되었다. 이 허블의 법칙은 우주의 팽창을 아는 데 아주 중요한 역할을 하며 5억 광년 이상 떨어진 천체에 이 법칙이 적용되지 않는다는 것은 잘못된 것이다. 먼 거리에 있는 천체에서 약간의 오차가 생기는 것은 그 천체들이 너무 멀리 있어서 관측이 어렵기 때문에 나타나는 오차 때문이다.

14쪽의 아인슈타인의 인용은 빛의 휨 현상이 아니라 우주의 모양이 평면이 아니라 곡면 현상이기 때문에 나타나는 것이다. 즉 우주는 고무풍선의 표면이나 말안장과 같이 곡면을 이루기 때문에 빛은 직진하지만 결국은 구 표면을 돌아서 제자리로 오게 된다. 빛의 휨 현상도 분명히 천체에서 나타나는데 대표적인 것이 중력렌즈 현상이다. 끝으로 우주 상수의 문제는 우리가 존재하는 시점이, 앞으로 우주가 계속 팽창이냐 아니면 수축이냐를 가름하는 분기점에 와 있다. 앞으로의 우주가 쌍곡선을 그리면 우주는 계속 팽창할 것이고 그 곡선이 포물선이 되면 우주는 수축할 것이다. 이 시점에서 앞으로의 우주가 어떻게 될 것이냐는 문제는 좀 더 시간이 지나야 알 수 있을 것이다.

본 역서는 21세기의 신과 과학의 문제를 다루었다는 점에서 읽기를 권장하고 싶다. 특히나 많은 석학들의 논조가 과학과 종교의 이해가 21세기에는 있을 것이라는 것은 무척 공감이 가는 것이다. 특히나 서평자처럼 하나님의 천지창조 때문에 고민하는 분들에겐 많은 도움이 되리라 믿는다.

인간은 거대하고 무한적인 우주 앞에선 너무나 나약한 존재이다. 천문학자인 나로서는 이 나약함이 더더욱 실감되지만 하나님이 인간을 위대하게 만드셔서 이 광대한 우주를 바라볼 수 있고 또 연구할수 있게 해 주신 것은 인간이기에 가능한 것이다.

미리 보는 2050년 신세계

정혜경 동의대 전자세라믹스연구센터 연구교수

『앞으로 50년』

존 브록만 엮음 / 이한음 옮김 / 2002 / 생각의 나무

영국의 과학자 겸 저술가인 스노우(C. P. Snow)가 1963년 지식인으로서의 과학자의 위상 강화를 위해 인문학자와 과학자라는 배타적인 두 그룹 사이의 대화를 추진하면서 제3의 문화라는 신조어를 만들었지만, 이후로도 인문학자들로부터 과학자들이 지식인으로서 인정받지 못하는 소외는 계속되었다. 이에 과학자들은 또 다른 제3의 문화를 창달하기 위한 시도 차원에서, 난해한 최신의 과학 연구의 양상과 성과를 평이한 언어로 그려 냄으로써 과학계 전문가 집단은 물론 일반 대중과의 교류를 도모하여 과학자의 위상과 역할을 확장하는 데 나섰다. 그 선봉 격인 인물의 하나가 바로 존 브록만(J. Brockman)이

다. 그는 현재 선도적인 과학자와 사상가들을 위한 웹사이트 포럼 에지(www.edge.org)의 편집장 겸 발행인이자, 그 운영 회사인 에지 파운데이션 주식회사의 회장도 겸하고 있다. 『앞으로 50년』은 바로 제3의 문화를 확산시키려는 브록만의 시도의 하나이다. 그는 25명의 손꼽히는 과학자들을 기획에 참여시켜 과학 담론의 형성과 일반 대중의 삶의 질 향상을 위한 토대로써 과학 대중문화를 구축하는 데 나섰으며, 그 성과를 브록만이 편집한 이 책은 과학과 인간이 아우러지는 미래의 청사진을 제공하는 지적 모험담들로 가득 차 있다. 다음 반세기에 걸쳐 과학의 제 분야에서 어떠한 발전과 성취가 이루어질 것이며, 그것들이 야기할 영향은 무엇인지를 과학 발전의 현주소로부터 파생된 미래 과학의 예측을 바탕으로 그려 내고 있는 것이다. 우선 이론 물리학자 스몰린(L. Smolin)에 따르면, 대폭발 이후 생겨난 검은 구멍(Black Hole)의 형성으로 인해 새로운 우주의 생성이 가능함을 믿는 다중우주론자들에 의해, 대폭발 이후의 우주의 상태를 결정하는 요소로 알려진 대폭발 이전에 존재하던 우주의 상태에 대한 연구가 진행될 것으로 예측되고 있다. 또한 그는 소립자들의 질량과 상호작용의 세기에 관한 이론인 중력 양자론(Quantum Gravity)의 향후 연구 방향과 과제 역시 예측한다. 그간 난공불락의 물리적 극소 단위였던 플랑크 단위(10^{-33}cm, 원자핵보다 20승 더 작은 크기) 레벨에서 별개의 시공간 구조를 가진 입자의 존재와 효과를 규명할 수 있는 신기술의 개발이 목전에 있다는 것이다.

한편, 1953년 DNA 분자 구조의 규명 이래 다양한 분야에서 막대한 정도로 유전학 지식의 활용이 이루어져 왔다. 이에 이 책은 문명의 변화까지 야기 가능한 뇌에 관한 유전 지식의 발달에 대한 다양한 예측을 보여 준다. 진화 심리학자 밀러(G. Miller)는 뇌의 신경 활동과 유전자 활성 패턴을 지도로 만들 수 있는 기술이 개발되어 인간의 감정과 복잡한 사회적 작용 간의 역학 관계가 규명되리라 보며, 심리학자 칙센트마하이(M. Csikszentmihalyi)는 인간 유전공학의 시장화가 실현될 경우 미래의 부모들은 유전공학적으로 조작된 높은 지능의 자녀를 양육하고자 하는 강한 유혹을 경험하게 될 것이라고 본다. 그렇다고 50년 뒤의 세계가 과학의 진보에 의해 좋든 나쁘든 경이로운 변화들로만 가득 차 있는 것은 아니다. 생물학자 사폴스키(R. Sapolsky)는 미래 세계에서 우울증의 심각성을 20세기 최고의 질병이라 할 수 있는 AIDS와 유사한 수준으로 꼽고 있는데, 심리적 스트레스 완화 기술의 한계로 인해 50년 후의 세계 역시 우울증을 피하기에 급급할 뿐일 것이라는 게 그의 예측이다.

브록만의 저자들 중 일부는 미래 과학에 대해 놀라울 정도로 급진적인 전망을 보여 주고 있다. 그중 하나인 인공지능 전문가 브룩스(R. Brooks)는 인간을 구조적 차원에서 기계와 비유하는 정도를 넘어 인간 역시 현재 기계에 적용되고 있는 것과 같은 기술적 조작의 대상이 되리라는 견해를 펴고 있다. 로봇 기술의 발달로 인해 실리콘, 강철을 인체 내부에 이식한 인간과 기계의 잡종이 횡행하는 미래에는 살아 있다는 것의 의미, 인간이라는 종에 대한 새로운 견해가 제시될 것이라고 한다. 인지신경학자인 하우저(M. Houser)는 유전자 조작을 통해 뇌 기능의 일부가 종 사이에 서로 대체 가능한 지경에 이르게 되어, 전통적인 인간의 특성에 비인간적 동물의 특성을 동시에 겸한 새로운 인간종이 개처럼 냄새를 맡고 독수리처럼 볼 수 있는 능력을 구비할 시대가 도래할 것임을 예측한다. 아울러 도킨스(R. Dawkins)는 DNA 유전학이 정보과학에서의 '무어의 법칙'에 상응하는 발전 속도를 보여 줄 경우, 아마 2050년경에는 가슴 X선을 촬영하는 정도의 간편한 절차를 통해 개인의 유전자 자료가 완비될 뿐만 아니라, 진화 계통수가 완성되어 진화 계통상의 모든 존재의 실체가 규명되는 등 인간은 스스로의 진화에 관한 완전한 지식에 한층 다가서게 될 것으로 본다. 반면에 다소 전통적이면서도 묵시론적인 성향의 진단 역시 있다. 컴퓨터 과학자 래니에(J. Lanier)는 컴퓨터의 급격한 발달을 예찬하기보다는, 첨단 컴퓨터 과학의 불가피한 특이점(Singularity) 현상을 냉소적으로 소개한다. 이를테면 컴퓨터가 매우 현명해지고 강력해져서 그 지배자인 인간을 대체할 뿐 아니라 물질과 에너지에 대한 지배력을 획득해 인간의 개념을 완전히 초월한 신화적 혹은 신적인 존재화하는 시점이 나타난다는 것이다.

상술한 바와 같이 이론과 현실의 양면에서 그려 낸 미래의 모습을 통해 과학 진보의 방향성을 탐색하고 비전을 제시하려는 브록만의 기획은 그 의도만으로도 주목할 만하다. 그리고 그의 25명의 저자들은 다가올 신세계에서 과학기술 발전의 실용적 가능성을 탐색하는 비교적 균형감 잡힌 입장과 접근으로 브록만이 제창한 제3의 문화의 구현에 상당히 공헌하고 있다. 이 책은 단순히 미래의 모습을 미리 그려 보는 것에서 한 걸음 더 나아가 자연과 우주의 본질 규명, 기술 발전의 의미 등 인간의 존재와 삶과 관련하여 인식 전환의 기회를 제공해 준다. 독자는 기계적 특징을 이식한 인간, 동물의 특징과 능력을 겸한 인간, 컴퓨터화된 DNA 서열 분석에 의한 인간 게놈 조작 등 탈인간주의(Transhumanism)적 성향을 보여 주는 다음 50년간의 과학 발전상의 묘사를 통해, 신기한 미래 세계 여행의 수준을 넘어 과학과 인간 존재의 의미를 되새겨 볼 기회를 가지게 될 것이다.

그러나 브록만의 기획에도 아쉬운 점이 없지는 않다. 그의 저자들이 소개하는 미래 과학의 화두들은 제 분야의 발전에 대한 거시적이고 전반적인 통찰력에 바탕을 두기보다는, 저자들이 각자의 전문 분야에서 추구되고 해결되어야 할 연구 과제의 설정에 치중한 듯한 한계를 보여 주고 있다. 슈퍼컴퓨터 및 양자컴퓨터, 인공지능, 나노과학 등 미래 과학기술의 핵심으로 부상할 것으로 일컬어지는 최신 분야들에 대한 전망의 결여는 그들의 예측이 급진적인 새로움을 제공하지 못하고 있다는 아쉬움을 가지게 한다. 또 하나, 브록만의 저자들은 도킨스 같은 생물학 분야의 석학을 비롯한 세계 최고 반열의 과학자들을 포함하고는 있지만(물론 훌륭한 과학자가 반드시 미래 예측 능력 역시 탁월한 것은 아니지만) 동시에 상당수가 학자적 활동 못지않게 과학 대중화 운동가에 가까운 활동 내역을 보여 주고 있다. 이는 브록만이 추진하는 제3의 문화 확산에는 강점으로 작용할 수 있지만, 다음 50년 동안의 과학 발전과 진화의 방향을 모색하는 데는 다소 버거움과 모호함을 느끼게 한다. 이러한 딜레마는 독자의 눈높이와도

맞물려 드러난다. 『앞으로 50년』은 일반 독자가 50년 뒤 낯선 신세계를 화두로 최신 과학의 트렌드를 살피고 미래에 대해 생각할 거리를 찾기에는 충분한 책이지만, 통합적인 미래 예측을 통한 대안적 미래 사회의 구현을 시도하는 미래학도에게 과학기술의 발전과 사회적 역동성의 역학 관계가 어우러진 미래의 모습을 보여 주기에는 다소 역부족인 느낌이다. 그러나 이는 대중성을 고려한 의도된 전략적 선택임을 감안한다면, 미래 입문서로서 이 책은 충분히 일독할 가치를 지니고도 남는다.

과학 발전의 진화 양상을 미리 그려 보는 브록만의 선집은 미래 과학기술 관련 이슈에 목마른 독자들의 갈증을 씻어 주는 한편으로, 학술적 당위성과 현실적 예측을 토대로 실현 가능성과 상상력이 함께 어우러진 미래 사회의 단면을 제시할 것이다. 특히 제3의 문화를 부르짖는 브록만의 기획 의도는 최근 과학기술 강국을 위한 기반 조성 차원에서 추진되고 있는 과학 대중화의 증진에도 도움이 될 것이다. 비록 그의 제3의 문화 확산과 우리나라에서의 과학 문화 보급이 그 양태와 방법은 다르다 할지라도, 과학자와 일반 대중 사이의 가교를 통한 과학의 대중문화의 구현이라는 공통분모를 지니고 있기 때문이다.

'신비동물학자'들의 끝없는 모험

권오길 강원대 생물학과 교수

『그래도 그들은 살아 있다』
로타르 프렌츠 지음 / 이현정 옮김 / 2002 / 생각의 나무

이 책의 원명은 'Riesnkraken und Tigerwolfe'로, '대형오징어와 주머니늑대' 정도로 번역하면 크게 문제가 안 될 것으로 안다. 그것을 영역한다면 'gigantic octopus and tiger wolf'가 될 것이다. 그런데 일반 독자들에게는 아마도 이 두 동물이 무척 생소하게 느껴질 것이다. 그러나 '대형오징어'의 설명을 조금만 읽어 보면 이 책의 특징을 쉽게 짐작할 수가 있다. '대형오징어'는 대학 일반 생물학 교과서에도 한 장의 사진과 함께, "무척추동물 중에서 가장 큰 동물이다"라고 간단히 소개하고 있는 연체동물이다. 그러나 그 이상의 상세한 무엇을 찾아보려고 해도 알아보기가 힘이 든다. 그럴 때는 바로『그

래도 그들은 살아 있다』를 들춰 보면 상세한 이 동물의 연구 역사와 특징을 엿볼 수 있다. 그럼 어디 좀 보자.

자이언트크라켄의 흡판이 U-보트인 나우틸루스 잠수함의 창문에 달라붙어 있다. 이 거대한 오징어의 몸통은 8m에 달하고 다리는 몸통의 두 배를 넘고, 괴물 같은 오징어의 나팔 같은 주둥이는 위협적으로 열렸다 닫혔다 한다……. 갑자기 거대한 동물이 여러 마리가 나타난다. 이 위험에서 벗어날 수 있는 유일한 방법은 수면 위로 부상하여 해치를 열고 쫓아 버리는 길밖에 없다. 해치가 열리자마자 다리가 잠수함 안으로 구불구불 들어간다. 네모 선장은 도끼를 들고서 괴물 같은 이 연체동물의 몸통으로부터 다리를 하나씩 잘라 내기 시작하자……, 마지막 남은 다리가 선원 한 명을 낚아챈다. 이 가련한 선원은 몸을 버둥거리면서 짙은 먹구름 속으로 사라진다.

이 끔찍한 광경은 순전히 창작된 것으로, 아직 잠수함이 없었던 1870년에 쥘 베른(Jules Verne)이 『해저 2만리』에서 이렇게 대형오징어를 등장시켰다. 그런데 마냥 환상적으로 느껴졌던 그 이야기가 20세기 말엽에 와서는 현실화되고 사실인 것으로 확인된다.

포획된 것 중에서 가장 큰 것으로, 1880년에 뉴질랜드 해안으로 떠내려 온 것은 몸의 길이가 18m에 무게는 1톤이었고, 눈의 지름이 40cm로 사람의 머리보다 큰 것이다. 따라서 동물계를 통틀어 가장 큰 동물임에 틀림없다……, 먹물주머니 한 개를 가지고 있고, 흑갈색 용액으로 채워져 있는데 자신의 체구에 비하면 크기가 작다……, 향유고래를 제외하고는 이 세상에 적수가 없다……, 연구자들의 모임에서 프라이팬에 구워먹은 적이 있는데 그 맛이 먹을 수 없을 정도로 쓰다고 묘사했다……, 잠수정은 670m까지 도달했으니 이는 뉴질랜드 바다에서는 신기록이었다……, 깊은 심해에 살기에 아직도 생식 방법, 발생 등 알려지지 않은 것이 대부분이고……, 심해는 신비를 품고 있다. 우리 인간이 자연 상태에서 관찰하려고 기울인 모든 노력에도 불구하고 여전히 암흑 속에 가려진 채로 남아 있다.

이렇게 관심을 갖고 읽으면 흥미진진한 이야기가 실타래 풀듯이 술술 흘러나온다. 저자 로타르 프렌츠(Lohtar Frenz, 1964)는 독일 구텐베르크대학에서 생물학을 전공한 뒤에 그 대학에서 신문방송학을 전공하고 수료하였다고 한다. 나중에는 어린이 과학 시리즈를 썼고, '황새'와 '안락사'에 관한 책을 썼으며, 청소년기에 읽었던 헤르베르트 벤트(Herbert Wendt)가 쓴 『동물 발견』을 탐독한 것이 단초가 되어서 그 속편에 해당하는, '신비동물학자(Cryptozoologist)'들의 탐사 이야기를 묶어 이 책을 냈다.

세계적으로 유명한 침팬지 연구가인 제인 구달(Jane Goodall) 또한 전형적이고 대표적인 신비동물학자로, 그 사람이 '지독한 낭만주의자의 꿈'이란 제목으로 쓴 서문이 책의 이해를 돕는다.

이 책에는 생물 역사의 대단한 것도 서술하고 있지만, 사소해 보이는 발견도 이야기한다. 이런 빈틈없는 서술 방식으로 저자 로타르 프렌츠는 사실 전달에 그치지 않고 '신비동물학(Cryptozoology)'에 대한 경외심을 불러일으킨다. 이 책은 동물학을 연구하는 세대가 끊임없이 깨어 있도록 자극할 것이다. 그리고 컴퓨터의 '가상' 현실뿐만 아니라 현실 세계에 또한 무궁무진한 환상과 비밀이 숨어 있다는 것을 일깨울 것이다. 이 책은 바로 새로운 천년으로 진보한 이 시점에, 긴급하게 타전된 전언이다.

독자들은 이 책에서 일찌감치 '신비동물학'이라는 새로운 단어에 맞닥뜨리게 된다. 하바쿡 티바통 교수는 전 세계학자들이 이해하기 어려운 것이라고 비웃었던, 수백만 년 전에 전멸한 것이라고 믿었던 '공룡과 포유류 사이를 잇는' 원시 공룡을 발견하였고, 첼린저 교수는 익룡(翼龍)을 발견하였다. 1819년에 유명한 조르주 퀴비에(Georges Cuvier)는 "앞으로 새로운 포유류를 발견할 가능성은 거의 없다"라고 했지만, 그것은 큰 착각일 뿐이고, 실제로는 일년에 수천 종의 새로운 생물(신종新種)이 발표되고 있는 실정이다. 이 책의 끄트머리에도 20세기에 들어와서 발견된 70종이 넘는 새로운 동물(신종)을 구체적으로 소개하고 있다. 이렇게 신종(New Species)을 찾는 학문을 종족학(種族學, Speciology)이라고 하고 수많은 학자들이 달라붙어 연구하고 있다. 한마디로 발견되지 않은 새로운 종이 있다고 생각하는 사람들이 종족학자들이요, 바로 신비동물학자들이다.

신비동물학자들은 현실을 똑바로 보지 않으려는 환상적인 것에 몰두하는 사람들일까? 몽상가들일까? UFO를 믿는 사람들일까? 이들이 1982년에 '신비동물학국제학회(International Society of Cryptozoology)'를 구성하였다. 아무튼 신비동물학은 자연과학 체계에 어울리지 않는다. 신비동물학에서 다루는 자료는 언제나 옛날부터 전해 내려오는 이야기를 대상으로 한다. 신비동물학에서 내리는 판단이나 해석은 대개가 증거보다는 직관에 근거한다. 회원은 세계적으로 800여 명에 달하고 앞에 설명한 제인 구달도 그중의 한 사람이다. "그래도 지구는 돈다!"고 갈릴레오 갈릴레이는 외치며 그 당시 세계관을 수호하는 자들과 싸움을 자처했듯이, "그래도 그들은 살아있다!"라고 고집스럽게 외치는 수많은 신비동물학자들은 자연과학이 설명할 수 없는 현상들의 의미를 찾아내려고 하고 있다.

또한 신비동물학계에는 많은 모험가들이 있는데 이들은 현실주의자와 낭만주의자로 나뉜다. 즉 운이 좋아 우연하게 신비동물을 발견하는 모험가들과 희망에 가득 찬 실패만을 일삼으면서도 고집스럽게 신비동물을 찾아 헤매는 모험가를 말한다. 동물 신종을 연구하면서 이와 더불어 원시시대의 새로운 사실, 즉 대륙 생성 및 이동, 종의 기원 및 멸종, 풍성한 자연, 그리고 '생물의 다양성'이 알려지고 있는 것이다.

이렇게 무모해 보이는 학자들의 노력으로 밝혀진 여러 가지 중에서 열여덟 가지 대사건을 풀어헤쳐 놓은 것이 바로 이 책이다. 앞에서 이야기한 '대형오징어'를 풀어 가듯이 말이다. '인간의 얼굴을 한 캥거루', '숲 속의 작은 인간', '사람 잡는 물고기', '날지 못하는 새', '지상의 네 시', '멸종 직전의 개구리들' 등을 역사, 목격담에다 삽화까지 곁들여 풀이하고 있다.

책의 제목 중의 한 동물인 '주머니늑대'는 호주의 남쪽 섬인 태즈메이니아 섬에만 살았던 유대류(有袋類)다. 저자는 여러 목격자들의 이야기를 순서대로 엮어 가다가, 마지막에 이렇게 호소하고 있다.

그렇다면 지상에서 가장 많은 추적을 받은 신비종 중의 하나인 주머니늑대를 수천 년 전에 멸종되었다는 바로 그 장소에서 다시 발견할 수 있을까? 아니면 계속해서 꿈만 꾸고 있는 사람들의 헛된 바람에 불과한 것일까?

이렇게 멸종된 생물에 대한 아쉬움의 표현은 지금 우리 주위에 살아 있는 생물들을 잘 보호하자는 염원으로 들려온다. 이 책에서 다룬 여러 동물들이 바로 주머니늑대와 같은 자리에 있는 것이었기에 더욱 관심을 끌게 된다.

생물학의 근처에도 가지 않은 독문학을 전공한 역자가 무난히 내용을 잘 살려 옮겼다고 본다. 흔히 틀려 나오는 학명(이탤릭체)의 처리도 아주 좋았고 국명의 붙여쓰기(예로 '작은얼룩올빼미', 보통 잘 모르고 떼어 쓴다. 예로, '작은 얼룩 올빼미')도 아주 잘 됐다. 옥에도 티가 있는 법이니……, 길이 개념에 혼돈이 여러 곳에 있어서 독자들을 혼란에 빠뜨릴 소지가 있어 아쉬움이 있었다. 피그미코끼리의 몸길이가 90m(cm라야 할 것을)나 되어 버리는 등. 그러나 귀신이 만든 책에도 100쪽에 한 개의 잘못이 들어 있다고 하던가. 끝으로 과연 생물을 전공하지 않은 사람들에게도 이 책이 마음에 꼭 들어앉으려는지가 걱정이다.

네트워크의 과학

한준 연세대 사회학과 교수

『링크』
알버트 라즐로 바라바시 지음 / 강병남 외 옮김 / 2002 / 동아시아

세상을 네트워크라는 시각에서 한번 새롭게 살펴보자. 우리가 하루에 수많은 사람들을 만나고 이야기하는 것이 모두가 개인간의 네트워크를 구성하는 행위이다. 우리가 생각할 수 있고 생명을 유지할 수 있는 것은 두뇌를 포함한 신경계 및 몸의 여러 기관을 구성하는 세포들이 네트워크를 형성하고 서로 상호작용하기 때문이다. 자연 생태계의 먹이사슬은 다양한 생명체가 참여해서 에너지와 자원을 교환하는 상호의존적인 네트워크이다. 우리의 일상사에서 핵심적인 부분이 된 인터넷과 월드와이드웹 역시 정보가 끊임없이 교환되는 네트워크이다. 시장에서 기업들이 끊임없이 전략적 제휴를 통해 네

트워크를 키워 가고 있을 뿐 아니라, 기업 자체도 네트워크 형태로 바뀌어야 한다는 주장이 여기저기에서 들린다. 세계화와 정보화라는 우리의 삶을 근본적으로 바꾸어 놓은 거대한 추세 또한 근본적으로 네트워크의 확장과 심화라는 측면에서 볼 수 있다.

그렇다면 과연 네트워크란 무엇일까? 네트워크는 어떤 형태의 기본 구조를 지니는가? 네트워크는 어떤 과정을 거쳐서 출현하게 되는가? 이러한 질문들에 대한 해답을 제공하려는 시도가 최근 사회과학 및 자연과학에서 이루어지고 있다. 물리학자인 바라바시의 최근 저서 『링크』(원제 Linked)는 네트워크 연구의 최근 경향을 이해하기 쉽게 정리 하고 있을 뿐 아니라 주변의 현실적 예들을 통해서 네트워크 사고의 강점을 잘 보여 주고 있다. 이 책의 바탕이 된 것은 네트워크에 대한 바라바시의 최근 연구들이다.

바라바시가 네트워크 연구의 이론적 출발점으로 제시하는 것은 에르되스(Erdos)와 레니(Reney)가 1959년 제안하였던 무작위 네트워크(Random Network) 이론이다. 네트워크를 쉽게 설명하면 여러 개의 점(Node)들을 선(Tie)들로 서로 연결시킨 것이다. 어떤 점들이 서로 어떻게 연결되어 있는가에 따라 네트워크는 달라진다. 무작위 네트워크란 점들이 서로 연결될 가능성, 즉 그 확률이 고르게 분포되었다고 가정했을 때 나타나는 네트워크이다. 여기에서 주목할 것은 많은 수의 선을 활용하지 않더라도 점들이 서로 잘 연결될 수 있다는 사실이다. 결국 세상이 아무리 넓다고 해도 실제로 들여다보면 몇 다리 건너지 않아도 사람들은 서로 연결될 수 있다는 '좁은 세상(Small

World)'의 가능성을 엿볼 수 있는 것이다. 에르뒤스와 레니의 무작위 네트워크 이론은 최근 물리학 박사 학위를 가진 사회학 교수 워츠 (Watts)에 의해 다소 수정되었다. 워츠는 우리가 주변에서 흔히 볼 수 있는 '작은 세상'이 실제로 나타나기 위해서는 무작위적 짝짓기를 통해서 국지적 군락(Local Cluster)이 형성되고 이들 군락간을 연결하는 원격 연결이 만들어져야 한다고 주장했다.

하지만 바라바시는 무작위 네트워크 이론이나 원격 연결이 부가된, 그 수정된 형태 모두 현실의 네트워크를 묘사하기에 충분치 못하다고 본다. 왜냐하면 이들은 노드간의 연결 가능성이 고르게 분포되어 있다는 평등의 가정에 기초해 있기 때문이다. 월드와이드웹의 네트워크적 구조에 대한 자료를 모아서 분석한 결과 바라바시는 현실의 네트워크가 무작위 네트워크에서 가정하는 대로 노드간의 연결이 고르게 분포하지 않고 빈익빈 부익부의 불평등이 존재한다는 것을 발견했다. 각 노드가 지닌 연결의 분포(Degree Distribution)는 일반적으로 고른 분포를 묘사하는 정상 분포의 종모양이 아닌 멱함수 법칙 (Power Law)을 따르는, 한편으로 치우친 분포(Skewed Distribution)를 보이는 것으로 나타났던 것이다. 이러한 멱함수 분포는 네트워크에 존재하는 모든 노드가 동등한 중요성을 갖는 것이 아니라 소수의 핵심적 노드—이러한 노드를 흔히 허브(Hub)라고 한다—들이 있어서 이들이 전체 네트워크의 형성에 결정적인 역할을 한다는 것을 의미한다. 이처럼 노드의 연결 수가 멱함수 분포를 따르는 네트워크를 바라바시는 무작위 네트워크에 대립되는 것으로서 무척도(Scale-

Free) 네트워크라고 이름 붙였다. 무척도 네트워크는 이후 월드와이드웹 이외에도 과학에서의 공동연구 네트워크, 할리우드의 공동출연 네트워크, 인터넷을 통한 컴퓨터간 네트워크, 생물체의 DNA 네트워크 등 다양한 예를 통해서 그 보편성이 입증되었다.

무척도 네트워크가 등장하게 되는 과정 혹은 메커니즘으로서 바라바시는 성장(Growth)과 선호적 연결(Preferential Attachment)을 제시한다. 성장이란 연결되어야 할 노드의 수가 처음에 주어진 대로 변함없이 고정되지 않고 새로운 노드들이 끊임없이 새로 생겨나는 것을 의미한다. 선호적 연결은 매 시기마다 새로 생겨나는 연결들이 무작위적 확률을 갖고 생기는 것이 아니라 인기가 높은 노드들이 있어서 이들 노드에 연결이 집중된다는 것을 의미한다. 이 두 가지 과정에 의해서 무척도 네트워크가 등장하는 것이며, 이러한 의미에서 무척도 네트워크는 최근 복잡성 이론에서 자주 거론되는 자기조직화(Self-Organization)의 대표적인 예라고 할 수 있을 것이다.

이 책은 다양한 분야의 사람들에게 도움을 줄 수 있는 책이다. 예컨대 기업에 있는 사람들에게는 기업 내의 성원들간의 네트워크를 이해할 필요성을 깨닫게 할 뿐 아니라 자신의 기업이 속한 기업간 네트워크에서 누가 허브의 역할을 하는지를 파악할 필요성도 깨닫게 한다. 최근 한국 경제의 나아갈 방향으로 동북아 네트워크의 중심이 되어야 한다는 주장이 광범하게 퍼지고 있는데 이러한 주장을 현실화시키는 과정에서 정책 입안자들에게 이 책은 반드시 참고가 되어야 할 것이다. 바야흐로 네트워크의 시대에 네트워크 속에서 살아가는 사람이라면 누구나 관심을 가져 보아야 할 흥미로운 책인 것이다.

자연과학이나 사회과학을 연구하는 사람들에게도 네트워크에 대한 이해의 심화를 위해서 이 책은 필독의 가치가 있다. 그동안 많은 학문 분야에서는 거시적 현상이나 구조가 나타나게 되는 과정을 그 미시적 단위―예컨대 생물학의 세포나 DNA, 물리학이나 화학의 원자나 분자, 사회과학에서의 개인 행위자 등―에 대한 철저한 분석을 통해서 밝힐 수 있다는 믿음을 갖고 연구가 진행되어 왔다. 하지만 이러한 전체의 부분으로의 환원(Reduction)이 아닌 부분의 상호작용을 통한 전체의 발현(Emergence)을 연구해야 한다는 주장이 끊임없이 제기되어 왔고 이 책은 그러한 주장의 타당성을 잘 보여 준다.

이 책의 기본적인 입장은, 또한 이 책을 소개하는 많은 언론들의 기본적인 태도는 복잡성이라는 문제 혹은 현상에 관심을 가진 한 무리의 물리학자들에 의해 네트워크가 발견되었고 또한 그 작동 원리나 구조, 등장 과정이 연구되기 시작했다는 것이다. 하지만 엄밀하게 말한다면 네트워크는 재발견된 것이다. 에르되스와 레니의 무작위 네트워크에 대한 연구 이전에도 1930년대에 모레노(Moreno)라는 사회심리학자는 사람들간의 관계를 측정하는 소시오그램(Sociogram)이라는 방법을 통해 개인간 네트워크의 특성을 분석하였다. 이후 사회연결망분석(Social Network Analysis)은 사회학 연구의 정규 분과로서 점점 관심의 폭과 깊이가 더해져 왔다. 무척도 네트워크의 핵심이 되는 허브에 대해서도 사회연결망분석에서는 중앙성(Centrality)의 다양한 측정 도구들을 이미 개발해 놓은 상태이다. 이러한 측면에서 본다면 바라바시 혹은 워츠 등과 같은 학자들은 네트워크의 과학을 시작한 것이 아니라 네트워크의 과학을 발전시켰다고 보는 것이 정확할 것이다.

그렇다면 이들이 네트워크 과학을 한 단계 더 발전시키는 데 기여한 것은 무엇인가? 사회연결망분석에서 최근 제기되기 시작한, 그러나 아직까지도 미해결의 문제들이 많이 존재하는 네트워크의 진화라는 주제에 대한 해결의 실마리를 제공한 것이다. 바라바시도 책의 앞부분에서 인정하듯이 이제까지 많은 네트워크에 대한 연구는 주어진 네트워크에 대한 구조적 분석이었다. 하지만 네트워크의 구조가 어떻게 등장했으며, 그것을 지배하는 일반적 법칙에는 어떤 것들이 있는가에 대한 연구가 바라바시의 이 책을 계기로 해서 앞으로 더욱 활발하게 진행될 것이다. 아울러 사회에 존재하는 연결망뿐 아니라 자연계에 존재하는 연결망까지 포괄해서 일반 이론적 차원으로 네트워크를 격상시킨 공로 역시 바라바시를 비롯한 일련의 네트워크 연구자들의 몫이다. 앞으로 사회학이나 인류학, 심리학 분야에서 축적된 소규모 혹은 사회적 네트워크에 대한 연구의 토대 위에서 물리학, 화학, 생물학, 수학 등 여러 분야가 가세해서 네트워크에 대한 일반 모형의 논의가 활발하게 이루어지기를 기대해 본다.

수소 경제체제를 향하여

김종원 한국에너지기술연구원 수소에너지 연구센터장

『수소혁명』

제러미 리프킨 지음 / 이진수 옮김 / 2003 / 민음사

세계 인구가 20억이 되기까지 400만 년이 걸렸지만, 다시 20억이 증가하는 데는 46년, 다시 20억이 느는 데 22년밖에 걸리지 않았다. 이 추세대로라면, 현재 인구 62억이 2020년에는 75억으로 증가할 판이다. 제한된 에너지 자원만으로는 인구 증가와 1인당 에너지 소비량을 줄여 보다 나은 삶을 유지하고 지구 환경을 보전하는 대책이 될 수 없다. 이미 원유 수입이 2001년 214억 달러에 이르고, 사용 에너지의 97%를 의존해야 하는 우리나라 입장에서 에너지 문제는 심각한 현실로 인식될 수밖에 없는 것이다. 새삼스럽게 국가의 안전 및 경제 · 사회 발전의 원동력이 에너지임을 들먹일 필요도 없다. 모든 세

대, 모든 계층을 통틀어 자동차, 인터넷이 없는 일상생활은 이미 상상하기 힘든 시대가 되었지만, 이 두 가지도 에너지 없이는 존재조차 할 수 없다. 정말로 에너지 문제가 급박한 문제인가, 그렇다면, 에너지 문제를 어떻게 풀어야 할 것인가에 대한 화두를 제러미 리프킨은 그의 새로운 저서 『수소혁명(The hydrogen economy)』을 통해서 우리에게 던져 준다.

제러미 리프킨은 과학과 기술의 발전이 경제, 사회, 환경에 미치는 영향에 대하여 경고해 온 사회 운동가로서의 면모도 가지고 있지만, 그의 종합적인 사고와 신선한 시각은 제도권에서도 인정을 받아 500여 대학에서의 초빙 강좌, 각국 정부와 유수 기업의 자문 역할을 통해 정부 및 기업의 정책에도 적지 않은 영향력을 행사해 온 바 있다. 번역서는 'The hydrogen economy' 란 원제보다 더 강한 인상을 풍기는 『수소혁명』이란 제목을 달고 나왔지만 오히려 책의 내용에 더 부합되는 제목이다. 이 책은 저자가 최근 출간한 일련의 저서와 같은 미래서의 연장선상에 있는데, 이번에는 인류가 가까운 시일 내에 직면할 에너지 위기와 그 해결책을 제안하고 있다. 그가 펼치는 강좌를 들어 보자.

지난 200년 동안 서구 사회의 1인당 에너지 소비량은 역사에 기록된 다른 모든 사회를 합해 산출한 1인당 에너지 소비량보다 많았다. 지금 우리가 누리고 있는 행운은 수백만 년 전 형성된 화석연료 덕분이다. 유감스럽게도 석유와 천연가스가 결국 고갈될 것이 분명하지만, 다행스러운 것은 30년, 40년 혹은 그보다 오랫동안 사용할 수 있는 양이 남아 있다는 것이다. 인류학자와 역사학자들은 에너지가 문명의 흥망성쇠에 결정적 요인으로 작용한다고 주장하곤 했다. 새로운 연구 결과들에 따르면 세계 석유 생산은 오는 2010년에서 2020년 사이에 절정을 이루게 될 것이다. 1970~1980년대의 석유 파동은 정치적인 원인에서 비롯되었지만, 진짜 석유가 모자라게 되어 공급이 수요를 못 따르기 때문에 유가는 거침없이 상승할 것이다. 언제 절정에 이를 것이냐 하는 점은 낙관론자와 비관론자 사이에 이견이 분분하지만, 시간 차는 기껏해야 10년에서 30년 차이이다. 또 절정에 이를 시점에는 그나마 남아 있는 매장량 중 상당량이 중동의 이슬람 국가에 속할 것이며, 천연가스도 동일한 운명에 처할 것이다. 그 결과 에너지 선택 폭이 줄고, 세계 경제의 미래는 위험에 처할 것이다. 값싼 석유 시대가 사라지면서 인류는 20세기에 경험한 고도성장을 앞으로는 꿈도 꿀 수 없을 것이다. 전력 설비 자체에 손을 대야 할 만큼 에너지가 부족해져 세계적으로 절전과 단전 조치까지 실시된다면 복잡한 세계 경제와 인간 사회의 버팀목인 인프라마저 무너질 수 있다. 요약하건대, 세계 석유 생산이 곧 절정에 이른다는 점, 남은 석유 매장량 대부분이 정치적, 사회적으로 가장 불안한 중동 지역에 집중되리라는 점, 산업혁명 이후 화석에너지 사용으로 지구 온난화가 끊임없이 가중되리라는 점이 결론적인 전망이다. 이것이 현실이라면, 현재 인류 문명이 맞닥뜨린 가장 중요한 문제는 새 에너지 체계를 찾아 화석연료 대신 이용하면서 점증하는 21세기 인구의 욕구까지 충족시키느냐 못 하느냐에 있다. 리프킨은 저서에서 전체 9장(章) 중 7장을 문명의 발달사와 에너지의 역할, 엔트로피와 역사에 대한 그의 생각을 피력하고, 석유 산업과 연관된 여러 가지 사실과 자료를 제시하면서, 20세기를 지탱하게 해 준 화석연료 특히 석유 시대의 종말을 선언할 준비를 하는 데 할애하였다. 화석연료 시대가 지나가고 있다면, 무엇으로 화석연료를 대체할 것인가? 이제는 남은 2장이 던져 주는 희망의 메시지를 읽어 볼 차례이다.

에너지 연구에서 얻을 수 있는 가장 중요하고 다행스러운 사실은 지난 200년 동안 세계가 점진적으로 탄소 원자보다 수소 원자를 선호해 왔다는 사실이다. 인류의 에너지 이용 변천사를 보면, 석탄, 석유 그리고 천연가스순으로 단위질량당 탄소 수가 적어지는 쪽으로 변화하여 왔으며, 고체에서 액체로 그리고 기체로 변함에 따라 효율적 수송도 가능해졌다. 지역에 따라서 다소 차이가 있지만, 전체적으로 보면 석탄이 없어 석유가 쓰이고, 석유가 없어 천연가스로 바뀐 것이 아니라, 편리하면서도 보다 깨끗한 에너지를 찾아 움직여 갔다는 것이다.

수소는 우주에서 가장 풍부한 원소이다. 우주 생성 초기에는 수소만이 존재하였고, 핵융합 등을 통하여 에너지를 내고 또 다른 원소가 생성되었을 것으로 보고 있다. 태양이 바로 수소의 덩어리이다. 텍사코사의 이사인 프랭크 잉글리셀리는 "환경에 대한 관심, 혁신, 시장의 힘이 미래를 만들어 나가면서 기업은 수소에너지로 내몰리고 있으며, 수소에너지를 외면하는 기업은 반드시 후회하게 될 것"이라고 수소의 가치를 증언한 바 있었다. 수소의 장점은 우선 우주에서 가장 흔한 원소이자, 물의 구성 원소인 만큼 거의 무궁무진한 자원이라는 점, 그리고 연료전지 등을 통해 전기를 발생시킬 수 있고, 기체연료로 쓸 수 있으며, 풍부하게 공급되고 있는 태양에너지의 중요한 저장 수단 즉 에너지 매체라는 점이다. 하지만 석탄, 석유 등과 같이 땅에서 캐낼 수 있는 에너지(1차에너지)가 아닌 변환 과정을 거쳐 얻어야 하는 2차에너지이다. 아직은 경제성이 뒤지지만, 한 예로 태양전지, 풍력 발전을 이용해서 전기를 만들어 사용하고, 남는 전기는 물을 분해하여 수소로 저장하고 필요시 이를 연료전지를 통해 전기를 생산하자는 것이다. 물이 인체의 70%를 차지하면서 체내 에너지 전달 매체로서 큰 역할을 해 왔음을 인식한다면, 물은 어떤 의미에서건 곧 생명력을 의미한다 하겠다. 지역별로 산재한 연료전지 등을 이용한 소규모의 발전소(분산전원)를 만들고, 이를 기존 전력망에 끌어들여 세계적인 규모의 수소에너지망(HEW)을 형성하자는 구상은 에너지 소비자가 잠재적인 에너지 생산자가 될 수 있어, 정보 소비자가 정보 생산자가 될 수 있는 인터넷망과 같이 민주적인 에너지 권력 시대로의 변혁인 것이다.

이 책은 석유 등 화석연료 중심의 에너지 체제가 갖는 문제점 등 우리가 직면하고 있는 현실을 파악하고 이해하는 데 큰 도움을 주고 있다. 화석연료의 고갈, 환경오염 등 왜 새로운 에너지 체계가 필요하고 이것이 왜 수소에너지여야 하는지에 대한 설명이 아주 자세하다. 하지만 해결책으로 거론하고 있는 수소에너지는 상대적으로 적은 분량을 할애하고, 통계의 도표화, 사진 자료 등을 적절히 활용하지 않아 자칫 지루한 느낌을 받게 된다는 점이 못내 아쉽다. 수소에 너지라고 하면 아직 낯설기는 하지만, 1960년대부터 우주에서나 사용하던 고급 기술인 연료전지 기술이 이제는 지상으로 내려와 자동차도 굴리고 전기도 생산하는 시점이 가까워지고 있다. 국제표준기구(ISO)에서도 에너지 이용을 목적으로 수소 제조, 저장, 측정 및 이용에 대한 표준화 작업을 하고 있으며, 이미 몇 가지 기술 표준이 이루어졌다.

최근의 국가별 움직임을 살펴보면, 산업 경쟁력 강화, 중장기적인 에너지 기반기술 확립, 에너지 안정공급 확보 등에 이바지함과 동시에 에너지 사용에 따른 온실 가스나 분진, 질소산화물 등의 배출 등 환경 문제를 해결하고자 수소에너지 시대를 앞당기려는 노력을 하고 있다. 2003년 1월의 연두교서를 통하여, 미국 부시 대통령은 수소 연료전지, 수소 인프라 및 혁신자동차 기술들에 향후 5년간에 걸쳐 총액 17억 달러의 투자를 제안하였다. 일본도 '수소 안전 이용 등 기반 기술 개발 사업'에 따라 2003년부터 2007년까지 5년간에 걸쳐 수소의 안전성과 관련되는 데이터의 취득과 안전 기술의 확립, 수소 압축기기 등 수소용 기기의 국산화 및 수소의 제조·수송·저장 등과 관계되는 기술을 개발하기로 결정하고, 2003년 약 465억 원 규모의 예산을 신청하였다. 아이슬란드도 1999년 2월, 세계 최초의 수소경제 국가, 수소에너지 체제로 가기 위한 장기 계획을 발표하고 나섰다. 약 30년 정도 소요될 이 계획이 이루어진다면, 에너지 수입국에서 수출국으로 바뀌게 될 것이라는 것이 이들의 예측이다.

우리나라도 수소의 중요성을 인지하고, 국가적 차원의 큰 청사진을, 그리고 이에 맞추어 연구 개발에 박차를 가함으로써 미래 수소에너지 시대에 기술 및 산업의 경쟁력을 갖추고자 움직이고 있다. 이 저서에 힘입어 일반인에게도 수소에너지 기술에 대한 관심이 증폭되기를 기대한다.

원자폭탄의 개발,
인류 문명의 기회와 함정

구상회 한국외대 전자물리학과 대우교수

『**원자폭탄 만들기**』(1, 2)
리처드 로즈 지음 / 문신행 옮김 / 2003 / 사이언스북스

『**원**자폭탄 만들기』는 1986년 미국의 리처드 로즈(Richard Rhodes)가 쓴 『The Making of the Atomic Bomb』을 번역한 책이다. 저자는 이 책을 통해 현대 물리가 시작된 19세기 말부터 20세기의 중반까지 반세기에 걸친 현대 물리학의 눈부신 발전과 원자폭탄이 만들어지기까지의 과정을 900여 쪽의 방대한 분량에 담아 기술하고 있다.

로즈는 이 저술로 1988년 논픽션 부문에서 퓰리처상뿐만 아니라 국가도서상과 도서비평협회상도 아울러 받아 세계의 주목을 받게 되었다. 예일대학을 우등으로 졸업한 저자는 역사학자로서 국제적으로 또는 사회적으로 문제가 된 사건들에 대한 연구를 통해 비소설 분야

에 대한 많은 저술을 하였다. 그의 18개 저서 가운데서 특히 『원자폭탄 만들기』에 이어 저술한 『어두운 태양(Dark Sun)』(수소폭탄 만들기)도 역사 부문 퓰리처상 최종 후보로 올라 화제가 되기도 하였다. 이외에 많이 알려진 저서로는 에너지 문제를 다룬 『핵에 대한 재고(Nuclear Renewal)』와 광우병의 원인을 파헤친 『죽음의 축제(Deadly Feasts)』가 있다.

그는 포드 재단, 맥아더 재단, 구겐하임 재단 등 여러 재단으로부터 이와 같은 국제적으로 중요한 문제에 대한 저술을 위하여 많은 연구비를 지원받았다. 또한 그는 하버드와 MIT에서 객원교수로 강의를 하기도 하였다.

『원자폭탄 만들기』는 북한이 1993년 핵확산금지조약(NPT) 탈퇴로 핵 문제가 국내외에서 큰 반향을 일으키고 있었던 1995년에 처음으로 항공우주연구원의 문신행 박사에 의해 번역 출간되어 많은 사람의 관심을 모은 바 있다. 10년이 지난 오늘 북한은 미국과의 핵 문제에 대한 협상이 뜻대로 이뤄지지 않자, 또다시 NPT 탈퇴를 선언하고 이어서 핵폭탄 두 개를 보유하고 있음을 미국 측에 알림으로써 다시 한 번 한반도를 긴장시키고 있다.

이와 같은 북한의 핵 문제가 또다시 국내외에 큰 이슈로 불거짐에 따라, 공포의 대상이면서도 아직까지 일반인들에게는 신비의 베일에 가려져 있는 원자폭탄으로 인해 많은 사람들이 크게 불안해하고 있다. 이러한 시점에서 초판을 재편집하여 두 권에 걸쳐 다시 출판된 이 책은 핵의 본질과 원자폭탄에 대해 궁금해하는 국내의 많은 사람에게 다시없는 길잡이가 되리라고 믿는다.

현재 북한의 핵 문제는 한국의 안보와 경제 발전에 심각한 위협이 되고 있다. 국민들 대부분은 북한의 원자폭탄 보유 소식이 전해진 이후 북한의 돌출 행동과 미국과의 벼랑끝 정책으로 사태가 최악으로 치달아, 한반도가 혹시 핵전쟁에 휘말리지 않을까 매우 불안해하고 있다. 이 책은 일련의 천재적인 과학자들이 핵과 그 핵 안에 담겨진 엄청난 에너지의 비밀을 알아내고 많은 시험과 시행착오를 거쳐 마침내 인류의 종말을 고할 수도 있는 원자폭탄이 탄생하는 과정과, 일본의 히로시마와 나가사키에 투하된 원자폭탄의 대량 학살과 파괴의 참상을 기술하고 있으며, 끝으로 원자폭탄보다 더 가공할 수소폭탄의 개발과 보어의 상보성에 대한 이야기를 다루고 있다. 비록 분량이 900여 쪽에 이르고 있지만 독자로 하여금 마치 한 편의 감동적인 드라마를 보는 것과 같은 흥미진진함으로 지루하지 않게 읽도록 하고 있다. 전문 용어 등으로 우리말로 옮기는 것이 결코 쉬운 것이 아닌데, 원서의 내용을 충실하게 번역한 역자의 전문지식과 노력이 돋보인다.

저자는 또한 고도의 전문지식을 요하는 많은 문제들을 날카롭게 다루면서도 핵물리학에 대한 이해가 부족한 일반인들도 평이하고 정확하게 이해할 수 있도록 하는 등 뛰어난 저술력까지 보여 주고 있다. 그러나 이 책에 담긴 보다 중요한 내용은, 첫째는 많은 과학자들이 미지의 과학 세계를 개척하기 위한 일념과 자유세계의 안보와 승전을 위한 집념으로 원자폭탄과 수소폭탄을 개발했으나 그후 정치가와 군인들이 보여 준 상반된 정치적 게임으로 인해 겪게 된 실망과 좌절, 둘째는 일본에 투하된 원자폭탄이 가져온 무차별적인 대량 학살과 파괴에 대한 과학자들의 인간적 갈등과 고뇌이며, 셋째는 이러한 무기의 지속적인 발전으로 첫 원자폭탄과는 비교할 수 없이 큰 위력을 가진 원자폭탄이 출현할 뿐 아니라, 군비 경쟁으로 인한 원자폭탄의 급속한 확산으로 종국에는 인류가 멸망의 대재앙을 맞게 될지도 모른다는 공포감과 더불어 이러한 대재앙을 막기 위하여 최선을 다하는 과학자들의 감동적인 모습이라 할 것이다.

20세기에 들어서면서 프랑크, 러더포드, 보어, 아인슈타인, 페르미, 텔러 등 기라성 같은 과학자들의 출현으로 현대 물리의 문이 활짝 열리고 물질을 구성하고 있는 원자와 핵 안에 감춰진 비밀이 하나하나 그 모습을 드러내기 시작하였다. 드디어 인류가 원자와 핵의 시대를 맞이하게 된 것이다.

이 책의 전반은 이론 물리학자인 질라드가 이끌어 간다. 20세기 초 러더포드가 처음으로 핵의 실체에 접근하고 체드윅이 예견한 핵반응을 쉽게 일으킬 수 있는 중성자가 발견된 후 오토 한이 중성자에 의한 우라늄 핵의 분열을 발견하였다. 우라늄과 인공적으로 만들어진 플루토늄이 중성자에 의해 분열될 때 방대한 에너지와 두 개 이상의 중성자를 방출함으로써 핵분열의 연쇄 반응이 가능함을 알게 된 질라드는 영국의 공상과학 소설가가 1914년에 쓴 『자유로워진 세계』가 실제로 일어날 수 있다는 예감을 하게 되었다. 그 내용은 과학자들이 원자의 비밀을 알아내어 원자폭탄을 만들게 되며, 1956년에 일어나는 세계대전에 사용되어 세계의 도시들이 파괴된다는 것이었다. 원자폭탄의 위력을 누구보다도 먼저 예감한 질라드는 영국과 미국이 적국인 독일에 앞서 원자폭탄을 개발하도록 동분서주한다.

후반부는 오펜하이머, 페르미, 로렌스 그리고 텔러가 중심이 된 원자폭탄 개발의 숨가쁜 이야기를 담고 있다. 독일과 이탈리아에 나치와 파시스트의 독재 정권이 들어서자 노벨상을 수상한 과학자들을 비롯하여 뛰어난 과학자들이 자유를 찾아 영국을 거쳐 미국으로 탈출하였다. 2차대전이 발발하자 사상 유례없이 많은 과학자들이 상아탑을 과감히 박차고 원자폭탄 개발의 주역으로 등장하였다. 원자폭탄의 가공할 위력을 예견한 과학자들은 한 발 더 나아가 조기 종전을 위한 원자폭탄의 개발을 미국 정부에 강력히 권고하는 한편 원자폭탄을 개발하는 '맨해튼' 사업을 위해 열악한 환경에도 불구하고 인간적인 갈등을 극복하면서 희생적인 노력을 아끼지 않았다.

이 많은 뛰어난 과학자 중에서도 특히 페르미와 오펜하이머의 공적이 두드러진다. 페르미는 사상 처음으로 원자로를 설계하고 가동하여 플루토늄의 인공 합성에 성공하는 데 그의 천재성을 유감없이 발휘하였다. 원자폭탄을 만드는 일에 가장 큰 공헌을 한 과학자는 누가 뭐라 해도 오펜하이머라 할 수 있다. 그는 원자폭탄 개발의 책임을 맡고 개성과 자부심이 강한 많은 과학자들을 리드하여 산적한 과학기술적 불확실성을 5년이라는 짧은 기간에 해결하여 원자폭탄을 개발하였는데, 이는 그의 뛰어난 전문지식과 발군의 지도력이 없이는 불가능한 일이라고 믿는다.

원자폭탄의 개발에 앞장섰던 질라드와 보어는 장차 미 · 소 간에 일어날 핵 경쟁으로 인한 인류 파멸의 위험을 예견하고, 미국 정부에 대하여 원자폭탄의 비밀을 소련에게 공개하고 핵의 비확산을 위하여 이를 관리할 공동체 구성을 제시하였으나 정치가와 군부에 의해 받아들여지지 않았다. 세계 2차대전이 끝난 후 미 · 소 간에는 냉전 체제의 돌입과 더불어 보어와 질라드 등이 우려하였던 핵무기 경쟁이 시작되었고, 마침내 슈퍼 원자폭탄인 수소폭탄이 텔러의 주도하에 개발되었다.

이 책을 읽은 후 가슴속 깊이 남게 되는 잔영(殘影)은 1938년 우라늄의 핵분열이 처음으로 발견된 후 7년이라는 짧은 기간에 원자폭탄이 완성된 것과 세계의 기라성 같은 천재 과학자들을 성공적으로 이끈 리더십이다. 그리고 수소폭탄이 개발될 때까지의 현대 물리의 발달 과정과 물리학자들이 핵의 비밀을 풀어 가는 중에 부딪치는 불가능에 가까운 장애물과 난관을 돌파해 나가는 집념과 천재성이다. 또한 '맨해튼' 사업이 시작된 지 2년 안에 당시 미국의 자동차 제조 공장의 두 배가 넘는 방대한 연구 및 제조 시설을 완성한 미국의 산업 기술력이다. 아울러 일본에서 보여 준 가공할 원자폭탄의 참상과 장차 핵전쟁이 몰고 올 인류 종말의 대재앙을 막기 위한 과학자들의 고민과 노력들이다. 끝으로 북한의 핵개발은 어떠한 경우에도 용인될 수가 없으며 한반도의 비핵화는 반드시 실현되어야 한다는 점이다.

독자들은 이 책을 통해 원자폭탄에 대한 전문가 못지않은 정보를 얻으리라고 믿는다. 그러나 한 가지 분명한 것은 앞으로는 세계의 기라성 같은 과학자들이 이와 같이 한데 모여 원자폭탄을 개발한 것과 같은 일이 또다시 일어날 가능성은 극히 희박할 것으로 보인다.

물의 역사는 생명의 역사

진정일 고려대 대학원장

『H₂O』

필립 볼 지음 / 강윤재 옮김 / 2003 / 양문

흔하기 때문에 귀함을 잊고, 남용과 오용의 잘못을 반복할 뿐 아니라 그 정도가 점점 커지고 있는 물, 공기, 흙. 그중 물을 주 내용으로 한 책이 바로 이번 번역 출판된 『H₂O(Life's Matrix: A Biography of Water)』이다. 인체의 7할이 물이고 지표의 7할이 물로 덮혀 있으니 분명 우리들에게 가장 흔한 것이 물이다.

이 책의 원저자 필립 볼(Philip Ball)은 영국 옥스퍼드대학 화학과를 수석으로 졸업한 영재로 1988년에는 영국 브리스톨대학에서 화학이 아니고 물리학으로 박사 학위를 받았다. 볼은 과학 저술가로 세계에서 가장 유명한 학술지인 영국 《네이처》지의 물리과학 부분 편집자로 10년 이상을 일했으며, 지금은 편집 자문 역할을 담당하고 있다. 그는 또 영국 런던대학 화학과의 주재 작가이기도 하다. 1994년에 『분자세계 설계하기(Desiging the Molecular World)』를 출판해 미국 출판사연합회상을 수상했으며, 2001년에는 글락소 웰컴/영국 과학저술가협회가 주는 최우수 과학정보전달상을 받았다. 『주요재료: 원소의 안내여행』, 『불가시물 이야기』, 『밝은 지구』 등 여러 과학 관련 저술을 했으며, 현재 가장 주목받고 있는 과학 관련 저술가이다. 그는 일간 신문에도 종종 투고하고 있으며 라디오와 TV 방송에도 여러 번 출연한 바 있다.

저자 볼은 우리 주위에서 가장 흔한 물의 의미를 지구의 생성, 기후의 변화, 구조적 특징과 신비성, 생명의 시작, 인간의 자연 파괴 등과 관련지어 물에 관한 과학적 이야기를 광범위하게 다루고 있다. 아마도 저자 볼이 지닌 화학과 물리학의 탄탄한 지식과 엄청난 자료 조사를 통해서만 이같은 방대한 저술이 가능했으리라 본다. 평소 볼의 저술을 접해 본 경험이 있는 서평자에게는 전혀 놀랄 일이 아니지만, 다른 볼의 저서와 마찬가지로 이 책도 '재미로 한번 읽어 보자'는 식으로 집어들 책은 절대 아니다. 제1장 '우주의 수프', 제2장 '기묘한 액체', 제3장 '생명의 자궁', 제4장 '에너지의 원천', 에필로그 '푸른색 금'으로 구성된 이 책은 지구, 우주 및 해양과학, 물리 및 화학, 생명과학, 에너지 및 환경과학을 다루고 있을 뿐 아니라 20세기 후반에 있었던, 세계를 흥분의 도가니로 몰았던 몇 가지 물에 관한 잘못된 연구 내용을 다루면서 물에 관해 아직도 우리가 얼마나 모르고 있는가를 역설적으로 기술하고 있다.

물이 인간 경험 어디에도 관계되지 않은 곳이 없는 것을 생각하면 '물의 전기'가 왜 필요한지 자명해진다. 화학자의 입장에서 보면 물(H_2O) 분자는 수소 원자 둘이 중심 산소 원자 양쪽으로 104.5도를 이루고 결합하고 있는 매우 간단한 화합물이다. 그러나 이 정도의 설명으로는 물이 우리와 우주에서 얼마나 중요하며, 중요한 역할을 해 왔는지 전혀 말해 주지 못한다. 희랍 신화에서 신들은 하늘, 땅, 지하세계와 바다를 서로 나누어 갖고, 바다의 신 포세이돈은 트로이전과 오디세우스 여행에 관여했다고 한다. 물은 인도 바라문교 성전 릭 베다 시편 중 창조의 신화에서도 언급되고 있다. 이렇듯 물은 인간의 심리 속에 원형(原型)적 상징으로 자리잡아 왔다.

한때 이 우주는 물, 공기, 흙, 불로 이루어졌다는 4원소설이 지배한 때도 있었고, BC 400년경 희랍의 데모크리투스는 물질을 이루는 기본 입자를 원자라고 부르기까지 했으나 근대적 의미의 원자설은 19세기에 영국의 존 돌턴(1766~1844)에 의해서 정립되었다. 돌턴은 원소들이 항시 일정 비율로만 결합한다는 사실도 밝혀냈다. 한 예로 물은 수소와 산소가 1:8의 질량비, 다시 말해 수소 원자 두 개와 산소 원자 한 개가 결합해 만들어진다.

간단한 화학 구조를 지닌 물이 비, 눈, 구름, 빙산 등 다양한 모습으로 우리 곁에 있으며, 홍수 등 인류에게 재앙을 불러올 수도 있다. 또한 지구의 나이와 같은 시간을 통해 생명의 모체(이 번역서에서 생명의 자궁으로 칭하고 있음) 노릇을 해 왔다. 물 분자가 지닌 수소결합

형성 능력은 물 구조 자체뿐만 아니라 물리 화학적 성질을 지배하며, 생화학에 지대한 영향을 미친다. 세포 속의 물의 구조, 생체분자와 물 분자 사이의 상호작용은 생명 현상 이해에 필수적이지만, 아직도 물에 대한 과학적 이해가 부족한 상태다.

물을 찾아 우주여행을 떠난다면 이 책은 매우 재미있는 읽을거리다. 우주 연구와 실험을 통한 인류의 물 찾기 노력은 지금도 계속되고 있지만 이 지구 이외에도 몇몇 태양계 별에서 물 또는 얼음이 관찰된다. 생명의 탄생과 유지에 물은 필수적이기 때문에 물 찾기는 생명체 찾기와 동일시되고 있다. 그 뜨거운 태양에서 수증기 상태의 물 분자가 검출된다니…….

인류는 새로운 에너지원 찾기에 혈안이 되어 있다. 현재 주로 사용하고 있는 화석연료는 100년이 되기 전에 고갈될 것이라는 예측이 지배적이기 때문이다. 따라서 태양에너지의 사용과 함께, 물의 분해로부터의 수소 기체를 얻어 수소 기체를 연료로 사용하는 연료전지, 핵융합을 통한 핵융합 에너지 연구 개발이 경쟁적으로 진행 중이다. 이런 와중에 예상치 못한 발견이 세계를 떠들썩하게 한 사건들이 있으며 이 책은 이 사건들, 특히 저자가 관계된 《네이처》지에 발표된 논문들에 관해 비교적 자세히 설명하고 있다. 다분히 《네이처》지를 비호하는 문투가 느껴지지만 중합수, 상온 핵융합, 메모리 능력을 지닌 물 등 20세기를 흥분시킨 이야깃거리는 과학자들에게 경종을 울린 사건이기도 하다. 이 책은 깨끗한 물의 중요성을 강조하면서 끝을 낸다.

서평자는 10여 년 전 미국 《내셔널 지오그래픽 (National Geographic)》 지에 발표된 연구 보고서 기사를 읽고 깜짝 놀란 적이 있다. 그 기사에 의하면 한반도는 2010년경부터 극심한 물 부족을 경험하게 된다는 것이다. 단순히 물의 오염이 주는 피해를 줄이려는 노력도 중요하지만, 물의 소비를 줄이고 강우의 관리를 잘 해야 된다는 이야기가 이 책 끝 부분에도 강조되고 있다. 비록 한반도 삼면이 바다로 싸여 있으나, 바닷물의 탈염 과정은 아직도 매우 비싼 공정을 거쳐야 하며 경제적 측면에서 감당하기 힘들기 때문에 물의 중요성을 다시 한 번 생각해 보게 한다.

앞부분에서 이미 지적한 바와 같이 이 책은 물에 대한 방대한 내용을 담고 있는 사전적 서술로 과학에 미친 사람들에게 극히 환영받을 책이다. 가볍게 읽고 싶은 일반 독자들을 위한 책은 아니다. 비록 일부 주석이 책 끝 부분에 있으나 수시로 튀어나오는 전문 용어 및 과학사적인 이야기는 일부 독자를 당황시킬 수도 있으리라 믿는다. 그러나 이 책에서 비교적 자세히 다루고 있는 몇 가지 과학사적 이야기는 과학적 배경을 지닌 독자에게는 매우 흥미 있는 읽을거리가 될 것이다. 전체가 11개의 이야기로 구성되어 있어 자기가 가장 관심 있는 이야기를 우선 읽을 수도 있겠으나 그를 위해서는 기초적 과학 지식을 요구한다.

끝으로 이 책을 번역한 강윤재는 서울대학교 화학과를 졸업하고 고려대 대학원 과학기술학 협동과정에서 석사 학위를 받은 후 현재 박사 과정에 재학 중이다. 출판사에서 기획 편집 경험을 쌓았고, 과학도서 기획 및 번역가로 활동하고 있다. 『라듐의 발견과 마리퀴리』, 『아담과 이브에게 배꼽이 있을까』 등 여러 번역서를 출판한 바 있다. 아마도 번역인 강윤재의 지식과 경험이 없었던들 이 방대한 책의 올바른 번역이 가능했을까 하고 의문해 본다. 재미있게도 원서의 일부 제목과 내용을 우리말에 맞게 의역한 부분이 여기저기 눈에 뜨이며, 원저자 볼의 기술 중에 과학적으로 정확치 못하며 옳지 못한 부분이 몇 군데 발견되지만 이 책 전체의 가치에는 아무런 영향을 미치지 않는다.

『**우주의 점**』
재너 레빈 지음 / 이경아 옮김 / 2003 / 한승

오후 늦게, 그동안 연구실 한구석에 쌓아 두었던 우편물 하나를
뜯었습니다. 『우주의 점(How The Universe Got its Spots)』, 이 책과
같은 제목의 논문을 읽었던 기억이 납니다. 1998년에 발표된 이 논문
의 첫 번째 저자는 재너 레빈이었지만, 조셉 실크, 존 배로우 같은 낯
익은 천체물리학자들의 이름이 먼저 눈에 들어왔었습니다. 어머니에
게 보내려던 편지 혹은 묵혀 둔 2년 동안의 일기라는 형식을 빌려서
쓰여진 이 책은 우주 자체의 모양(위상)에 대한 여성우주론자(이미 자
신의 주장을 검증할 수 있는 관측 방법론을 제안했다는 의미에서 천체물리
학자라고 불러도 좋겠군요) 재너 레빈의 생생한 목소리를 담고 있습니

다. 남자 친구 워런과의 사적인 관계를 조금씩 털어놓은 것도 독자의 눈을 사로잡는 전략인 것 같습니다.

책을 한 장 한 장 넘기다 보니 벌써 150쪽을 넘기고 있습니다. 현역 천체물리학자가 생생한 목소리로 전해 주는 우주 이야기이기 때문일 것입니다. 우주에는 끝이 없는 것일까? 재너 레빈은 우주는 끝이 있고 유한하다고 이야기하고 있습니다. 무한이라는 것은 개념상 존재할 뿐 우리가 살고 있는 현실 세계에서는 발견된 적이 없다고 주장합니다. 제가 앉아 있는 의자에서 방문까지의 거리가 2m라고 합시다. 반으로 나누면 1m가 되겠지요? 또 나누고 나누고…… 무한히 나누어질 수 있겠지요. 그렇다면 저하고 방문 사이에는 무한개의 점이 존재하는 셈이 되네요. 그런데, 저는 어떻게 방문 앞까지 유한한 시간 동안 이동할 수 있을까요? 무한개의 점을 지나야 하는데 말이죠. 재너 레빈은 이런 논의를 원용해서 저와 방문 사이에는 개념상 존재할 수 있는 무한개의 점과 다르게 현실 속에서는 유한개의 점이 존재한다고 설명합니다. 유한한 점을 유한한 시간 동안 이동한다. 이제 말이 되는 군요. 우리는 양자역학이 기술하는 단속적인 세상에 살고 있는 것입니다.

재너 레빈은 중력을 힘으로 보았던 뉴턴 이야기로부터 중력이란 질량을 가진 물체가 만들어 내는 공간의 구부러짐 현상이라는 기하학적 입장에서의 아인슈타인의 상대성이론에 이르기까지 쉬운 문체로 설명을 이어 갑니다. 블랙홀과 대폭발 우주론 이야기가 이어지다가 상대성이론은 단지 우주 속에서의 현상을 설명하는 불완전한 이론이라는 주장에 이릅니다. 정작 이 책이 다른 많은 우주 이야기책들과 차별화되면서 돋보이는 것은, 이어서 전개되는 우주의 모습을 전체적으로 살펴보는 법에 관한 이야기 때문입니다. 바로 위상수학을 우주론에 도입한 것입니다. 우주의 모양(위상)을 우주 자체로서 이해해 보려는 시도에 현대 수학의 꽃이라고 할 수 있는 위상수학을 도입하자는 것이지요. 재너 레빈은 이 방면의 전문가답게 쉬운 문체로, 그렇지만 간결하게 위상수학의 핵심을 설명해 주고 있습니다. 멀리 있는 천체의 모습이 무거운 물체에 의해 휘어진 공간을 지나오면서 중력렌즈 현상을 일으켜 여러 개의 상으로 보이게 되는 경우가 있습니다. 중력렌즈 효과라고 하지요. 이와 마찬가지로 유한하고 콤팩트한 우주에서는 우주 자체의 위상에 따라서 위상렌즈 효과가 일어날수 있습니다. 만약 우주가 유한하고 어떤 위상을 갖는 콤팩트한 존재라면, 우리가 예측할 수 있는 어떤 패턴을 가질 것입니다. 재너 레빈은 실제로 우주의 위상에 따라서 어떤 패턴이 나타날지를 그림으로 보여 주고 있습니다. 이런 패턴을 관측할 수만 있다면, 우리는 우주의 모습, 즉 위상을 알 수 있게 되는 것이지요. 그렇다면 또한 우리는 우주에서의 우리의 위치에 관한 정보도 얻을 수 있게 되는 것입니다. 상상만 해도 신나는 일이지요.

책은 200쪽을 훌쩍 넘기면서 점점 더 흥미진진해지고 있지만, 더 늦기 전에 집에 가야겠습니다. 열두 번째 생일을 맞는 한결이의 생일 케이크를 제가 사 가기로 했거든요. 사실은 세 살짜리 하늬가 더 기다리고 있을 거예요. 촛불 끄는 걸 너무 좋아하거든요. 제게도 일상이 있답니다. 그런데 이 아이들은 우주가 어떻게 생겼다고 생각할까요? 무한이니 유한이니 이런 얘기에 흥미가 있을까요? 그런데 아직 정체를 드러내지 않고 있는 '우주의 점'이란 도대체 무얼 나타내는 것일까요? 재너 레빈과 워런 사이에는 또 무슨 일이 더 벌어질까요?

며칠 동안의 분주한 일상에서 벗어나 다시 책을 들었습니다. 그런데 우선 한마디 지적하고 넘어가야 할 것이 있습니다. 85쪽에는 큰 실수가 발견됩니다. 원본을 대조해 보지는 않았지만, 일식을 월식으로 잘못 써 놓았습니다. 두 번째 나오는 상대성이론의 증명과 관련된 이야기 중 두 번 언급한 월식은 모두 일식으로 바로잡아야 합니다. 또 밑에서 두 번째와 첫 번째 줄에 걸쳐 있는 월식이라는 단어도 일식으로 고쳐야 합니다. 단어 하나 잘못 사용한 것이 큰 개념의 혼란을 초래할 수 있습니다. 번역은 전체적으로 부드럽게 잘 되었다는 의견에 동의합니다. 하지만, 이왕 얘기가 나온 마당에 한 가지만 더 지적하겠습니다. 105쪽 마지막 문단 첫 번째 문장은 이렇습니다. "하이젠베르크는 입자의 위치와 속도를 동시에 정확히 측정할 수 있는 수학식을 발견해 냈습니다." 과연 그럴까요? 그 다음 문장에 나오는 것처럼 그 식은 둘을 동시에 정확히 측정할 수 없다는 것을 나타내는 식입니다. 원문을 대조해 보지 못했지만, 개념이 명확하게 드러나도록 번역했으면 하는 아쉬움이 남습니다.

코비(COBE) 우주 관측 위성이 관측한 우주배경복사의 지도는 대폭발이 일어난 지 약 30만 년이 지났을 무렵의 우주의 전체적인 모습을 보여 주고 있습니다. 한 지점과 멀리 떨어진 다른 지점 사이의 밀도(또는 온도) 차이가 몇 십만 분의 일 정도로 아주 미약한 거의 균일한 우주의 모습을 보여 주었지요. 재너 레빈은 이 차이에 주목했습니다. 위상수학에서 예측하는 유한하고 콤팩트한 우주에서 위상렌즈 효과에 의해서 나타날 패턴과 코비 관측 결과를 비교한 것이지요. 이제야 '우주의 점'의 정체가 드러나는군요. 바로 우주배경복사에 나타난 미약한 차이에 의한 얼룩, 바로 그것을 재너 레빈은 '우주의 점'이라고 부르는군요. 우주배경복사는 초기 우주의 흔적입니다. 만약 관측과 재너 레빈이 예측한 패턴을 비교한다면, 우주의 위상을 알 수 있게 되는 것이지요. 우리는 그런 관측 결과도 갖고 있고요. 하지만 불행하게도 코비 관측 자료의 정밀도가 재너 레빈이 예측한 다른 여러 우주 위상들 중 어느 것이 진짜 우리가 살고 있는 우주의 위상인지를 가려낼 만큼은 아닌 것으로 밝혀졌습니다. 하지만 희망은 있습니다. 미국과 유럽에서 발사했거나 계획 중인 맵(MAP)과 플랑크(Planck) 우주 관측 위성이 이에 대한 답을 해 줄 관측 결과를 가까운 미래에 보내올 것이기 때문입니다.

1998년에 나온 이 책과 같은 제목의 논문이 천문학자들에게 아직 일곱 차례밖에 인용되지 않았을 정도로 학계에서도 여전히 생소한 내용인 것 또한 사실입니다. 하지만, 이 책을 읽으면서 찬사를 보내지 않을 수 없는 것은, 현역 천체물리학자의 목소리로 어려운 우주의 위상에 대한 이야기를 쉽고 생생하게 들려주고 있고, 어떻게 이론과 관측을 비교할 수 있는지를 자세하고 납득할 수 있게 제시했다는 점 때문이라고 생각합니다. 관측 가능성에 대한 제시는 재너 레빈의 논의가 형이상학이 아니라 과학의 영역으로 이미 와 있다는 것을 의미하기 때문입니다. 물론 지금까지의 관측 결과로부터 유추한 결론이 무엇인지 좀 더 구체적으로 밝혀 주지 않고 있는 것이 이 책에 대한 불만 중에 하나지만, 이 책이 갖고 있는 더 큰 장점에 비하면 작은 불평에 불과할 것입니다.

한결이가 18살이 되는 생일날 이 책을 선물하고 싶습니다. 물론 그때가 되면 이 책의 내용이 완전히 잊혀져 있을지도 모르지요. 하지만 또 누가 압니까, 우리가 상대성이론을 얘기하듯이 여전히 좀 까다롭지만 너무나 당연하게 이런 유한하고 콤팩트한 우주의 위상에 대해서 얘기하고 있을지도 모를 일입니다. 유한한 우주, 그 바깥에는 또 무엇이 있을까요? 이 책 속에 제시된 해답이 진실이라면 이런 질문도 함께 사라질 테지요. 우리가 살고 있는 우주는 유한하고 그 자체가 전부인 우주일 테니까요. 우리는 우주의 어디에 위치해 있을까? 이런 질문이 더 유행하겠지요. 제너 레빈은 끝내는 워런과 헤어졌지만 그를 아직 잊지 못하고 있는 것 같습니다. 가을이 반가운 분들에게 꼭 한 번 이 책을 읽어 보길 권합니다.

더 이상 강자만이 살아남는
동물사회가 아니다

박시룡 한국교원대 생물교육과 교수

『휴머니즘의 동물학』
비투스 B. 드뢰서 지음 / 이영희 옮김 / 2003 / 이마고

동물도 인간처럼 감정이 있을까? 이에 대한 정답은 아직 과학적으로 말할 수 없다. 과학적 연구는 객관적으로 증명할 수 있을 때만 가능하다. 그래서 우리는 늘 이에 대한 논쟁을 할 수밖에 없다. 동물행동학자들이 동물행동을 연구하는 궁극적인 목적이 바로 동물도 인간처럼 감정이 있다라는 사실을 과학적인 방법으로 증명하는 것일지도 모른다. 그러나 『휴머니즘의 동물학』은 바로 동물들도 인간처럼 생각하며 또 그렇게 행동하고 있다는 사실을 저자 비투스 B. 드뢰서는 200여 종의 동물들의 행동을 통해 적고 있다.

　비투스 B. 드뢰서는 원래 동물학을 전공한 사람은 아니다. 그는

전기공학을 전공했고, 대학을 졸업하고 전기회사에 다닌 경력 말고는 따로 동물행동학에 대해 전문 교육을 받지 않았다. 그는 동물행동과 감각생리학에 관심을 갖고 프리랜서로 일을 했으며 현재는 동물행동에 관한 집필 그리고 저널리스트로 일하고 있다. 그래서 그는 동물의 행동을 동물행동의 연구자가 아닌 독자들의 입장에서 동물들의 행동을 전하고 있다.

최근의 동물행동 연구는 생존 경쟁에서 승자만이 살아남는 원리에서 동물들도 인간 못지않게 이타적 행동을 보이고 있다는 새로운 사실을 속속 밝히면서 동물도 인간처럼 행동하고 있다는 생각이 더 설득력을 갖는다. 최근까지 사바나개코원숭이 무리는 힘센 수컷 한 마리에 의해 지배되는 것으로 알려져 있었다. 그러나 이 수컷이 일방적으로 암컷을 지배하는 것이 아니고 암컷들에 의해 길들여져 폭력적인 행동을 하지 못한다는 새로운 사실을 소개하고 있다. 오히려 암컷들에게 인기 있는 수컷은 공격성이 가장 약하고 서열도 낮다. 옛날 인류 조상의 사회 구조는 침팬지보다는 사바나개코원숭이에 가까웠을 거라고 저자는 주장하고 있다. 그래서 인간도 폭력적이고 살인적인 성향을 가진 존재가 아니라 세련된 평화전략을 타고난 사바나개코원숭이의 모습이 숨어 있다라는 이야기다.

침팬지 새끼가 어미로부터 호두 까는 법을 배운다. 이것은 마치 인간의 학교에서 공부를 가르치는 방법과 같다. 물론 인간은 호두 까는 법을 배우는 데 10년은 걸리지 않지만 침팬지는 10년에 걸쳐 호두 까는 기술을 완벽하게 통달한다. 어쩌면 우리 인간은 호두 까기보다 더 쉬운 기술 하나를 완벽하게 구사하는 데 10년 이상이 걸릴지도 모른다. 흰개미를 잡아먹기 위해 나뭇가지를 흰개미집에 꺾어 넣는 침팬지의 도구 사용은 인간들이 보기에도 감탄할 정도다. 흰개미집 통로는 직선으로 뚫려져 있지 않다. 나뭇가지가 너무 굵으며 직선의 통로가 아니기 때문에 나뭇가지를 안쪽 깊숙이 들여보낼 수 없다. 너무 가늘면 당연히 중간에서 구부려져 더 이상 들어가지 않게 된다. 그러나 침팬지는 이 도구 사용을 완벽하게 수행한다.

소리를 증폭하기 위해 땅속에 악기를 만드는 땅강아지도 도구를 사용하는 셈이다. 인간이 물고기를 낚을 때 미끼를 사용하듯 검은댕기해오라기도 인간의 방법과 다를 바 없다. 이런 도구의 사용은 동물들에게 얼마든지 있다. 인간과 동물을 구별하는 유일한 수단을 언어라고 한다. 그러나 언어 능력을 보이는 야누비스원숭이와 침팬지 등을 보면 인간과 동물의 차이가 무엇인지 또 한 번 우리를 고민에 빠뜨리게 한다.

섹스를 보면 사태는 더욱 심각해진다. 평화롭던 동물의 공동체도 섹스로 인해 파경에 이른다. 평소 얌전하고 평화로운 시파카 공동체는 일년에 한 번 난리가 난다. 2주일 정도 지속되는 발정기가 돌아오면 평소에 잠들어 있던 성욕이 맹목적인 공격성과 함께 폭발하게 된다. 수컷들은 암컷을 차지하려고 서로 뒤엉켜 싸우고, 암컷들도 수컷을 차지하려고 서로 할퀴고 물어뜯으며 싸운다. 결국 무리의 구성원들을 묶어 주었던 사회적 끈은 끊어지고 시파카들은 뿔뿔이 흩어지고 만다. 사자들의 섹스도 공동체의 이익과 모순된다. 초식동물인 산토끼도 봄이 되면 섹스로 인해 모두 포악하고 잔인하게 서로 물어뜯으며 싸운다. 섹스가 결혼 생활의 모든 것이 아니라 신뢰가 중요하다는 것을 동물은 보여 주는데, 인간은 섹스에의 탐닉으로 결혼을 파탄으로 몰아가고 있다고 저자는 강조한다.

평생 일부일처제를 고수하는 회색기러기의 부부애는 섹스가 아닌 정절에 있다는 사실에 저자는 눈을 돌린다. 공동체를 위해 희생하는 난쟁이몽구스와 암컷을 향한 호랑이의 순애보……, 비록 자연환경 등에 처한 상황에 따라 짝짓기의 형태는 바뀔 수 있지만 궁극적으로 섹스가 사랑을 보장하지 않는다는 사실에 우리는 공감할 수 있다.

인간들이 이야기하는 모성애는 무엇인가? 어미와 새끼를 이어 주는 끈을 모성애라고 한다면 바로 이 끈은 어떻게 언제부터 생겨나는 것일까? 어떤 조류들은 알 속에서부터 어미와 새끼를 이어 주는 끈이 생겨나며, 포유동물들은 태어나는 순간 새끼의 냄새에 의해 어미의 모성애가 생긴다. 아프리카에 사는 누우는 태어나서 3분만 되면 서서 걸으려고 하며 7분 뒤면 벌써 걸을 수 있게 된다. 누우 새끼는 말굽 동물들 가운데 가장 조속한 동물에 속한다. 이들은 출산한 즉시 몇 초간 서로의 냄새를 맡는 것으로 어미와 새끼 사이의 보이지 않는 끈이 다시는 풀릴 수 없도록 묶인다.

이 모성애의 힘은 위대하다. 일단 모성애의 끈이 맺어지면 초식동물마저도 자신들의 천적인 육식동물을 무서워하지 않는다. 완전히 자살 행위를 감행한다. 새끼를 위해 매년 252일간 남극의 눈보라와 혹독한 추위와 어둠 그리고 몇 주일간의 굶주림을 참고 견디는 황제펭

권, 새끼에게 젖을 먹이며 돌보는 몇 주일 동안 아무것도 먹지 않은 채 몸무게의 절반 정도가 줄어 완전히 해골처럼 마른 승려물개……. 동물들의 모성애는 인간과 비교해서 전혀 손색이 없다. 어쩌면 더 훌륭한 현상일지 모른다.

동물들에게는 모성애만 있고 부성애는 없는 것일까? 그렇지 않다. 개, 늑대, 집고양이, 사자, 호랑이 그리고 많은 조류 등 얼마든지 찾아볼 수 있다. 실제 이들은 새끼를 기르는 데 어미와 다른 역할을 한다. 어떤 동물들은 새끼나 알을 낳자마자 새끼 양육의 무거운 짐을 몽땅 수컷에게 지운다. 모성애의 중요성을 어미에게서 떨어져 사육된 히말라야(이 책에서는 레서스라고 번역됨)원숭이가 정신 불안 증세와 과도한 폭력성으로 나타난 사례를 들고 있다. 또 남편에게 새끼를 보여 줘 부성애를 불러일으키는 암컷 악어새의 재미있는 이야기도 소개하고 있다.

그밖에 공동체 안에서 협동을 통해 생존을 일궈 가는 동물들, 같은 종끼리 싸우더라도 독이나 뿔 등 치명적인 무기를 사용하지 않는 동물들, 그리고 멸종을 막기 위한 갖가지 전략들을 담고 있다. 가마우지는 옆에 넓은 땅을 두고도 매년 정해진 번식지에만 모여들며, 물개구리는 화학 성분을 배출하여 자신보다 작은 올챙이들이 식욕을 잃도록 만들어 개체 수를 조절한다. 개체군 밀도를 자체적으로 규제하는 메커니즘을 갖고 있는 사자는 인간의 사회와 잘 비교된다.

인간만이 서로 죽이는 것은 아니다. 사자들도 서로 죽인다. 사자들은 그 개체 수를 조절해 줄 적이 없기 때문에 종족 살해밖에는 다른 길이 없다고 저자는 주장하고 있다. 다른 종에 의해 생존의 위협을 받지 않는 인간의 경우에도 그 존속을 위협받지 않기 위해 인간들끼리 서로를 아끼며 상대해야 한다는 생각이 없으며, 바로 이 점이 인간을 위협하고 있다고 저자는 강조하고 있다.

동물행동을 연구하는 목적은 인간의 본질을 더 잘 이해하기 위해서라고 해도 과언이 아니다. 그런 의미에서 이 책은 동물의 행동을 통해 인간 사회가 안고 있는 문제들을 지적하고 있으며 동물들의 행동을 통해 우리가 무엇을 배워야 하는지를 밝히고 있다. 그러나 인간을 계통분류학적 선상에서 비교 행동의 원리를 적용하지 못한 점은 아쉬움으로 남는다. 행동 유형에 맞추어 동물들을 소개하는 식으로 기술했기 때문에 인간의 행동과 비교는 많은 부분 오해의 소지가 있다.

어떤 내용들은 실제적인 정보가 빠져 있어 한쪽으로 치우친 감이 있다. 저자는 난장이몽구스 구성원들은 희생적이고 서열이 높은 암컷에 대해 절대적인 존재라고 기술하고 있다. 그러나 무리 내에서 수컷들은 여왕의 남편 자리를 빼앗기 위해 다른 암컷들에서 태어난 새끼들을 곧바로 죽여 무리 내 수컷들의 이타적 행동이 발정기 전후로 사라진다는 사실에 대해서는 언급이 없다. 또 보노보(피그미침팬지)는 인간처럼 번식기 외에도 자유로운 섹스를 통해 상호간의 사회적 갈등을 해소하고 있다는 내용도 빠져 있어 아쉬운 대목으로 남는다.

번역의 문체는 전체적으로 무리가 없어 보이나 동물명들에 있어서 많은 곳들이 잘못 번역된 것들이 있다. 번역자 역시 동물학을 전공한 사람이 아니기 때문에 이런 오류가 있는 것은 당연하다. 그렇지만 한 번쯤 동물학 전공자에게 동물명 정도는 확인을 받았어야 했다. 지면 관계로 잘못 번역된 동물명을 다 적을 수는 없지만, 피그미침팬지를 난장이침팬지로, 히말라야원숭이를 레서스원숭이로, 왜가리를 회색왜가리로, 도약쥐를 뜀지 등 현재 번역하여 일반적으로 사용하고 있는 명칭을 붙이지 않고 역자 나름대로 직역하여 붙여 놓은 게 많았다. 특히 몇몇 전문 용어가 무슨 뜻인지 알 수 없도록 붙여졌다. 예를 들면 닭과 오리와 같이 부화 후 즉시 둥지에서 나올 수 있는 조류를 조숙성 조류라고 하는데 이소류라고 전혀 다른 이름을 붙여 놓았고, 식품 전문가(검은머리물떼새의 경우)도 식사 전문가라고 붙여야 되는 등 이렇게 몇몇 기술 용어 번역에서 아쉬움이 남는다.

21세기 과학계에 주어진
21가지 숙제

홍욱희 세민환경연구소 소장

『21세기에 풀어야 할 과학의 의문+21』
존 말론 지음 / 김숙진 옮김 / 2003 / 이제이북스

현대 과학이 제대로 답변하지 못하는 문제들

사람들이 흔히 간과하곤 하지만 우주의 나이는 약 140억 년이나 되고 그 공간적 규모는 150억 광년이 넘는다. 이런 우주적 규모에서 본다면 그야말로 한 점 티끌에도 미치지 못하는 태양계의 역사는 약 46억 년 전 즈음에 시작되었으며, 이때 거의 동시에 태어난 지구에서 처음 생명이 탄생한 시기는 지금으로부터 약 35억 년 전이다. 최초 생명체는 아주 간단한 단세포 박테리아에 불과했는데 약 6억 년 전 즈음에 최초의 다세포생물이 나타나면서 본격적인 진화의 길을 걷기

시작했고, 약 1억 년 전에는 최초의 포유류가, 그리고 약 3백만 년 전에는 우리 인류의 직접적 조상인 유인원이 등장하였다. 이런 장구한 우주와 생명의 역사를 생각할 때 제아무리 무소불위의 현대 과학이라고 해도 아직까지 밝힐 수 없었던 비밀들이 어찌 없겠는가?

존 말론이라는 한 재치 있는 과학서 전문 작가가 아직까지 의문에 쌓여 있는 이런 굵직한 문제들을 발굴해서 가능한 한 쉽게 일반 독자들을 상대로 설명해 보고자 시도한 책이 바로 『21세기에 풀어야 할 과학의 의문+21』이다. 따라서 이 책은 21가지 과학적 주제들에 대한 친절한 해설서의 성격을 지닌다.

그러면 현대 과학이 풀지 못하는 과학적 의문들에는 도대체 어떤 것들이 있을까? 다음과 같은 다섯 가지 예 중에서 여러분은 그런 의문에 속하지 못하는 한 가지를 골라낼 수 있겠는가?

1. 대멸종은 왜 일어났을까? 2. 철새들은 어떻게 이동하는가?

3. 중력이란 무엇일까? 4. 돌고래의 지능은 인간과 비슷한가?

5. 마야인들은 어떻게 천문학 지식을 얻었을까?

생명 탄생에서 우주 종말까지

이 책에서 가장 먼저 제시되는 과학적 의문은 지구에서 처음에 어떻게 생명이 탄생했을까 하는 문제이다. 그러면 과학자들은 과연 이 주제에 대해서 얼마나 알고 있는 것일까?

생물학자들은 지구에서 처음 생명이 탄생했던 시기가 약 35억 년 전이라는 데에 동의하고 있다. 또 최초의 생물체는 아주 단순한 구조의 박테리아에서 시작했다는 것도, 또 그런 원시 생명체에서 보다 복잡한 구조의 다세포 생명체로 진화되었다는 데에 대해서도 대체로 의견의 일치를 보고 있다. 하지만 최초 생명의 탄생 장소가 따뜻한 바닷가의 진흙 속이었는지, 빙점 아래의 얼음장 밑이었는지, 또는 바다 밑바닥 섭씨 100도 이상의 온천수가 솟아나는 지점이었는지에 대해서는 지금도 여전히 백가쟁명의 논쟁이 이어지고 있다.

이밖에도 최초 생명의 포자가 우주에서 도착했다는 제안이 있는가 하면, 지구 이외의 태양계 다른 행성에도 생명이 존재할 수 있다는 주장도 있고, 또 태양계 너머 멀리 떨어진 다른 천체들에 우리보다 더 고등한 생물이 존재할 수 있는 가능성도 여전히 제기되고 있다. 그렇다면 생명의 출현에 대해서 현대 과학이 대답할 수 있는 최종적인 답변은 무엇일까? 저자는 2000년 6월 13일자 《뉴욕타임스》 과학면의 머리기사 제목을 인용하여 다음과 같이 대답하고 있다.

생명의 기원, 점점 더 미궁 속으로.

인간이 다른 영장류들과 구별되는 가장 커다란 특징 중의 하나는 오직 인간만이 고유의 문화를 지니고 있다는 점이다. 원시 인류는 이미 약 3만 5천 년 전경부터 동굴의 벽면에 예술적 창조성을 발휘하기 시작하였다고 알려져 있다. 그러면 이런 인류 문화는 처음에 어떻게 생겨났을까?

선사시대 예술품들 중에는 현대인의 눈으로 보기에도 아름다운 것들이 많다. 또 서로 교류가 없었던 종족들에서도 예술 작품들의 제작 기술과 표현 매체면에서 상당한 공통점이 발견된다. 이런 관점에서 본다면 인간의 미적 감각과 창조성은 어쩌면 천성에 속하는 것이라고 하겠다.

오랫동안 인류학자들은 문명은 독립적인 소규모 인류 집단들이 처음으로 마주쳤을 때 발생하는 것으로 간주하였다. 그런데 1950년대에 이르러 탄소연대측정법이 등장하면서 원시 인류들은 설령 그런 대치가 없더라도 도구제작 기술이나 건축 기술 등을 서로 주고받았다는 것이 증명되었다.

인간이 다른 영장류들과는 달리 말을 할 수 있었다는 것도 문화의 탄생과 문명의 발전에 지대한 영향을 미쳤을 것이다. 인간은 후두가 목의 낮은 곳에 위치함으로 해서 음성을 보다 낮게 내고, 발성을 조절하는 것이 가능하였다. 뿐만 아니라 그런 변화는 척수의 발전에 직접적인 영향을 주어서 직립 자세를 유지할 수 있게 하였고, 머리에 더 큰 용량의 두개골을 간직할 수 있게 하였다. 하지만 이런 모든 해부학적 증거들에도 불구하고 말이 언제 처음 발생하였는지에 대해서 밝힌다는 것은 아예 불가능한 일이다. 하지만 지난 수십 년 동안의 침팬지 연구에서 밝혀진 바에 의하면 음성 언어 대신 신체 언어도 훌륭하게 의사전달 매체로서의 역할을 하였다. 따라서 우리 원시 인류들도 처음에는 그런 신체 언어로써 의사소통을 하였으리라고 믿지 않을 이유는 전혀 없다고 하겠다.

과학계가 풀어야 하는 맨 마지막 숙제는 과연 무엇일까?

그것은 우주의 종말에 관한 것이다. 태양의 나이가 대략 46억 년 정도이고 별의 일생에서 따진다면, 이제 중년에 막 들어선 셈이라고 하니 앞으로도 40억 년 정도는 문제없이 버틸 수 있겠다. 하지만 태양이 이처럼 죽음에 이르기도 전에 우리 은하는 마젤란 대성운이라고 알려진 왜소 은하를 집어삼킬 것이며 또 가장 가까운 다른 은하인 안드로메다 은하와 충돌하게 될 것이다. 다행히도 이런 일은 적어도 30억 년 후에야 일어날 것이지만.

이처럼 은하들끼리 서로 충동할 수 있는 것은 우주가 아직도 팽창하고 있기 때문이다. 그렇다면 언젠가는 우주도 팽창을 멈추고 다시 수축 단계에 들어서는 것은 아닌지? 이 점에 있어서는 최고의 지성을 자랑하는 물리학자들조차도 아직은 의견이 분분한 듯하다. 어떤 사람은 팽창과 수축을 반복하는 순환론을 주장하는가 하면, 또 어떤 사람들은 결국에는 우주의 종말과 사멸이 닥칠 것이라고 한다. 물론 그것은 수천 수백조 년 후가 될 것이지만.

절반의 성공에 그친 과학 교양서

『21세기에 풀어야 할 과학의 의문+21』이 가지는 최고의 미덕이라고 한다면 과학전문 작가가 쓴 책답게 그 설명이 깔끔하고 자못 독자들의 흥미를 유발한다는 점이 되겠다. 그러면서도 대학 교양과목 수준의 과학적 지식을 덤으로 얻을 수 있으니 독자들로서는 대단한 보너스를 얻는 셈이라고나 할까?

하지만 이처럼 과학적 지식을 풍부히 소개하다 보니 그 문체가 마치 신문기사처럼 되어 버렸다는 점도 지적하지 않을 수 없겠다. 또 바로 이런 이유 때문에 과학에 문외한인 독자라면 이 책을 읽어 나가기가 결코 쉽지 않으리라는 것을 짐작하기 어렵지 않다.

이제 앞에서 필자가 제기했던 문제로 되돌아가 보자. 앞의 다섯 가지 의문들에 대해서 과학자들은 과연 제대로 된 답변을 준비하고 있을까?

생물 진화의 역사에서 대멸종은 전후 다섯 차례나 있었지만 과학자들이 멸종의 원인을 확신하고 있는 경우는 가장 최근에 발생했던 공룡 대멸종의 사례에 불과하다. 철새들의 이동 원인에 대해서는 아직도 구구한 학설들이 난무하고 있으며, 중력의 본질은 여전히 불가사의로 남아 있다. 돌고래 두뇌의 해부학적 구조는 인간 두뇌에 못지않는 탁월함을 보여 주지만 그것만으로 돌고래가 지능을 가졌다고 속단하기는 어렵다. 마야인들이 당대의 유럽인들보다 더 우수한 천문학적 지식을 보유했다는 데에 대해서도 아직은 아무도 그 전후 사정을 밝히지 못했다.

결국 앞에서 제시된 다섯 가지 의문들은 모두 현대 과학계에 남겨진 숙제들인 것이다. 이런 의문들에 대해서 궁금증을 느끼는 독자라면 필경 이 책이 좋은 동반자가 될 수 있겠다.

평이하고 현대적인 볼츠만

이관수 서울대 과학문화연구센터 연구원

『볼츠만의 원자』
데이비드 린들리 지음 / 이덕환 옮김 / 2003 / 승산

물리학을 공부하는 학부생들에게 네가 가장 흥미를 느끼는 물리
학자를 한 사람 꼽아 보아라고 하면 의외로 많은 학생들이 루트비히
볼츠만을 꼽는다. 뉴턴이나 아인슈타인도 만만치 않게 거론되지만,
그들만큼이나 볼츠만이 거명된다. 아무래도 뉴턴이나 아인슈타인보
다는 명성이 좀 떨어지는 볼츠만이지만, 볼츠만 개인에 대한 관심은
뉴턴과 아인슈타인 못지않은 것이다. 생각해 보면 볼츠만의 생애처
럼 흥행 요소를 잘 갖춘 물리학자의 삶도 드물다. 엔트로피야말로 물
리 개념들 중에서 가장 인기 있고, 가장 많이 오해되는 것인데, 볼츠
만은 그 난해한 엔트로피가 확률적으로 정의된다고 주장했던 것이

다. 또한 볼츠만이 원자론을 놓고 숙적 에른스트 마흐와 벌인 오랜 투쟁이나 곧 도래할 궁극적인 승리를 앞두고 돌연 자살로 생을 마감한 것도 장대하고 비극적인 드라마를 연상시킨다.

린들리의 『볼츠만의 원자』는 우리말로 된 유일한 볼츠만 전기이다. 볼츠만의 생애에 대한 궁금증을 풀어 준다는 점에서 무척 반가운 책이다. 더욱이 볼츠만의 생애와 학문에 깊은 영향을 준 여러 다른 물리학자들에 대해서도 간략하지만 필요한 만큼 잘 소개하고 있어서 읽기가 편하다. 전반적으로 평이한 서술 덕분에 역자가 지적한 것처럼, 우리 사회에서 확산되고 있는 열역학에 대한 잘못된 인식을 해결하는 데도 기여할 것으로 기대된다. '물리학에 혁명을 일으킨 위대한 논쟁' 이란 부제로 미루어 볼 때, 린들리는 볼츠만의 생애와 물리학이 지닌 의미를 극적인 드라마 형태로 전하고자 했던 것 같다. 그가 잘 지적하듯이, 현대의 양자역학은 방법과 개념면에서 볼츠만에게 두 번 빚지고 있다. 그러므로 현대 물리학의 관점에서도 볼츠만의 업적은 대단히 중요하다. 시대가 바뀌어도 여전히 유의미하고 중요한 업적을 남겼다는 것이야말로 과학자에게 바칠 수 있는 최대의 찬사이리라. 하지만 린들리는 현대의 관점을 너무나 강조했기 때문에 오히려 볼츠만의 위대함과 그의 그리스 비극과 같은 삶을 밋밋하게 그려 버렸다. 볼츠만의 물리학 연구는 19세기 물리학의 위대한 이상, 너무나 위대하기 때문에 달성할 수 없었던 이상을 추구한 것이었다. 그 이상은, 말하자면 물리학의 역학화 또는 세계상의 역학화라고 표현할 만한 것으로, 모든 물리현상을 역학적으로 해명하고, 모든 물리학을 역학으로 환원하려는 것으로서 현대적 관점에서는 틀린 것이라고 할 수 있다.

1800년을 기준으로 보면, 오늘날에는 당연히 물리학의 일부인 여러 분야 — 역학, 전기학, 자기학, 열학, 광학 — 들이 각각 독자적인 분야로 여겨지고 있었다. 역학을 제외한 나머지 분야는 각각이 고유한 무게 없이 유체들에 의해 지배되는 현상을 다루는 것으로 여겨졌다. 열은 열유체 즉 칼로릭(지금도 사용하는 열량의 단위 칼로리는 칼로릭에서 온 명칭이다)에 의해, 전기는 전기유체에 의해 발생하는 현상이라는 식이었다. 이런 갖가지 유체들은 19세기 전반을 통해 여러 에테르들에게 자리를 내어 주었다. 전기유체 지지자들은 전기현상의 본질은 전기유체 자체라고 보았던 반면, 전기에테르의 지지자들은 전기현상의 본질은 전기에테르의 운동이라고 보았다. 운동을 다루는 학문은 역학이기 때문에 전기현상은 전기에테르의 운동으로 인해 발생한다는 주장은 역학을 이용하여 전기현상을 연구할 수 있다는 주장이었다. 19세기 전반만 해도 에테르의 종류가 많았지만, 에너지 보존 법칙의 확립 등을 통하여, 맥스웰의 시대에 이르러서는 모든 물리현상은 보통 물질 및 단 한 종류의 에테르의 운동이 일으키는 것으로 정리되었다(단 헤르츠가 전자기파의 존재를 검출한 1888년까지는 전자기에테르와 빛 에테르가 따로 존재하는 것으로 본 물리학자들도 많았다).

맥스웰의 연구를 이어받은 볼츠만은 물리학의 역학화를 끝까지 밀고 나가려고 했었다. 린들리가 짧게 언급하고만 지나간 볼츠만의 전자기학 연구는 전자기에테르의 구조와 성질에 대한 역학적 모형을 만들어 전자기학을 역학의 응용 분야로 만들려는 것이었고, 이 책의 중심 주제인 'H-정리'도 열역학 제2법칙인 엔트로피 증가 법칙(엔트로피 불감소 법칙이 더 정확한 표현이지만)을 역학 법칙들에서만 출발하여 유도해 내려는 것이었다. 기체 분자 운동론에 따르면 열은 분자의 운동에너지이므로 열역학 제1법칙인 에너지 보존 법칙은 결국 역학적 에너지인 운동에너지가 보존된다는 뜻이었으므로 볼츠만의 시도가 성공했더라면 열역학은 완벽하게 역학의 일부가 될 수도 있었다.

이러한 물리학의 역학화 프로그램에 비추어 보면, 볼츠만의 생애는 더더욱 고전 그리스 비극을 닮았다. 그리스 비극의 주인공들이 자신의 영웅성 때문에 비극적 운명을 맞이한 것처럼, 볼츠만은 난해한 과정을 헤치고 전진한 끝에 H-정리를 유도하여 열역학 제2법칙을 역학화하였지만, 그가 제시한 H-정리 때문에 역학만으로는 엔트로피 증가를 설명할 수 없다는 것이 밝혀지게 되었던 것이다.

또한 역학적 세계상에 대한 19세기 물리학자들의 열망을 무대에 같이 올려야 볼츠만이 누린 명성이 이해가 된다. 린들리는 19세기의 마지막 20년간 볼츠만이 몰이해와 공격에 시달리면서도 동시에 합스부르크 제국의 황제가 볼츠만의 거취에 대해 관심을 가질 정도로 높은 명성을 누린 것으로 그렸다. 린들리의 서술대로 볼츠만은 사방에서 공격받았다. 엔트로피는 기본 개념이므로 역학적으로 환원될 수 없다는 막스 플랑크, 엔트로피는 불필요하므로 제거해야 한다는 오스트발트, 볼츠만의 주장이 옳다면 엔트로피 감소가 관찰되어야 한다는 제르멜로(제르멜로는 볼츠만과의 논쟁 이후 수학으로 연구 분야를 바꾸었다) 그리고 경험적 직접 증거가 없는 원자 및 분자 개념을 버려야 한다는 마흐. 린들리에 따르면 이들 모두가 볼츠만의 주장을 시대에 뒤떨어진 것으로 공격하였고, 젊은 세대는 그런 주장에 동조하였다. 이런 상황에서 볼츠만이 어떻게 황제가 관심을 가질 정도로 국제적인 명성을 누릴 수 있었을까? 그것은 볼츠만이야말로 현대 물리학의 관점에서는 좀 당혹스럽기도 한 19세기 물리학의 원대한 이상을 대표하는 거장이었기 때문이었다. 볼츠만이 때로는 엔트로피 증가를 확률적인 것으로 해석하고 때로는 필연적인 것으로 서술하는 등 오락가락하는 모습을 보였다 할지라도, 근대 물리학이 역학화 프로그램을 통해 형성되었고, 볼츠만이야말로 그 프로그램을 대표하는 거장이라는 점만은 누구도 부인할 수 없었던 것이다.

현대적 관점에 너무 집착한 끝에 어색해진 또 다른 부분들은 마흐에 대한 서술이다. 린들리는 마흐를 훌륭하지는 않지만 다양한 흥미를 가진 물리학자라고 평하면서 물리학자의 일이 주로 실험과 관찰이라는 잘못된 생각을 갖도록 만들어 준 계기를 제공한 인물로 그렸는데, 여기에는 전혀 동의할 수 없다. 린들리의 서술대로라면 볼츠만은 별 볼일 없는 물리학자인 마흐 때문에 평생을 고통받은 심약하기 짝이 없는 인물이 되고 만다. 그러나 19세기 말까지 물리학자의 정체성은 실험에 있었고, 아직 실험물리학과 이론물리학이 분화되지 않았었다. 독일어권 대학들에서 이론물리학 교수라는 직책명이 등장하였지만, 이는 자신의 실험실을 갖지 못한, 서열이 낮은 물리학 교수를 뜻하는 명칭이었다. 클라우지우스나 볼츠만처럼 이론 연구를 위주로 했던 물리학자들도 자신이 실험실을 관리하고, 실험을 중심으로 학생들을 교육하는 것을 당연하게 여겼고, 저명한 물리학자가 이론물리학 교수직을 맡는 것은 일종의 굴욕으로 여겨지던 시대였다. 현대적 의미에서의 이론물리학자는 볼츠만과 마흐보다 나중 세대인 막스 플랑크, 아인슈타인 때부터 등장한다(게다가 아인슈타인조차도(!) 실험 연구를 하였다). 그러므로 마흐에 대한 린들리의 평가는 시대착오적이다. 더욱이 넓게 보면 마흐의 형이상학 추방 노력도 볼츠만의 순박한 실재론(책에서는 순진한 현실주의로 번역하였다)과 맞닿아 있다. 또한 맥스웰, 헬름홀츠, 헤르츠, 오스트발트 등 당시 물리과학의 여러 대가들도 철학과 물리학을 넘나들었다(비트겐슈타인, 카르납, 프레게 등 중요 철학자들이 물리학자들의 철학적 논변에 깊은 영향을 받았을 정도였다). 그러므로 마흐는 19세기 물리학의 시대정신을 볼츠만과 반대쪽 극단에서 잘 구현한 뛰어난 물리학자였고, 그랬기 때문에 볼츠만이 마흐의 비판을 뼈아프게 여겼던 것이다.

결국 린들리는 볼츠만의 생애와 물리학을 거의 누구나 읽을 수 있도록 평이하게 서술하는 데는 성공했지만, 현대인의 시각을 고집한 탓에 볼츠만과 그의 물리학의 극적인 위대함을 그려 내는 데는 아쉬움을 남긴 셈이다.

나는 독감에 걸렸다

이재열 경북대 미생물학과 교수

『독감』
지나 콜라타 지음 / 안정희 옮김 / 2003 / 사이언스북스

　　"나는 독감에 걸렸다"라고 말하면 듣는 사람들은 '집에서 좀 쉬어라' 생각하는 정도이지 '곧 죽을병에 걸리다니 그것 참 안되었구나' 라고 생각하지는 않는다. 그만큼 독감이란 것을 그렇게 심한 병이라고는 생각하지 않는 것이 일반적이다. 게다가 독감보다는 가벼운 정도인 병이 바로 감기라고 보는 것도 일반인들의 견해이다. 또한 감기에 걸리면 한 사흘 정도 쉬는 것이 보통이라 생각하고, 그래서인지 감기-몸살-독감이라는 말이 자연스럽게 연결된다고 사람들은 생각한다.

　　물론 감기(感氣)는 오래전부터 우리 생활 속에서 자주 쓰이는 말

로서 그 뜻을 풀이하면 기(氣)를 느끼는 것이라 이해할 수 있다. 요즈음에 이르러 과학이 발전하면서 감기와 독감의 원인이 서로 다른 종류의 병원균에 의한 것이라는 사실도 쉽게 이해하고 있다. 이들 두 가지 병이 모두 바이러스에 의한 것이기는 하지만, 원인이 되는 바이러스의 종류가 서로 다른 것이라는 사실을 알게 된 것이다. 감기 바이러스가 자라나 독감 바이러스라는 무서운 균으로 변하는 것이 아니라 근본적인 태생이 서로 다르다는 것은 이미 잘 알려진 사실이다.

감기를 일으키는 바이러스 종류로는 아데노바이러스(Adenovirus), 리노바이러스(Rhinovirus), 코로나바이러스(Coronavirus) 등을 비롯한 수십 종류가 있지만, 독감을 일으키는 원인 균은 오직 독감바이러스(Influenzavirus)라는 한 종류의 바이러스라는 것을 알게 되었다. 인플루엔자바이러스는 간단히 줄여서 플루(Flu)라고도 부르며, 그래서인지 이 책의 제목도 독감(Flu)이라고 붙였다.

지나 콜라타가 지은 이 『독감』이란 책에서는 두 가지 방향으로 독감에 대한 이야기를 풀어 나가고 있다. 우선 1918년에 크게 유행하여 수천만 명이라는 사람들을 죽음으로 몰아간 스페인 독감의 정체를 과학적인 지식을 동원하여 추적해 가는 과정이다. 이 독감의 정확한 정체를 파악하기 위해서는 살아 있는 바이러스를 확보하는 것이 가장 중요한 일이다. 바이러스 시료를 확보하기 위해서 당시에 독감으로 희생된 사람들의 시체가 부패되지 않은 채로 남아 있을 가능성이 높은 극지방의 무덤을 탐사하는 과정을 진솔하게 그리고 있다. 알래스카와 노르웨이 그리고 다시 한 번 알래스카의 무덤을 탐사하여 완전한 바이러스 입자를 확보해 가는 과정을 생생한 다큐멘터리처럼 재구성하였다.

그야말로 살아 있거나 아니면 완전한 형태를 갖춘 바이러스 입자를 확보하는 일이 바로 독감 예방주사를 만들기 위한 조건이라는 과학적인 사실을 암시하면서, 실험실에서 독감 예방주사를 개발하는 노력을 카메라로 촬영하듯이 독자들에게 보여 주고 있다. 아쉽게도 이 책의 끝 부분을 읽어 갈 때까지 스페인 독감의 완전한 바이러스 입자를 구하지 못한다. 다만 당시에 독감으로 희생된 군인들의 조직 표본 일부에서 독감 바이러스 일부 유전자를 확인하였고, 알래스카에서 어렵게 구한 희생자의 조직에서 독감 바이러스의 다른 부분 유전자를 확보하는 것으로 만족해야 하는 아쉬움을 그려 내고 있다.

또 한 가지 다른 방향을 살펴본다면, 과학을 이야기해 주는 교양서적으로 우선 재미가 있다는 점이다. 대부분의 교양 과학서들이 과학적인 내용을 설명하다 보니 어렵고 딱딱한 느낌을 주기 쉬운데, 이 책의 구성은 마치 한 편의 소설을 읽는 듯한 느낌을 갖게 만든다. 교양 과학서가 갖는 딱딱한 느낌을 영화나 소설을 즐기는 것처럼 쉽고 재미있게 바꿔 놓은 것이라 할 수 있다. 예를 들자면 얼음 속에 묻혀 있는 희생자의 시체를 찾아가는 과정은 마치 한 편의 모험 영화를 보는 기분이고, 실험실에서 독감바이러스 유전자를 확인해 가는 과정은 한 권의 탐정 소설을 읽는 즐거움을 선사한다.

이 책에서 이야기하는 독감바이러스를 추적하거나 유전자를 찾아 내는 것들이 모두 작가의 상상에서 나온 것이 아니다. 이들 모두는 과학적인 사실을 바탕으로 설명하는 이야기들이다. 스페인 독감을 경험한 사람들이기에 1976년 미국에서는 또다시 일어날지도 모를 돼지독감에 의한 피해를 막기 위해 돼지독감 예방주사를 만들어 이용하자는 의견이 많았다. 이에 맞선 신중론자들의 견해는 같은 해에 발생한 재향군인병의 영향으로 받아들여지지 못하고 결국은 의회의 동의를 얻어 백신을 생산하기에 이른다는 대목은 또 다른 사회적인 뒷이야기를 들어 보는 기분이다.

독감바이러스에 대해 충분히 밝혀지지 않은 당시에 독감의 대발생을 막아 보자고 수감자들에게 감형을 조건으로 항체 생산 실험을 하였다는 대목도 우리를 놀라게 한다. 물론 당시의 인체 실험에서 독감이 발병되지 않았지만, 그러한 이유를 이제는 과학적인 지식을 동원하여 설명할 수 있다. 인체 실험 이전에 수감자들에게도 독감이 거쳐 갔기에 이미 몸 안에 항체가 만들어졌고, 그래서 독감 병원균을 이런저런 방법으로 접종하더라도 감염이 일어나지 않았을 것이라고 설명한다. 하나의 작은 에피소드에 불과할지 모르지만 그 뒷면에 숨어 있는 과학적인 지식을 동원하여 그 까닭을 추적하고 설명하는 것도 과학 교양서가 보여 줄 수 있는 흥미로운 작업의 하나이다.

요즈음 우리 생활 속에서 조류독감이 또 하나의 사회 문제로 등장하였다. 도대체 독감과 조류독감이 같은 것인지 아니면 다른 것인지 헷갈리게 만든다. 조류에 발생하는 독감이 바로 조류독감이라는 데에는 이견이 없지만, 사람과의 연관성이 있는지 없는지가 궁금하다. 다행히 바이러스는 특이성이 있어서 서로 다른 숙주에는 감염이 쉽게 일어나지 않는다. 사람과 가축 그리고 가금 사이에서도 이러한 특이성이 나타나지만, 바이러스가 중간 숙주에서 변이가 일어나면 이러한 특이성을 초월하는 경우가 생긴다. 독감바이러스는 변이가 쉽게 일어나는 RNA바이러스이다. 조류에서 사람으로 전파되는 변이는 이미 알려졌지만, 더 나아가 사람에게서 사람으로 전파되는 능력을 가진 바이러스 변이가 나타날까 봐 조심스레 지켜보고 있는 것이다.

과학자들은 독감바이러스가 숙주 세포를 들고나는 과정에 두 종류의 단백질이 영향을 미치는 것을 알았다. 하나는 적혈구 응집을 일으키는 헤마글루티닌(Hemagglutinin)이며, 다른 하나는 뉴라미니데이즈(Neuraminidase)라는 단백질이다. 물론 이들 두 가지 단백질은 독감바이러스의 외피에 붙어 있어서 면역 체계의 표적이 된다. 그래서 과학자들은 바이러스가 가진 이들 단백질의 종류를 구분하여 균주 이름을 붙였다. 1946년에 유행한 독감 균주는 H1N1이었고, 1956년에는 H2N2이었다. 1968년에는 헤마글루티닌만 변이를 일으켰기에 균주는 H3N2가 되었다. 요즈음 문제가 되는 조류독감을 H5N1이라 표기하는 것도 이러한 균주를 의미한다.

이 책에서는 1918년에 유행한 스페인 독감에 대한 이야기를 중심으로 이끌어 가면서 1997년 홍콩에서 발생한 조류독감의 예까지 설명해 주고 있다. 그러기에 지난해 겨울에 우리나라를 비롯해서 동남아시아 지역에서도 발생한 조류독감도 홍콩에서의 예를 거울삼아 물리치는 방법을 살펴볼 수 있다. 조류독감이 사람에게 감염되느냐 아니냐에 대한 문제가 왜 그리 중요한지 이해할 수 있으며, 또한 그러한 일이 일어날 것인지에 대해 관심을 가져야 하는 이유도 설명할 수 있다. 그리고 더 나아가 조류독감의 예방주사를 언제 어떻게 만들어 이용할 것인지에 대해서도 그 중요성을 읽을 수 있다.

지은이는 이 책에서 바이러스에 대한 과학적인 지식을 교과서처럼 설명한 것이 아니므로 바이러스의 특성에 대해 일목요연하게 짚어 주지는 않는다. 그러나 이 책을 읽어가다 보면 독자들은 자기도 모르게 조금씩 바이러스의 특성을 이해할 수 있게 된다. 적어도 교양 과학서가 어떠한 방향으로 나아가야 할지를 가르쳐 주는 하나의 예라는 생각이 든다. 더구나 과학 교양서가 어렵다고만 생각하는 일반 독자들에게 과학을 전공하고 대중적인 글쓰기를 실행하는 지은이가 '머릿속의 지식을 가슴으로 이야기해 주는 것' 같아 책을 덮고 나서는 즐겁다는 생각보다도 오히려 고마운 마음이 앞선다고 솔직히 고백한다.

평생 날씬하게 살고 싶은
사람들을 위한 책

김형민 경희대 한의학과 교수

『배고픈 유전자』
엘렌 러펠 쉘 지음 / 이원봉 옮김 / 2003 / 바다출판

저자인 엘렌 러펠 쉘은 이 책에서 비만을 21세기에 가장 흔하고 돈이 많이 드는 영양 장애로 규정하고, 비만의 원인을 유전자 수준까지 집중 추적하여 근원적 비만 해결 방안을 명쾌하게 제시하고 있다. 비만 치료를 위한 약물, 식품, 운동 요법, 수술 요법 등이 많이 알려져 있고, 그 비용이 엄청남에도 불구하고 비만 환자는 점점 늘어나고 있으며 환자들은 잘못된 충고에 갈피를 못 잡고 있다. 비만은 서구식 생활양식 등으로 수백만 년의 진화를 통해 이뤄 낸 섬세한 인간 육체의 균형이 무너져 발생하게 되는 질환이며, 그 본질에 있는 연약해진 유전자를 보호하기 위해 노력해야 할 것이라고 저자는 역설하고 있

다. 이 책은 비만 때문에 고민하는 사람들은 물론 의사나 학자들, 더 나아가 관련 공무원들까지 필독해야 한다고 생각한다. 전문적인 연구 결과도 흥미롭고 쉽게 쓰여졌기 때문에 이해하는 데 큰 어려움은 없을 것이다.

저자는 먼저 45kg 이상을 감량하고 싶은 병적 비만자들이 이용할 수 있는 위장 바이패스 수술을 상세하게 소개하고 있다. 식도 끝 부분에 늘어져 있는 위장을 잘라 내고 다시 봉합하는 힘든 수술이다. 이 수술을 받으면 수술 후 몇 주 동안 거의 먹지 못하고 수술 전만큼 먹을 수도 없는 효과적인 방법이다. 그러나 대부분 처음 18개월 동안은 체중이 빠른 속도로 줄어들지만 그후 곧 과거 습관이 되살아나 결국은 살이 찌게 되기 때문에, 특수 치료가 필요한 비만 환자의 경우를 제외하고 이런 요법에 의한 비만 치료는 결국 의사만 배불릴 수 있음을 암시하고 있다.

다음으로 저자는 1757년에 말콤 플레밍의 "비만 성향을 가진 사람들은 아주 뚱뚱해지기 전까지는 체중을 줄일 생각을 하지 않으며, 그렇게 된 다음에도 살을 빼는 데 필요한 운동을 거의 할 수도 없고 하려고 하지도 않는다"라고 발표한 유전성을 암시하는 중요한 논문 및 1829년 윌리엄 웨드의 〈비만, 날씬함에 대한 해명, 식이요법에 대한 연구 보고서〉 등을 추적 기술함으로써 오래전부터 오늘날 관심을 기울이고 있는 사항들이 논의되었음을 인식시켰다.

프랑스의 생리학자 클로드 베르나르와 독일의 생리학자 카를 폰 보이트의 단백질이 지방으로 변환될 수 있다는 발표를 근거로, 영국의 외과 의사 윌리엄 하비가 자신의 친구이자 환자인 밴팅에게 처방해 준 다이어트로 유명한 '밴팅 요법'의 소개는 대단히 흥미롭다. 뚱뚱한 배 때문에 앞으로 넘어질까 무서워서 계단을 바로 내려오지 못할 정도였던 밴팅은 고기와 약간의 과일만 먹고 술은 마음대로 마시는 다이어트로 38주 동안 16kg이 빠졌다는 것이다. 이 결과에 기뻐한 밴팅은 〈대중에게 보내는 비만에 관한 편지〉라는 논문을 발표하고, 새로운 식사 및 음주 요법을 신발 끈을 묶기 위해 몸을 구부리는 일이 매일매일 고역인 모든 사람들에게 추천했던 것이다. 당시 '밴팅 요법'은 다이어트의 대명사가 됐고, "밴팅 요법을 쓴다"라는 말은 살을 뺀다는 말 대신으로까지 쓰였다 한다. 사실 이 '밴팅 요법'은 오늘날 로버트 애트킨스가 주창하여 유명하게 된 소위 '황제다이어트'의 전신이라고 할 수 있다. 필자 생각으로 술은 탄수화물의 대사를 촉진시키기 때문에 과잉 섭취된 탄수화물의 제거에 효과적일 수 있고, 또한 적절한 음주는 허혈성 심장 질환을 예방할 수도 있고, 장기간 섭취하면 혈장 저밀도 지단백(Low Density Lipoprotein) 농도가 감소되고, 혈장 고밀도 지단백(High Density Lipoprotein) 농도가 증가되며 관상 동맥성 심장 질환 발생이 낮다고 보고돼 있기 때문에, 좋은 술을 약간씩 마시는 것은 필자가 약주를 좋아하는 이유도 있겠지만 다이어트 외의 부수적 이익들이 있을 수 있다고 생각한다. 그렇지만 한편으로는 미국 아칸소대학 연구팀이 2004년 1월 '황제다이어트'와는 정반대로 탄수화물은 많이 섭취하고 지방을 적게 섭취하면 운동을 하지 않고도 체중을 줄일 수 있다고 발표하고 있어 오리무중인 것이 사실이다.

저자는 계속해서 1960년대 말 잭슨 실험 연구소의 콜먼에 의한 비만 관련 열성 돌연변이 쥐에 관한 연구, 신경정신학자 존 레이먼드 브로베크에 의한 시상하부에 외상을 입은 쥐의 식욕 향상에 관한 연구, 영국의 고던 C. 케네디에 의한 지방조절장치(리포스탯)에 관한 연구, 시대를 앞선 중요한 발견인 콜먼의 혈액 안에 있는 인자들에 의한 쥐의 섭식 통제기전을 위시해서 1979년 《사이언스》지에 발표한 노벨상 수상자인 로잘린 앨로의 논문도 추적하여 다뤘다. 이 논문은 비만 쥐가 정상적인 쥐보다 CCK를 더 적게 갖고 있어 CCK가 콜먼이 주장한 신비한 포만인자일지도 모른다는 실로 대단한 발견이었는데, 브루스 슈나이더가 즉각적인 반론을 제기했고 CCK가 포만인자가 아님을 밝히는 검증 과정 등을 거기에 얽힌 에피소드와 함께 흥미롭게 소개하고 있다.

이어 록펠러대학의 루디 라이블이 비만의 유전적 연결 고리를 찾기 위해 분자생물학자인 제프리 프리드만과 함께 비만(오비) 유전자와 당뇨(디비) 유전자를 추적하는 과정에서 벌어지는 여러 갈등과 우여곡절을 잘 묘사했는데, 1994년 12월 1일자 《네이처》지에 프리드만의 〈쥐의 비만 유전자 위치 지정 복제와 그 인간 상동체〉 논문이 커버스토리로 실리게 된 과정 등에 관한 생생한 기술은 인상적이었다. 특히 프리드만이 오비 유전자 생성물인 렙틴의 효과를 밝혀내 대학이 가진 특허 사상 가장 큰 액수인 선불금만으로 2천만 달러를 받은 사례는 이공계 기피 현상이 심각한 이때, 학문을 통해서도 부자가 될 수 있다는 것을 보여 준 좋은 예이다.

하지만 이어서 1997년 케임브리지대학의 대사의학 교수인 스티븐 오라힐리 연구팀의 단 하나의 유전자 안에 있는 작은 결함이 인간의 행동에 심각한 영향을 줄 수 있다는 연구 결과로 렙틴만으로는 충분히 식욕이 통제되지 않는다는 것이 밝혀졌고, 1996년 2월 타타글리아에 의한 렙틴 수용체 연구 결과와 2001년 봄 프리드만에 의한 쥐의 식욕과 포만감을 통제하는 신경 경로 연구 결과 등으로 볼 때 렙틴이 해결사가 될 수 없다고 저자는 사실적으로 기술하고 있다. 이러한 저자의 추적 결과는 필자가 최근 발표한 복부 비만과 특정 세포활성인자의 관련성에 관한 논문들에서도 알 수 있듯이 그 원인 인자가 복합적으로 나타나고 있기 때문에 타당하다고 생각한다.

또한 저자는 유명 다이어트 약품의 실상 등에 대해서도 리얼하게 폭로했는데, 해당 분야 전문가가 아님에도 어려운 연구 결과를 거의 정확하게 설명한 저자 특유의 집념을 높이 평가하는 바이다. 사실 이런 연구 과정은 최신 서양 과학적 접근 방법의 대표적인 예로, 이를테면 예상되는 특정 유전자 하나를 목표로 하는 접근 방식의 한계일 것이다. 더욱 염려스런 점은 이런 연구 결과가 부가가치만을 고려하여 곧바로 새로운 산업과 연결됐을 때의 끔직한 폐해를 간과할 수도 있다는 것이다. 저자도 지적했지만, 과학자들이 학회 운영 등 경비 문제로 산업계와 결탁할 수밖에 없는 구조를 이해한다면 문제는 더욱 심각해진다.

결론적으로 저자는 모든 사람들이 체중 감량제에 대해 의심을 품고 있으며, 비만 약들로 결코 특정 병증을 치료할 수 없으며, 오히려 그 약들은 본질적으로 건강하고 원활한 소통 시스템을 방해하도록 되어 있다고 주장한다. 비만의 원인이 많아 치료가 쉽지 않은데, 앞에서 언급한 바와 같이 특정한 면을 조작하면 예기치 않은 결과가 생길 것이다. 합성약으로 치료할 경우 한 가지 약물이 대사를 촉진하면 다른 약물은 식욕을 억제하고, 또 다른 약은 음식 중의 지방을 더 많이 연소시켜서 체지방의 생산을 막아 줘야 할 것이기 때문에 어쩔 수 없이 위험이 따르게 돼 또다시 치료가 필요하고, 그래서 그 약들의 부작용을 치료하는 더 많은 약들이 만들어져야 하기 때문에 진정한 현실적인 해결책이 아니라고 한 지적은 백번 옳다. 안전한 물질로 알려진 비타민C의 경우에도, 과일 속에 들어 있는 것은 과용해도 좋으나 합성품은 부작용이 있기 때문에 약물 자체에 의한 폐해도 고려해야 마땅하다.

따라서 저자가 강조한 것처럼 인류의 비만 문제를 근본적으로 해결하기 위해서는 그 돌파구를 약물에서 찾을 것이 아니다. 저자가 조사한 태평양의 작은 섬나라 코스라에와 나우루 사람들의 급속한 서구 문화 도입에 의한 비만화의 결과는 비만에 빠지기 쉬운 유전적 경향은 환경적 자극 요소가 잘 갖추어져 있는 상황에서 균형이 무너지면 발현되며, 그 균형의 유지는 우리의 유전자와 그 유전자가 처한 환경 사이의 힘겨루기에 달려 있음을 분명히 알 수 있게 한다. 비만한 사람의 대사율이 정상 체중의 사람보다 더 빠르다는 것을 확증한 과학자 쥘러에 대한 이야기와, 육체적으로 활발히 활동할 때 식사 섭취를 가장 잘 통제할 수 있다는 다른 과학자들의 설명, 그리고 운동과 전통적인 현지 음식을 먹는 것이 장기적인 건강에 유익하다는 하와이의 의사 신타니와 그 동료들의 발표 예 등은 설득력이 있는 주장이다.

"맥도날드의 붉고 노란 상표는 새로운 형태의 미국 성조기로, 미국의 문화 패권이 교활하게 영양 공급 행위를 망치고 있다"는 프랑스《르몽드》지 사설을 인용한 패스트푸드의 폐해 고발 내용은 저자의 비만 문제에 대한 확고한 의지의 표현이다. 특히 패스트푸드를 정식 식사로 인정하지 않기에 끼니와 별도로 먹게 되고, 비만 문제의 증가가 한층 더 심각하게 되는 데 기여하고 있다고 꼬집었다. 또한 지난 10년간, 패스트푸드 매장들은 제공하는 음식에 설탕과 지방 함량을 대폭적으로 늘렸고, 미국인이 마신 음료수 중에서 탄산음료가 커피와 맹물을 합한 것을 능가함으로써 단당류인 프룩토오스 섭취량의 증가, 설탕에 의한 달콤함으로 사랑받고 있는 스타벅스 커피 등으로 전반적인 설탕 소비가 믿기 힘들 정도로 증가하여 문제가 심각해졌다고 주장하고 있다. 또한 유전적으로 육체적 건강을 타고나는 사람이 있는데, 그렇지 않은 사람들은 소파를 박차고 일어나야 지방 연소 능력을 증가시킬 수 있다는 스티븐 스미스의 충고도 문제의 심각성을 생각한다면 동맥 출혈에 반창고를 붙이는 격이라고 저자는 불만스럽게 표현하고 있다.

필자는 현재의 비만이라는 유행병을 역사 속으로 사라지게 하기 위해서는 우리 모두가 강력한 도덕적 분노를 지속적으로 느껴야 한다고 피력한 저자의 결론에 적극 동의하며, 우리 스스로도 첨단을 내세운 가공 신제품들을 경계하고 자연 친화적인 생활을 영위하는 것이 중요하다고 생각한다. 그리고 저자가 비만의 근본적 원인을 파헤치고 정확하게 그 치유책을 제시했듯 다른 현대 질환들도 이렇게 접근해야 할 것이다.

건강과 수명은 면역력에 달렸다

권오길 강원대 생물학과 교수

『세포전쟁』
매리언 켄들 지음 / 이성호 외 옮김 / 2004 / 궁리

　많은 단세포 동물과 냉혈 동물을 포함하는 대다수의 동물이 사용하는 보다 근본적인 면역 형태는 선천성 면역 반응이다. 이는 아주 단순하여 식세포(食細胞)가 세균을 삼킬 뿐더러, 균에 감염된 세포까지를 죽이는 것이다……. 세포 자체는 동물들끼리 서로 비슷하다. 심지어 동물 세포의 특징 대부분을 식물 세포에서도 발견할 수가 있다. 그러나 비슷한 기본 설계도에 따라 만들어졌다 하더라도 세포의 생김새나 크기에 따라 다를 수 있고, 세포에 따라 그 기능도 갖가지 다를 수가 있다.

　맞다. 하등 고등, 동물 식물 따질 것 없이 모든 세포는 다 비슷하

게 만들어져 있고, 살아남기 위한 면역 반응도 아주 유사하다. 세균이나 곰팡이들이 만드는 '항생제' 또한 자기 보호, 상대방 공격을 위해 만드는 면역 물질이 아닌가. 세균, 곰팡이, 단세포 동물, 다세포 동물 어느 하나 자기를 방어하기 위한 면역 물질을 만들어 낸다는 말을 먼저 해 두고…….

저자 매리언 켄들(Marion D. Kendall)은 저명한 면역학자로 영국 런던대학의 명예교수며, 현재도 흉선(가슴샘) 연구에 몰두하고 있다고 한다.

저자는 바이러스나 세균 기타 병원균에 대한 우리 신체의 방어 능력에 관해 우리가 제대로 안다면 여러 가지 암, AIDS, 관절염 등 자가 면역 질환과 같은 생명을 위협하는 질환을 쉽게 이겨 나갈 수 있을 것이라 강조한다. 지피지기 백전불태(知彼知己 百戰不殆)를 강조하고 있는 셈이다. 책 속에 길이 있다지만 이 책에는 건강이 고스란히 담겨져 있다!

이 책은 생물을 전공하지 않은 사람을 상대로 쓴 글이라고 한다. 한편 대학에서 생물학을 전공한 학생들도 다른 정보에 압도되어 면역학을 놓치고 지나갈 수가 있는데, 그런 사람들에게도 면역학을 조망(眺望)할 계기가 될 것이라고 기술하고 있다. 그러나 우리나라의 보통 독자들에게는 아무래도 좀, 아니면 아주 어렵게 느껴질 것이라는 것은 자명하다. 어느 책이 어렵지 않은 것이 있던가. 연애 소설을 제외하고는 쉬운 게 없다. 그리고 여느 책이나 속속들이 다 꿰어 읽기는 어렵다. 이 책도 가다 보면 꽤나 전문적인 술어에다 어려운 내

용이 나온다. 그럴 때는 난해한 고문(古文) 정도로 치부하고 지나치
다 보면 번득! 눈에 와 닿고, 바로 자기 건강 이야기를 한다는 느낌
이 들게 되는 곳을 만나게 된다. 쉬우면서도 어려운 책이란 뜻이다.
음식도 씹어 먹어야 제 맛이 난다. 너무 묽은 음식만 자꾸 먹다 보면
위(胃)가 약해지고 마는 것.

책의 원래 제목은 'Dying to Live' 다. 이것을 『세포전쟁』으로 이름
을 붙였다. 이 책의 마지막 문장을 옮겨 보면 책 제목의 의미를 찾을
수가 있다.

우리 몸 전체가 살기 위해서는 쓸데없는 세포들을 죽이는(Dying to
Live) 과정이 있으므로 건강한 육체를 유지하고 생활을 즐기게 도와줄 것
이다.

그리고 덧붙인 제목, 부제(副題)는 '인체는 질병과 어떻게 싸우는
가' 이다. 이 책은 우리 몸이 세균이나 바이러스가 침입했을 적에 그
것들을 어떻게 처치하는지를 일일이 예를 들어서 구체적으로 풀어
놓고 있다.

저자의 이야기를 좀 더 들어 보자. 이 책은 일생 동안 면역 체계와
관련된 질병들 때문에 고통을 받았거나, 그런 질병에 걸린 친척과 친
구를 둔 많은 사람을 위해 쓰여졌다. 이 책은 주로 질병을 둘러싸고
발달한 현대 면역학에 관한 내용, 우리 몸이 질병을 어떻게 이겨 내
는지에 대한 내용을 담았다……, 면역학은 질병과의 투쟁을 다루는

학문이다. 대부분의 사람들이 어린 시절에 접종한 홍역백신과 같은 면역법이나 여행 전에 숙지해야 하는 예방책은 알고 있다. 하지만 '면역(免疫)'이란 주제가 얼마나 광범위한지 아는 사람은 극소수 다……, 면역학의 대부분은 인식, 반응 그리고 회복이라는 3단계로 구성된다. 이 책에서는 각각의 단계가 순서대로 다루어지고 있다……, 특수하게 분화된 세포들이 신체를 돌아다니면서 바이러스나 박테리아, 혹은 외인성(外因性) 단백질과 같은 침입자를 인식하여 제거하기 위한 연쇄반응을 일으킨다.

그렇다면 세포들은 어떻게 서로를 인식하고, 상호작용하고, 신호를 전달하고, 또 그 신호에 반응할까? 세포들은 왜 죽을까? 그리고 한 세포의 죽음이 다른 세포의 죽음에 어떤 영향을 미칠까? 우리는 어떻게 유해한 환경을 극복하며 살 수 있을까? 또 어떤 것들이 우리를 죽이거나 쇠약하게 하는 것일까? 현미경으로 세포를 관찰하기 시작한 이래로 과학자들은 가능한 모든 방법을 동원하여 그 신비를 파헤치려 노력해 왔다……, 바이러스나 세균과 같은 외부 침입자를 제어하기 위해 신체 세포들이 활용하는 방법은 궁극적으로 침입자를 죽이거나 그들에게 감염된 세포를 죽이는 것이다. 다시 말해서 세포를 죽이는 일이 생명을 유지하는 과정이다(Dying to Live). 만약 침입자를 제어하는 데 실패하면 질병을 이겨 낼 수가 없고 결국은 죽고 만다……, 우리 신체 내부에서 세포 수준의 생명 자체를 파괴하는 일이 대개 우리의 생명을 보호하는 수단이 되고 있다. 그런 의미에서 이 책의 원 제목은 "죽도록 살고 싶다(Dying to Live)"다. 여기서 끝말의 영어 번역이 제대로 된 것인가는 독자들에게 맡기고.

이 책은 앞에서도 언급된 것처럼 면역의 3단계, 즉 인식, 반응, 회복으로 크게 나누고 거기에 소제목을 달아서 모두 10장으로 구성되어 있다.

1. 인식 분야는 식별 분자, 계보 특징, 생활양식 세 장으로 나눠서 상술하고 있다. 면역의 핵심 물질은 항원(Antigen)과 항체(Antibody)다. 항원은 세균, 바이러스, 균류, 기생충 혹은 꽃가루 같은 식물 성분에서 오는 신호들이다. 우리 몸의 면역 체계는 이들이 보내는 어떤 신호들은 즉각적으로 인식하지만, 어떤 신호들은 인식하기 전에 우리 신체 내부에서 가공 처리되어야 하는 경우도 있다. 그들이 보낸 신호들은 보통 우리 자신의 세포로부터 나오는 다른 신호들과 함께 면역 체계로 전달되어 적절한 반응이 일어나도록 한다. 이 과정에서 항체는 항원의 일부분에 꼭 맞도록 만들어져서 항원-항체 복합체로 결합되게 된다.

즉 항원은 불활성화되고 제어되어 질병이 생기는 것을 막을 수 있게 된다. 하지만 이 과정 중 어느 단계에서든지 미세한 변화가 생기면 반응이 잘못 되어 발병할 수도 있다는 등의 내용이 수록되어 있다.

2. 반응 분야는, 외부 침입자에 대항하는 가장 중요한 최초의 보호 장치는 침입에 대한 방어 울타리를 치는 것이다. 단단하고 비교적 꿰뚫기 힘든 피부가 이 일을 담당한다. 피부에는 침입자를 처리하기 위하여 분화된 면역 체계 세포들이 몇 층을 이루어 자리 잡고 있다. 그리고 이동성을 가진 면역계 세포들이 피부 전체를 감시하고 있다. 그렇지만 우리 몸

은 공기, 음식, 물 등을 받아들이고 노폐물을 내보내야 하기 때문에 그 방어 울타리가 완벽하지 못하다. 그 복잡한 방어 체계를 여기에서는 논하고 있다.

3. 회복 분야이다. 세포들은 결국 죽는다. 자연사라는 것도 결국은 세포의 죽음이다. 한 개의 세포는 보통 50번을 분열할 수 있다. 분열에서 생긴 딸세포는 특정 성호르몬이나 아연 같은 무기염류성 성장인자들이 충분한 농도로 존재하지 않으면 죽게 된다. 세포의 죽고 삶에는 여러 유전자들이 관여한다는 내용이다.

결론적으로 말한다. 이 책을 차근차근 읽어 가면 새로운 지식을 습득하는 것은 물론이고 생명의 죽고 삶의 묘미도 느낄 수 있다. 어떤 음식을 어떻게 먹어야 면역성이 늘 수 있는가 등 실제적인 현실을 만난다. 즉 건강하다는 것은 병에 대한 면역성이 있다는 것이고, 병에 걸린다는 것은 면역력이 떨어진 결과이다. 면역성이 곧 건강과 직결되는 것은 우리가 다 아는 상식이다. 이 책에는 그 '면역성'에 관해 상세하게 서술하고 있다. 결국 읽다 보면 저절로 건강을 느끼고 또 그것을 주울 수 있는 책인 셈이다.

끝으로, 번역한 책은 원서보다 더 어려운 수가 있다. 번역이 창조라는 말을 일깨우게 하는 대목이다. 그런데 두 역자는 아주 잘 번역하였다고 본다. 독자가 아주 어려워할 것들은 아래에 토를 달아서 쉽게 풀이해 주고 있는 점도 눈에 띄고, 많은 도표와 그림이 들어 있어 이해를 돕고 있다. "과학책은 어렵다"는 선입관을 가질 필요 없이 일단 도전해 볼 것이다. 무릇 창조는 선입관과 편견의 타파에서 비롯한다고 하지 않는가.

오래된 지구의 창시자
허턴의 생애

조문섭 서울대 지구환경과학부 교수

『시간을 발견한 사람 제임스 허턴』
잭 렙체크 지음 / 강윤재 옮김 / 2004 / 사람과책

제임스 허턴이 누구인지 아는 사람은 많지 않을 것이다. 설령 안다고 해도 '현재는 과거의 열쇠이다'로 대표되는 동일과정설을 제안한 최초의 지질학자라는 정도일 것이다. 더구나 동일과정설과 지구의 긴 역사 사이에 필연적인 연관성이 있음을 깨닫기는 어려울지 모른다. 예를 들어, 설악산은 현재 풍화 작용에 의해 점차 산봉우리들이 침식되어 낮아지는데, 그 속도는 일년에 약 0.1mm 정도에 지나지 않는다. 이 풍화 속도만으로 동일과정설에 의해 미래를 추측해 보면, 약 천만 년이 지나야 설악산이 평지로 변한다는 간단한 계산이 나온다. 산이 침식되어 강과 바다에 쌓이고 다시 융기하는 과정을 되풀이

해 온 지구의 나이는 상상을 초월하는 숫자가 될 수밖에 없다. 이러한 허턴의 생각은 중세를 지배해 왔던, 약 6천 년밖에 안 된 젊은 지구를 선호한 '성경지질학자'들의 주장과 필연적인 충돌을 빚는다. 46억 년이라는 지구의 나이가 알려지기 훨씬 이전에, 지구가 인간의 상상을 초월할 정도로 오래되었다는 생각을 펼친 허턴은 저자의 지적대로 코페르니쿠스, 갈릴레이, 다윈에 견줄 만한 과학의 선지자이다. 이 책은 18세기 근대 과학의 태동기에 있었던 중요한 발견 중의 하나인 '오래된 지구의 발견', 그러나 의외로 그 중요성이 부각되지 않아 온 제임스 허턴의 업적에 대해 역사학적으로 풀어 헤친다.

제1장과 2장에서는 어떻게 지구의 나이가 6천 년이라고 생각하게 되었는지 그 배경을 설명해 준다. 중세의 암흑기에 예수 재림에 대한 희망이 더해져 성경에 근거한 연대기가 뭇사람의 생각을 지배하게 된다. 종교개혁으로 잘 알려진 루터마저도 6천 년의 지구 역사에 대한 믿음에 충실했고, 예수 재림은 그리스도 탄생 2천 년 이후에 일어날 것으로 결론짓는다―즉 루터에 따르면, 21세기에 살고 있는 우리는 천국에 살고 있어야만 한다. 우리가 잘 아는 뉴턴마저도 성경 연대기의 신봉자였으니 얼마나 지구의 나이에 대해 무지했었는지 알 수 있다.

제3장과 4장에 기술된 에든버러의 캐슬록(Castle Rock)이 어떻게 만들어졌는지에 대한 지질학적 묘사는 지극히 흥미롭다. 이와 더불어 에든버러 구시가지를 걸고 있는 듯한 착각마저 불러일으키는 자세한 설명은 당시의 문화와 풍습을 이해하는 데 큰 도움이 되며, 스

코틀랜드와 잉글랜드 사이의 전쟁과 끊임없는 갈등을 빚은 역사의 뒤안길을 펼쳐 보인다. 역자의 지적대로 인문학도에게도 읽는 맛이 쏠쏠한 내용들이다.

허턴은 1726년 부유한 가정에 태어나 1797년 71세를 일기로 생을 마감하기까지 비교적 순탄한 생을 살았다. 그러나 누구에게나 있을 법한 젊은 시절의 방황이 제5장에서 엿보인다. 허턴은 에든버러대학을 마친 후 유럽 대륙으로 진출해 의사 면허를 취득한다. 그러나 그는 런던으로 돌아와 개업하는 대신, 상속받은 자신의 시골 땅에서 농부로 일한다. 결코 짧지만은 않은 13년간의 농부 생활을 통해 개량 농사법을 보급하는 데 기여했을 뿐만 아니라 토양이 짧은 기간에 만들어지지 않음을 깨닫게 된다. 이와 더불어 꾸준한 지질학적 고찰을 통해 침식의 양면성, 즉 침식 작용이 토양을 만들기도 하고 그 토양을 파괴하기도 한다는 사실을 간파했다. 토양의 순환 과정을 인식한 점에서 허턴의 독창성이 돋보인다. 영국의 농촌 생활에 대한 제6장의 설명 또한 읽는 이의 호기심을 자극한다.

1767년 허턴은 농부 생활을 접고, 다시 에든버러로 돌아온다. 제7장에서는 에든버러에 귀환한 허턴이 당대의 스코틀랜드 계몽주의자들과 가졌던 학문적 교류와 영향에 대해 설명해 주고, 대표적 계몽주의자들에 대해서도 소개한다. 『인성론』과 『영국사』를 출간한 데이비드 흄, 『국부론』의 저자 애덤 스미스, 공기 중의 이산화탄소를 최초로 분리해 낸 조지프 블랙이 그들이다. 이들의 학문적 교류는 1783년 에든버러 왕립학회의 창립으로 이어진다. 그리고 1785년 2회에 걸친 왕립학회 초청 강연에서 허턴은 지난 30년간 자신이 알아낸 지구 이론에 대해 발표한다. '지구의 시스템, 지구의 존속 기간과 안정성에 관하여'라는 제목의 이 강연에서 두 가지 중요한 사실을 발표한다. 즉 지구의 나이가 인간이 관찰할 수 있는 한도에서 시작도 끝도 없을 정도로 오래되었다고 주장했으며, 베르너를 중심으로 한 수성론자의 생각에 반해 뜨거운 마그마가 퇴적암을 관입해 화강암과 암맥이 만들어졌다는 화성론을 전개한다. 이후 1788년 허턴은 그의 절친한 친구이자 동료인 플레이페어와 홀을 동반한 야외 조사에서 엄청난 발견을 하게 된다. 시커 포인트라 불리는 북해의 험준한 바닷가 절벽 노두에서 찾은 부정합은 오래된 지층이 융기되고 침식받고, 그 위에 다시 새로운 퇴적층이 쌓인다는 생각, 즉 지구가 순환한다는 혁명적 사상을 뒷받침하는 결정적 증거가 된 것이다.

허턴은 자신의 생을 마감하기 전 병마와 싸우면서 『지구이론』이라는 두 권의 책을 1795년 출간했으나, 세간의 주목을 끌지 못한 채 성경지질학에 근거한 수성론자들의 엄청난 공세에 부딪히게 된다. 그러나 허턴의 절친한 친구이자 수학자인 플레이페어에 의해 반론에 해당되는 『허턴의 지구이론 실례들』이란 저서가 집필된다. 그 서문은 무척이나 감동적이며(인용하기에는 너무 길어 생략하지만, 한 번쯤 읽어 볼 만한 내용임), 이 주도면밀한 소책자는 놀라운 성공을 거둔다. 이렇게 해서 알려지게 된 허턴의 지구론은 1830년 찰스 라이엘이 『지질학 원리, 현재 작용하는 원인들을 증거로 삼아 지표면의 이전 변화를 설명하기 위한 시도』라는 책자를 통해 허턴혁명으로 자리 매김하게 된다. 모두 11판을 찍는 대성공을 거둔 이 『지질학 원리』는 다윈의 진화론이 탄생하는 데 필요한 학문적 근거를 제공한다. 만약 허턴이 오래된 지구에 대한 믿을 만한 생각들을 제안하지 않았더라면, 오랜 기간에 걸쳐 일어난 진화를 주장하는 다윈의 이론은 훨씬 더 큰 진통을 겪고서야 태어났을 것이다.

지질학 관련 서적이 무척 희귀한 우리나라 출판계에 멋진 번역으로 제임스 허턴의 생애를 소개한 역자의 노고에 감사함을 전한다. 지질학 전공자인 평자 자신도 그 학문적 영향과 혁신적 사고에 대해 잘 알고 있지 못했던 터라 이 허턴에 관한 전기는 더욱 귀한 지질학 입문서의 역할을 해 준다. 몇 군데 오류를 제외하고는 오자를 찾아보기 어려울 정도로 마무리 편집 작업이 충실하고, 지질학 전문 용어에 대한 번역도 매우 잘 된 편이다. 몇 개의 용어들이 너무 충실히 번역되어 눈에 뜨이지만, 비전문가의 애교 정도로 보아 넘길 수 있다.

이 책은 지질학 소개책자이자 역사서의 성격을 띤다. 자칫하면 지루할 수 있는 지질학 관련 내용들을 철저한 고증을 통해 극복한 점이 돋보인다. 지질학 자체가 자연과학적인 측면과 더불어 시간을 다루는 역사학적 측면을 지니고 있기 때문에, 더욱 관심을 불러일으킬 수도 있으리라 기대한다. 지구 탄생 이후 장대한 시간 동안 벌어진 사건들을 가늠해 보는 것은 깊은 통찰력과 과학적 공상이 요구하기도 한다. 이 책은 이러한 꿈의 소지자 허턴의 생애를 되돌아봄으로써 지나간 역사를 이해함은 물론이요, 한 사람의 순수한 노력이 어떻게 인류의 생각을 바꾸었는지 추적해 봄으로써 인내와 반복되는 단순 노력이 얼마나 중요한지 새삼 깨닫게 해 준다.

끝으로, 우리나라에도 분명 시커 포인트에 해당되는 부정합 지역이 곳곳에 보고된 바 있는데, 일반인들에게 얼마나 알려져 있을까 생각해 보면 부끄러움과 아쉬움이 앞선다. 앞으로 얼마나 많은 시간이 지나야 허턴과 같은 지질학자가 우리나라에 나타날지 알 수 없으나, 이 책자를 통해 조금은 앞당겨졌으리라 믿어 의심치 않는다. 그러기에 누구나 읽어 보시길 권하는 데 주저하지 않는 바이다.

서평자 약력

■ **구상회**

해군사관학교 졸업. 캐나다 사스카취완대 이학박사(핵물리 전공). **저서** :『한국의 국가전략과 과학기술정책』(공저) **논문** :〈한국의 안보와 과학기술 전략〉등.

■ **국형태**

서울대 물리학과. 미국 텍사스 주립대. 물리학박사.

■ **권오길**

서울대 생물학과, 동 대학원 졸업. **저서** :『꿈꾸는 달팽이』『인체기행』『생물의 죽살이』『생물의 다살이』『개눈과 틀니』『바다를 건너는 달팽이』『하늘을 나는 달팽이』『생물의 애옥살이』『달팽이』등.

■ **김기협**

서울대 사학과. 연세대 대학원.《중앙일보》동서문제연구소 연구위원 역임. **저서** :『18세기 조선에서 실학과 서학의 발전』등.

■ **김동원**

서울대 계산통계학과, 하버드대 과학사학과 졸업. 과학사박사. **논문** :〈The Emergence of the Cavendish School (1885~1900)〉〈The Emergence of Theoretical Physics in Japan〉등.

■ **김동희**

서울대 물리교육과, 미국 시라큐스대학원 졸업. 이학박사. **저서** :『톱쿼크사냥』등.

■ **김성원**

서울대 물리학과, KAIST 졸업. 이학박사. **저서** :『21세기 신기술 시나리오』(공저)『시간과 화살-호킹의 우주론』(역서)『시간과 공간에 대하여』(역서) **논문** :〈블랙홀〉〈우주론〉〈타임머신에 대한 논문〉 외 다수.

■ 김제완
서울대 물리학과 졸업. 미국 콜럼비아대 이학박사. **저서** : 『겨우 존재하는 것들』『빛은
있어야 한다』 외 다수.

■ 김종원
연세대 화학공학과 졸업. 한국과학기술원 화공학박사. **저서** : 『수소에너지기술』(공저)
논문 : 〈Synthesis and hydrogen storage of carbon nanofibers〉〈고온열 이용
공정의 열역학적 해석〉 등.

■ 김진의
서울대 화공과, 미국 로췌스터대 물리학과 졸업(Ph.D). **저서** : 『소립자와 게이지 상호
작용』 **논문** : 〈Weak Interaction Singlet and Strong CP Invariance〉 외 해외논문
90여 편 및 국제학술회의 발표 논문 20여 편.

■ 김태욱
서울대 임학과, 대학원 졸업. 농학박사. 문화재위원. **저서** : 『한국의 수목』(도감) **논문** : 〈
대기오염이 조경수목의 생육에 미치는 영향 : 아황산가스에 대하여〉 외.

■ 김학렬
고려대 생물학과, 동 대학원 졸업. 미국 미네소타 주립대 대학원 졸업. 이학박사. 한국
곤충학회 회장. **저서** : 『최신 생물학』『동물생리학』『일반 곤충학』『곤충의 구조와 기능』
외 다수.

■ 김형민
원광대 약학과 졸업. 일본 오사카대 의학박사. **저서** : 『면역과 알레르기』 등.

■ 김환석
서울대 사회학과, 동 대학원 졸업. 영국 런던대 박사. **저서** : 『한국산업의 기술종속과 전
망에 대한 기초 연구』(공저)『과학기술인력양성 종합계획 수립을 위한 연구』(공저) 외
다수. **논문** : 〈과학기술에 대한 사회적 이해〉〈양의 복제, 시민의 침묵 : 생명공학에 대
한 사회학적 성찰〉 외 다수.

■ 노현모
서울대 사범대학 생물학과 졸업. 플로리다 주립대 이학박사. **저서** : 『신고 유전학』『필
수 바이러스학』 등.

■ 문태영

고려대 이학박사. 일본 지쩌의대 의학박사. 영국 헐대학 박사과정 수료. 런던자연사박물관 연구원. 플로리다대 강사. 시민환경연구소 부소장 역임. 현 한국생물기록센터 소장. **저서** : 『동물계통학』외 10여 권, 논문 70여 편, 논설 80여 편.

■ 민영기

서울대 물리학과 졸업. 미국 런슬러공대 대학원(전파천문학). 국립천문대장. **저서** : 『지구에서 퀘이사까지』『교양 천문학』『첨단 과학이야기』등.

■ 박성래

서울대 물리학과 졸업. 미 켄사스대 사학과 석사. 하와이대 사학과 박사. **저서** : 『세종시대의 과학기술, 그 현대적 의미』『한국인의 과학정신』『한국사에도 과학이 있는가』등.

■ 박시룡

경희대 생물학과, 독일 본대학교 대학원 졸업. 이학박사(동물행동학 전공). **저서** : 『재미있는 동물이야기』 **논문** : 〈흡혈박쥐의 사회행동과 음성학적 커뮤니케이션〉외 다수.

■ 박은진

성균관대 철학과, 동 대학원 졸업. 독일 트리어대 철학과 철학박사. **논문** : 〈퍼트남의 철학에서 본 합리성: '합리적 수용가능성'〉〈포퍼의 인식론〉〈과학철학의 어제, 오늘 그리고 내일〉

■ 박홍양

건국대 축산학과. 독일 괴팅겐대학교대학원 가축육종학 석사 및 박사. 건국유업 사장. **논문** : 〈초기발육과 환경의 상호작용이 담수어의 능력 검정에 미치는 영향〉외 다수.

■ 성영곤

서울대 천문학과, 서양사학과 졸업. 서울대 대학원 박사(과학사). 한국과학사학회 부회장. 한국과학저술인협회 부회장. **논문** : 〈그리스 의료윤리의 이상과 실천〉〈과학과 종교〉〈코페르니쿠스의 보수성〉〈포스트모던 시대에 뒤돌아본 뉴턴〉등 다수.

■ 송상용

서울대 화학과, 철학과 및 동 대학원 철학과 졸업. 인디애너대 대학원 과학사 · 과학철학과 졸업. **저서** : 『우주 · 물질 · 생명』『한국과학기술 30년』『서양과학의 흐름』외 다수. **논문** : 〈13세기 연금술 이론〉〈해켈의 일원론적 자연철학〉〈쿤의 패러다임〉외.

■ 안중국
연세대 국문과.《세계일보》신춘문예 등단.《조선일보》출판국《월간 山》기자.

■ 오세정
서울대 물리학과 졸업. 미국 스탠포드대 이학박사. **논문** : 〈Origin of 3s splitting in the PES of Mn and Fe compouns, physical Review Letters 68, p.2850〉 등 국내외 논문 100여 편.

■ 오재호
서울대 대기과학과 졸업. 미국 오레곤 주립대 석사 및 박사. **저서** :『하늘과 한국인의 삶』『기후학Ⅰ: 기후와 대기대순환』『기후학Ⅱ: 변화하는 기후』**논문** : 〈성층권 오존 감소가 대기의 수직적 기온 분포에 미치는 영향〉〈기후변화가 한반도에 미치는 영향 연구〉〈기후 연구를 위한 복사 전달 모형〉등 다수.

■ 오진곤
전북대 화학과, 동 대학원 화학과 · 사학과. 성신여대 대학원 사학과 · 문학박사. **저서** : 『서양과학사』『과학과 사회』『에너지와 사회』등.

■ 우건석
서울대 농생물학과, 동 대학원 졸업. 농학박사. **저서** :『곤충학』『꿀벌의 수밀활동』등.

■ 유지영
서울대 화학과 졸업. 서울대 과학사 및 과학철학 협동과정 박사과정 수료. **논문** : 〈케임브리지대학의 실험물리학교육, 1880~1900〉

■ 윤무부
경희대 생물학과, 동 대학원 졸업. **저서** :『한국의 조류 생태도감』『한국의 새』등.

■ 윤홍식
서울대 물리학과 및 미국 인디아나대 대학원 천문학과 졸업. 천체물리학박사. **저서** : 『교양 천문학』『고에너지 천체물리학』외. **논문** : 〈Theoretical Models of Sunspot〉 외 다수.

■ 이관수
서울대 이학박사(과학사 전공). 한국기술대 대우교수. **저서** :『사회 속의 과학, 과학 속의 사회』(공저) 등.

■ 이덕환
서울대 화학과, 동 대학원 졸업. 코넬대 이학박사. 논문 : 〈비선형분광학과 양자화학 분야의 학술 논문〉 50여 편. 역서 : 『같기도 하고 아니 같기도 하고』 『확실성의 종말』 『녹색화학』 『셜록 홈스의 과학 미스터리』 『분자세계와 대칭성』

■ 이면우
서울대 사범대학 지구과학교육과, 동 대학원 졸업. 교육학박사. 저서 : 『천재과학자들의 바보이야기』 외 다수. 논문 : 〈『地球典要(지구전요)』를 통해 본 崔漢綺(최한기)의 世界認識(세계인식)〉 외 다수. 역서 : 『중국의 과학과 문명 : 수학, 하늘과 땅의 과학, 물리학』 『그림으로 보는 과학문명의 역사 1. 2』 외 다수.

■ 이명현
네덜란드 흐로닝언대 천문학박사. 연세대 우주망원경연구단 연구교수. 저서 : 『세상 좀 알고 삽시다』(공저) 『스페이스』(역서) 등.

■ 이문규
서울대 화학과 졸업. 동 대학원 과학사 및 과학철학 협동과정 석ㆍ박사. 저서 : 『고대 중국인이 바라본 하늘의 세계』 논문 : 〈논형에 나타난 왕충의 자연관〉 〈중국 과학사를 말한다〉 〈동양과학, 그 천년의 역정과 오늘의 의미〉 등.

■ 이병훈
서울대 생물학과 및 동 대학원 석사 졸업. 고려대 이학박사. 하와이 동서센터 박물관 관리과정 수료. 불 국립자연사 박물관 객원연구실. 저서 : 『유전자들의 전쟁』 등. 논문 : 〈한국산 톡토기곤충의 분류학적 연구〉 외 다수.

■ 이상수
서울대 물리학과 졸업. 한국과학원원장(초대). 한국과학기술원 원장. 저서 : 『波動光學(파동광학)』 『레이저 光學(광학)』 『레이저스펙클라 홀로그라피』 『量子光學(양자광학)』 등.

■ 이용수
서울대 사범대학 생물과 졸. 서울대 보건대학원 보건학박사. 저서 : 『미래에 산다』(공저) 『현대문명의 빛과 그늘, 원자력』 외 다수. 논문 : 〈과학기술문화 창달을 위한 종합 대책 방안 연구〉 〈21세기의 보건의료〉 외 다수.

■ 이원근
국립경상대 생물학과 졸업. 영국 케임브리지대 이학박사. 과학평론가. 저서 : 『살아 있다는 것은』『두 얼굴의 과학』(역서) 등.

■ 이재열
서울대 농생물학과 졸업. 독일 기센대 박사(바이러스 전공). **저서** : 『미생물의 힘』『자연의 지배자들』 등.

■ 이중원
서울대 물리학과 졸업. 동 대학원 철학박사. **저서** : 『인간과 과학』(공저) **논문** : 〈과학이론을 어떻게 볼 것인가〉〈양자 이론의 실재론적 해석〉〈동역학의 인식구조와 실재론〉〈양자 이론의 완전성과 실재론〉〈과학과 인문학을 잇는 과학교육〉 등.

■ 이태진
서울대 국사학과, 동 대학원 졸업. 서울대 규장각 도서관리실장(역임). **저서** : 『한국사회사연구』『조선유교사회사론 연구』『왕조의 유산』『일본의 대한 제국 강점』 외 다수.

■ 이필렬
베를린 공대 화학과 이학박사, 런던대에서 과학사 연구. **저서** : 『교양환경론』(공저)

■ 이형목
서울대 천문학과, 동 대학원 졸업. 미 프린스턴대 천체물리학박사. **저서** : 『밀집항성계의 역학』 **논문** : 〈Muti—Mass Models for the Dynamical Evolution of Globour Clusters〉〈Disk Accretion of stellar Debris onto a Massive Black Hole〉 등.

■ 임경순
서울대 물리학과, 동 대학원 졸업 독일 함부르크대학 과학사박사. 한국브리태니커 책임연구원. 미국 버클리대 박사 후 연구원. **저서** : 『20세기 과학의 쟁점』『100년 만에 다시 찾는 아인슈타인』 등.

■ 전상운
서울대 화학과, 동 대학원 사학과 졸업. 일본 교토대 문학박사. 1982년 국민훈장 동백장 수상. 2000년 간행물윤리상(저작 부문) 수상. **저서** : 『한국의 과학문화재』『한국과학사의 새로운 이해』『한국과학사』 등 다수.

■ 정우열
경희대 한의학과, 동 대학원 졸업. 원광대 한의학박사. 대한한의학회 이사장. 제3의학회 편집위원장. 한국과학철학회 이사. **저서** : 『한방병리학』『동의철학사상강의』『한방임상병리학』 **논문** : 〈『동의보감』과 허준의 의학사상〉〈동무 이제마의 철학과 의학사상〉 등.

■ 정혜경

부산대 사학과 졸업. 미국 위스콘신대 과학사학과 박사. **논문** : 〈회고와 전망(과학사) 2000~2001〉〈사이보그에 거는 인간의 희망〉 등.

■ 조문섭

서울대 지질과학과 졸업. 미국 스탠퍼드대 지질학박사. **저서** : 『지구시스템의 이해』 등 다수.

■ 조성호

서울대학교 물리학과, 동 대학원 졸업. 미국 브라운대. 물리학박사. **저서** : 『자기공명 방법』 등.

■ 진정일

서울대 화학과 졸업. 미국 뉴욕시립대 이학박사(고분자화학 전공). **저서** : 『액정중합체』 『프로야구 왜 나무방망이 쓰나』 『액정고분자』 등.

■ 천문석

연세대 물리학과 졸업. 호주국립대 천문학박사. 한국천문학회장. 한국우주과학회장. **저서** : 『외부은하』 『구형항성계의 진화』(공저) **논문** : 〈Observation Evidence for the Radial Inhomogenieties in Globular Clusters〉 등.

■ 최경희

이화여대 과학교육과, 동 대학원 졸업. 미 템플대 교육학박사. **저서** : 『STS교육의 이해와 적용』 『물리 가볍게 뛰어넘기』 등.

■ 한준

서울대 사회학과 졸업. 미국 스탠포드대 사회학박사. **저서** : 『변화하는 사회 환경, 기업의 대응』(공저) 『21세기 시장과 한국사회』(공저) 등.

■ 홍승수

서울대 천문기상학과, 동 대학원 졸업. 뉴욕주립대 대학원 천문우주과학과 졸업. 천체물리학박사. **저서** : 『A Practical Approach to ASTROPHYSICS』 『대폭발, 우주의 시작과 진화』(역서) 외. **논문** : 〈A Unified Model of Interstellar Grains〉 외.

■ 홍욱희

서울대 생물학과, 한국과학기술원 생물공학과 졸업. 미국 미시간대 환경과학과 졸업.
환경학박사. **역서** :『가이아』『가이아의 시대』『다윈 이후』외 다수.

■ 황우석

서울대 수의학과 졸업. 동 대학원 수의학박사. **저서** :『동물유전공학』『이것이 첨단 과
학이다』『어떻게 양을 복제할까?』 **논문** :〈핵이식을 이용한 복제송아지 생산에 관한 연
구〉등.